1일 1페이지
짧고 깊은 지식수업

365

마음 편

January February March April May June

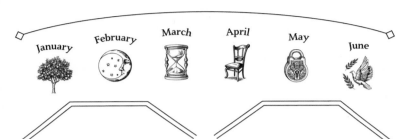

1일 1페이지
짧고 깊은 지식수업
365

One Day One Page Short & Deep Knowledge Lessons

마음 편 ——— 김옥림 지음

July

August

September

October

November

December

MIRAE
BOOK

삶을 맑고 풍요롭게 하는
365일 행복한 마음 가꾸기

사람은 누구나 행복하길 바랍니다. 행복은 인간이 추구하는 가장 이상적인 삶의 목적이자 궁극적인 목표이기 때문입니다. 그런데 행복은 그냥 오지 않습니다. 행복을 손에 쥐기 위해서는 그만한 노력을 기울여야 합니다. 노력 없는 행복은 진실한 행복이 아닙니다. 노력 없이 행복을 바라는 것은 그림 속의 장미로부터 향기를 맡으려는 것과 같습니다. 노력이 따르는 행복이야말로 진정 가치 있는 행복입니다.

미국의 사상가이자 시인인 랠프 왈도 에머슨Ralph Waldo Emerson이 말했습니다.

"사람들은 일 년 먹을 양식을 광 속에 저장하듯이 행복도 비축해 두었다가 하나하나 소비할 수 있는 걸로 생각한다. 이것은 잘못된 생각이다. 사람은 앞으로 나아가는 것이지 한군데 머무르는 것이 아니다. 앞으로 나아가는 사람에게는 행복이 따르고 멈추는 사람에게는 행복도 멈추는 법이다."

그렇습니다. 지금 상태에 머무른다면 그 이상의 행복은 오지 않습니다. 지금보다 더 나은 행복을 추구하기 위해서는 앞으로 나아가야 합니다. 그것이 자신이 좋아하는 일이든, 남을 위한 봉사든, 물질에 대한 추구든, 배움이든, 사랑이든, 독서든 그 무엇이라 할지라도 앞으로 나가는 사람만이 더 큰 행복, 더 풍요로운 행복을 누릴 수 있습니다.

행복은 멀리 있지 않습니다. 행복은 자신 가까이에 있습니다. 그런데도 많은 사람들이 자신 곁에 있는 행복은 보지 못한 채 멀리서 혹은 다른 곳에서 행복을 찾으려고 합니다. 그러다 보니 행복을 찾기란 쉽지 않습니다. 자신의 주변을 살펴보면 가까운 곳에 행복이 있다는 것을 알게 될 것입니다. 이에 대해 고대 그리스 시인인 호라티우스Horatius는 말했습니다.

"사람들은 행복을 찾아 세상을 헤맨다. 그런데 행복은 누구의 손에든지 잡힐 만한 곳에 있다. 그러나 마음속의 만족을 얻지 못하면 행복을 얻을 수 없다."

호라티우스의 말처럼 가까운 곳에 자신이 찾는 행복이 있으며, 마음으로부터 행복을 얻어야 진정으로 행복할 수 있습니다.

좋은 글은 한 사람의 인생을 바꿀 만큼 힘이 있습니다. 그래서 좋은 글을 많이 읽으면 마음의 근육이 탄탄하게 길러집니다. 마음의 근육은 깊은 생각을 이끌어 내게 하고, 상상력을 풍부하게 해 줌은 물론 올곧은 마음을 갖게 합니다. 좋은 글을 곁에 두고 늘 음미하며 자신을 가꿔 나가면 자신의 삶을 풍요롭게 하는 데 큰 도움이 됩니다.

나는 글을 쓰면서 《프리드리히 니체의 말》, 《쇼펜하우어의 인생론》, 《톨스토이의 인생론》 같은 짧지만 긴 울림을 주는 삶의 성찰을 담은 책을 쓰고 싶었습니다. 그래서 책을 내려고 오랫동안 준비를 해 오던 중 마침 출판사에서 책을 내자는 제의를 해 와 기쁜 마음으로 책을 내게 되었습니다.

이 책에는 내가 30년 넘게 시, 에세이, 소설, 인문서, 교양서, 자기계발서, 교육서, 잠언 등의 다양한 글을 쓰고 강연하면서 배우고 연구하고 경험하고 깨달은 삶, 감사, 마음, 꿈, 사색과 성찰, 배움, 사랑, 행복, 성공, 습관, 신념, 철학, 변화, 설득, 소통, 정직과 원칙, 인내, 고난을 이기는 방법 등 인생을 살아가는 데 필요한 모든 지혜를 담았습니다. 말하자면 생생한 삶의 지혜서라고 하겠습니다. 그런 까닭에 이 책을 쓰면서 참 뿌듯했습니다.

　이 책이 마음의 근육을 키우고 꿈을 이뤄 만족한 삶을 살아가는 데 도움이 되었으면 합니다. 이 책을 대하는 모든 이들이 평온하고 행복하게 살아가기를 기원합니다.

김옥림

| 작가의 말 |
삶을 맑고 풍요롭게 하는 365일 행복한 마음 가꾸기 4

Jan.

첫날, 처음을 잘 시작하기

Feb.

나에게 주는 인생의 선물

Mar.
높고 뜨겁게 인생을 사랑하라

Apr.
꿈을 부화시켜 현실이 되게 하라

May.

나만의 길을 찾아서 무소의 뿔처럼 가라

Jun.

인생은 단 한 번밖에 읽을 수 없는 책이다

Jul.

친절한 사람에겐 적이 없다

Aug.

인생의 참된 기쁨과 참된 인생을 사는 법

Sept.

힘들거나 막히면 잠시 멈췄다 가라

Oct.

영원히 살 것처럼 생각을 언제나 역동적으로 하라

Nov.

품격 있는 인생으로 산다는 것은

Dec.

산다는 것은 흔들림을 헤쳐 나가는 것이다

CHAPTER 1

첫날, 처음을
잘 시작하기

January

처음이 좋으면 반드시 끝이 좋은 법이다

Birth flower
히아신스 Hyacinth _승부

처음이 좋으면 반드시 끝이 좋은 법이다.

DAY 01 첫날, 처음을 잘 시작하기

첫날, 첫출발, 첫 시간, 첫 만남 등 '처음'을 의미하는 것들에겐 새봄 막 피어난 풀꽃 향이 난다. 첫 향기가 주는 좋은 기억이 두고두고 기분을 좋게 하듯 처음이 좋으면 결과 또한 기쁨으로 맞게 된다.

매년 1월 1일에는 그해 첫날이 시작된다. 이날이 매우 의미 있는 것은 첫날을 어떻게 보내느냐에 따라 몸과 마음가짐이 달라지기 때문이다. 첫날의 시작이 좋으면 앞으로의 일들이 잘되리라는 긍정적인 생각을 갖게 된다. 하지만 첫날을 잘 보내지 못하면 찝찝한 마음에 사로잡히게 된다.

그런데 사람들 중엔 이를 잘 알면서도 첫날을 무의미하게 보내거나 취하도록 먹고 마시는 일에 시간을 허비한다. 그래 놓고 후회를 하곤 한다. 모르는 것은 용서가 되고 이해가 되지만 알면서도 지키지 않는 것은 스스로를 모욕하는 것과 같다.

천 리 길도 첫발을 떼어 놓음으로써 시작되고, 한 걸음 한 걸음 걸어감으로써 비로소 목적지에 이르게 된다. 그해 12월 '유종의 미'를 거두기 위해서는 첫날을 의미 있게 보내야 하는 것이다.

왜일까. 첫출발이 좋아야 창의적이고 의미 있는, 생산적인 결과를 낳게 되기 때문이다.

처음이 좋으면 반드시 끝이 좋은 법이다. 아름다운 결과를 맺고 싶다면 처음을 멋지게 시작하라.

DAY 02 마음을 맑고 깨끗이 하기

마음이 깨끗하면 그 사람의 삶 전체가 깨끗한 법이다. 마음이 더러운 사람치고 삶이 깨끗한 사람은 어디에도 없다. 마음을 깨끗이 한다는 것은 자신의 인생에 대한 예의이다.

고대 그리스 스토아 학파 대표적인 철학자 에픽테토스Epiktetos는 "마음의 평화는 헛된 욕망에 의해 생기는 것이 아니라, 욕망을 버림으로써 얻어지는 것이다"라고 했다.

에픽테토스는 출생 당시에 노예의 신분으로 태어나 심한 고문 후유증으로 절름발이가 되었다. 그는 스토아 철학에 흥미를 느껴 철학을 공부하고 노예 신분에서 풀려나자 철학을 가르쳤다. 그는 종교적인 가르침으로 초기 그리스도 사상가들뿐만 아니라 많은 사람들로부터 존경을 한몸에 받았다.

그가 그렇게 된 데에는 늘 마음을 깨끗이 함으로써 욕망으로부터 자유로워지고 큰 깨달음을 얻었기 때문이다. 사람들 중엔 진실을 왜곡하고 헛된 욕망으로 마음의 평화를 얻으려고 하는 이들이 있다. 마음의 평화를 얻고 싶다면 헛된 욕망을 버리고 마음을 맑고 깨끗이 해야 한다. 마음이 깨끗한 만큼 꼭 그 만큼만의 마음의 평화를 얻게 될 것이다.

마음이 깨끗하면 정신적으로 풍요로워진다. 정신적인 풍요를 얻고 싶다면 마음을 깨끗이 하는 일에 게으르지 말아야 한다.

DAY 03 참행복을 얻는 삶의 법칙

참행복은 그냥 오지 않는다. 저절로 찾아온 행복은 잠시 머물다 사라진다. 참행복은 자신을 행복하게 함으로써 주어지는 돈으로는 살 수 없는 인생의 값진 선물이다.

참행복은 어디에서 오는 걸까? 참행복은 고대로부터 현대에 이르기까지 삶의 영원한 화두이자 목적이었다. 참행복을 찾는 방법에 대해 독일의 시인 글라임^{Gleim}은 이렇게 말했다.

"남을 행복하게 하면 자신의 행복은 더 커진다."

글라임의 말처럼 남을 행복하게 하면 자신은 더 큰 행복을 얻고, 그 충만한 행복에서 참된 마음의 평안을 얻는다. 온몸과 마음을 평안히 하는 것이 바로 참행복인 것이다.

자신이 행복하다고 하는 사람들은 대개 남을 행복하게 하는 일에 열정을 다한다. 그들은 남을 위해 열정을 바침으로써 그 대가로 참행복을 누리며 인생을 즐겁게 살아간다.

참행복을 앉아서 기다리지 마라. 그 어떤 행복도 저절로 찾아오지 않는다. 간혹 온다고 하더라도 이내 가버린다. 참행복은 나를 내려놓고 남을 행복하게 함으로써 얻게 되는 인생의 선물이다.

참행복은 그 대가를 지불함으로써 받게 되는 인생 최고의 선물이다. 참행복을 누리고 싶다면 남을 행복하게 하는 일을 즐거이 하라.

DAY 04 빛과 같은 사람

세상의 빛과 같이 살 수 있다면, 그 사람은 진정으로 성공한 사람이다. 가치 있는 삶, 가치 있는 행복이야말로 우리 모두를 행복하게 하는 '세상의 빛'이다.

빛이 있어 우리는 환한 세상에서 꿈을 키우고, 자신이 원하는 일을 하며 살아간다. 빛이 없다면 세상은 암흑천지가 되어 아수라장처럼 변하게 될 것이다. 빛은 '밝음', '생명', '환희', '역동성'을 의미한다. 빛이 있는 것만으로도 우리는 빛에게 감사하는 마음을 갖고 살아야 한다.

그렇다면 빛과 같은 사람은 어떤 사람일까? 빛이 '밝음', '생명', '환희', '역동성'을 주듯 빛과 같은 사람은 누구에게나 필요하고 가치 있는 인생을 산다. 빛과 같은 사람이 되기 위해서는 가치성을 지녀야 한다. 빛이 어둠을 물리듯 가치 있는 일을 통해 사람들에게 꿈을 주고 기쁨을 주어야 한다.

그런데 문제는 빛과 같은 사람이 된다는 것이 쉽지 않다는 데 있다. 고통을 수반하기 때문이다. 그런 까닭에 빛과 같은 사람이 된다는 것은 수행을 쌓듯 해야 한다. 그렇게 될 때 빛과 같은 사람으로 거듭나게 되고, 최고의 가치를 지닌 인생이 되어 빛과 같은 사람으로 살아가게 된다.

빛과 같은 사람은 누구나 원하는 인생이다. 빛이 어둠을 이기듯 빛과 같은 사람은 모든 고통을 이기고 원하는 것을 이룸으로써 가치성을 지니게 된다.

DAY 05 | 아름다운 삶의 기술

세상을 지혜롭게 살아가기 위해서는 '용서'라는 아름다운 삶의 기술을 반드시 배워야 한다. 용서는 아름다운 사랑이다.

살다 보면 본의 아니게 잘못을 하기도 하고, 상대방을 마음 아프게 할 때도 있고, 고의적으로 상대방에게 고통을 주기도 한다. 또한 상대로부터 마음 아픈 일을 겪기도 하고, 상대가 쳐 놓은 고통의 그물에 빠져 허우적거리기도 한다.

이럴 때 당하는 사람 입장에서는 상대가 밉고 너무 괘씸하여 내가 받은 만큼 되갚아 주거나, 아니면 몇 배로 되갚아 주고 싶은 마음이 들곤 한다. 그래서 어떤 사람들은 실제로 행동에 옮기도 한다. 그런데 문제는 그로 인해 불행이 야기됨으로써 서로가 고통의 늪에 빠지는 경우가 흔하다는 것이다.

이럴 때 필요한 것이 용서를 구하고, 용서하는 일이다. 물론 당한 사람 입장에서 그렇게 한다는 것은 결코 쉽지 않다. 그래서 용서를 하는 데도 용기가 필요한 것이다. 상대방이 자신의 잘못을 빌고 진심으로 용서를 구할 때는 너그럽게 용서해 주는 것이 좋다. 그것이야말로 자신을 관용적이게 하는 참다운 용기이며 아름다운 삶의 기술이다.

살아가면서 누구나 잘못을 한다. 이럴 땐 용서를 구하라. 그리고 상대가 용서를 구하면 너그럽게 용서해 주어라. 용서는 사랑을 베푸는 일이며 품격을 높이는 일이다.

DAY 06 | 복 있는 사람이 되는 법

복이 있는 사람은 물질이 풍족하거나 높은 지위에 있거나 명예를 가진 사람이라고 생각한다. 하지만 무엇을 하든 삶을 의미 있게 사는 것, 사람들로부터 인정받는 사람이야말로 복 있는 사람이다.

사람들이 잘못 생각하는 것 중에 가장 보편적인 것은 복을 물질에 두는 것이다. 즉 복 있는 사람은 잘살고, 복 없는 사람은 못산다고 생각한다. 그리고 남보다 높은 지위에 있거나 명예를 지닌 사람을 복이 있는 사람이라고 생각한다. 충분히 그렇게 생각할 수 있다. 그러나 단지 복을 물질이나 지위, 명예에 둔다면 소인배적인 생각에 불과할 뿐이다.

진정한 복은 그 어떤 일을 하든 부끄럽지 않고 떳떳하고 당당하게 사람답게 하는 것이다. 그리고 많은 사람들로부터 인정받는 것, 내가 누군가에 필요한 존재가 되는 것, 내가 있음으로 해서 이 사회가 조금은 더 행복해지는 것, 내가 그 자리에 없을 때 많은 사람들이 아쉬워하고 늘 함께하길 바라는 사람, 이런 사람이야말로 진정 복 있는 사람이라고 할 수 있다.

복이 있는 사람이 되기 위해서는 스스로를 가치 있는 사람으로 만들어야 한다. 복도 꾸준한 노력에서 오는 것이다.

자신의 복은 자기 스스로 만드는 것이다. 그런 복이야말로 가치 있고, 참다운 복이라고 할 수 있다.

DAY 07 돈과 품격

> 돈 자체가 그 사람의 품격을 높여주는 것은 아니다. 품격이란 인격으로 높이는 것이다.

　돈으로 품격을 높이려는 사람들을 흔히 보게 된다. 이런 사람들은 명품 가방, 고급 외제차, 온몸을 보석으로 치장하고, 고급 레스토랑에서 수백 년 된 포도주를 마시며 우아하게 또는 폼나게 만찬을 즐기면 자신의 품격이 올라가는 줄 안다. 참으로 우매한 일이 아닐 수 없다.

　품격은 품위 있는 말과 행동, 인격으로 높이는 것이다. 한 마디 말을 함에 있어서도 예의를 갖춰 말하고, 행동 하나하나도 신중하고 주변 사람들을 배려하는 여유롭고 넉넉한 풍모는 보는 사람들로 하여금 경외감을 갖게 한다.

　"꽃에 향기가 있듯 사람에게는 품격이 있다. 그런데 꽃이 싱싱할 땐 향기가 신선하듯이 사람도 마음이 맑을 때 품격이 고상하다. 그러나 썩은 백합꽃은 잡초보다 그 냄새가 고약하다."

　이는 윌리엄 셰익스피어William Shakespeare의 말로 품격 있는 사람이 되기 위해서는 언제나 마음을 맑고 행동을 반듯하게 해야 한다는 것을 알 수 있다. 품격은 그 사람만의 삶의 향기이다.

품격을 돈으로 사려고 하지 말라. 품격은 품위 있는 말과 행동, 기품 있는 인격으로 높이는 것이다.

DAY 08 인생의 느티나무

믿음을 가져야 한다. 종교적인 믿음이든, 인간관계에 대한 믿음이든, 자신에 대한 믿음, 즉 신념이든 믿음은 자신을 지켜주는 '인생의 느티나무'이다.

인생을 살아가는 데 있어 믿음을 갖는다는 것은 매우 중요하다. 자신에 대한 믿음은 자신이 무엇을 하든 강한 확신을 갖게 하고, 인간관계에 있어 믿음은 상대로부터 자신을 신뢰를 받게 하고, 종교적인 믿음은 자신과 삶을 단단하게 이어주는 희망의 끈과 같다.

그런데 믿음이 없다면 스스로를 믿지 못하게 되고, 인간관계에 있어서도 소통에 문제가 생긴다. 몸에 반드시 지니는 지갑과 같이 믿음은 그 어떤 것이라 할지라도 반드시 갖춰야 한다.

믿음의 중요성에 대해 세계 최고의 의과대학인 미국 존스 홉킨스 대학의 설립자 윌리엄 오슬러William Osler는 이렇게 말했다.

"믿음이 없다면 사람은 아무것도 해낼 수 없다. 믿음이 있다면 모든 것이 가능하다."

그렇다. 믿음이 있고 없고는 한 사람의 인생을 완전히 다르게 만들어 버린다. 믿음은 삶의 빛이며, 인생의 느티나무이다.

믿음이 없는 사람은 오일이 떨어진 자동차와 같다. 믿음은 인생이란 자동차를 꿈으로 이끄는 희망의 오일이다.

DAY 09 | 행복으로 가득 찬 길을 가는 법

> 인생은 행복한 사람에게는 짧고 불행한 사람에게는 길다. 자신이 가는 길을 행복으로 가득
> 찬 길로 만들고 싶다면 바르게 생각하고, 바르게 말하고, 바르게 행동하라.

자신을 행복하게 여기는 사람은 늘 시간이 부족하다고 느낀다. 하지만 자신을 불행하다고 여기는 사람은 시간이 길다고 느낀다. 행복한 사람은 행복하기에도 시간이 모자라고 아깝지만, 불행한 사람은 짧은 시간조차도 지루하기 때문이다.

자신을 행복하게 하고 싶다면 매사를 긍정적으로 생각해야 한다. 긍정적인 마음을 갖게 되면 모든 것이 다 가능해 보이고, 좋아 보이고, 무엇이든 잘해낼 수 있을 것 같은 마음에 사로잡힌다. 또한 바르게 생각하고, 바르게 말하고 행동함으로써 사람들에게 좋은 인상을 심어 준다. 그러다 보니 부정적인 생각, 슬픈 생각, 나쁜 생각을 할 겨를이 없다.

행복으로 가득 찬 길을 가고 싶다면 매사를 긍정적으로 생각하고, 바르게 말하고 행동하라. 이렇듯 내가 나에게 주는 행복은 오래가고, 자신의 인생을 활기차고 생동감 있게 만들어 준다.

남이 주는 행복은 잠깐이지만 내가 나에게 주는 행복은 오래간다. 나는 행복의 발전소이자 행복의 주체이기 때문이다.

DAY 10 진리에 이르는 길

진리에 이르는 길을 가고 싶다면 내면 깊숙이 웅크리고 있는 부정적인 자아를 버리고, 긍정적인 자아로 채워 넣어야 한다. 진리는 긍정적인 자아에서 온다.

진리에 이르는 길은 진리에서 벗어나지 않는 것이다. 진리에서 벗어나지 않기 위해서는 부정적인 자아가 발을 못 붙이게 하고 자신을 긍정적인 자아로 감싸 안아야 한다.

왜일까. 부정적인 자아가 더 강하게 작용하면 모든 것을 부정적으로 바라보게 된다. 이런 상태에서 진리의 길을 간다는 것은 그림 속 꽃에서 향기를 맡으려는 것과 같다. 그러나 긍정적인 자아가 강하게 작용하면 모든 것을 긍정적으로 바라보게 됨으로써 '진리'를 추구하게 된다. 그러므로 자신을 진리의 길에 서게 하기 위해서는 자신을 믿고 진리를 향해 나아가야 한다.

이에 대해 미국의 저명한 자기계발 동기 부여가인 노먼 빈센트 필Norman Vincent Peale 박사는 다음과 같이 말했다.

"자신을 믿어라. 자신의 능력을 신뢰하라."

그렇다. 자신을 믿고 신뢰하며 진실 되게 말하고 행하는 자는 진리에 이르게 된다.

진리는 진리에 이르고자 긍정적으로 생각하고 행하는 자를 자신의 길로 인도한다. 진리의 길을 가고 싶다면 자신을 믿고 진실 되게 행하라.

DAY 11 모순의 감옥

삶 앞에 겸손하라. 물줄기를 인위적으로 바꾸듯 삶의 순리를 억지로 돌리려 하지 마라. 그것은 자신을 그릇되게 하는 모순의 감옥일 뿐이다.

"시냇물은 거꾸로 흐르는 법이 없다. 늘 낮은 곳으로 흐른다."

노자老子의 《도덕경道德經》 28장에 나오는 말로 물의 특성을 잘 알려준다. 물은 인위를 가하지 않는 한 높은 곳에서 낮은 곳으로 흐르고, 흐르다 막히면 멈추었다가 물이 차면 장애물을 타고 넘어 흐른다. 또한 작은 틈이라도 있으면 그 틈 사이로 빠져나가고, 물길의 모양에 따라 흐른다.

물이 자연을 거스르지 않고 흐르듯 삶 또한 그렇게 가야 한다. 무리수를 두거나 억지로 삶의 흐름을 바꾸려고 하면 문제가 발생하게 된다. 순리를 거스르면 삶의 모순의 감옥에 빠져 허우적거리게 된다는 말이다.

그 누구라 할지라도 행복한 인생이고 싶다면 순리를 따르고 자신의 삶 앞에 겸손해야 한다. 그런 사람은 모순의 감옥에 갇혀 인생을 헛되이 낭비하지 않는다. 삶의 순리를 따르는 것, 그것은 자신의 인생을 행복하고 순조롭게 살게 하는 참지혜이다.

삶은 흐르는 강물과 같다. 강물이 자연의 질서를 거스르지 않고 흐르듯 삶 또한 삶의 흐름을 거스르지 않아야 한다. 거스르는 순간 스스로를 삶의 모순의 감옥에 갇히게 한다.

DAY 12 인생에서 가장 성공한 사람

인생을 살며 가장 성공한 사람은 돈을 남기는 사람도 아니고, 보석을 남기는 사람도 아니고, 대궐 같은 집을 남기는 사람도 아니다. 자신의 이름 석 자를 남기는 사람이다.

인생에서 진정으로 중요한 것은 자신의 이름을 더럽히지 않고 행복하게 사는 일이다. 그리고 할 수만 있다면 자신의 이름 세 글자를 지상에 영원히 남겨두는 것이다. 물론 그렇게 한다는 것은 쉽지 않다. 그럴만한 가치가 있는 일을 했을 때에만 가능하다.

자신의 인생을 성공적으로 살기 위해서는 자신의 인생을 가치 있게 만들어야 한다. 가치 있는 인생이 되기 위해서는 의미 있는 삶을 살아야 한다. 의미 있게 살아가기 위해서는 힘들고 어려운 일이 가로막아도 뚫고 나가야 한다. 그 어떤 순간에도 포기하지 말고 끝까지 의미 있는 삶을 살아낼 때 그 자신의 인생은 빛을 발하게 된다.

그렇다. 인생을 살며 가장 성공한 사람은 돈을 남기는 사람도 아니고, 보석을 남기는 사람도 아니고, 대궐 같은 집을 남기는 사람도 아니다. 의미 있는 인생을 통해 가치 있게 살고 자신의 이름 석 자를 자랑스럽고 당당하게 남기는 사람이다.

부자가 되거나 높은 지위를 얻는 삶은 절반의 성공이다. 하지만 자신의 이름을 남기는 사람은 가장 성공한 인생이다.

겉모습만 보지 말고 깊이 생각하고 넓게 보라

사물을 볼 때 겉모습을 위주로 보는 사람이 있고, 사물의 내부를 위주로 보는 사람이 있다.
사물의 겉모습만 보지 말고 깊이 생각하고 넓게 바라보라. 안 보이던 길이 보일 것이다.

"항아리를 보지 말고, 속에 들어 있는 것을 보라."

《탈무드》에 나오는 말이다.

이는 사물의 겉모습을 건성건성 보지 말고, 깊이 보고 넓게 바라보라는 말이다. 매사를 깊이 있고 넓게 바라보면 안 보이던 것을 바라보게 됨으로써, 삶을 좀 더 여유롭고 폭넓게 살 수 있으며 지금보다 나은 인생을 살아가게 된다.

왜 그럴까. 성찰에서 오는 삶의 깊이를 체득함으로써 지금보다 더 가치 있고 보람되게 살고자 하기 때문이다. 하지만 매사를 생각 없이 건성건성 살면 자신이 지닌 장점을 살리지 못하고, 남에게 늘 뒤처지게 되고 마이너스적인 삶을 살게 된다.

깊이 생각하는 자세, 넓게 바라보는 삶은 자신의 인생을 새롭고 풍요롭게 발전시키는 첩경이 되어 줄 것이다.

사물을 바라볼 때 건성건성 보게 되면 건성건성 살아가게 된다. 하지만 깊이 생각하고 넓게 바라보면 의미 있게 살아가게 된다.

아름다운 것을 보는 만큼 행복해진다

항상 아름다운 것을 바라보라. 아름다운 것을 바라보는 만큼 인생은 그만큼 더 행복해질 것이다.

'몸이 천 냥이면 눈은 구백 냥'이라는 말이 있다.

눈은 인간의 신체 구조 중 그만큼 소중하다는 것이다. 물론 신체 구조 중 그 어느 것도 소중하지 않은 것은 없다. 눈이 더욱 소중한 것은 세상을 볼 수 있게 하는 신체 기관이기 때문이다. 이처럼 소중한 눈으로 아름다운 것을 보고, 자신과 타인에게 기쁨을 주고, 희망이 되는 가치 있는 일을 해야 한다.

그런데 악한 것을 보고, 더러운 것을 보며, 자신과 타인에게 고통을 주는 일을 한다면 그건 소중한 눈을 더럽히는 일이다. 사람은 무엇을 보느냐에 따라 생각도 마음도 달라진다. 그리고 나아가 인생이 달라지는 법이다.

그렇다면 문제는 간단하다. 내가 잘되고 행복하기 위해서는 아름다운 것만 바라보아야 한다. 내 삶이 아름다운 만큼 내 인생은 행복해지기 때문이다.

그 사람의 인생은 그가 무엇을 보느냐에 따라 지대한 영향을 받는다. 자신이 행복해지고 싶다면 아름다운 것만 바라보라. 아름다운 것을 보는 만큼 행복하게 된다.

DAY 15
짠맛을 잃은 소금은 더 이상 소금이 아니다

자기 할 일을 제대로 하지 못한다면, 그 사람은 짠맛을 잃은 소금과 같다. 짠맛을 잃은 소금은 더 이상 소금이 아니듯 자기 할 일을 하지 못한다면 그것은 자신의 가치를 잃은 것과 같다.

사람은 누구나 저마다의 재능이 있고, 자기만의 할 일이 있다. 이는 하나님이 주신 공평한 삶의 선물이다. 그런데 어떤 사람은 자신의 재능을 살려 자신의 일을 잘해 나가는데, 또 다른 어떤 사람은 재능을 살리지 못하고 자신의 일도 잘하지 못함으로써 아까운 삶을 낭비한다.

자신의 일을 잘하는 사람은 생산적이고 창의적인 사람으로 누구나 필요로 하지만, 자신의 일을 잘하지 못하는 사람은 비생산적이고 비창의적이어서 어디를 가든 환영받지 못한다. 그것은 마치 짠맛을 잃은 소금과도 같기 때문이다.

생각해 보라. 짠맛을 잃은 소금을 누가 소금이라고 할 것인지를. 소금은 짜야 음식 맛을 제대로 내는 법이다. 사람도 마찬가지다. 자신의 일을 잘해 나갈 때 사람들은 그 사람을 필요로 한다. 그러므로 어디에서나 누구에게나 꼭 필요한 소금과 같은 사람이 되어야 한다.

짠맛을 잃은 소금은 모래보다도 못하다. 아무런 가치가 없기 때문이다. 사람도 이와 같다. 음식에 꼭 필요한 소금과 같이 누구에게나 꼭 필요한 사람이 되어야 한다.

고난에 굴복하지 않기

삶이 아무리 고달프게 해도 고난에 굴복하지 마라. 굴복하는 자는 살아가는 동안 고달픔을 면치 못한다. 그러나 굴복하지 않는 자는 당당하게 살아가게 된다.

살다 보면 누구에게나 시련이란 반갑지 않은 손님이 찾아온다. 시련이 찾아오면 대개는 갈팡질팡 흔들리게 된다. 그런데 이때 어떻게 대처하느냐에 따라 시련은 아름다운 축복이 되기도 하고 인생의 고통이 되기도 한다.

시련이라는 반갑지 않은 손님은 자신에게 당당하게 맞서는 사람에게는 꼼짝 못한다. 그런 사람에게는 더 이상 머물러 있기를 꺼린다. 있어봤자 아무 소용이 없기 때문에 도망치듯 가버린다.

그러나 자신을 두려워하고 무서워하는 사람은 얕잡아 보고 괴롭힌다. 그러면 고통에 시달리게 되어 시련으로부터 벗어나려고 발버둥을 친다. 하지만 시련은 그 사람을 꽉 붙잡고 놓아주지 않는다. 그러다 보니 하루하루를 고달프게 살아간다.

자신의 인생을 행복하게 하고 싶다면 시련이 찾아와도 피하지 말고 당당하게 맞서라. 시련이 굴복하는 순간 그것은 축복의 선물이 될 것이다.

인생의 시련을 시련으로 생각하면 고통이 되지만, 당당히 맞서 이겨 내면 축복이 된다. 시련은 행복을 선물받기 위한 축복의 전주곡이다.

DAY 17 가장 아름답고 성스러운 축복

사랑은 그 어떤 말보다도 진실하고 평안으로 이끌어 준다. 사랑은 세상에서 가장 아름다운 것으로 희망을 주고, 서로를 배려하게 하는 삶의 향기를 품고 있다. 사랑은 가장 존중되어야 할 성스러운 축복이다.

만일 사랑이 없다면 세상은 캄캄한 암흑처럼 변할 것이다. 사람들은 서로를 배려할 줄도 모르고, 질시하고 배척하며, 자신의 유익을 위해서라면 그 모든 것을 동원해서라도 다른 사람들의 것을 손에 넣으려고 할 것이다. 감사하게도 하나님은 인간들에게 서로 사랑하는 마음을 갖게 했고, 사랑하게 함으로써 세상은 평안과 행복으로 가득 차게 되었다. 사랑은 인간에게 꿈을 갖게 하고, 희망의 향기를 풍기게 하는 행복의 주체이다.

프랑스 소설가인 귀스타브 플로베르Gustave Flaubert는 이렇게 말했다.

"사랑은 봄에 피는 꽃과 같다. 온갖 것에 희망을 품게 하고 향기로운 향내를 풍기게 한다. 때문에 사랑은 향기조차 없는 메마른 폐허나 오막살이집일지라도 희망을 품게 하고 향기로운 향기를 풍기게 하는 것이다."

아낌없이 사랑하라. 사랑은 이 세상의 모든 것 중에서 가장 값진 최고의 선물이다.

사랑이란 말만 들어도 마음은 평온해지고 행복으로 가득 차오른다. 사랑은 희망이고 행복이며 세상을 따뜻하게 하는 주체이기 때문이다.

DAY 18 새로운 나로 살면 새로운 내가 된다

누구나 마음먹기에 따라 지금과 다른 삶을 살 수 있다. 새로운 내가 되고 싶다면, 새로운 생각을 하고 새롭게 시도하라. 새로운 나로 살면 새로운 내가 된다.

생각은 과거에 머물러 있으면서 새로운 나로, 새로운 오늘을 살아가려고 한다면 그것은 모순 속을 걸어가는 것과 같다. 새로운 나와 새로운 오늘을 살아가기 위해서는 새로운 생각을 필요로 하고, 그것을 새로운 방식으로 시도해야 한다.

새 포도주를 새 부대에 넣지 않고 낡은 부대에 넣으면 부대가 터지거나 낡은 틈으로 포도주가 새어 나가듯, 낡은 방식으로는 새로운 생각을 받아들이기가 어렵기 때문이다.

새로운 나로 살고 싶다면 자신의 몸과 마음을 새롭게 하고, 새로운 생각으로 자신을 변화시켜야 한다. 그러기 위해서는 새로운 정보를 수집하고, 자신에게 도움이 되는 갖가지 배움을 통해 새로운 지식을 쌓고, 다양한 분야의 사람들과의 교류를 통해 소통하며, 책을 손에서 놓지 말아야 한다. 자신을 새롭게 하지 못하면 새로운 나로, 새로운 오늘을 살 수 없다.

새로운 나로 살기 위해서는 몸도 마음도 생각도 다 새롭게 해야 한다. 새로운 내가 되는 것, 그것은 자신을 스스로 축복하는 것과 같다.

DAY 19 · 자신이 바라는 것을 얻고 싶다면

자신이 바라는 것을 얻고 싶다면 바라는 만큼 노력해야 한다. 적게 심은 자는 적게 거두고, 많이 심은 자는 많이 거두는 게 자연의 순리이다. 행복도, 물질도 노력하는 만큼 받는 것이다.

가만히 있으면 그 어느 것도 주어지지 않는다. 무언가를 얻기 위해서는 그에 맞는 대가를 지불해야 한다. 즉 많이 얻기 위해서는 많은 대가를 지불하라는 말이다. 이 세상에 대가 없이 주어지는 것은 없기 때문이다. 그런데도 사람들 중엔 노력도 하지 않은 채, 자신이 바라는 것을 손에 쥐기를 바란다. 그래 놓고 자신이 바라는 것을 손에 쥘 수 없을 땐 세상을 원망하고, 주변 사람들을 미워하고, 자신을 불쌍한 존재라고 한탄한다. 참으로 미련하고 어리석은 일이 아닐 수 없다.

자신이 바라는 것을 얻고 싶다면 그에 대한 대가를 충분히 지불해야 한다. 그것은 자신이 바라는 만큼 노력과 열정을 바치는 것이다. 그렇게 했을 때 스스로에게도 다른 이들에게도 당당하고 떳떳할 수 있다.

그 어느 것도 대가 없이 결코 바라지 말라. 자신의 땀과 열정이 담겨 있는 것이야말로 가장 값지고 가치 있는 것이니까 말이다.

감이 먹고 싶다면 직접 감나무에서 감을 따 먹어야 하듯, 자신이 바라는 것은 자신의 손으로 취할 때 가치가 있는 법이다.

DAY 20 오래가는 행복

오래가는 행복은 누가 주는 것이 아니라 자신이 만드는 것이다. 자신이 만드는 행복이야말로 가장 행복하고 오래간다.

고대 그리스 대철학자 아리스토텔레스Aristoteles는 말했다.

"행복해지는 것은 자신에게 달려 있다."

아리스토텔레스의 말처럼 행복은 자신이 만드는 것이다. 물론 사랑하는 가족이나 연인이나 다른 누군가가 줄 수도 있지만, 그것은 어디까지나 일시적이다.

그렇다. 남이 주는 떡은 아무리 맛있어도 일시적이다. 하지만 자신이 먹고 싶을 때 직접 만들어 먹는 떡은 더 맛있고 배부르다. 그리고 먹고 싶을 때 얼마든지 자기 손으로 만들어 먹으면 된다. 그런데 왜 자신의 행복을 남에게 의지하려고 하는가. 남에게 의지해서 얻는 행복은 별 의미가 없는 허약한 행위일 뿐이다.

자신의 행복은 자신이 직접 만들어야 한다. 그것이야말로 참행복이며, 오래가는 행복인 것이다.

오래가는 행복은 자신이 만드는 것이다. 절대로 남에게 행복을 의지하지 말라. 그것은 자신을 못난 사람으로 만드는 허약한 일일 뿐이다.

DAY 21 말하는 대로 이루어진다

말은 희망의 씨앗인 동시에 절망의 씨앗이기도 하다. 자신이 잘되고 싶다면 긍정적인 말로 씨를 뿌리고 능동적으로 실행하라.

그 사람의 인생은 말을 어떻게 하느냐에 따라 그대로 된다. 긍정적인 말을 하는 사람은 긍정적으로 살게 되고, 부정적으로 말하는 사람은 부정적으로 살게 된다.

왜 그럴까. 긍정의 말 속엔 긍정의 에너지가 흐르고 있어 말하는 대로 행동하면 자신도 모르게 그대로 된다. 그러나 부정의 말 속엔 부정의 에너지가 흐르고 있다. 말이 씨가 된다는 말이 있는데, 이는 말 속엔 암시 효과가 있어 말하는 대로 된다는 것을 의미한다.

멋진 사랑을 하고 싶다면 가장 멋진 말로 사랑을 말하고, 상대방과 좋은 관계를 유지하고 싶다면 가장 따뜻한 말을 하고, 믿음을 주고 싶다면 가장 듬직하게 말하라.

말은 곧 그 사람의 인생인 것이다.

한 마디의 말이라도 신중히 해야 한다. 왜냐하면 말을 어떻게 하느냐에 따라 그대로 되기 때문이다.

DAY 22 작은 것에도 만족하고 감사하라

행복의 가치 기준을 어디다 두느냐에 따라 행복의 무게는 달라진다. 언제나 행복을 느끼고 싶다면 작은 것에도 만족하고 감사하라.

자신을 행복하다고 말하는 사람들에게는 한 가지 공통점이 있다. 그것은 매사에 작은 일에도 감사한다는 것이다. 그리고 그들은 늘 감사하다는 말을 입에 달고 산다. 그렇다면 감사를 잘하는 사람이 행복한 이유는 무엇일까?

감사를 말하다 보면 기분이 좋아지고, 모든 것을 즐거운 마음으로 하게 된다. 그러다 보니 일이 잘되고, 일이 잘되니 만족하게 되고, 행복감에 젖는다. 매사에 있어 감사해야 함에 대해 미국 여성으로서 최고의 성공 가도를 달리는 오프라 윈프리Oprah Winfrey는 이렇게 말했다.

"우리 주변에는 감사할 일이 아주 많다. 그것들을 매일 기록해야 한다."

오프라 윈프리의 말은 흔히 지나칠 수 있는 작은 일에도 감사하며 살라는 것이다. 작은 일에 감사하면 감사한 일들이 많아진다. 감사를 많이 할수록 인생은 더욱 풍요로워지고 행복해지는 것이다.

매사에 작은 일에도 감사하라. 감사하는 일이 많을수록 행복한 인생을 살게 된다. 감사는 자신을 행복의 길로 인도하는 내비게이션이다.

절제력을 길러야 하는 이유

자신을 절제할 수 있는 사람은 강한 사람이며, 이런 사람일수록 자신이 하는 일에 크게 만족하게 된다.

사람들과 만나다 보면 의견이 맞지 않아 감정이 상하는 경우가 종종 있다. 특히, 내 의도와는 달리 상대방이 곡해를 하거나 예의 없이 행동할 때는 분노를 일으키기도 한다. 이럴 때 절제력이 있으면 자신의 감정을 다스림으로 해서 생길지도 모를 불상사를 막을 수 있다. 하지만 절제력이 없으면 감정을 그대로 발산하게 되고, 그로 인해 상대와 좋지 않은 결과를 일으키게 됨으로써 상대와의 단절을 가져온다.

또한 음식이나 술 등을 절제하지 못하면 건강에 이상을 일으킬 수 있다. 그리고 낭비를 절제하지 못하면 경제적으로 어려움을 겪을 수도 있다. 이처럼 절제력은 대인 관계에 있어서나, 도를 넘을 수 있는 그릇된 식생활이나, 잘못된 행동에 대해 스스로를 제어하는 기능을 하는 마인드 컨트롤 스위치라고 할 수 있다.

그렇다. 절제력은 반드시 갖춰야 할 중요한 마인드인 것이다.

절제력은 스스로를 억제하게 함으로써 잘못될 수 있는 상황을 막아주는 마인드 컨트롤 스위치이다.

DAY 24 · 자기 인생의 결정권자

자기 인생의 결정권자는 오직, 자기 자신이다.

자기 인생의 주인공이자 결정권자는 자기 자신이다. 학교를 선택하고, 직업을 선택하고, 배우자를 선택하는 등 자신의 인생 모든 것을 자신이 주체가 되어 결정하고 이끌어 가야 한다.

그런데 어떤 사람들을 보면 자신의 인생을 남의 손에 의탁하려고 한다. 이는 스스로가 자신을 믿지 못해서 생기는 현상이다. 물론 훌륭한 스승이나 인생의 선배, 친구들로부터 조언을 받을 수 있다. 그리고 그로 인해 자신의 부족한 지혜를 구함으로써 긍정적인 삶을 살아가기도 한다.

그러나 매사를 그런 식으로 할 수는 없다. 자신이 판단하여 결정하고 자신만의 힘으로 능히 할 수 있는 것도 주저하고 두려워한다면 이는 큰 문제가 아닐 수 없다. 그것은 자신의 능력을 소멸시키는 행위이기 때문이다.

자신의 인생에 대해 얼마든지 조언을 구하되, 선택하고 결정하여 실행하는 것은 자신이 스스로 해야 한다. 자기 인생의 결정권자는 오직 자기 자신이기 때문이다.

인생에서 일어나는 모든 것은 자신에게 그 원인이 있다. 그 결과 또한 자신의 책임이며 자신의 선택에 달렸다. 이는 자기만이 자신에게 갖는 인생의 특권인 것이다.

쉽게 사랑을 얻으려 하지 마라

쉽게 사랑을 얻으려고 하지 마라. 쉽게 얻는 사랑일수록 쉽게 깨지는 법이다.

사랑을 할 때 반드시 지켜야 할 것이 있다. 사랑은 느낌만으로 되는 것도 아니고, 자신의 욕망만으로 되는 것도 아니다. 또한 물질로 사랑을 얻으려고 하지 말아야 한다. 쉽게 사랑을 얻으려고 하는 것은 사랑을 가볍게 여기는 것과 같기 때문이다.

사랑은 이 세상의 모든 것이라고 할 만큼 소중한 가치이다. 그런 까닭에 사랑에는 예의가 필요하고, 준비가 필요하고, 인내가 필요하다. 이는 사랑에 대해 마땅히 해야 할 사랑하는 자의 의무이다.

사랑은 사랑을 소중히 하는 자에게 꿈결처럼 아름답고 상쾌하고 행복한 사랑을 허락한다. 하지만 사랑을 쉽게 얻으려고 하는 자에게는 사랑의 참가치를 허락하지 않는다.

진정으로 행복하고 싶다면 사랑을 소중히 하고, 이 세상에서 가장 가치 있는 사랑을 하라.

아름답고 가치 있는 사랑은 사랑의 가치를 아는 사람에게만 허락된다. 세상에서 단 하나, 나만을 위한 나만의 사랑을 하라.

DAY 26 진실한 사랑과 허위적인 사랑

사랑은 진실할 때 오래가고, 행복은 그로 인해 더욱 깊어진다. 그러나 사랑을 가볍게 생각하는 사람에겐 가식적이고 허위적인 사랑만이 기웃거린다.

상대방의 마음을 사로잡아 오래가는 사랑을 하고 싶다면 진실한 사랑을 보여 주어야 한다. 거짓 없는 순결한 마음으로 상대방을 대하고, 어느 때에라도 상대방을 함부로 여기지 않아야 하며, 존중하는 마음을 잃지 말아야 한다. 그리고 언제나 자신감 넘치는 모습을 보여 주어야 한다. 이에 대해 프랑스의 소설가이자 《좁은 문》 작가인 앙드레 지드Andre Gide는 이렇게 말했다.

"사랑을 하는 자가 갖춰야 할 첫째 조건은 마음의 순결이다. 상대방의 인격을 존중하지 않고는 진실한 사랑이라 할 수 없다. 그리고 그 마음과 뜻이 흔들림이 없어야 한다. 자신의 앞에서도 부끄러움이 없고, 동요함이 없어야 한다. 동시에 대담성이 있어야 한다. 장애물에 굴하지 않는 용기를 지녀야 한다. 이와 같은 조건이 갖추어졌다면 그것은 참된 애정이고 진실한 사랑이다."

그러나 허위적인 사랑은 겉은 화려하고 그럴듯하지만 점점 알아갈수록 가식적이고, 상대방을 함부로 여기며, 매사가 자기중심적이다. 이런 사랑은 파멸에 이르게 되므로 절대로 해서는 안 된다.

진실한 사랑은 기쁨을 주고 행복하게 하지만, 허위적인 사랑은 슬픔을 주고 불행한 인생으로 추락시키는 파멸의 독이다.

DAY 27 | 밥에 대한 인간의 예의

밥은 생명의 원천이며 존재의 양식이다. 밥 앞에 겸손하고 부끄러움이 없어야 한다. 그것은 밥에 대한 인간의 예의이다.

한 그릇의 밥은 단순히 한 그릇의 밥이 아니다. 그것은 존재의 양식이며 생명을 이어가게 하는 목숨줄이다. 한 톨의 쌀이 만들어지기까지 농부의 손길이 수백 번도 더 닿아야 한다. 그뿐만 아니라 한 톨의 쌀이 되기 위해서는 햇빛도 있어야 하고, 때에 맞춰 비도 내려야 하고, 적당한 온도도 필요하고, 홍수가 나서도 안 되고, 가뭄이 들어서도 안 된다. 한 톨의 쌀은 지극히 작지만 우주보다 크고 넓다.

왜일까. 그것은 생명을 품고 있고, 생명을 이어가게 하는 원천이기 때문이다. 그렇게 수많은 한 톨이 모여 한 그릇의 밥이 되었으니, 얼마나 소중하고 감사한 일인가.

한 그릇의 밥을 먹을 때마다 한 그릇의 밥을 위해 기도해야 한다. 그것은 한 그릇의 밥에 대한 인간의 예의이기 때문이다.

한 그릇의 밥이 되기 위해서는 수많은 사랑과 정성, 인내가 필요하다. 한 그릇의 밥은 존재의 양식이며 생명의 원천이다. 한 그릇의 밥을 위해 날마다 경배하라.

가장 행복한 사람

시계를 보는 것조차 아까워하는 사람이 돼라. 그 사람이야말로 가장 행복한 사람이다.

자신을 행복하다고 믿는 사람은 행복을 위해 진정으로 노력하는 사람이다. 자신이 하는 일에 있어서도 정성을 다하고, 사랑하는 사람에 대해서도 최선을 다하고, 자신에게 주어진 그 모든 것에 대해 감사해한다.

그래서일까, 자신을 행복하다고 믿는 사람들은 열정이 가득하고 뜨거운 가슴을 지녔다. 또한 자신을 진정으로 사랑하고 스스로를 격려함으로써 그 어떤 어려움을 만나도 두려워하거나 포기하지 않는다.

이처럼 행복은 노력의 결과물로 주어질 때 진정한 행복으로써 가치를 지닌다. 그리고 그렇게 주어진 행복은 너무도 벅차 그 순간을 영원히 간직하고 싶은 마음에 사로잡히게 한다.

진실로 행복하길 바라는가? 그렇다면 시계를 보는 것조차 아까워하는 사람이 돼라. 그런 사람이야말로 최고로 행복한 사람이다.

가만히 있는데 저절로 오는 행복은 없다. 행복은 행복을 얻기 위해 최선을 다하는 자에게 기쁨의 선물이 되어 준다.

모든 인생의 책임은 자신에게 있다

사람은 누구나 자기 인생을 살 권리가 있다. 그런데 그 권리를 지키며 살기 위해서는 스스로 헤쳐 나가지 않으면 안 된다. 모든 인생의 책임은 자기 자신에게 있기 때문이다.

사람은 누구나 멋진 인생, 즐거운 인생, 만족한 인생으로 살기를 바란다. 단 한 번만 주어지는 이 세상에서의 삶을 세상을 다 가진 것처럼 행복하게 살고 싶고, 세상을 다 가진 듯 가장 멋진 사랑을 하고 싶고, 한 번도 슬프지 않은 것처럼 즐겁게 살고 싶어 한다. 하지만 그런 삶은 그냥 주어지는 것이 아니라 자신의 인생을 가치 있게 살려고 할 때 주어지는 삶의 은총이다.

그렇다. 누구나 자신의 인생을 멋지게 살 권리가 있다. 분명히 할 것은 누구나 멋지게 인생을 사는 것은 아니라는 것이다. 멋지게 살 권리를 당당히 즐기기 위해 자신의 모든 것을 걸 수 있는 사람만이 살 수 있는 인생의 특권이다.

멋진 인생을 사는 것도 자신의 책임이며, 그렇지 못한 것도 자신의 책임이다. 모든 인생의 책임은 자기 자신에게 있는 것이다.

사람은 누구나 자기 인생을 살 권리가 있다. 그 권리를 당당히 즐기는 멋진 사람이 돼라.

DAY 30 열정이 있는 꿈, 열정이 없는 꿈

열정이 있는 꿈은 성공을 부르지만, 열정이 없는 꿈은 실패로 끝나고 만다.

"사람들 간에 거의 차이가 없으나 작은 차이가 커다란 차이를 만든다. 이 작은 차이는 태도인데, 태도가 적극적이냐 소극적이냐 하는 것이다."

이는 미국 세일즈맨의 원조이자 기업가인 클레멘트 스톤Clement Stone의 말로 열정이 있느냐 없느냐에 따라 결과는 엄청난 차이가 난다는 것을 의미한다.

다시 말해 같은 꿈을 갖고 있다 하더라도 적극적인 자세, 즉 열정적으로 꿈을 향해 나아가느냐, 소극적인 자세, 즉 열정 없이 나아가느냐에 따라 성공을 하기도 하고 못하기도 한다는 말이다.

왜 그럴까. 열정의 힘은 긍정의 에너지를 품고 있어 열정의 정도에 따라 긍정의 에너지는 더 크게 발생함으로써 성공적인 결과를 가져오는 것이다. 그러므로 자신이 꿈을 이루고 성공하고 싶다면 열정의 엔진 알피엠RPM을 높여야 한다. 열정의 엔진 알피엠을 높이는 만큼 성공이 이뤄진다.

열정이 있느냐 없느냐는 한 사람의 인생에서 완전히 극과 극의 결과를 낳게 한다. 열정을 가져라. 뜨거운 열정이 성공을 부른다.

흔들림을 이겨 내라

꽃은 흔들리면서도 결코 쓰러지지 않는다. 폭풍을 견뎌내서라도 기어코 꽃을 피운다. 흔들림을 이겨내라. 흔들리면서 사는 게 인생이다.

세상은 거대한 파도가 밀려왔다 밀려가는 망망한 바다와 같고, 폭풍이 시도 때도 없이 휘몰아치는 거대한 대지와 같다. 이 거대한 세상에서 살아가다 보면 자신의 의도와는 상관없이 고난이란 장벽을 만나게 된다.

고난이란 장벽을 만나면 사람들은 세 가지 현상을 보인다. 첫째는 아무렇지도 않게 장벽과 맞서 장벽을 뚫고 앞으로 나아간다. 둘째는 장벽과 맞서지 못하고 주저앉아 버리고 만다. 셋째는 이러지도 저러지도 못하고 갈피를 잡지 못해 방황하게 된다.

고난은 피해갈 수 없는 장벽이다. 맞서지 않고 포기하거나 갈피를 잡지 못한다면 더 이상 앞으로 나갈 수 없다. 고난의 장벽 앞에 비록 흔들릴지라도 두려워하지 마라. 흔들리며 사는 게 인생이다. 아무리 흔들리고 흔들려도 쓰러지지 않으면 반드시 고난의 장벽을 이겨 낼 수 있다.

흔들리지 않는 인생은 없다. 흔들리면서 앞으로 나가는 게 인생이다. 뜻을 이루고 싶다면 흔들림 앞에 절대 무릎 꿇지 마라.

CHAPTER 2

나에게 주는
인생의 선물

February

자신을 만족하게 하는 것은, 자신의 인생에 대한 예의이다

Birth flower
앵초 Primrose _젊은 시절과 고뇌

자신을 만족하게 하는 것은, 자신의 인생에 대한 예의이다.

DAY 01 주관이 있는 삶

> 성공한 인생들은 대개 주관이 뚜렷하다. 힘들 때나 어려울 때 그들을 지켜준 것은 주관이다. 주관을 가져라. 주관이 있는 삶은 실패하지 않는다.

자신만의 견해나 관점을 '자기 주관'이라고 하는데, 주관이 있어야 자신의 인생을 주도적으로 이끌어 갈 수 있다. 그런 이유로 자기 주관이 있고 없고가 많은 차이점을 보인다.

자기 주관이 분명한 사람은 어떤 문제에 있어서나 난관을 만나도 자신만의 관점에서 문제를 풀어 나가려고 한다. 그러나 주관이 없는 사람은 난제나 난관을 만나면 어찌할 줄을 몰라 쩔쩔맨다.

주관을 갖는다는 것은 마치 소중한 보석을 몸에 지니는 것과 같다. 언제 어느 때 닥칠지 모르는 난관이나 난제를 만난다고 해도 주관이 확고하면 문제될 게 전혀 없다. 강인한 주관을 앞세워 당당하게 밀고 나가면 그 어떤 난관도 난제도 능히 해결할 수 있다.

주관을 분명히 하기 위해서는 깊이 생각하고 통찰하는 힘을 길러야 한다. 자기 철학과 사상이 있는 사람이 주관이 강한 것은 깊이 생각하고 통찰하는 힘이 뛰어나기 때문이다.

자신만의 주관을 갖기 위해서는 깊은 사색과 통찰력을 길러야 한다. 깊은 사색과 통찰에서 길러진 자기 철학과 사상은 주관을 강화하는 마인드 머신이다.

DAY 02 자신을 사랑하고 격려하기

> 자신을 사랑하고 격려할 줄 모르는 사람은 남도 자신도 사랑할 줄 모른다. 자신을 사랑하고 격려하면 남도 자신도 사랑하게 됨으로써 인생을 풍요롭게 살아갈 수 있다.

세상에서 자기처럼 자신에게 중요한 사람은 없다. 자신이 목숨을 바쳐 사랑할 것 같은 사람도, 부모 형제도, 자신보다는 중요하지 않다. 자신이 자신의 인생의 주체이며 주인이다.

그런데 사람들 중에는 자신을 함부로 여기는 사람들이 있다. 조금만 힘들어도 불평과 불만을 늘어놓고 스스로를 내팽개치듯 여긴다. 이런 사람은 자신은 물론 남은 더더욱 사랑할 줄 모른다. 그래서 스스로를 함부로 대하는 사람은 인간관계에 있어 소통의 어려움을 겪게 되고, 문제를 야기함으로써 어려움에 봉착한다.

힘들 때일수록 자신을 사랑하고 격려하라. 자신을 사랑하고 격려하면 자존감self esteem이 높아짐으로써 사랑하는 일에 있어서나 자신이 하는 일에 있어 최선을 다하게 된다.

자신을 사랑하고 격려하는 것, 그것은 자신을 최고가 되게 하는 최선의 비법이다.

자신을 사랑하고 격려하면 자존감을 높이게 된다. 자존감이 높아지면 자신도 남도 사랑하게 됨으로써 자신의 인생을 풍요롭게 하는 데 큰 도움이 된다.

DAY 03 자신의 인생에 대한 예의

자신의 인생을 멋지고 가치 있게 살고 싶다면, 늘 자신을 새롭게 하고 창의적으로 생각하라. 자신을 만족하게 하는 것은, 자신의 인생에 대한 예의이다.

사람들 중엔 타인에 대한 예의를 지켜야 한다고 생각하면서도 자신의 인생에 대해서는 무감각하게 생각하는 이들이 있다. 진실로 자신을 위한다면 타인에게 예를 갖추듯 자신의 인생에게도 예를 다해야 한다.

자신에게 예를 다하기 위해서는 자신이 지금과 다른 삶을 살도록 늘 새롭게 자신을 변화시켜야 한다. 사람은 언제나 자신의 가치를 새롭게 변화시킬 수 있는 능력을 갖추고 있다. 사람은 창조적이고 이상적인 존재이기 때문이다. 그런데도 지금과 내일이 같다면 그것은 자신에 대한 예의가 아니다.

자신에게 예를 다하기 위해서는 자신에게 새로운 가치를 부여하자. 새로운 가치는 새로운 변화를 통해서만 높일 수 있는데, 새로운 가치를 지니게 되는 순간 새로운 자신으로 거듭나게 된다.

자신의 가치를 새롭게 창조하는 것, 그것은 자신의 삶에 대한 예의이자 자신이 자신에게 주는 최고의 선물이다.

자신의 인생에 대해 예를 다하는 사람은 늘 새로운 가치를 찾아 노력한다. 자신에게 새로운 가치를 부여하는 것은 스스로에 대한 예의이자 최선의 인생이 되는 비결이다.

DAY 04 | 자신을 망치는 분노의 감정

어떤 일에 있어서도 감정적으로 대하는 것은 금물이다. 그것이 설령 옳다 해도 지나친 감정은 자칫 그 일을 망치게 할 수 있기 때문이다.

어떤 일에 있어서 감정적으로 생각하는 것은 자칫 우를 범할 수 있다. 특히, 좋지 않은 일에 있어서는 더욱 그러하다. 감정이 앞서다 보면 사리 분별력을 잃게 되고, 감정의 노예가 되어 문제를 야기하기 십상이다.

감정대로 해서 잘되는 일은 거의 없다. 감정은 판단력을 흐르게 하는 모르핀과 같기 때문이다. 이에 대해 15세기 스페인 철학자인 발타자르 그라시안Baltasar Gracian은 다음과 같이 말했다.

"감정은 언제나 이성을 짓밟아 버리는 경향이 있다. 감정에 충실하게 행동하면, 모든 것이 광기로 흐르기 쉽다."

옳은 말이다. 감정을 억제하기 위해서는 이성적으로 생각하는 힘을 길러야 한다. 이성이 감정을 통제하게 되면 그 어떤 상황에서도 감정적으로 행동하지 않게 된다. 이성을 기르기 위해서는 사색하는 힘을 기르고, 마음을 다스리는 힘을 길러야 한다. 마음을 스스로 다스리게 되면 어떤 상황에서도 감정을 억제하게 됨으로써 좋은 결과를 낳는다.

좋은 감정은 자신을 이롭게 하지만, 지나친 감정은 우를 범하는 요인이 된다. 특히, 분노에서 오는 감정은 폭탄을 손에 쥐고 있는 것과 같다.

DAY 05 후회하지 않는 삶

후회하지 않는 삶은 없다. 따라서 후회하지 않는 인생도 없다. 그러나 후회를 하지 않는 삶이 되어야 한다. 후회가 적을수록 자신의 인생은 그만큼 보람되고 행복하기 때문이다.

후회하지 않는 사람은 없다. 사람은 그 누구나 후회를 하며 산다. 사람은 완벽할 수 없는 미완성의 존재이기 때문이다. 그러나 자신의 인생에 만족하며 살고 싶다면 후회하지 않도록 해야 한다. 물론 후회를 전혀 안 할 수는 없다. 하지만 후회를 줄일 수는 있다. 후회를 줄이며 살려면 많은 노력을 필요로 한다. 그렇다면 후회를 줄이기 위해서는 어떻게 해야 할까?

후회는 대개 지나친 욕심이나 감정의 표출에서 온다. 사랑에 대한 지나친 욕심이 후회를 만들고, 재물에 대한 탐욕이 후회를 일으키며, 지나친 감정 표출이 후회하는 일을 만든다.

모든 후회의 원인은 지나친 욕심과 감정의 과다 표출에서 오기 때문에 욕심을 줄이고 감정을 억제하면 후회를 줄일 수 있다. 후회를 줄이며 사는 것, 그것은 최선의 삶을 산다고 해도 지나침이 없다.

후회는 지나친 욕심과 감정의 과다 표출에서 하게 된다. 매사에 욕심을 줄이고, 지나친 감정의 표출을 억제하면 후회하는 일을 줄일 수 있다.

DAY 06 스스로를 축복하기

자신을 잘되게 하는 일은 스스로를 축복하는 일이다. 힘들고 어려울 때일수록 자신을 위하고, 잘되게 하는 일에 힘써야 한다. 자신을 위하는 만큼 자신을 잘되게 하는 만큼, 자신의 삶은 변화를 꾀하게 될 것이다.

자신의 인생을 잘 살았거나 잘 살아가는 사람들에겐 몇 가지 분명한 공통점이 있다. 첫째는 자신의 인생을 가치 있게 하기 위해 최선을 다한다는 것이다. 둘째는 아무리 어려운 고난 앞에서도 절대로 포기하지 않는 용기를 가졌다는 것이다. 셋째는 자신을 사랑하고 격려하는 일을 자연스럽게 여겼다는 것이다. 넷째는 스스로를 돌아보며 잘한 일과 잘못한 일을 분명히 함으로써 두 번 다시는 잘못을 범하지 않았다는 것이다. 다섯째는 사람들과의 관계를 좋게 하기 위해 배려하는 마음이 뛰어나다는 것이다.

자신의 인생을 잘 살기 위해서는 이 다섯 가지 법칙을 통해 자신이 잘될 수 있도록 스스로를 응원하고 격려해야 한다. 이는 스스로를 축복하는 일로 그 어떤 것보다 놀라운 효과를 나타낸다.

지금 자신을 한번 곰곰이 생각해 보라. 나는 나를 스스로 축복할 수 있는 준비가 되어 있는가를. 만일 되어 있지 않다면 앞의 다섯 가지 법칙을 하나씩 하나씩 실천에 옮겨보라. 놀라운 변화가 있을 것이다.

스스로를 축복하는 일은 자기 확신에서 온다. 늘 자신에 대해 강한 확신을 갖고 매사에 적극적으로 임하라.

DAY 07 긍정의 원동력, 자존감을 키워라

자존감은 자신을 소중히 하고, 자신을 잘되게 하는 긍정의 원동력이다. 자존감을 높여라. 자존감이 높을수록 긍정의 힘 또한 강해진다.

자존감이란 자신을 존중하고 사랑하는 마음이다. 자존감을 갖게 되면 자신을 믿게 되고 스스로를 신뢰하게 된다. 그래서 자신을 믿고 신뢰하는 만큼 자존감은 커지게 된다.

자존감이 인간에 미치는 영향은 매우 긍정적이다. 자존감이 클수록 자신에 대한 애착심이 커진다. 또 그런 만큼 자신을 사랑하게 된다. 자존감이 큰 사람이 자신의 일을 더 열정적으로 하고 성공적으로 해내는 것은, 자존감이 자신의 가치를 드높이는 긍정의 원동력이기 때문이다. 또한 스스로를 존중하면 남도 그 자신을 존중한다. 이에 대해 공자孔子는 이렇게 말했다.

"스스로를 존경하면 다른 사람도 당신을 존경할 것이다."

그렇다. 자신을 위해 주는 사람은 함부로 여기지 못하게 된다. 그러나 자신을 함부로 여기는 사람은 남도 그를 함부로 여기게 된다. 자신을 잘되게 하고 남에게 존중받고 싶다면 자존감을 길러라.

자존감이 높은 사람일수록 자기 확신이 강하고 자신을 존중하고 사랑한다. 자존감이 높은 사람이 잘되는 것은 스스로를 존중하고 사랑하기 때문이다.

DAY
08

인생의 빛과 소금

자신에게 힘이 되어 주고, 위로가 되어 주고, 용기를 주는 좋은 격려자는 자신의 인생의 빛과 소금이다.

한 사람의 성공적인 인물 뒤에는 그에게 빛과 소금 같은 사람들이 있다. 어려울 때 발 벗고 나서 힘이 되어 주고, 슬프고 외로울 때 위로가 되어 주고, 자신감을 잃고 어쩌지 못하고 망설일 땐 용기를 북돋워 주는 사람들, 이들은 정녕 빛과 소금 같은 사람들이다.

그들은 캄캄한 어둠을 환히 밝히는 빛처럼 인생의 빛이 되어 길을 인도하고, 반찬의 간을 맞추는 소금과도 같아 반드시 필요한 좋은 격려자이기 때문이다.

좋은 격려자를 두기 위해서는 격려자의 마음을 사야 한다. 반듯한 성품을 갖추고, 원대한 꿈을 지녀야 하며, 의미 있는 인생이 되고자 노력해야 하며, 사람의 마음을 움직이게 하는 소통 능력이 있어야 한다. 뜻이 있는 사람들은 그런 사람에게 관심을 갖게 되고 좋은 격려자가 되어 주려고 한다. 좋은 격려자를 곁에 두기 위해서는 진정성을 갖고 노력해야 한다. 좋은 격려자를 둔다는 것은 큰 자산을 가진 것과 같기 때문이다.

좋은 격려자는 자신의 인생에 반드시 필요한 사람이다. 그는 빛과 같고 소금과 같아 자신의 인생에 빛이 되고, 길이 되어 주기 때문이다.

DAY 09 고통이 따르지 않는 좋은 결과는 없다

고통이 따르지 않는 좋은 결과는 없다. 자신을 위해 멋지게 살고 싶다면 자신의 노력과 열정을 아끼지 말고 최선의 최선을 다해야 한다.

《실낙원》을 쓴 시인 존 밀턴John Milton은 열악한 환경 속에서 눈이 멀고 병에 시달렸다. 그러나 그는 자신이 처한 최악의 상황에도 불만 대신 긍정적으로 생각하고 행동했다.

'교향곡의 어머니'로 불리는 작곡가 프리드리히 헨델Friedrich Handel을 보자. 그는 갑자기 앓게 된 중풍으로 최악의 고통을 겪어야만 했다. 그 고통이 어느 정도인가 하면 몸을 제대로 가눌 수도 없었고, 시력마저 잃어 극심한 우울증에 시달려야 했다. 그러나 그는 절망하지 않았다. 그는 눈을 감고 고요히 떠오르는 악상에 집중했다. 그러자 가슴 저 깊은 곳으로부터 선율이 들려오기 시작했다. 헨델은 즉시 악보에 옮기기 시작했다. 그리고 자신도 놀라워할 작곡을 했는데 그것이 바로 〈메시아〉라는 곡이다.

자신이 잘되고 싶다면 그 어떤 고통과도 맞서 이겨내고, 자신이 가진 능력과 재능과 지혜를 모아 죽을 듯이 정진하라. 최선을 다하는 자만이 최고의 결과를 얻게 된다.

고통 없이 좋은 결과를 바라지 마라. 그것은 공짜 인생을 사는 것이다. 진실로 행복한 인생이 되고 싶다면 그 어떤 고통도 이겨내고 활짝 웃는 인생이 돼라.

DAY 10 공부와 인생

공부는 정해진 기한이 없다. 평생을 걸쳐 하는 것이 공부다. 공부의 목적은 참다운 나를 위한 성찰이며, 새로운 것에 대한 앎이다. 자신을 위해 공부하라. 공부를 하는 만큼 인생의 즐거움도 함께 할 것이다.

"널리 배우고 자세히 물으며, 깊이 생각하고 분명히 분별하며 꾸준히 실천해야 한다."

주자朱子가 말하는 널리 배우고 자세히 묻는다는 것은 하나를 배워도 깊이 넓게 배우라는 것이고, 깊이 생각하고 분명히 분별하라는 것은 배운 것을 통해 옳고 그름을 알아야 한다는 것이며, 꾸준히 실천하라는 것은 배운 대로 살라는 말이다.

그렇다면 진정한 공부의 목적은 무엇일까? 그것은 단순히 좋은 직업을 갖는 것도 아니고 좋은 인맥을 쌓아 출세하는 바탕으로 삼는 것도 아니다. 참다운 나를 아는 것이다. 새로운 것을 앎으로써 지금보다 나은 삶을 살고, 누군가에게 자신의 배움을 통해 도움을 줄 때 공부는 공부로써의 가치를 지니게 된다.

공부에는 나이도 없고 기한도 없다. 평생을 해도 모자라는 게 공부다.

공부에는 엔딩(ending)이 없다. 언제나 처음이고 시작이다. 공부의 목적은 참다운 나를 아는 것이며, 새로운 것을 발견함으로써 자아를 실현하는 것이다.

DAY 11 · 나에게 주는 인생의 선물

> 삶을 즐겁게 살 수 있다면 그것은 자신의 인생에게 주는 선물이다. 따라서 삶의 즐거움이 클수록 인생의 선물도 커진다. 삶을 즐겨라. 삶을 즐기는 자가 진실로 복된 자이다.

삶은 누군가에게는 즐거움이며 행복이지만, 누군가에게는 고통이며 불행일 수 있다. 하지만 분명한 것은 삶은 누구나 즐거워야 하며 행복해야 한다는 것이다. 즐겁고 행복한 인생이 되기 위해서는 매사를 긍정적으로 생각하고 행동해야 한다. 긍정적인 마음을 갖고 살면 고통도 시련도 아무렇지도 않게 생각하게 된다. 그리고 무슨 일을 하든 즐겁게 함으로써 일을 능률적으로 하게 된다. 하지만 하지 않으면 안 되니까 어쩔 수 없이 한다고 생각하면 작은 어려움과 고통에도 힘겨워하고, 일이 즐거운 것이 아니라 고통으로 느껴진다. 이는 자신을 부정적인 사람이 되게 하고, 자신을 불행하다고 생각하게 만든다.

그렇다면 문제는 간단하다. 최대한 자신을 즐겁게 만들어 세상을 다 가진 것처럼 행복하게 살아야 한다. 그리고 영원히 살듯이 하루하루를 살아야 한다. 그것은 자신이 자신에게 주는 인생의 값진 선물인 것이다.

되도록 즐겁게 살아야 한다. 나아가 세상을 다 가진 것처럼 행복하게 살아야 한다. 그것은 자신의 인생을 복되고 영화롭게 하는 인생의 선물이다.

DAY 12 날마다 새로운 오늘처럼

날마다 새로운 오늘처럼 살아야 한다. 그러기 위해서는 날마다 새로운 내가 되어야 한다.

날마다 새로운 오늘을 사는 것처럼 신선하고 흥미로운 일은 없을 것이다. 새롭다는 것은 늘 마음을 들뜨게 하고 설레게 하기 때문이다. 날마다 새로운 오늘을 살기 위해서는 자신을 새롭게 해야 한다. 생각하는 것, 보는 것, 느끼는 것 자체가 새로워야 한다는 말이다. 그러기 위해서는 마인드를 새롭게 해야 한다. 낡은 마인드로는 새로운 오늘을 살 수 없다. 새로운 생각, 새로운 변화는 새로운 마인드를 갖게 될 때 빛을 발하게 된다.

새로운 마인드를 갖기 위해서는 어떻게 해야 할까?

첫째, 다양한 분야의 책을 꾸준히 읽어 늘 마음을 새롭게 해야 한다. 둘째, 새로운 생각을 가진 사람들과의 교류를 통해 자신의 생각을 새롭게 변화시켜야 한다. 셋째, 새로운 정보, 새로운 지식을 습득해야 한다. 넷째, 매일 있었던 일을 돌아보며 마음을 정리함으로써 잘못된 것은 버리고 새로운 것은 마음에 담아야 한다.

이 네 가지를 마음에 새겨 꾸준히 실천한다면 새로운 마인드를 길러 날마다 새로운 날을 살게 될 것이다.

낡은 마인드로는 새로운 오늘을 살 수 없다. 새로운 오늘을 살기 위해서는 마음을 새롭게 하고 새로운 생각으로 자신을 변화시켜야 한다.

DAY 13 고독을 이기는 지혜

현대사회는 사람 숲에서도 사람이 그리운 시대이다. 고독한 시대인 현대사회에서 고독을 극복하며 살아가기 위해서는 '고독'을 이기는 지혜가 필요하다.

물질문명의 발달로 삶은 편리해졌지만, 그 이면에는 부정적인 면도 함께 한다. 물질문명이 발달할수록 인간은 죽음을 부르는 고독이라는 함정에 빠지게 된 것이다. 이를 극복하기 위해서는 고독력을 길러야 한다.

고독력을 기르기 위해서는 어떻게 해야 할까?

첫째, 자신을 혼자 두지 마라. 친구나 지인과 어울리며 함께하는 시간을 가져라. 둘째, 취미 생활을 통해 외로움을 극복하라. 취미 생활을 하다 보면 고독력을 기를 수 있다. 셋째, 봉사 활동을 하는 것도 좋은 방법이다. 넷째, 독서 습관을 기르는 것도 고독을 이기는 좋은 방법이다. 독서는 마음의 허전함을 채워 줌으로써 고독력을 길러 준다. 다섯째, 새로운 것을 배우는 것에 힘써라. 배우는 재미에 빠지면 외로움을 이겨내는 데 큰 도움이 된다.

현대병이라고 부르는 고독은 죽음을 부르는 무서운 병이다. 고독력을 길러 외로움을 극복하라.

고독은 절망을 부르는 병이다. 고독을 극복하기 위해서는 고독력을 길러야 한다. 고독한 자신을 그대로 둔다면 피폐하게 살아가게 될 것이다.

DAY 14 현실을 직시하는 마음 기르기

현실을 직시하는 마음을 길러라. 현실을 직시하는 마음이 밝을수록 자신의 인생을 가치 있게 변화시킴으로써 오늘과는 다른 새로운 나로 살아가게 된다.

현대 사회는 매우 복잡 미묘한 시대다. 이런 사회에서 산다는 것은 늘 어려운 숙제를 안고 사는 것처럼 가슴을 답답하게 한다. 이럴 때 현실을 직시하는 마음이 밝다면 시시때때로 앞길을 가로막는 난제를 풀어나가는 데 큰 힘이 된다. 그런데 현실을 직시하기 위해서 때로는 자신의 잘못된 생각이나 과오 등을 거침없이 제거해야 하며, 때에 따라서는 정든 것과도 이별해야 한다. 이처럼 현실을 바로 보기 위해서는 결단이 필요할 때도 있다. 이에 대해 미즈노 케이야는 이렇게 말했다.

"현실을 직시하는 것은 아픔을 동반한다. 하지만 그렇게 해야 할 일이 보인다."

적확한 지적이다. 때로는 아픔과 슬픔을 넘어야 현실이 제대로 보이는 법이다. 현실을 직시하는 마음을 기르기 위해서는 사색을 즐기고, 배우기에 힘써야 하며, 변화에 대한 적응력을 길러야 한다. 현실을 직시하는 마음은 끊임없는 노력 가운데 밝아지는 것이다.

현실을 바로 보고 정확히 보기 위해서는 마음을 바르게 해야 한다. 반듯하고 정확한 가운데 현실을 직시하는 마음이 길러지기 때문이다.

DAY 15 · 감사에 대한 아름다운 생각 10가지

감사는 자신을 위한 축복의 비결이다. 그래서 감사하게 되면 마음이 풍요로워진다. 감사를 잘하는 사람이 잘되는 것은, 감사를 통해 풍요로운 마음을 갖게 되기 때문이다.

감사는 자신을 위한 축복의 비결이다. 감사를 잘하는 사람이 잘되는 것은 감사에 대한 아름다운 생각을 가슴에 품고 실천하기 때문이다. 감사에 대한 아름다운 생각 10가지는 첫째, 지금까지 잘 살아올 수 있음에 감사하자. 둘째, 현재 자신이 하는 일에 대해 진실로 감사하자. 셋째, 가족이 함께함을 마음 깊이 감사하자. 넷째, 푸른 하늘과 맑은 공기를 매일 바라보고 마실 수 있음에 감사하자. 다섯째, 누군가에게 도움을 줄 수 있음에 감사하자. 여섯째, 자유와 평화를 누리며 살고 있음에 대해 감사하자. 일곱째, 차를 마시며 마음의 여유를 즐길 수 있음을 감사하자. 여덟째, 따뜻한 집에서 등 따습게 지낼 수 있음을 감사하자. 아홉째, 누군가로부터 위안을 받고 용기를 낼 수 있음에 감사하자. 열째, 날마다 일용할 양식을 먹을 수 있음에 대해 감사하자.

감사에 대한 아름다운 10가지를 마음에 담아 실천해 보라. 자신의 삶이 변화하는 것을 경험하게 될 것이다.

감사는 자신의 인생에 대한 예의이다. 감사를 잘할수록 자신의 인생이 풍요로워지는 것은 자신에 대해 예를 다하기 때문이다.

DAY 16 | **자신에게 투자하는 사람**

자신을 사랑하고 존중하는 사람은 물질적인 것이든 정신적인 것이든 자신에게 투자하는 것을 즐겨 행한다. 자신의 인생에 생산적인 사람, 그가 진정으로 자신의 인생을 사랑하는 사람이다.

자신을 진정으로 사랑하는 사람은 자신을 가만히 두지 않는다. 그것은 스스로를 방치하는 일로 여긴다. 이런 마음이 자신을 가만히 두지 못하게 하는 것이다. 그래서 물질적으로든 정신적으로든 자신에게 투자하는 것을 당연시 한다.

자신을 진정으로 사랑한다면 자신에게 생산적으로 투자하는 사람이 되어야 한다. 자신의 재능에 잘 맞게, 그 재능을 살리는 일에 아까워하지 말고 투자해야 한다. 때로는 조언자를 곁에 두어 때때로 조언을 구하고, 탄탄하게 실력을 길러야 한다. 적을 알고 싸우면 승리할 확률이 높듯, 자신이 하는 일을 잘 알고 하면 성공할 확률은 그만큼 높아지게 되는 것이다.

그리고 정신적으로도 자신을 풍요롭게 가꿔야 한다. 정신이 풍요로워야 몸과 마음이 평안하고, 자신이 하는 일을 안정적으로 잘해 나갈 수 있다. 정신을 풍요롭게 하기 위해서는 사색과 명상을 하고, 독서를 하고, 여행을 하는 등 정신적으로 근육을 키워야 한다.

자신을 사랑하는 사람은 자신에게 투자하는 것을 아끼지 않는다. 자신을 생산적인 사람이 되게 하는 것, 그것은 자신을 사랑하고 존중하는 일이다.

DAY 17 과거의 잘못을 되풀이하지 않기

> 현명한 사람은 과거의 잘못을 거울삼아 같은 잘못을 되풀이하지 않지만, 어리석은 자는 미련스러워 같은 잘못을 반복한다. 같은 잘못을 반복하지 않는 것. 그것은 자신에 대한 예의이자 배려이다.

사람은 누구나 잘못을 할 수 있다. 사람이니까 잘못을 한다. 그런데 현명한 사람은 두 번 다시 과거의 잘못을 되풀이하지 않는다. 그것은 마이너스적인 인생을 사는 거라고 여기기 때문이다. 그래서 어떤 상황에서도 같은 잘못을 되풀이하지 않는다.

하지만 어리석은 사람은 미련해서 같은 잘못을 답습한다. 같은 잘못을 되풀이한다는 것은 마이너스 인생을 사는 것과 같다. 생각해 보라. 같은 잘못을 반복하지 않으면 그 시간에 자신을 위해 생산적인 기회를 가질 수 있다. 그런데 같은 잘못을 되풀이한다면 비생산적인 삶을 사는 것과 같다.

사람은 불완전한 존재라 잘못하는 것은 어쩔 수 없는 일이지만, 과거의 잘못을 거울삼아 같은 잘못을 되풀이하지 않는 것이 중요하다. 그것이야말로 자신을 생산적인 인생이 되게 하는 지혜인 것이다.

사람이니까 실수도 하고 잘못을 한다. 하지만 같은 잘못을 반복하지 않는 것이 중요하다. 그것은 생산적인 인생을 사는 지혜이기 때문이다.

DAY 18 | 삶을 최대한 단순화하는 지혜

참행복을 느끼고 싶다면 최대한 삶을 단순화하라. 단순화할수록 행복은 커지는 법이다.

복잡한 현대 사회에서 행복을 느끼며 살고 싶다면 단순하게 사는 지혜가 필요하다. 삶을 단순화하면 매사를 복잡하게 생각하지 않음으로써 마음의 평안을 얻게 된다. 하지만 이런저런 생각이 많다 보면 마음이 복잡해지고 불안정해진다.

미국의 시인이자 철학자인 헨리 데이비드 소로Henry David Thoreau는 이미 19세기에 이를 실천하여 몸소 보여 주었다. 그는 '월든'이라는 호숫가에 오두막을 짓고 최소한의 먹을 것과 최소한의 물품으로 자신의 생각을 행동으로 보였다. 그는 그러한 자신의 생활을 담아 저서 《월든》을 남겼다. 그의 일생은 물욕과 인습의 사회 및 국가에 항거하여 자연과 인생의 진실에 관한 문제에 대해 연구하고 그것을 저술하는 매우 의미 있는 삶이었다.

물론 소로와 같은 삶을 살 수는 없다. 분명한 것은 모든 불행은 더 많이 가지려고 하는 데서 오기 때문에 최대한 자신의 삶을 단순화해야 한다는 말이다. 그것이야말로 정글 같은 사회에서 보다 더 행복해지는 비결이다.

모든 불행은 더 많은 것을 소유하려는 욕심에서 온다. 욕심을 내려놓고 삶을 단순화하면 그만큼 행복해질 수 있다. 삶을 단순화하는 것, 그것은 행복을 높이는 비결이다.

DAY 19 참 좋은 인생이 되는 법

참 좋은 인생은 자신을 사랑하듯 타인과 사회를 위해 사랑을 실천하는 삶이다. 사랑을 베푸는 것은 받는 것보다 더 큰 즐거움과 기쁨, 행복을 누리게 한다.

자신만을 위해 사는 것은 자신의 인생의 의무이자 권리이다. 하지만 타인과 사회를 위해 자신의 사랑을 베푼다는 것은 타인과 사회에 대한 배려이자 사랑의 실천이다. 이런 삶을 사는 사람은 참 좋은 인생을 사는 사람이다.

이렇듯 참 좋은 인생이란 자신만을 위해 사는 것보다 남과 함께 할 때 갖게 되는 삶의 축복이다. 남을 배려하고 용기를 주고 도움을 베푸는 것이야말로 자신의 덕을 쌓는 일이기 때문이다.

덕을 쌓을수록 인생은 더욱 충만해지고 참 좋은 인생으로 살아가게 된다. 그래서 덕이 있는 사람은 어디를 가든 외롭지 않고, 그의 주변에는 그를 따르는 사람들이 몰려든다. 덕을 베풀면 베푼 덕보다 더 큰 은총이 되어 찾아온다.

모든 삶엔 공짜가 없다. 자신이 하는 그대로 받는 것이 인생의 법칙이다. 그러므로 참 좋은 인생이 된다는 것은 자신을 위한 최고의 축복과도 같다.

참 좋은 인생을 살고 싶다면 의미 있는 삶을 살아야 한다. 나 아닌 타인과 사회를 위해 헌신하는 것은 자신을 참 좋은 인생이 되게 하는 최선의 비결이다.

DAY 20 리더의 자격

> 좋은 리더는 다른 사람들을 자신처럼 소중히 여기는 마음이 뛰어나다. 그것은 리더로서 갖춰야 할 품성이며, 그런 자세야말로 좋은 리더의 자질이다.

좋은 리더가 되기 위해서는 리더의 자격을 갖춰야 한다. 리더는 책임감이 강해야 하고, 지혜가 뛰어나야 하고, 너그럽고 자애로운 마음을 지녀야 한다. 나아가 풍부한 지식과 설득력, 사람들을 따뜻하게 품을 수 있는 감성 그리고 사람들을 휘어잡을 수 있는 카리스마를 지녀야 한다.

리더의 조건에 대해 크라이슬러 자동차 회사의 회장을 지낸 경영의 귀재 리 아이아코카Lee Iacocca는 다음과 같이 말했다.

"리더는 위대한 종이다. 리더의 말은 '가라'가 아니라 '갑시다'라고 말해야 한다. 리더는 윗사람인 동시에 친구이다. 리더십이란 모범을 보여야 한다."

아이아코카가 말하는 위대한 종이란 리더는 아랫사람들 위에 군림하는 것이 아니라 종이 되어 섬긴다는 것을 의미한다. 또한 아랫사람을 종 부리듯 하는 것이 아니라 인격적으로 대해야 함을 말한다. 그리고 모든 일에 있어 솔선수범하여 모범을 보여야 좋은 리더라는 것을 의미한다.

좋은 리더는 아랫사람을 귀히 여기고, 자신을 도와주는 고마운 사람들이라고 생각한다. 이런 마인드가 자신을 좋은 리더가 되게 하는 것이다.

DAY 21 좋은 습관은 큰 자산과 같다

좋은 습관은 무형의 자산이다. 그것은 돈으로 살 수 없고, 명예로도 살 수 없다. 다만, 반복적인 꾸준한 노력으로 몸에 맞는 옷처럼 몸에 맞춰야 하는 생활규칙이다.

성공한 인생들의 공통점 중 하나가 바로 좋은 습관을 지녔다는 것이다. 그들은 대개 시간을 금처럼 소중히 하고, 배움을 게을리하지 않았으며, 책을 손에서 놓지 않았다. 또한 분수에 넘는 행동을 자제하는 자제력이 뛰어나고, 자기 관리에 철저했다.

한마디로 말해 좋은 습관은 '자신을 이기게 하는 습관'을 말한다. 좋은 습관을 기르기 위해서는 철저하게 자신을 통제해야 한다. 그렇게 하지 않으면 좋은 습관을 기를 수 없다.

생각해 보라. 자고 싶은 것 다 자고, 놀러가고 싶은 데 다 가고 어떻게 시간을 관리할 수 있겠는가. 좋은 습관을 기르기 위해서는 마음으로부터 자신을 이겨야 한다. 독해져야 자신이 들이고자 하는 습관을 기를 수 있다.

좋은 습관을 기르는 것은 억만금을 손에 쥐는 것보다 더 가치가 있다. 자기를 이기는 좋은 습관을 길러라. 좋은 습관은 억만금을 손에 쥐고 있는 것처럼 큰 자산과 같다.

좋은 습관은 쉽게 기를 수 없지만 한 번 몸에 배게 하면 평생을 간다. 좋은 습관을 길러라. 좋은 습관은 큰 자산과도 같다.

DAY 22 신념이 강한 사람은 의지력도 강하다

신념은 스스로를 믿는 강한 확신을 말한다. 신념이 강한 사람은 의지력 또한 강한데 신념이 정신적인 것이라면 의지는 그것을 실행하는 실천적인 행위의 표상이기 때문이다.

신념이 강한 사람이 자신의 일을 잘 해내는 것은 의지가 강하기 때문이다. 신념이 정신적인 것이라면 의지는 실천적인 행위의 표상을 말한다. 따라서 신념이 강한 사람이 의지 또한 강한 법이다. 그래서 신념이 강한 사람이 무슨 일을 하든 그것을 성공적으로 해낼 확률이 높다. 신념은 자신이 믿는 것을 보상받게 하는 의지의 표출인 것이다. 이에 대해 4세기 신학자이자 주교인 아우구스티누스Augustinus는 이렇게 말했다.

"신념은 아직 보지 못한 것을 믿는 것이다."

아우구스티누스의 말은 자신이 바라는 것이 지금 자신 앞에는 없지만, 자신이 이루고자 신념을 갖고 노력한다면 그것을 반드시 이루게 된다는 강한 확신을 의미한다.

강한 신념은 모든 것을 가능하게 한다. 강한 신념이야말로 모든 성공의 근원이자 의지의 표상인 것이다.

신념이 있느냐 없느냐에 따라 일의 결과는 분명해진다. 신념은 보이지 않는 것을 보게 하는 강한 확신이다. 분명한 결과를 얻고 싶다면 신념을 가져라.

DAY 23 정체성 확립의 중요성

> 내비게이션이 길을 정확하게 안내하듯 정체성이 뛰어난 사람은 자신의 길을 가는 데 묵묵히 잘 간다. 정체성이 뛰어난 사람은 자신의 철학이 분명해 그 어떤 미혹에도 흔들리지 않기 때문이다.

정체성^identity, 즉 '어떤 존재가 본질적으로 가지고 있는 특성'이 뚜렷한 사람은 인생을 보다 더 참되게 잘 살아간다. 정체성이 뚜렷한 사람은 본질적으로 자기 철학이 분명하고 마인드를 잘 갖췄기 때문이다. 그래서 자신이 가고자 정한 길을 그 어떤 미혹이나 시련에도 흔들리지 않고 묵묵히 잘 간다. 한마디로 말해 정체성은 '인생의 내비게이션'이라고 할 수 있다.

그러나 정체성이 뚜렷하지 않은 사람은 뿌리가 약한 나무와 같아 작은 시련이나 미혹에도 잘 흔들리고 잘 넘어진다. 그래서 자신이 가고자 하는 길을 가지 못하고 방황하게 되고 급기야는 실패의 쓴잔을 마시게 된다.

정체성을 기르기 위해서는 자신만의 생각을 확고히 해야 하는데, 풍부한 독서와 사색이 많은 도움이 된다. 많은 독서는 지혜의 바탕이 되고 그것을 통한 사색은 자신만의 생각을 갖게 만들기 때문이다. 여기에 정체성을 길러야 할 이유가 있는 것이다.

정체성을 길러라. 기르되, 확고하고 단단하게 길러야 한다.

정체성은 인간이 반드시 갖춰야 할 참 좋은 마인드이자, 자신을 잘되게 인도하는 인생의 '내비게이션'이다.

DAY 24 | 말은 곧 그 사람이자 그 사람의 능력이다

말을 왜 잘해야 하는 것일까? 말은 곧 그 사람이자 그 사람의 능력이기 때문이다.

말은 자신의 생각을 전하는 중요한 수단이다. 같은 말도 어떻게 하느냐에 따라 사람들이 받아들이는 정도가 다 다르다. 자신의 말을 효과적으로 전달하기 위해서 말 잘하는 능력은 필수이다.

왜 그럴까. 현대 사회에서 말은 곧 그 사람의 능력과도 같기 때문이다. 말을 어떻게 하느냐에 따라 자신이 원하는 것을 손에 쥘 수도 있고, 놓칠 수도 있다. 말 잘하는 것 또한 경쟁력이다.

자신의 말을 효과적으로 하기 위해서는 어떻게 해야 할까?

첫째, 전달하고자 하는 핵심을 간결하고 쉬운 말로 하라. 둘째, 중언부언하거나 우물쭈물해서는 안 된다. 셋째, 듣기 좋은 목소리로 말하라. 넷째, 상대에게 확신을 심어 주기 위해 설득력 있게 말하라. 다섯째, 공감을 이끌어 내도록 친밀감 있게 말해야 한다.

이 다섯 가지를 마음에 새겨 말하기 능력을 기른다면 좋은 결과를 얻게 될 것이다.

자신의 능력을 입증하기 위해서는 말을 효과적으로 하는 능력을 길러야 한다. 말은 곧 그 사람이자 그 사람의 능력이기 때문이다.

DAY 25 소통의 품격

소통을 중요시 여기는 사람은 소통하는 데 있어 격의 있고 신중하다. 소통에도 품격이 있음을 잘 알기 때문이다.

소통은 인간관계에 있어 매우 중요한 삶의 요소이다. 소통을 잘하느냐 못하느냐에 따라 그 사람의 인생이 달릴 만큼 중요하기 때문이다. 그래서 소통을 중요히 여기는 사람은 매사에 격의 있고 신중을 다한다. 이를 일러 '소통의 품격'이라고 한다.

소통의 품격을 높이기 위해서는 자신을 겸허히 하고, 상대를 격려하고, 한마디 말도 신중하게 하고, 상대의 말을 잘 들어주는 등 예를 갖추고 성의 있게 사람을 대해야 한다. 사람은 누구나 자신에게 잘하는 자에게 관심을 기울이는 법이다.

그렇다. 사람은 자신이 하는 그대로 상대에게 받게 된다. 자신이 사람들과 좋은 관계를 가짐으로써 자신의 인생이 아름답고 행복하길 바란다면 품격 있게 소통하는 것이 중요하다. 소통의 품격을 높인 만큼 자신 또한 상대로부터 존중받게 됨으로써 아름다운 인간관계를 맺게 되기 때문이다.

소통은 품격이다. 품격 있는 소통을 하라.

소통을 잘하고 못하느냐에 따라 그 사람의 인생은 달라진다. 소통을 잘하면 긍정적인 삶을 살게 되지만, 소통에 문제가 있으면 부정적인 삶을 살게 된다.

DAY 26 정직과 원칙이 있는 삶의 가치

가치 있는 삶은 정직과 원칙을 바탕으로 한다. 정직과 원칙은 삶의 균형을 바로잡아주는 중심 추와 같이 어떤 상황에서도 잘못되지 않게 하기 때문이다.

정직과 원칙은 살아가면서 반드시 지켜야 할 삶의 규범과 같다. 정직과 원칙을 잘 지키면 바르게 살아가게 됨으로써 자신의 인생을 가치 있게 한다. 하지만 정직과 원칙이 무너지면 자신의 존재 가치 또한 무너짐으로써 불행한 인생을 살아가게 된다. 불행한 인생을 살았던 사람들이나 살고 있는 대개의 사람들은 이 평범한 진리를 잊고 자신이 하고 싶은 대로 산 대가를 톡톡히 받는다.

"정직은 확실한 자본이다."

이는 미국의 사상가이자 시인인 랄프 왈도 에머슨Ralph Waldo Emerson 이 한 말로 정직과 원칙의 중요성을 잘 알려 준다.

정직한 사람은 어디를 가든 누구를 만나든 진정성을 의심받지 않는다. 그래서 누구든 그를 믿어주고, 그가 필요로 하는 것을 도와주려고 한다. 정직이 확실한 자본이라는 말은 그래서 설득력을 가진다. 정직과 원칙은 자신의 인생의 품격을 높이는 '인생의 바로미터'이다.

정직과 원칙을 준수하는 사람은 어디를 가든 누굴 만나든 좋은 관계를 맺게 된다. 진정성을 인정받는 까닭이다. 정직과 원칙은 삶의 자산이다.

촌철살인 화법이 대화에 미치는 영향

자신이 전달하고자 하는 것을 사람들에게 확실히 심어주기 위해서는 촌철살인 화법이 매우 주효하다. 특히 적절한 비유는 전달하고자 하는 의미를 확대하여 분명히 함으로써 각인시키는 데 효과적이다.

대화에 있어 화법이 미치는 영향은 매우 크다. 화법에 따라 자신이 전달하고자 하는 정도의 차이가 확연히 다르기 때문이다. 화법은 촌철살인적인 화법, 절대적 화법, 절제 화법, 직설 화법, 강철 화법, 느긋함의 화법 등 다양하게 나뉜다.

이 중 촌철살인적인 화법은 상대에게 깊은 인상을 심어 준다. 촌철살인적인 화법은 상대의 의중을 충분히 파악한 다음 시의적절하게 한두 마디로 상대의 의표를 찔러 당황하게 만들거나 감동시키는 것을 비유하여 일컫는 말이다.

특히, 상황에 맞게 비유적으로 표현하면 거부감을 주지 않으면서도 자신의 생각을 재치 있게 전달하는 데 매우 효과적인 화법이다. 물론 누구나 다 촌철살인적인 화법을 할 수 있는 것은 아니다. 비유적 표현이 좋아야 하고, 말하는 데 재치가 있다면 촌철살인적인 화법을 시도해도 좋다. 그러면 자신의 의도를 충분히 전달하는 데 큰 도움이 될 것이다.

자신의 생각을 한두 마디로 상대에게 전달하는 데는 촌철살인적인 화법이 매우 중요하다. 특히 비유는 촌철살인적인 화법에 있어 자신의 생각을 전달하는 데 절대적이라고 할 수 있다.

DAY 28 우유부단함을 경계해야 하는 이유

우유부단한 사람은 사람들에게 믿음을 주지 못한다. 우유부단함은 신뢰를 방해하는 부정적인 마인드이다.

어떤 일을 결정할 때 이러지도 저러지도 못하고, 이랬다저랬다 갈팡질팡하는 사람은 사람들에게 신뢰를 주지 못한다. 그런 사람은 우유부단해서 믿음이 가지 않기 때문이다.

우유부단함은 신뢰를 방해하는 나약한 마음이다. 우유부단함을 고치기 위해서는 어떻게 해야 할까? 첫째는 두려워하는 마음을 떨쳐내야 한다. 두려워하는 마음은 충분히 할 수 있는 것도 못하게 한다. 둘째, 나도 할 수 있다는 긍정의 마음을 길러야 한다. 긍정의 마음은 무슨 일에 있어서든 잘할 수 있다는 확신을 갖게 한다. 셋째는 마음의 중심을 반듯하게 해야 한다. 귀가 얇아 이리 쏠리고 저리 쏠리면 마음의 중심을 잡지 못한다.

이 세 가지를 가슴에 새겨 마음에 흔들림이 없도록 해야 한다. 마음에 흔들림이 없으면 자기 주관이 분명해진다. 자기 주관이 확고하면 어떤 상황에서도 강직한 마음을 갖게 된다. 그래서 강직한 사람은 어디를 가든 신뢰받게 됨으로써 자신의 인생을 가치 있게 살아가게 되는 것이다.

우유부단함은 신뢰를 저해하는 부정적인 마인드이다. 우유부단함을 극복하기 위해서는 자기 확신을 강화하고 자기 주관을 확고히 해야 한다.

DAY 29 성공의 마스터키, 끈기와 집념

끈기와 집념이 있는 사람은 끝까지 해내는 힘이 강하다. 이런 사람은 어디를 가든 인정받는다. 끈기와 집념은 '인생의 보증 수표'이다.

"큰 나무도 가느다란 가지에서 시작된다. 10층 탑도 작은 벽돌을 하나씩 쌓아 올리는 데서 시작된다. 천 리 길도 한 걸음부터 시작된다. 마지막에 이르기까지 처음과 마찬가지로 주의를 기울이면 어떤 일도 해낼 수 있다."

이는 노자老子가 한 말로 그 어떤 일도 처음 시작해서 끝까지 해내기 위해서는 끈기와 집념을 가지라는 말이다.

옳은 말이다. 아무리 계획이 좋고, 즐거운 마음으로 시작을 했다고 해도 중간에서 포기한다면 그것은 아니한 만도 못하다. 포기는 곧 끈기와 집념의 결핍을 의미하기 때문이다.

그 어떤 일도 좋은 결과를 얻고 성공하기 위해서는 아무리 힘들고 포기하고 싶은 마음이 들더라도 이를 꽉 물고 끈기와 집념으로 밀어붙여야 한다. 그 어떤 일도 죽을 듯이 미칠 듯이 밀어붙이는 끈기와 집념 앞엔 두 손을 들고 만다.

끈기와 집념은 '성공의 마스터키Master Key'이다.

끈기와 집념이 없다면 그 어떤 성공도 바라지 마라. 그것은 연료가 고갈 난 자동차와 같기 때문이다.

CHAPTER 3

높고 뜨겁게
인생을 사랑하라

March

작은 일에 최선을 다할수록 행복해진다

Birth flower
수선화 Narcissus _자존

작은 일에 최선을 다할수록 행복해진다.

DAY 01 옳다고 믿는 일엔 물러서지 마라

옳다고 믿는 일엔 절대 물러서지 말아야 한다. 물러선다면 그것은 자신의 생각이 틀리다는 것을 스스로 인정하는 것과 같기 때문이다.

고대 그리스의 대철학자 소크라테스Socrates는 민중을 선동했다는 죄로 독배를 마시는 극형에 처해졌다. 그러나 그것은 소크라테스에게는 매우 부당한 일이었다. 그는 민중을 선동한 적이 없기 때문이다. 그런데도 소크라테스는 자신의 죄 없음을 반박하지 않았다. 그것은 도리어 자신의 죄 있음을 인정하는 거라고 생각한 것이다. 만일 그가 반박을 하고 독배를 마시지 않았다면 그를 따르는 제자들과 수많은 사람들에게 죽음 앞에서는 대철학자도 범인凡人과 다름없다는 말을 들었을 것이다. 그리고 존경은 고사하고 세계 철학사에서 그저 그런 철학자로 남았을 것이다.

그러나 소크라테스는 자신의 갈 길이 이미 정해진 것을 잘 알았다. 그는 자신이 옳다는 것을 죽음으로써 보여주기 위해 "악법도 법이다"라는 말을 남기고 독배를 마셨다. 그 결과 그는 인류 역사상 최고의 철학자로 존경을 받음은 물론 세계사에 길이 남는 인물이 되었다.

옳다고 생각하는 일은 단호하게 말해야 한다. 옳은 것을 옳다고 말하지 못하는 것은 자신을 속이는 일이며 스스로 자신의 잘못을 인정하는 것과 같다.

DAY 02 진정성 있게 말하고 행동하기

진정성이 담긴 말은 믿음을 준다. 진정성은 진실을 품고 있는 바르고 고운 마음이기 때문이다. 진정성 있게 말하고 진정성 있게 행동하라.

사람들과 좋은 관계를 갖고 싶다면 진정성 있는 모습을 보여 주어야 한다. 진정성은 진실 되고 바른 마음을 품고 있어 사람들로부터 좋은 인상을 심어 준다. 사람들이 진정성 있는 사람을 믿고 신뢰하는 것은 그가 자신을 속이지 않을 거라고 믿기 때문이다.

진정성을 기르기 위해서는 첫째, 바르게 말하고 바르게 행동해야 한다. 바르게 말하고 행동하면 사람들에게 신뢰를 주게 된다. 둘째, 매사에 있어 정직하게 행동해야 한다. 정직함은 사람들에게 깊은 믿음을 심어 준다. 셋째, 자신이 한 약속은 반드시 지켜야 한다. 사람들은 약속을 잘 지키는 사람을 믿고 신뢰한다. 넷째, 우왕좌왕하거나 우유부단한 행동을 보여서는 안 된다. 그것은 믿음과 신뢰를 떨어트리는 행위이므로 확고한 자기 주관을 보여 주어야 한다.

진정성을 기르기 위해서는 이 네 가지를 습관화해서 몸과 마음에 배게 하면 언제나 진정성 있는 모습으로 사람들과 소통하게 된다.

사람들과 좋은 관계를 맺고 싶다면 진정성 있게 말하고 행동해야 한다. 사람들은 누구나 진정성 있는 사람을 믿고 신뢰하는 법이다.

DAY 03 상대의 마음을 사는 가장 확실한 방법

상대의 관점에서 생각하고 배려하면 상대 또한 진심을 갖고 대해 준다. 상대에 대한 관심과 배려는 상대의 마음을 사는 가장 확실한 방법이다.

상대의 마음을 사기 위해서는 상대에게 좋은 이미지를 주어야 한다. 믿음과 신뢰가 좋다든가, 친절하다든가, 인사를 잘 하든가, 붙임성이 좋다든가, 배려심이 뛰어나다든가 등 좋은 모습을 갖게 말하고 행동해야 한다.

특히 배려심이 뛰어나면 상대의 마음을 사는 데 매우 효과적이다. 배려는 상대의 마음을 움직이는 진심이 듬뿍 담긴 마인드이기 때문이다. 이에 대해 고대 그리스의 시인이자 극작가인 메난드로스^{Menandros}는 이렇게 말했다.

"마음을 자극하는 단 하나의 사랑의 명약, 그것은 진심에서 우러나오는 배려이다."

그렇다. 배려는 상대를 진심으로 위하는 사랑의 마음으로, 그 어떤 것보다도 상대의 마음을 사는 데 최적격이다. 그리고 상대를 배려하면 자신 또한 상대로부터 배려를 받게 된다.

배려는 사랑의 실천이다. 이를 습관화하여 실천하라.

상대의 마음을 사고 싶다면 상대를 배려하라. 사람은 누구나 자신을 배려하는 사람에게 마음을 열고 다가가 손을 잡아준다. 배려는 사랑의 마음이다.

DAY 04 작은 일에도 최선을 다하는 마음

작은 일에도 최선을 다하면 그 어떤 일에도 최선을 다함으로써 좋은 성과를 내게 된다.

모든 일에 있어 좋은 성과를 내기 위해서는 작은 일에도 최선을 다해야 한다. 최선을 다하는 마음은 자신의 열정을 바치는 아낌없는 긍정의 행위이다. 그래서 최선을 다하게 되면 좋은 성과를 내게 되는 것이다. 이에 대해 미국의 작가이자 자기계발 동기 부여가이며 베스트셀러 《정상에서 만납시다》의 저자인 지그 지글러Zig Ziglar는 이렇게 말했다.

"자신이 하는 일에 최선을 다하라. 그렇게 할 때 최선의 이익이 돌아올 것이다."

자신이 하는 일이 무엇이든 최선을 다하면 분명히 좋은 성과를 내게 된다. 최선은 자신이 하는 것에 대해 열정을 아낌없이 바치는 것으로써 긍정의 에너지가 끓어 넘친다. 이 긍정의 에너지가 좋은 성과를 내게 하는 것이다.

자신이 생산적인 인생을 살고 싶다면, 작은 일에도 최선을 다하라. 작은 일에 최선을 다할수록 그만큼 생산적이고 행복한 인생을 살게 되는 것이다.

작은 일에 있어서든 그 무슨 일에서든 최선을 다하라. 작은 일에 최선을 다하는 만큼 생산적이고 행복한 인생을 살게 된다.

DAY 05 성공으로 이끄는 힘, 추진력 기르기

추진력이 강한 사람은 일처리를 시원하게 해낸다. 그래서 추진력이 강한 사람은 신뢰를 준다.

일을 성공적으로 해내기 위해서는 치밀하고 빈틈없는 계획성, 창의적인 생각, 도전적인 마인드, 일을 분석하는 분석력, 강하게 밀고 나가는 추진력 등을 갖춰야 한다. 엔진의 힘이 좋아야 차가 쌩쌩하듯 추진력이 좋아야 일을 성공적으로 해내는 데 유리하다.

영국의 명장 넬슨Nelson 제독은 불우한 환경을 극복하고 군인이 되어 전쟁에 나가 승승장구했다. 그는 불굴의 의지와 신념이 투철했으며, 무엇보다도 직무를 수행하는 능력이 뛰어났다. 특히, 직무 추진력은 독보적이었다. 그는 적탄을 맞고 오른팔을 잃었지만, 나일 해전에서 프랑스의 영웅 나폴레옹을 물리치고 대승을 거뒀다. 그리고 그의 마지막 전투인 트라팔가르 해전에서 나폴레옹을 무찌르고 전사했다.

넬슨이 영국의 위대한 영웅이 될 수 있었던 것은 불리한 입장에서도 강한 추진력으로 밀어붙여 승리를 이끌어 냈기 때문이다.

추진력은 일을 추진함에 있어 신속하고 끈기 있게 밀어붙이는 강력한 마인드이다. 추진력을 길러라. 추진력이 강할수록 성공적인 결과를 낳게 된다.

DAY 06 인간관계를 돈독하게 하는 의리

> 의리는 인간관계를 끈끈하게 맺어주는 소통의 수단으로 생명과도 같다. 그래서 의리가 있는 사람은 어디에서든 누구에게나 환영을 받는다.

의리義理의 사전적 의미는 '사람으로서 지켜야 할 바른 도리'를 말한다. 그러니까 사람답게 행해야 할 양심적 규범이라고 할 수 있다. 즉 양심에 반하지 않는 말과 행동이라는 것이다. 이런 의리는 친구 간에도, 직장 동료 간에도, 스승과 제자 간에도, 부부간에도, 형제자매 간에도 반드시 필요하다.

의리를 잘 지켜 행하면 사람과 사람 사이가 물 흐르는 듯 원만하여 아름답고 행복하게 살아갈 수 있지만, 의리를 지켜 행하지 않으면 사람과 사람 사이가 막히게 되어 서로를 불신하고 원성을 사게 된다.

의리를 잘 지켜 행하는 사람은 양심이 바르고 성품이 곧고 정직하다. 그래서 의리가 좋은 사람은 어딜 가든 거리낌이 없고 사람들로부터 환영을 받는다. 하지만 의리를 지키지 않는 사람은 양심이 비뚤어지고 성품이 간사스럽고 정직하지 못하다. 이런 사람은 어딜 가든 사람들로부터 원성을 사게 됨으로써 불행한 삶을 살게 된다.

의리를 소중히 여겨라. 의리는 생명과도 같다.

의리는 인간관계를 돈독하게 하고 끈끈한 정을 맺게 하는 반드시 갖춰야 할 마인드이다. 의리가 있는 사람은 정직하고 성품이 곧다. 그래서 의리가 있는 사람은 누구나 신뢰한다.

DAY 07 | 마음을 따뜻하고, 부드럽게 하는 감성

> 감성은 사람의 마음을 따뜻하게 하고 부드럽게 한다. 감성이 마음을 자극하는 순간 인간 본연의 모습을 지니게 되기 때문이다. 감성은 정서를 순화하는 마음의 작용이다.

가장 이상적인 성품은 이성과 감성을 고루 갖추는 것이다. 이성은 감정적으로 치우치는 것을 억제하는 역할을 함으로써 잘못될 수 있는 상황을 막아준다. 또한 사물에 대해 객관적이고 체계적으로 생각하고 판단하는 힘을 갖게 한다. 그러나 너무 이성이 지나치다 보면 다소 인간미가 떨어질 수 있다.

감성은 인간적이고 사람 냄새 나는·정서를 함양시키는 마인드로 마음을 따뜻하고 부드럽게 만들어 준다. 그래서 감성이 풍부한 사람은 사람들 사이에서 분위기 메이커 역할을 톡톡히 해낸다.

감성을 기르기 위해서는 정서를 풍부하게 만들어 주어야 한다. 그러기 위해서는 시집, 에세이 등을 즐겨 보고, 음악을 즐겨 듣고, 미술 전시회 등 문화생활을 즐겨야 한다.

감성은 정서를 순화하는 마음의 정화 작용을 한다. 감성을 길러라. 감성이 풍부할수록 좋은 인간관계를 갖게 된다.

> 감성은 인간 본연의 모습을 갖게 함으로써 사람들과의 사이를 부드럽고 따뜻하게 한다. 그래서 감성이 풍부할수록 사람들과의 관계가 좋은 것이다.

DAY 08 지식과 지혜의 근본 풍부한 독서력

지식과 지혜를 기르기 위해서는 다양한 책을 풍부하게 읽어야 하고, 책을 많이 읽기 위해서는 독서력을 길러야 한다. 또한 독서력은 많은 책을 읽음으로써 길러진다.

지식과 지혜가 풍부한 사람은 신뢰가 간다. 아는 것이 많다는 것은 큰 자산과도 같기 때문이다. 거기다 통찰력까지 뛰어나다면 더한 신뢰를 받게 된다. 또한 독서는 정서를 풍부하게 해줌으로써 자칫 메마를 수 있는 감성을 채워 준다. 여기에 독서의 중요성이 있는 것이다. 독서는 정신적인 부자를 만들고 영혼을 맑게 살찌워 삶의 즐거움을 준다. 이에 대해 프랑스의 사상가 몽테스키외Montesquieu는 이렇게 말했다.

"나는 재산도 명예도 권력도 다 가졌으나, 생애 중 가장 행복했던 순간은 독서를 통하여 얻었다. 독서처럼 값싸고 영속적인 쾌락은 없다."

몽테스키외의 말은 독서가 인간에게 미치는 영향이 얼마나 지대한지를 잘 알려 준다.

그렇다. 독서는 인간이 가야 할 길을 알려주고, 외롭고 쓸쓸할 때 친구가 되어주고, 삶을 고통스러워할 때 즐거움이 되어준다. 독서력을 길러라. 독서력을 풍부하게 하는 만큼 자신의 삶은 풍족해진다.

지식과 통찰력을 기르는 데 있어 독서는 가장 효과적인 수단이다. 또한 정서를 풍부하게 하고, 삶을 가치 있게 이끄는 정신적인 요소이다.

DAY 09 신념이 있는 원칙

신념에 따라 원칙을 지키는 행위는 사람들에게 믿음을 주고 확신을 심어 준다. 원칙을 지킨다는 것은 자신의 의지를 실천하는 일이기 때문이다. 신념을 굳건히 하고 원칙에 따라 행동하라.

여성으로서 영국의 수상을 3번이나 지낸 마가렛 대처^{Margaret Thatcher}는 신념이 있는 원칙으로 유명하다. 그녀는 공과 사를 분명히 하는 것으로 정평이 나 있을 정도다. 그녀는 총리로서 근무할 때는 총리에 맞게 자신을 맞추고, 집에 돌아와서는 직접 식사를 준비하고 빨래를 하는 등 보통 주부로 지냈다. 공과 사를 엄격히 하는 그녀로서는 정책을 수행함에 있어서 더욱 엄격했다. 원칙을 지키지 않으면 일관성 있게 정책을 수행하지 못한다는 것을 잘 알았던 것이다.

"대처 전 총리는 진심만 말했고, 한 번 말한 것은 반드시 실행에 옮겼다."

영국 좌파 성향의 노동당 당수인 토니 벤의 대처에 대한 평가다. 토니 벤의 말에서 보면 대처가 철저한 원칙주의자라는 걸 알 수 있다. 대처는 신념 있는 철저한 원칙으로 영국을 강성한 나라로 만듦으로써 존경을 받았다.

원칙의 중요성을 잘 알면서도 이를 잘 지키지 못하는 사람들이 참 많다. 그만큼 원칙을 지키는 것이 힘들다는 말이다. 그래도 지켜야 한다. 신념이 있는 원칙은 인생의 빛이다.

DAY 10 강인한 기개와 카리스마

강인한 기개를 지닌 사람은 정신력이 강하고 올곧다. 그 어떤 시련과 고통에도 주저하지 않고 극복해 내려는 의지가 강하고 카리스마가 넘친다. 강인한 기개와 카리스마는 자신을 믿어도 좋다는 증표와 같다.

기개가 넘치는 사람은 당당하고 곧고 절개가 있고 바르다. 무엇을 맡겨도 책임지고 잘 해낼 것 같은 마음에 마냥 믿음직스럽다. 또한 기개가 넘치는 사람은 카리스마가 번뜩이며 한 치의 흔들림도 없어 보인다. 그래서 무슨 일을 하든 기개가 있다면 두려움이 없다. 자기 긍정이 강하므로 불가능한 상황에서도 절대 물러섬이 없다.

백제의 계백 장군은 기개가 넘침으로 유명하다. 그는 황산벌 전투에서 오천의 병사로 김유신의 수만이 넘는 신라군과 맞서 대등한 전투를 벌이다 중과부적으로 목숨을 잃었다.

비록 그는 전투에서 졌지만 그가 보여준 발산개세(힘은 산을 뽑고 기상은 세상을 덮을 만함)의 기개는 가장 독보적이다. 백제를 지키기 위해 초개 같이 목숨을 내던진 계백의 정신을 갖는다면 무엇을 해도 두려움이 없다.

이처럼 기개는 불가능을 가능하게 하는 심력心力이다.

기개가 뛰어난 사람은 부정적이고 불리한 상황에서도 두려움이 없어 긍정적인 결과를 이끌어 낸다. 기개를 길러라. 기개는 불가능을 가능하게 하는 긍정의 심력이다.

DAY 11 생각을 확고하게 하기

생각이 확고한 사람은 매사에 철저하다. 그래서 이런 사람은 누구에게든지 좋은 이미지를 심어 준다. 자신의 생각을 확고하게 실천하라.

자신이 하는 것에 대해 생각이 확고한 사람은 믿음이 간다. 생각이 확고하다는 것은 분명하게 해내겠다는 신념과 의지가 강함을 의미하기 때문이다. 그런데 사람들 중에는 자신이 하는 일에 대해 확고한 생각을 갖지 못하는 사람들이 의외로 많음을 볼 수 있다. 그러다 보니 자신이 하고자 하는 것을 시작은 하더라도 흐지부지하고 만다. 그런 마음으로는 그 어떤 것도 할 수 없을 뿐만 아니라, 충분히 할 수 있는 것도 해내지 못한다.

자신의 생각을 확고히 하기 위해서는 스스로를 믿어야 한다. 나는 할 수 있다는 강한 확신을 자신에게 심어 주어야 한다. 나는 할 수 있다는 강한 확신을 갖게 되면 몸과 마음은 확고한 생각으로 가득 차게 된다. 즉 확고한 믿음을 갖게 된다는 것이다.

스스로를 돌아보라. 나는 무엇을 할 때 확고한 생각을 갖는지를. 만일 그렇지 않다면 자신을 믿는 마음을 가져야 한다. 자신을 믿게 되면 그 어떤 것에도 주저함이 없게 된다. 확고한 생각은 자신을 믿는 마음이다.

확고한 생각은 스스로를 믿는 마음이다. 그래서 확고한 생각이 강한 사람이 자신의 일을 잘 해내는 것이다. 확고한 생각을 굳건히 하라.

어진 마음을 기르기 위해 반드시 해야 할 것들

마음이 어질면 어떤 일에도 슬기롭게 대처하게 됨으로써 사람들에게 품성이 좋은 사람이라는 이미지를 심어 준다. 어진 마음은 사랑의 마음이다.

어진 마음은 사랑의 마음이다. 그래서 어진 사람 주변에는 사람들이 많다. 어진 사람은 어디를 가든 외롭지 않고 사람들로부터 존경을 받는다. 공자는 일찍이 어진 사람이 되어야 한다고 설파했다.

어진 마음을 기르기 위해서는 첫째, '나 하나쯤이야' 하는 마음을 버려야 한다. 이런 마음은 자신을 편협하고 이기심으로 가득 차게 만든다. 둘째, 자신에게는 엄정하고 타인에게는 관대해야 한다. 이를 통해 타인과 자신을 유기적으로 이끌어 냄으로써 돈독한 유대관계를 형성하게 된다. 셋째, 상대방의 입장에서 생각해 보는 자세를 길러야 한다. 이를 통해 상대를 이해할 수 있게 됨으로써 아름다운 인간관계를 지속시키게 된다. 넷째, 사람은 누구나 잘못을 할 수 있고, 어질지 못한 행동을 벌일 수도 있다. 그런데 문제는 이를 그냥 방치한다면 자신이나 타인에게 화가 미친다는 것이다. 자신이 잘못을 했을 때 정중하게 사과하고 반성함으로써 마음을 닦아야 한다.

마음이 어진 사람은 덕과 사랑이 많아 누구나 좋아한다. 그래서 어디를 가든 외롭지 않다. 어진 마음은 사랑의 마음이다.

DAY 13 높고 뜨겁게 인생을 사랑하라

자신의 인생에게 미안해하지 않도록 뜨겁게 자신을 사랑하라. 자신을 사랑한다는 것은 자신을 복되게 하는 일이다. 뜨겁게 자신을 사랑하는 자가 참으로 아름다운 사람이다.

사랑하라,

한 번도 이별하지 않은 것처럼

행복하라,

한 번도 불행하지 않은 것처럼

감사하라,

한 번도 은혜를 저버리지 않은 것처럼

기뻐하라,

한 번도 슬퍼하지 않은 것처럼

축복하라,

한 번도 부족하지 않은 것처럼

인정하라,

한 번도 무시하지 않은 것처럼

배려하라,

한 번도 외면하지 않은 것처럼

자신의 인생을 뜨겁게 사랑하는 사람이 진정 아름답고 행복한 사람이다. 이 세상을 다 가진 것처럼 자신을 사랑하고 축복하라.

DAY 14 영혼의 보석, 참 좋은 사람

생각이 잘 맞는 사람, 마음이 잘 통하는 사람은 또 다른 자기 자신이다. 이런 사람은 많으면 많을수록 좋다. 자신 또한 누군가에게 그런 사람이 돼라. 이런 사람은 '인생의 선물'과도 같은 사람이다.

친구는 많으면 많을수록 좋다는 말이 있다. 또 사람을 많이 알고 있으면 그만큼 득이 된다는 말도 있다. 물론 이론적으로는 그렇다. 그런데 실제에 있어서는 그렇지 않다. 생각이 잘 맞는 사람은 마음 또한 잘 맞는데 이런 사람은 흔치 않다. 이런 사람이야말로 많으면 많을수록 좋다. 하지만 생각이나 마음이 잘 안 맞는 사람은 적으면 적을수록 좋다. 많으면 많을수록 해가 되고 상처만 깊어진다. 그래서 이런 사람은 가까이 하지 않는 게 좋다.

자신이 보다 더 삶을 유쾌하게 살고 싶다면 생각이 잘 맞는 사람, 마음이 잘 통하는 사람과 함께하라. 이런 사람은 영혼의 보석과도 같아 자신에게 큰 위안이 되고 힘이 된다.

단, 여기서 한 가지 마음에 새길 것은 이런 사람을 내 사람으로 만들기 위해서는 자신이 먼저 상대에게 잘 맞춰 줘야 한다는 것이다. 상대는 그런 사람에게 매력을 느끼고 자신 또한 상대에게 맞춰 주려고 노력한다. 이처럼 조화로움은 일방적으로 이루어지는 것이 아니라 서로 간의 노력으로 이루어지는 것이다.

나와 마음이 잘 맞는 사람, 생각이 잘 통하는 사람, 그래서 무엇이든 함께 즐겁게 할 수 있는 사람, 이런 사람은 영혼의 보석과 같다.

DAY 15 고난과 즐거움은 늘 공존하는 인생의 벗이다

> 인생은 고난과 즐거움 속에서 더욱 알차게 영글어 간다. 고난은 인생을 단단하게 연마시키는 인생의 연금술이다. 즐거움은 인생의 기쁨을 누리게 하는 인생의 축복이다. 고난과 즐거움이 함께할 때 인생의 깊이도 그만큼 더 깊어지는 것이다.

어떤 소년이 있었다. 그는 그림 그리는 것을 너무도 좋아했지만 집이 가난해 변변한 그림 도구 하나 없었다. 그러나 소년은 가난이란 고난 앞에 무릎 꿇지 않고 최선을 다했다. 그의 그림 실력은 나날이 늘었고 많은 사람들이 그의 그림을 보고 감탄했다.

사람들은 신의 경지에 이른 그림이라고 했지만 그는 거기에 만족하지 않고 더욱 노력한 끝에 세계 미술사와 건축사에 길이 남는 화가이자 조각가이며 건축가가 되었다. 그의 이름은 미켈란젤로^{Michel-angelo}이다.

그는 〈성 베드로 성당〉을 건축했고, 〈모세〉, 〈다비드〉를 조각했으며 〈최후의 심판〉을 그렸다. 그가 가난이라는 고난을 이겨 낼 수 있었던 것은 불굴의 의지와 신념 덕분이었다. 그는 고난 중에 기도하며 즐거움을 잃지 않기 위해 노력했던 것이다. 고난은 미켈란젤로에게 고통이 아니라 희망을 일구는 씨앗이었다.

고난을 고난으로만 여기면 고난이지만, 축복을 내리기 위한 시험이라고 믿고 이겨 내면 축복이 된다. 인생은 고난과 즐거움 속에서 더욱 깊어진다.

DAY 16 경험은 성공의 자양분이다

실패의 경험이든 성공의 경험이든 경험은 훌륭한 스승이다. 경험을 통해 새로운 사실을 알게 되기 때문이다. 경험하라. 더 많이 경험하는 사람이 더 많은 것을 얻게 된다.

어떤 여인이 있었다. 그녀는 무려 10년이나 걸려 한 편의 소설을 완성했다. 그녀는 수십 군데가 넘는 출판사에 원고를 보냈으나 그녀의 소설을 내주겠다는 출판사는 없었다. 그녀는 무명작가였던 것이다. 하지만 그녀는 실망하지 않았다. 언젠가는 자신의 가치를 알아줄 것이라고 믿었다.

그러던 어느 날 그녀의 책을 내주겠다는 출판사로부터 연락이 왔다. 그렇게 해서 그녀의 소설이 세상 빛을 보게 되었다. 그리고 놀라운 일이 벌어졌다. 그녀의 소설이 날개 돋친 듯이 팔려 나갔던 것이다. 그녀의 소설은 영화가 되어 전 세계에 수출되었고, 제12회 아카데미 시상식에서 무려 8개 부문에서 수상하는 기록을 세웠다.

그녀의 이름은 마가렛 미첼Margaret Mitchell이고 소설은 《바람과 함께 사라지다》이다. 미첼의 소설이 성공할 수 있었던 것은 그녀의 경험이 잘 녹아 있었기 때문이다. 이렇듯 경험은 사람들에게 공감을 불러일으키는 참 좋은 성공의 요소이다.

경험은 어떤 것이든 훌륭한 스승의 역할을 한다. 성공의 경험이든, 실패의 경험이든 경험을 통해 새로운 사실을 깨치게 되기 때문이다.

DAY 17 말보다는 행동을 앞세워라

백 마디 말보다 행동이 더 강한 인상을 심어 준다. 행동이 말보다 힘이 세기 때문이다. 상대에게 인정받고 싶다면 말보다 행동을 민첩하게 하라.

"행동은 말보다 소리가 크다."

《탈무드》에 나오는 말이다. 이 말은 백 마디의 말보다는 하나의 행동이 더 설득력이 있고 가치를 지닌다는 말이다. 그러니까 말만 앞세우지 말고, 행동으로 보이라는 것을 뜻한다.

사람들 중엔 말로 모든 것을 다 하려는 이들이 있다. 이런 사람들은 빈 수레가 요란하듯이 아무런 성과도 내지 못한다. 그러다 보니 사람들로부터 인정을 받지 못한다. 그러나 묵묵히 행동으로 옮기는 사람은 시간이 지나면 그럴듯한 성과물을 내놓는다. 그러니 사람들이 어떻게 그를 인정하지 않을 수 있을까.

자신이 하지 못하는 것은 아예 말하지 않은 것이 좋다. 그러면 말만 많은 실속 없는 사람이라는 말은 듣지 않는다. 자신이 꼭 할 수 있는 것에 대해서만 말하되, 가급적이면 그런 말도 하지 마라. 그냥 묵묵히 행동으로 보이는 것, 그것이 자신을 인정받게 하는 지혜이다.

말을 앞세우는 사람치고 제 역할을 훌륭히 해내는 사람이 없다. 말보다는 묵묵히 행동으로 옮기는 것, 그것이 남들에게 인정받는 지혜이다.

DAY 18
사랑하는 사람을 위해 날마다 기도하라

누구나 자신이 사랑하는 사람과 아름다운 사랑을 꿈꾸고, 행복한 삶을 살아가기를 간절히 바란다. 사랑하는 사람과 잘 살고 싶은 마음을 담아 날마다 감사하며 정성을 다해 기도하라.

아침마다 당신과 함께
같은 상에서 밥을 먹는 사람이
늘 내가 되게 하옵소서.

푸른 하늘과 달과 별을
매일 당신과 바라보는 사람이
늘 내가 되게 하옵소서.

당신의 기쁨과 슬픔을
함께 기뻐하고 슬퍼하는 사람이
늘 내가 되게 하옵소서.

그리고 당신의 가슴 속에서
영원히 지지 않을 사랑의 꽃이
영원 속에 영원히 내가 되게 하옵소서.

사랑하는 사람과 영원토록 행복하고 싶은 것은 사람이라면 같은 마음일 것이다. 당신이 먼저 아낌없는 사랑을 주어라. 그러면 그보다 더 큰 사랑을 되돌려 받게 될 것이다.

봄은 온 우주의 생명의 환희다

새잎이 돋고, 꽃이 피기 시작하는 봄은 말없이 가만히 보고만 있어도 좋고, 들길을 따라 산
길을 따라 걷다 보면 자신 또한 봄의 일부가 됨을 느끼게 된다. 봄을 만끽하라, 봄은 온 우
주의 생명의 환희다.

좋다.
참 좋다.

새로 돋는 풀 한 포기
새로 돋는 나뭇잎 하나도
나를 설레게 한다.

저 맑고 푸른 하늘
상큼한 봄 향기가 코끝을 스치니
가슴 떨리도록 참 좋다.

내 첫사랑 같은 이 봄날
말없이 말없이
걷기만 해도 마냥 행복하다.

봄은 역동의 계절이며 생명의 계절이다. 그토록 맑고 환한 봄을 마음껏 즐겨라. 가슴에서 희망
의 풀씨가 꽃을 피울 수 있도록 봄을 만끽하라.

DAY
20
나를 깨끗하게 하는 공정한 마음 갖기

공정하다는 것은 그릇됨이 없이 깨끗함을 의미한다. 공정하기 위해서는 탐욕을 버리고, 거짓이 없어야 하고, 매사에 정확해야 한다.

공정한 마음은 일을 함에 있어 반드시 지녀야 할 마인드이다. 공정하다는 것은 어디에도 치우침이 없다는 뜻으로 공평무사公平無私함을 말한다. 공정함이 필요한 것은 자신의 삶을 깨끗이 함으로써 행복하고 정의롭게 살아가는 데 큰 도움이 되기 때문이다. 이에 대해 고대 그리스 윤리 철학의 창시자로 불리는 에피쿠로스Epicouros는 이렇게 말했다.

"신중하고 성실하며 공정하지 않으면 행복하게 살 수 없으며, 행복하지 못하면 신중하고 성실하며 공정하게 살지 못한다."

공정한 사람은 어디에도 치우침이 없으니, 잘못을 범할 리가 없고 누구에게나 떳떳하고 부끄러움이 없다. 우리 사회를 연일 시끄럽게 하는 일들 중에는 공정하지 못해서 발생하는 사건들이 많다. 뇌물을 수수하고 편리를 봐준다든지, 불법을 묵인해 준다든지 하는 일들이 비일비재하다.

공정한 마음으로 살면 만사가 평안하다. 그러나 공정성이 결핍되면 인생이 불안하고 불편해진다. 마음의 평안을 잃는 까닭이다.

공정한 마음을 갖는다는 것은 곧 깨끗하게 산다는 것을 의미한다. 공정한 마음으로 자신의 인생을 평안히 하고 행복하게 하라.

DAY 21 자신의 본분은 자기 인생의 의무이다

사람은 자신의 본분을 잊어서는 안 된다. 본분을 잊는다는 것은 자신의 가치를 잃는 일이다. 매사에 본분을 지켜 행하라.

사람은 각자의 본분이 있다. 학생은 학생의 본분이 있고, 교사는 교사의 본분이 있고, 공무원은 공무원의 본분이 있고, 정치인은 정치인의 본분이 있고, 지도자는 지도자의 본분이 있고, 회사원은 회사원의 본분이 있고, 의사는 의사의 본분이 있고, 변호사는 변호사의 본분이 있고, 남편은 남편의 본분이 있고, 아내는 아내로서의 본분이 있다.

본분을 잘 지키면 문제가 없지만 지키지 않으면 문제가 야기된다. 본분을 지키지 않는다는 것은 자신의 해야 할 일을 하지 않음을 의미한다. 그러니까 문제가 생길 수밖에 없다. 가령 어떤 공무원이 공무원으로서의 본분을 다하지 않는다고 생각해 보라. 그가 맡은 일은 업무가 마비됨으로써 많은 문제가 발생한다.

자신의 본분을 지켜 행하라. 그럼으로써 자신의 인생에 당당하라.

자신의 본분을 지키는 것은 자신뿐만 아니라 자신의 가족과 사회, 국가를 위하는 일이다. 자기 본분을 지켜 자신에게 당당한 인생이 돼라.

DAY 22 향기로운 사랑꽃, 사랑하는 사람

사랑하는 사람은 향기로운 사랑의 꽃이다. 그래서 사랑하는 사람과 함께 있는 것만으로도 세상을 다 가진 듯 행복하고, 마치 온 우주가 자신의 것처럼 여겨지고, 이 순간이 영원토록 이어지길 간절히 바라게 된다.

보면
볼수록 예뻐지는 꽃

가까이 하면 할수록
더욱 향기로운 꽃

만났다 헤어지는 순간
두고두고 생각나는 꽃

늘,
곁에 두고 바라보고 싶은 꽃

사랑하는 사람은 내 삶의 빛이며, 꿈이며, 이상이며, 가치이며, 하늘이며, 바다며, 대지이다. 사랑하는 사람을 후회 없이 사랑하라.

DAY 23 정보는 가장 확실한 성공의 자산이다

현대 사회는 정보가 넘치는 시대다. 정보의 숲에서 살아남기 위해서는 정보를 잘 활용해야 한다. 많은 정보를 가진 자가 더 능률적으로 살아가게 된다. 정보는 곧 성공의 자산이다.

"정보는 확신을 준다."

《솔로몬이 들려주는 부자가 되는 31가지 비밀이야기》의 저자인 마이크 머독Mike Murdock이 한 말로 정보의 효율성에 대해 함축적으로 잘 보여준다. 그렇다. 자신이 하는 일에 대한 정보는 하고자 하는 일을 잘할 수 있도록 확신을 심어 준다. 정보는 빛과 같아 훤히 밝혀줌으로써 그 일을 잘하도록 도와주기 때문이다.

하지만 정보도 시기적절하게 잘 맞춰 사용해야 한다. 타이밍을 맞추지 못하면 정보는 소용 가치가 떨어지기 때문이다. 이에 대해 경영의 귀재 리 아이아코카Lee Iacocca는 다음과 같이 말했다.

"많은 경영자들이 시기를 잘못 선택해서 실패하는 것을 보아 왔다. 좀 더 많은 정보를 수집했어야 하는데도 불구하고, 너무 성급하게 행동했기 때문에 또 어떤 이는 많은 정보를 가지고서도 너무 기다렸기 때문에 기회를 놓쳤다. 시간을 맞추는 것이 매우 중요하다."

참으로 적확한 지적이라고 할 수 있다. 리 아이아코카가 다 쓰러져가는 크라이슬러 자동차를 회생시켜 성공한 것은 정보를 잘 활용한 데에 있다.

현대는 정보 전쟁 시대이다. 개인이든 기업이든 국가든 누가 더 정확한 정보를 많이 확보하는냐에 따라 성패가 나뉘기 때문이다. 정보는 가장 확실한 성공의 자산이다.

DAY 24 성공의 라이센스

실력이 뛰어난 사람에겐 더 많은 기회가 주어진다. 실력은 곧 능력이기 때문이다. 자신이 인정받기를 바라거나 원하는 것을 취하기 위해서는 실력을 길러라. 실력은 곧 성공의 라이센스다.

실력이 뛰어난 사람은 어디를 가든 문제 될 것이 없다. 어느 곳이든 실력 있는 사람을 필요로 하기 때문이다. 실력은 곧 능력이며, 능력이 좋으면 어디서든 통한다. 실력을 기르기 위해서는 어떻게 해야 할까?

첫째, 실력은 스스로를 쌓아 올리는 탑과 같다. 돌을 하나하나씩 얹어 탑을 쌓듯이 실력은 공을 들여야 한다. 둘째, 정보가 넘치는 시대에서는 다양한 분야에 걸쳐 많은 정보를 수집하는 것이 실력을 높이는 데 적격이다. 다양한 분야의 정보를 수집하여 자신의 것으로 만들어라. 셋째, 각종 세미나와 강좌에 참여하여 시시각각 변화하는 사회상에 대해, 그리고 새로운 학문과 변화에 대해 몸으로 부딪혀 내 것으로 만들어라. 넷째, 다양한 분야의 폭넓은 독서를 즐겨라. 책은 남이 힘들게 연구해서 쓴 것을 쉽게 배울 수 있는 최선의 수단이기 때문이다.

현대는 멀티적인 인재를 원한다. 다양한 분야에서 실력을 길러라.

실력 있는 사람이 능력 있는 사람으로 인정받는 시대다. 실력은 곧 능력이다. 다양한 분야에서 실력을 쌓아라. 실력을 쌓는 만큼 기회는 온다.

DAY 25 | 목표 설정은 방향키와 같다

삶의 목표를 설정하기 위해서는 자신이 진정으로 원하는 것이 무엇인지 심사숙고해야 한다. 목표 설정은 방향키와 같기 때문이다. 즉 설정 여부에 따라 삶의 목표는 달라진다. 이를 각별히 유념해야 좋은 결과를 얻을 수 있다.

배가 망망대해를 차질 없이 운항하기 위해서는 방향키를 잘 잡아야 한다. 방향키를 잘못 잡으면 뱃길을 벗어나 좌초하기 십상이다. 삶의 목표 설정 또한 이와 같다. 목표를 잘못 설정하면 인생의 고난에 빠질 수도 있다. 그런데 자신이 가장 잘할 수 있는 것으로 치밀하고 체계적인 계획을 수립하고 목표를 설정한다면, 계획대로 무난하게 자신의 길을 잘 갈 수 있다. 이에 대해 미국 풋볼 스타이자 해설가인 댄 디어도프Dan Dierdorf는 이렇게 말했다.

"올바른 목표를 갖고 내가 아는 최상의 방법으로 그것을 추구하면, 모든 것이 그에 맞춰 움직인다. 올바른 일을 하면 성공한다는 의미다."

아주 적확한 지적이다. 올바른 목표는 곧 목표 설정의 방향키를 잘 잡는 것과 같고, 최상의 방법은 자신이 가장 잘할 수 있는 것을 의미한다. 이처럼 치밀하고 체계적으로 계획을 세우고 노력한다면 좋은 결과를 얻게 된다.

목표 설정 없이 길을 간다면, 캄캄한 길을 가는 것과 같다. 목표 설정은 방향키와 같다. 목표를 설정하고 길을 가야 가고자 하는 길로 차질 없이 갈 수 있다.

DAY 26 창의력은 순수한 무형의 자산이다

창의력이 뛰어난 사람은 남보다 더 많은 자산을 가진 것과 같다. 창의력 계발에 힘써라. 창의력 계발은 곧 자산을 확보하는 창조적 행위이다.

창의력이 뛰어난 사람은 그렇지 않은 사람보다 자산을 더 지닌 것과 같다. 창의력은 '무'에서 '유'를 창조하는 생산적이고 창조적 행위이기 때문이다.

세상을 자신이 태어나기 이전의 세상과 완전히 다른 세상으로 변화시킨 애플의 창업자 스티브 잡스Steve Jobs는 21세기를 빛낸 최고의 창의력 계발자이다. 그는 아이디어 하나로 자신의 인생을 최고로 살았던 혁신가로서 창의력의 위대한 힘을 잘 알았다. 다음 스티브 잡스의 말은 창의력의 중요성에 대해 잘 알려 준다.

"나는 언제나 더 혁명적인 변화에 마음이 끌린다. 왜 그런지 나도 모른다. 그것은 정말 힘들고 정신적으로도 더 많은 스트레스에 시달려야 했다. 그리고 나는 주변의 모든 사람들로부터 완전히 끝났다는 말까지 들어야 했다."

자신이 하는 일이 무슨 일이든 그에 맞는 창의력 계발에 힘쓴다면 보다 더 좋은 결과를 얻게 될 것이다.

창의력 계발은 혁신적이고 생산적인 일로 자신의 삶을 새롭고 가치 있게 만드는 가장 진취적이고 진보적인 일이다.

DAY 27 · 오늘 나를 충만하게 하는 것

자신을 충만하게 하는 것은 사람마다 다 다르지만 그것의 공통점은 무한한 기쁨과 행복이다. 자신을 충만하게 하는 것들을 위해 열정을 다하라. 그런 만큼 더 큰 충만함을 얻을 것이다.

오늘 나는
밥을 먹지 않아도 배가 부르다.

모처럼 시를 두 편이나 썼다.

시는 언제나 나를 들뜨게 한다.

시가 나를 찾아오는 순간은
오랫동안 잊지 못하고 마음에 담아 두고
그리도 그리워하던
사랑하는 사람을 만난 듯 하염없이 기쁘다.

모처럼 시를 두 편이나 쓴 오늘은
내겐 무한한 축복이다.

자신을 충만하게 하는 것은 기쁨과 행복의 소산이다. 더 큰 기쁨, 더 큰 행복을 얻고 싶다면 미칠 듯이 충만하게 하는 것들에 열정을 다하라.

DAY 28 비생산적이고 비창조적인 사람

남에게 의지하는 사람은 부정적인 삶을 사는 것과 같다. 그것은 비창조적이고 비생산적이다. 어떤 상황에서도 창조적으로 살기 위해서는 능동적으로 행동하고 긍정적으로 생각하라.

사람은 크게 세 부류로 분류할 수 있다. 생산적이고 창조적인 사람, 비생산적이고 비창조적인 사람, 기회를 엿보기에 바쁜 사람이 그것이다. 생산적이고 창조적인 사람은 무슨 일을 하든 긍정적이고 능동적이고 역동적이다. 기회를 엿보는 사람은 기회를 좇느라 자신의 능력을 제대로 발휘하지 못한다.

비생산적이고 비창조적인 사람은 그 무슨 일도 자기 스스로 하려고 하지 않고 남에게 의존하려는 경향이 많다. 그러다 보니 스스로 능히 할 수 있는 일조차도 지나치고 만다. 이런 사람은 마이너스적인 삶을 사는 부정적이고 수동적인 사람이다.

사람은 본래 생산적이고 창조적인 DNA를 가진 존재이다. 그래서 끊임없이 DNA를 작동시켜 활발하게 기능을 끌어올려야 한다. 자신이 어떻게 하느냐에 따라 DNA는 놀라운 결과를 일으킨다. 특히, 비생산적이고 비창조적인 사람은 DNA가 활발하게 생산적이고 창조적으로 작동할 수 있도록 해야 한다.

자신의 인생을 생산적이고 창조적으로 살고 싶다면, 비생산적이고 비창조적인 DNA를 긍정적이고 능동적으로 작동시켜라. 비생산적이고 비창조적인 삶은 부정적인 삶의 근원이다.

DAY 29 **미래를 예측하는 눈 기르기**

미래를 예측하는 눈이 밝을수록 인생은 희망 쪽에 더 가까이 가게 된다.

미래형 인간으로 살아가기 위해서는 앞으로 다가올 미래를 예측하는 눈이 밝아야 한다. 미래를 보는 눈이 밝을수록 만족한 인생으로 살아가게 된다.

미래를 예측하는 눈을 기르기 위해서는 첫째, 자신이 꿈꾸는 미래에 관한 책을 많이 읽어야 한다. 책 속에 길이 있다는 말처럼 자신이 하고 싶은 일에 관한 책을 많이 접하다 보면 자신의 미래를 알차게 살아갈 수 있는 지혜를 구할 수 있다. 둘째, 자신의 미래와 관련된 세미나나 강좌를 활용하라. 자꾸 보고 들어야 귀가 열리고 새로운 시각이 생기는 것이다. 가만히 앉아 있는데 떡 줄 사람은 그 어디에도 없다. 떡이 먹고 싶다면 스스로 떡을 만들어 먹어야 하듯 자신의 미래를 위해서는 몸을 사리지 말고 열심히 뛰어라. 셋째, 자신이 하고 싶은 분야에서 성공한 사람이 있을 것이다. 그 사람을 자신의 멘토로 삼아 그가 했듯이 따라서 해 보라. 그를 닮아가다 보면 자신이 모르는 사이에 그를 닮게 될 것이다. 그렇게 되면 자신이 꿈꾸는 미래가 한발 가까이 와 있다고 믿어도 좋을 것이다.

미래는 그것을 위해 노력하는 자에게 자신의 길을 열어 보여 준다.

미래를 보는 눈을 기르기 위해서는 책을 손에서 놓지 말고, 배움을 위해서라면 그곳이 어디든 찾아가 배워라. 배우는 만큼 미래를 보는 눈은 밝아진다.

DAY 30 자신을 단단하게 단련하는 법

명검은 뜨거운 불에 수천 번 수만 번을 달궈지고 연마하는 과정에서 만들어진다. 명품 인생이
되어 풍요롭게 살고 싶다면 자신을 단단하게 단련하여 강하게 만들어라.

"최악의 적도, 최선의 친구도 자기 자신이다."

이는 영국 속담으로 자신이 어떻게 하느냐에 따라 자신의 인생이 그대로 됨을 의미한다. 명품 인생이 되기 위해서는 자신을 단단하게 단련해야 한다. 그러기 위해서는 첫째, 어려운 상황에 맞닥뜨려도 겁내지 마라. 겁내는 순간 충분히 할 수 있는 것도 못하게 된다. 둘째, 고난과 사련 속에서 자신을 건져줄 사람은 바로 나뿐이라고 생각하라. 내가 할 수 있는 것도 남에게 의존하고자 하면 절대 할 수 없다. 셋째, 마음의 근육을 키워라. 마음의 근육을 키우기 위해서는 독서처럼 좋은 것은 없다. 마음이 단단히 여물면 어떤 어려움이 닥쳐도 흔들리지 않는다. 넷째, 몸과 마음을 단정히 하여 날마다 기도하라. 기도는 마음을 맑게 하고 긍정적으로 만드는 '정신적 비타민'이다. 다섯째, 어떤 일에도 포기해서는 안 된다. 포기하는 순간 자신이란 존재는 무(無)가 되고 만다. 절대 자신을 무(無)가 되게 해서는 안 된다. 힘들어도 내 인생, 즐거워도 내 인생이다.

명품 인생이 되어 풍요롭게 살고 싶다면 자신을 단단하게 단련시켜라. 그래야 어떤 상황에서도
자신을 이겨 내고 원하는 것을 이루게 된다.

DAY 31 | 행복한 인생의 7가지 조건

삶은 심은 대로 거두는 법이다. 행복한 인생이 되고 싶다면 행복의 열매를 수확할 수 있는 행복의 씨앗을 뿌려라. 뿌리는 만큼 노력하는 만큼 행복의 열매를 거두게 될 것이다.

행복은 인간이 추구하는 삶의 목적이자 꿈이다. 행복해지기 위해서는 자아실현을 위해 노력하고, 자신이 행복한 일을 해야 한다. 이치가 이럴진대 자신의 노력이 부족함은 생각지 않고 불평을 일삼고 불만을 터트리곤 한다. 이는 스스로를 못난 사람으로 만들 뿐이다.

행복한 인생이 되기 위해서는 첫째, 몸과 마음이 건강해야 한다. 둘째, 남을 배려하고 순수한 마음을 가져야 한다. 셋째, 지금보다 나은 삶, 지금보다 인간답게, 지금보다 나은 직장인, 지금보다 나은 발전을 위해 항상 노력해야 한다. 넷째, 매사에 감사하며 살아야 한다. 다섯째, 누군가에게 의미 있는 인생이 되어야 한다. 여섯째, 스스로에게 부끄러움이 없어야 한다. 일곱째, 자신이 좋아하는 일에 매진하여 즐겁게 해야 한다.

자신이 행복한 인생이 되고 싶다면 '행복한 인생의 7가지 조건'을 마음에 담아 실천해야 한다. 모든 행복은 노력에서 오는 것이다.

행복은 누구나 바라는 인생의 꿈이다. 그러나 행복은 누구에게나 손을 잡아주지 않는다. 행복해지기 위해 노력하는 자만이 손을 잡아준다.

CHAPTER 4

꿈을 부화시켜 현실이 되게 하라

April

모든 것은 내 마음가짐에 달렸다

Birth flower

자운영 Astragalus _감화

모든 것은 내 마음가짐에 달렸다.

DAY 01 — 꽃은 자신의 고통을 사랑으로 만든다

꽃은 연약하지만 강하다. 산골짜기든 강가든 들판이든 바위 틈 사이든 자갈밭이든 논둑길이든 시궁창이든 그곳이 어디든 꽃은 뿌리를 내리고 활짝 피어난다.

자갈밭이든 음지에서든

메마르고 척박한 땅에서도 꽃은 핀다.

진정으로 강한 것은

물이든 공기든 부드럽고 유연하다.

꽃이 약하지만 강한 것은

부드럽고 유연하고

자신을 드러내지 않으면서도

향기를 전해주기 때문이다.

사막에서든 산비탈이든 시궁창이든

그 어디에서든 꽃은 핀다.

꽃이 사랑받는 건

자신의 고통을 딛고

사랑으로 피어나기 때문이다.

꽃은 자신의 고통을 딛고 아름답게 피어나 맑고 고운 향기를 전해 준다. 꽃은 연약하지만 강하다. 꽃이 사랑받는 건 자신의 고통을 사랑으로 만들기 때문이다.

DAY 02 | 인간을 사랑하는 법

남에게 사랑받기를 원한다면 자신 또한 남을 사랑으로 대해야 한다. 내가 사랑하는 만큼 사랑을 받는 법이다.

"남을 사랑하기에 인색하다면 남도 나를 헌신짝처럼 여길 것이다. 남을 소중히 대할 때 남도 나를 소중히 만들어 줄 것이다."

이는 동양 명언으로 사랑이란 주는 만큼 되돌려 받는다는 것을 잘 알려 준다. 인간을 사랑하는 마음을 갖기 위해서는 첫째, 인간이 인간을 사랑한다는 것은 하늘의 뜻이라는 사실을 인지하고 말하고 행동해야 한다. 그렇게 될 때 참마음을 가진 존재로 자신을 변화시킬 수 있고 그럼으로써 자아를 실현하게 된다. 둘째, 순결한 마음을 길러야 한다. 마음이 순결해야 상대방의 인격을 존중할 수 있고 진실하게 사람을 사랑할 수 있게 된다. 사람을 진정으로 사랑하는 것, 그것은 참된 인간만이 보일 수 있는 아름답고 값진 행동이다. 셋째, 사람 위에 사람 없고, 사람 아래 사람 없는 법이다. 이런 원칙이 깨지면 사람이 사람을 통제하고 지배하게 됨으로써 자유와 평화를 상실하게 된다. 오직, 억압과 탄압과 구속만이 있을 뿐이다. 이를 반드시 명심해야 한다.

남을 사랑한다는 것은 곧 내가 사랑받는다는 것을 뜻한다. 내가 사랑을 주는 만큼 사랑받게 되고 행복해지는 것이다.

남을 사랑한다는 것은 곧 자신을 사랑하는 것이다. 진정으로 사랑받기를 바란다면 내가 먼저 사랑하라.

DAY 03 길들여진다는 것의 의미

길들여진다는 것은 그 상황에 끌려가는 것이 아니라 그 상황을 내 의지대로 주도하는 것이다.

자신을 주도하는 사람은

자신이 하고자 하는 것을 자신이 의도하는 대로

끌고 가는 힘이 강하다.

자신을 주도한다는 것은 주도함으로써

그 일에 또는 자신이 추구하는 삶에 길들여짐을 뜻하며,

길들여진다는 것은 수동적으로 끌려가는 것이 아니라

능동적으로 자신이 추구하는 삶을 끌고 가는 것이다.

주도적인 인간은 어떤 상황에서도 자신을 능동적이게 함으로써 자신이 추구하는 것을 이뤄 낸다. 이는 무엇을 뜻하는가. 그 일에 길들여짐으로써 자신이 의도하는 대로 끌고 감을 말한다. 즉 자신에게 길들여진다는 것은 곧 자신이 인생을 주도함을 의미한다.

DAY 04 | 담대한 마음을 기르는 열정의 법칙

무슨 일을 하는 데 있어 담대한 마음을 갖는 것은 매우 중요하다. 담대한 마음은 용기를 불러일으키고, 불리한 상황에서도 포기하지 않고 도전하게 하는 굳은 신념과 의지의 마음이기 때문이다.

"담대하라. 그리하면 어떤 큰 힘이 당신을 도와줄 것이다."

이는 캐나다의 작가인 베이실 킹Basil King이 한 말로 담대한 마음을 갖는 것이 얼마나 중요한지를 잘 알려 준다. 담대한 마음은 무한한 긍정의 마음이기 때문이다. 담대한 마음을 기르기 위해서는 첫째, 옳고 그름을 바로 알아야 한다. 그래서 옳은 일은 행하고, 그릇된 일은 행하지 말아야 한다. 둘째, 어떤 두려움도 두려워하지 말아야 한다. 두려워하는 순간, 충분히 할 수 있는 것도 포기하게 된다. 셋째, 의로운 생각을 마음 깊이 새겨야 한다. 의로운 생각을 깊이 새기면 목숨을 소중히 여기되, 의로운 일에는 목숨을 걸고 최선을 다한다. 넷째, 자기를 극복하는 강한 의지를 길러야 한다. 강한 의지는 불가능한 것에도 도전하게 하는 강력한 마인드이다. 다섯째, 용기는 두려움을 없애는 자기 확신이다. 용기가 클수록 대담성 또한 더 커지고 강해진다.

담대한 마음을 기르고 싶다면 이 다섯 가지를 마음에 새기고 꾸준히 실천하라.

굳은 의지와 신념으로 가득 찬 마음, 용기가 끓어 넘치는 마음을 담대한 마음이라고 한다. 담대한 마음은 모든 것을 가능하게 하는 불굴의 용기이다.

DAY 05 자신의 모든 것은 마음가짐에 달렸다

힘들고 고달파도 즐거운 마음으로 하면 즐겁게 하게 된다. 같은 상황에서도 마음가짐을 어떻게 하느냐는 매우 중요하다. 항상 즐거운 마음으로 하는 자세를 길러라.

같은 상황에서 같은 일을 해도 사람에 따라 일하는 스타일이나 일에 대한 성과가 다 다르게 나타난다. 왜 이런 현상이 일어나는 것일까. 이는 마음가짐에 따라 나타나는 현상이다.

어렵고 힘든 상황에서도 즐겁게 하면 그 일은 어렵고 힘든 것이 아니라 즐거운 일이 되고, 그 결과는 긍정적으로 나타나게 된다. 하지만 충분히 할 수 있는 일도 하기 싫어 억지로 하면, 그 일은 어렵고 힘든 일처럼 여겨지고 결과 또한 부정적으로 나타나게 된다.

이렇듯 모든 일은 마음가짐에 달려 있다. 무슨 일이든 할 수 있다고 생각하면 할 수 없을 것 같은 일도 능히 해내게 된다. 또한 마음을 넉넉히 하고, 풍요롭게 하면 힘들고 어려운 일도 아무렇지않게 생각하게 된다.

자신의 모든 것은 마음가짐에 달려 있다. 자신이 원하는 인생을 살고 싶다면 자신이 원하는 쪽으로 마음의 눈금을 두어라. 그리고 그 눈금을 향해 한발 한발 나아가라. 그렇게 가다 보면 어느 순간 자신이 원하는 인생이 되어 있는 자신을 발견하게 될 것이다.

자신의 모든 일은 마음가짐에 달려있다. 할 수 있다고 생각하면 할 수 없을 것 같은 일도 할 수 있게 되고, 할 수 없다고 생각하면 할 수 있는 일도 하지 못하게 된다.

DAY 06 창조적인 인생, 비창조적인 인생

> 사람은 정도의 차이가 있을 뿐 누구에게나 그 사람만의 재능과 장점이 있다. 이러한 잠재
> 력을 그대로 둔다는 것은 자신의 능력을 소모하는 낭비적 인생을 사는 것과 같다. 창조적
> 인생을 살고 싶다면 자신을 계발하는 데 전력을 다하라.

사람은 태어날 때부터 그 사람만의 재능과 장점을 갖고 태어난다. 물론 재능의 차이가 있지만, 아주 특별한 경우가 아니면 종이 한 장 차이에 불과하다. 이는 무엇을 말하는가. 조금 부족한 재능은 노력의 여하에 따라 얼마든지 극복해 낼 수 있다는 뜻이다.

그런데 사람들은 대개 이를 망각하고 살아간다. 나는 이 정도의 재능밖에 안 된다며 스스로가 한계를 지어 놓고 그 한계를 벗어나지 못한다. 이는 자신을 부정적인 사람으로 만드는 비창조적인 행위이다.

재능은 마치 광산에서 캐내는 광석과도 같다. 광산을 그대로 두면 광석은 캐낼 수 없다. 광석을 캐내기 위해서는 채굴을 해야 한다. 마찬가지로 재능을 계발하기 위해서는 열정적인 노력을 기울여야 한다. 가만히 있는데 재능은 향상되지 않는 까닭이다.

재능을 계발하라. 재능은 계발될수록 지금과는 다른 창조적인 인생으로 살아가게 된다. 재능은 그 자체가 창조의 DNA이기 때문이다.

사람은 누구나 그 사람만의 재능을 갖고 태어난다. 다만 정도의 차이가 있을 뿐이다. 창조적인 인생이 되고 싶다면 재능을 계발하는 데 열정을 다 바쳐라.

삶은 자신이 심은 대로 거둔다

삶은 심은 대로 거두는 법이다. 행복한 인생이 되고 싶다면 행복의 열매를 수확할 수 있는 행복의 씨앗을 뿌려라. 뿌리는 만큼 노력하는 만큼 행복의 열매를 거두게 될 것이다.

사람들 중엔 자신이 들인 노력보다 더 많은 것을 기대하는 이들이 있다. 그래서 결과가 만족스럽지 않으면 불평을 하고, 노력의 부족을 환경이나 남의 탓으로 돌린다.

이런 마음을 버리지 않는 한 자신이 기대하는 그 어떤 행복한 결과도 이룰 수 없다. 인생의 모든 결과는 자신이 들인 노력만큼 받게 되어 있다. 즉 자신이 심은 만큼 거두는 법이다.

이는 일에서뿐만 아니라 행복 또한 마찬가지이다. 행복한 인생을 살고 싶다면 행복의 씨앗을 뿌리고 행복의 열매를 잘 수확할 수 있도록 노력해야 한다. 여기서 한 가지 분명한 것은 자신이 노력을 들이는 만큼 행복의 열매를 수확한다는 것이다. 자신이 많은 행복의 열매를 거두고 싶다면 거두고 싶은 만큼 노력을 들여야 한다.

이는 불변의 법칙이다. 이 법칙을 지키는 자만이 자신이 원하는 행복의 열매를 거둘 수 있다.

삶의 모든 결과는 자신이 심은 대로 나타난다. 자신이 만족한 결과를 얻기 위해서는 그만큼 노력의 씨앗을 뿌려라. 모든 삶은 심은 대로 거두는 법이다.

DAY 08 진짜 공부를 하라

배움이 깊을수록 인생의 만족도는 높아진다. 깊이 있는 배움은 삶을 성찰하게 하고, 성찰을 통해 진정한 삶의 가치를 깨닫게 되기 때문이다. 인생의 기쁨을 아는 진짜 공부를 하라.

좋은 학교를 가기 위한 공부, 좋은 직장에 입사하기 위해 하는 공부는 진정한 공부라고 할 수 없다. 그것은 수단으로서의 공부이기 때문이다. 특히, 좋은 직장에 들어가고 나서는 공부와 담을 쌓고 지내는 이들이 많다. 좋은 직장에 들어가기 위한 수단으로써의 공부가 질린 까닭이다.

하지만 인생의 기쁨을 위해 하는 공부는 수단으로써의 공부가 아니라, 목적으로써의 공부이기 때문에 지겹거나 질리지 않는다. 꾸준히 책을 읽음으로써 새로운 정보도 알게 되고, 새로운 상식과 지혜도 기르게 된다. 또한 깊은 성찰을 통해 깨우치게 되는 삶의 깊은 의미는 정신세계를 풍요롭게 한다. 그리고 나아가 기쁨이 되어 스스로의 격을 높이고 가치 있는 인생의 기쁨을 누리게 된다.

배움에는 일정한 기간이 없다. 배움은 평생을 하는 것이다. 배우고 익히는 데서 오는 즐거움, 그것이 진짜 공부이고 삶의 기쁨이자 인생의 가치이다. 인생의 기쁨을 원한다면 진짜 공부를 하라.

좋은 직장에 들어가기 위해서 하는 공부는 수단으로써의 공부다. 그러나 인생의 기쁨과 행복을 위해 하는 공부는 진짜 공부이다.

DAY 09 | 말과 행동을 일치시키는 마인드

말과 행동이 일치하는 사람은 무한한 믿음과 신뢰를 갖게 하지만 말 다르고 행동이 다른 사람은 설령 진실을 말할지라도 믿지 않는다. 그 어떤 순간에도 말과 행동을 같게 하라.

　말이 많으면 쓸 말은 별로 없고, 행동 또한 말과 다르다. 말이 적으면서 말과 행동이 일치하는 사람은 콩으로 메주를 쑨다고 해도 믿는다. 말과 행동이 같다는 것은 말은 곧 그 사람이며, 행동 또한 그 사람임을 증명하는 것과 같아 무한한 신뢰와 믿음을 갖게 한다. 말과 행동을 일치시키기 위해서는 첫째, 생각이 깊지 못한 사람이 항상 입을 가벼이 한다. 입을 조심하라. 입을 잘못 쓰면 화가 미치는 법이다. 둘째, 행동이 따르지 않는 말은 죽은 말이다. 말과 행동이 함께할 때 그 말은 가치를 지닌다. 셋째, 말을 할 때와 참아야 할 때를 잘 가려서 하라. 이를 파악하지 못하고 말을 하다 보면 불행한 사태를 초래할 수도 있다. 넷째, 중요한 말을 할 땐 적어도 세 번은 생각해 보고 해야 한다. 그래야 실수를 줄일 수 있다. 다섯째, 자신이 한 말은 반드시 책임을 져야 한다. 사람은 누구나 자신의 말에 책임지는 사람을 믿어주고 신뢰한다.

　이처럼 말과 행동을 일치시키는 것도 훈련을 통해 얼마든지 가능하다. 말이 행동이고 행동이 말과 같을 때 누구에게든 무한한 신뢰를 받게 된다.

언행이 일치하는 사람은 무슨 말을 해도 다 믿는다. 언행일치는 무한한 신뢰와 믿음을 갖게 하는 인생의 마스터키이다.

꿈을 부화시켜 현실이 되게 하라

꿈엔 시간적 제한이 없다. 목숨이 다할 때까지 꾸는 것이 꿈이다. 꿈은 그 자체만으로도 행복을 준다. 꿈꿔라, 자신이 할 수 있는 것에 대하여. 그리고 시도하라, 꿈은 시도함으로써 결실을 맺게 된다.

꿈이라는 말엔 맑은 시냇물 소리가 들린다. 푸룻푸룻 반짝이는 별빛 같은 반짝임이 있다. 꿈은 인생의 별이며, 삶의 시이다.

꿈은 그 자체만으로도 사람을 들뜨게 한다. 그래서 꿈에 부푼 사람을 보면 그 어느 꽃보다도 아름다워 보이고 향기가 넘친다. 그런데 꿈이 없다거나 꿈을 포기했다고 말하는 이들이 많다. 현실이 어렵다 보니 그렇게 말한다는 것을 알 수 있다. 아무리 현실이 어렵다 해도 꿈을 포기해서는 안 된다. 꿈을 포기한다는 것은 자신의 인생을 포기하는 것과 다름없기 때문이다.

또한 꿈을 마음으로만 품고 있어도 안 된다. 그것은 부화되지 않은 알과 같다. 알을 부화시키기 위해서는 닭이 따뜻하게 알을 품어주어야 한다. 마찬가지로 꿈이 마음으로부터 나와 현실이 될 수 있도록 작동시켜야 한다. 꿈을 작동시키기 위해서는 자신이 가진 모든 능력을 동원해야 한다. 그리고 있는 힘을 다해 능력을 가동시켜라. 자신의 일에 열정을 다하는 이들이 결국 꿈을 이루는 법이다.

꿈은 사람을 가리지 않는다. 꿈은 남녀노소를 막론하고 누구나 꿀 수 있다. 또한 꿈은 정해진 기한이 없다. 꿈을 꾸어라. 그리고 그 꿈을 이루기 위해 노력하라.

DAY 11 기회만 보는 자, 기회를 잡는 자

> 어떤 상황에 놓이더라도 자신이 하고자 하는 것은 주저하지 말고 하라. 멈추는 순간 모든 것은 그대로 끝나고 만다. 하지만 밀고 나갈 때 모든 것은 기회가 되어 준다. 기회를 잡는 자가 진실로 현명한 자이다.

인생을 크게 두 가지로 본다면 기회를 보는 자와 기회를 잡는 자로 나눌 수 있다. 기회를 보는 자는 기회가 찾아와 주길 바라는 사람이다. 이는 수동적인 삶을 사는 사람의 자세다. 기회를 잡는 자는 기회가 오기를 기다리지 않고, 찾아 나서는 사람이다. 이는 능동적인 삶을 사는 사람의 자세다.

그렇다면 기회를 보는 자가 될 것인가, 기회를 잡는 자가 될 것인가는 분명해진다. 이에 대해 이렇게 말하는 이들도 있을 것이다. 기회가 찾아오기도 하더라고. 물론 뜻하지 않게 찾아오는 경우도 있다. 하지만 그것은 어디까지나 어쩌다 있을 수 있는 일이다. 그것을 믿는다는 것은 그림 속의 과일을 먹으려고 하는 것과 같다.

그렇다. 기회는 보는 것이 아니라 잡는 것이다. 그래서 기회를 잡으려고 하는 자에게 기회는 기쁨의 선물이 되어 준다.

기회는 누구에게나 온다. 하지만 기회가 자신에게 찾아와 주길 기다려서는 안 된다. 자기 것으로 만들기 위해서는 자신이 직접 찾아 나서 기회를 잡아야 한다.

생각이 잘 맞는 사람, 마음이 잘 통하는 사람

생각이 잘 맞는 사람, 마음이 잘 통하는 사람은 또 다른 자기 자신이다. 이런 사람은 많으면 많을수록 좋다. 자신 또한 누군가에게 그런 사람이 돼라. 이런 사람은 '인생의 선물'과도 같은 사람이다.

인생을 살아가면서 자신과 생각이 잘 맞는 사람, 마음이 잘 통하는 사람은 제2의 자신이라고 할 수 있다. 그래서 힘들고 어려운 일이 있을 땐 큰 위안과 도움이 되고, 기쁘고 좋은 일이 있을 땐 함께 기뻐하고 좋아해 줌으로써 강한 동질감을 느끼게 한다.

이런 사람을 자신 곁에 둔다는 것은 인생의 훌륭한 파트너를 두는 것과 같다. 이런 사람을 인생의 파트너로 두기 위해서는 매사에 진정성을 갖고 대해야 한다. 또한 깊은 신뢰와 믿음을 보여 주어야 한다. 그래야 상대는 마음을 열고 자신 또한 진정성을 갖고 대해줌은 물론 깊은 신뢰와 믿음을 보여 준다.

인생의 모든 것은 좋은 일이든 나쁜 일이든 다 자신의 탓이다. 자신이 사람들에게 하는 만큼 자신에게 맞는 사람을 만나게 되는 게 인간관계의 법칙이다.

자신과 생각이 잘 맞는 사람, 마음이 잘 통하는 사람을 인생에 파트너로 두고 싶다면 자신이 먼저 진정성을 갖고 다가가라.

생각이 잘 맞는 사람, 마음이 잘 통하는 사람을 곁에 두기 위해서는 자신이 먼저 진정성을 갖고 대하라. 자신이 하는 만큼 그에 맞는 사람들이 함께하기 때문이다.

DAY 13 인생의 연금술

> 고난은 인생을 단단하게 연마시키는 인생의 연금술이다.

사람들은 누구나 살아가면서 '좋은 일만 있고, 기쁜 일만 있으면 얼마나 좋을까' 하고 생각하곤 한다. 하지만 삶은 이런 사람들의 마음을 허용하지 않는다. 좋은 일만 있고 기쁜 일만 있다면 인생의 참된 의미를 알지 못한다. 그래서 기쁨이 있으면 슬픔도 있고, 즐거움이 있으면 고난도 있고, 좋은 일이 있으면 나쁜 일도 있다.

특히 고난은 누구나 피해 가고 싶은 인생의 걸림돌이다. 고난을 만나게 되면 삶을 고통으로 느끼게 되기 때문이다. 그래서 고난을 피해 갔으면 하는 것이 사람들의 마음이다.

그러나 고난을 두려워하지 말고 당당히 맞서야 한다. 고난은 힘들게 하고 고통스럽게 하지만 인생을 단단하게 연마시키는 인생의 연금술이라고 할 수 있다. 고난을 이겨 내는 힘을 기르면 그 어떤 고난에도 물러서지 않고 맞섬으로써 고난을 극복하게 되고 인생의 기쁨과 즐거움을 선물로 받게 된다.

고난을 고통으로만 여기지 마라. 고난은 인생을 단단히 연마하게 하는 인생의 연금술이다.

고난을 고난으로만 여기면 고통이 되지만, 인생을 강하고 단단하게 연마시키는 인생의 연금술로 생각하면 고난은 더 이상 고통이 아니다. 고난은 기쁨을 주기 위한 시험의 과정이라고 생각하라.

DAY 14 | 검소하고 청렴한 마음을 갖는 5가지

검소하고 청렴한 마음은 삶을 깨끗하게 하고 반듯하게 한다. 검소한 마음은 겸허하게 하고 청렴한 마음은 정직한 인품이 되게 한다.

검소함은 사람을 허위에 들뜨게 하지 않는 겸허하고 소박한 마음이며, 청렴한 마음은 맑은 시냇물처럼 깨끗하고 정직한 마음이다.

이렇듯 검소하고 청렴한 마음을 기르기 위해서는 첫째, '내 돈 내가 맘대로 쓰는데 무엇이 문제인가'라고 말하는 것은 스스로를 폄훼하는 행위이다. 어리석은 행동을 금하라. 둘째, '갑질'은 많은 사람들에게 불편함과 불쾌감을 주는 저급하고 몰상식한 행동이다. 셋째, 검소함은 자연의 이치를 따르는 것과 같다. 자연을 거스르면 자연의 징벌을 받듯, 사치와 낭비를 일삼으면 패가망신한다. 넷째, 정치인과 공직자는 국민의 심부름꾼이다. 검소하고 청렴한 생활로 성실하게 심부름을 해야 한다. 그것이 심부름꾼으로서의 도리이다. 다섯째, 내 것이라고 함부로 낭비하는 것도 죄악이며, 가난하고 힘없는 사람들을 함부로 여기는 것 또한 죄악이니 이를 조심 또 조심해야 한다.

검소한 마음은 겸허하게 하고, 청렴한 마음은 정직하게 한다. 검소와 청렴은 사람됨을 진실하게 하는 최선의 마인드이다.

DAY 15 경험하라, 더 많이 경험하라

실패의 경험이든 성공의 경험이든 경험은 훌륭한 스승이다. 경험을 통해 새로운 사실을 알게 되기 때문이다. 경험하라. 더 많이 경험하는 사람이 더 많은 것을 얻게 된다.

경험은 인생 수업을 통해 배우게 되는 가장 확실한 지혜이다.

왜 그럴까. 실패의 경험은 실패를 통해 같은 실수를 하지 말아야겠다는 교훈을 주고, 성공의 경험은 '성공은 이렇게 할 때 오더라'라는 교훈을 주기 때문이다.

이런 관점에서 볼 때 경험은 인생의 가장 확실하고 훌륭한 스승이라고 할 수 있다. 이에 대해 영국의 사상가인 토머스 칼라일Tomas Carlyle은 이렇게 말했다.

"경험은 가장 훌륭한 스승이다. 다만 학비가 비쌀 따름이다."

그렇다. 실패의 경험이든 성공의 경험이든 경험은 대가를 치러야만 깨닫게 되는 가장 확실한 인생 수업이다. 인생을 성공적으로 살았던 사람들이나 살고 있는 이들은 대부분 경험이란 인생 수업을 통해 배운 지식을 잘 활용함으로써 성공했다. 경험을 주저하지 마라. 실패든 성공이든 경험은 생생한 산지식이다. 경험하라. 더 많이 경험하는 자가 더 많은 것을 얻게 된다.

실패든 성공이든 모든 경험은 지식의 아버지이며 지혜의 어머니이다. 실패를 통해서는 실패에 대해, 성공을 통해서는 성공에 대해 배우게 되기 때문이다.

DAY 16

자신의 인생에게 미안해하지 않는 사람

자신의 인생에게 미안해하지 않도록 뜨겁게 자신을 사랑하라. 자신을 사랑한다는 것은 자신을 복되게 하는 일이다. 뜨겁게 자신을 사랑하는 자가 참으로 아름다운 사람이다.

자신의 인생에게 미안해하고 후회한다는 것은 스스로에게 부끄러운 일이다. 자신의 인생을 잘 살지 못했다는 방증이기 때문이다. 그러나 자신에게 떳떳하고 감사한다는 것은 스스로에게 자랑스러운 일이다.

스스로에게 감사하고 자랑스러운 인생이 되기 위해서는 자신을 뜨겁게 사랑해야 한다. 자신을 뜨겁게 사랑하는 사람은 어느 한순간도 자신을 소홀히 하지 않는다. 그것은 곧 자신을 스스로 업신여기는 일이며 홀대하는 일이라고 여기는 까닭이다. 그래서 자신을 뜨겁게 사랑하는 자는 자신을 위해 배우는 일에 투자하고, 건강을 위해 투자하고, 자신이 하는 일에 열정적으로 투자하고, 한시도 자신을 나태하고 게으르게 하지 않는다. 그리고 그 결과 스스로를 행복하게 한다.

자신에게 미안해하지 않는 인생은 자신을 위해 최선을 다한다. 지금 이 순간 스스로에게 물어보라. 나는 진정으로 나를 뜨겁게 사랑하고 있는지를. 자신을 뜨겁게 목숨 바쳐 사랑하는 자가 돼라.

자신에게 미안해하지 않는 인생은 스스로에게 떳떳하고 자랑스러운 사람이다. 뜨겁게 자신을 사랑하고, 열정을 바치는 사람, 그런 사람이 돼라.

DAY 17 인간의 오만과 탐욕 버리기

인간의 오만은 자신을 이 세상 전부라고 생각하는 데 있다. 세상이란 서로 다른 것들이 모여 함께 만들어가는 세계이다. 인간이란 이유로 인간 아닌 그 어떤 것을 함부로 한다면 그것은 결국 스스로에게 돌을 던지는 것과 같다.

세상을 이루는 구성 요소는 인간과 한 포기 풀, 한 그루 나무, 한 마리 새를 비롯해 수많은 것들로 이루어져 있다. 지극히 작은 것 하나라도 필요치 않은 것은 없다.

그런데 인간들이 흔히 하는 착각은 자신들이 이 세상의 주인으로 여긴다는 것이다. 그러다 보니 동물을 함부로 죽이고, 나무를 베어 내고, 강과 바다를 오염시키고, 각종 배기가스로 공기를 오염시키고, 개발이라는 목적으로 산과 땅을 파헤치는 등 소중한 자연을 훼손시킨다.

지금 전 세계는 기후 변화에 따른 큰 어려움을 겪고 있다. 지진이 나고, 홍수가 나고, 해일이 일고, 혹독한 한파가 점점 심해지고 있다. 이 모두는 자연을 함부로 대한 인간의 오만과 탐욕으로 빚어진 결과이다. 인간은 한 올의 줄 같은 지극히 작고 낮은 존재일 뿐이다.

자연 앞에 더욱 겸허해지고, 자연을 내 몸처럼 소중히 해야겠다.

인간은 대자연의 극히 일부분이다. 그런데 마치 주인인 양 자연을 파괴하고 함부로 여긴다. 그것은 공멸을 뜻한다. 자연 앞에 겸허해져라.

DAY 18 ‖ 돈에서 찾는 행복, 일에서 찾는 행복

> 진정으로 행복한 사람은 돈에 만족하는 사람이 아니라 자신이 하는 일에 만족하는 사람이다. 자신이 하는 일에서 행복을 찾아야 한다. 그래야 오래가는 행복을 누릴 수 있다.

돈에서 찾는 행복과 일에서 찾는 행복, 어느 것이 더 진정한 행복일까? 이 물음에 대한 대답은 사람에 따라 다를 것이다. 돈과 일, 둘 다 행복을 채워 주는 조건으로써 충분하기 때문이다.

그런데 여기에 생각해 볼 문제가 있다. 돈에서 행복을 찾는 사람은 돈이 행복을 주는 주체라고 생각한다. 그래서 돈이 자신을 충족시켜줄 땐 돈보다 더 좋은 것은 없다고 생각한다. 하지만 돈이 사라지는 순간 행복도 사라진다.

일에서 찾는 행복은 어떨까. 일에서 행복을 찾는 사람은 일 자체를 행복이라고 생각한다. 그래서 일을 하는 순간은 행복을 느낀다. 그런 까닭에 일에서 찾는 행복은 오래간다.

살아가는 데 있어 돈은 반드시 있어야 한다. 그러나 꼭 많아야만 하는 것은 아니다. 자신에게 필요한 만큼만 있으면 된다. 그 이상은 탐욕이 될 수도 있다. 진정한 행복을 위한다면 자신이 하는 일에서 행복을 찾아야 한다. 그래야 오래가는 행복을 누릴 수 있다.

돈과 일, 어느 것이 더 행복을 줄까. 돈은 있다 사라지는 순간 허망함의 우물에 빠지게 된다. 그러나 일이 있는 한 행복은 오래간다. 일 자체가 행복의 주체이기 때문이다.

DAY 19 삶의 가치이자 기쁨의 원천인 사랑

사랑은 가장 아름다운 삶의 가치이며 기쁨의 원천이다. 그래서 사랑의 실천은 타인의 삶도 풍요롭게 하고 자신의 삶도 풍요롭게 한다.

"중요한 것은 어떤 형태로든 사랑을 실천하는 것이다."

이는 마더 테레사(Mother Theresa) 수녀가 한 말로 사랑은 실천을 통해서만 더욱 삶의 가치를 느끼고, 기쁨을 누리게 된다는 것을 의미한다. 옳은 말이다. 아무리 입으로 사랑을 말한다고 한들 그것은 어디까지나 말에 불과하다.

마더 테레사는 꽃다운 20대에 조국을 떠나 인도에서 평생을 보냈다. 고아와 병든 자들, 의지할 곳 없는 이들의 어머니가 되어 그들과 함께 웃고 울면서 한평생 사랑을 실천했다. 그녀에게 붙여진 '사랑의 성녀'라는 말은 마치 그녀를 위해 존재하는 말처럼 생각된다. 그녀는 평생을 가난하게 살면서도 가장 부자로 살았다.

그럴듯하고 멋진 단어로 사랑을 말하지 마라. 또한 백 마디 말로 사랑을 말하지 마라. 입으로만 말하는 사랑은 허위일 뿐이다. 지극히 작은 사랑이라 할지라도 실천하라. 작은 사랑의 실천이 중요한 것은 그것이 곧 사랑의 표현이기 때문이다.

사랑은 말로 하는 것이 아니다. 말로만 하는 사랑은 뿌리 없는 나무와 같다. 하지만 작은 사랑의 실천일지라도 그것이 참사랑이다. 사랑은 실천이 따를 때 가치가 있는 것이다.

DAY 20 | 자신을 존중하는 사람

자신을 존중하는 사람은 악한 일을 하지 않고, 타인에게 아픔을 주는 일은 결코 하지 않는다. 자신을 존중하게 되면 타인을 존경하는 마음이 생겨난다. 자신을 존중하는 것은 곧 자신의 인생을 완성시키는 최선의 행위이다.

자신을 존중하는 사람은 자신에게 함부로 하지 않는다. 또한 타인에게 절대로 함부로 하지 않으며 아픔을 주지 않으려고 노력한다. 자신을 존중하는 마음은 사랑의 마음이다.

그러나 자신을 존중하지 않는 사람은 자신을 함부로 여기고, 조금만 힘들고 어려운 일을 만나면 자신의 환경에 대해 불평 불만을 쏟아 놓는다. 이런 사람은 타인의 작은 잘못도 용납하지 않고, 함부로 말하고 행동한다. 자신을 존중하지 않음으로써 자신을 사랑하지 않는 까닭이다. 자신을 존중한다는 것은 자신을 사랑함으로써 타인에게 존중을 받고 찬사를 받는 아름다운 일이다.

자신을 존중하라. 기쁠 때나, 슬플 때나, 힘들고 어려울 때나, 자신의 뜻대로 일이 되지 않을 때에도 자신을 존중하라. 자신을 존중하는 것이야말로 자신의 인생을 극대화시키는 사랑의 에너지이다.

자신을 존중하는 사람은 마음이 어질고 사랑이 많다. 그래서 이런 사람은 자신에게 함부로 하지 않으며, 타인에게도 함부로 하지 않는다. 자신을 존중하는 마음은 사랑의 마음이다.

DAY 21 인간의 모든 것은 믿는 대로 된다

그 사람의 생각은 곧 그 사람이며, 그가 믿는 대로 그의 생각은 이뤄진다. 생각하라, 자신이 믿는 모든 것에 대해 그리고 행하라, 그러면 이루리라.

러시아의 소설가로《귀여운 여인》,《질투》로 유명한 안톤 체호프 Anton Chekhov 는 다음과 같이 말했다.

"인간은 스스로 믿는 대로 된다."

이는 자기 확신에서 오는 강력한 말이다. 자신의 경험 없이는 절대로 할 수 없는 말이다. 안톤 체호프는 잡화상의 아들로 태어났지만 16세 되던 해 집안이 완전히 파산하는 불행을 겪었다. 그 후 그가 글을 써서 가족을 먹여 살려야만 했다. 그는 하루하루 힘든 자신과의 싸움에서 지지 않기 위해 스스로를 격려하며 최선을 다했다. 그리고 본격적인 작품을 쓰기 위해 지병인 결핵이 있음에도 불구하고, 리얼리티를 살리기 위해 시베리아를 여행하는 등 철저한 작가정신을 견지했다. 그 결과 그는 성공한 작가가 될 수 있었다.

안톤 체호프가 스스로 자신을 믿었듯이 그리고 자신이 믿는 대로 자신의 꿈을 이뤘듯이, 스스로를 믿어라. 그리고 행하라. 그러면 자신의 믿음을 현실로 보게 될 것이다.

그가 지금 하고 있는 생각은 곧 그 사람이다. 자신이 뜻하는 것을 이루고 싶다면 자신이 하고 있는 생각을 지금 당장 실천하라.

DAY 22 좋은 나무 같은 사람, 나쁜 나무 같은 사람

좋은 나무는 튼튼한 뿌리를 가지고 있다. 가지와 줄기가 튼실해 잎이 무성하고 열매도 실하다. 나쁜 나무는 뿌리가 허약해 가지와 줄기 또한 허약하고 잎이 듬성하고 열매도 부실하다. 사람도 이와 같나니 좋은 나무 같은 사람이 되어야 한다.

좋은 나무는 사람으로 치면 훌륭한 인격을 가진 사람과 같다. 좋은 나무 같은 사람이 되려면 성품이 좋아야 하고 따뜻한 마음을 지녀야 한다. 또한 남을 배려하고 친절하게 행동해야 한다. 그렇게 될 때 사람 냄새를 풍기며 존경받는 사람이 된다.

하지만 나쁜 나무는 뿌리가 얕고 가지와 줄기가 부실하여 약한 바람에도 쉽게 부러진다. 그러다 보니 이파리는 거칠고 메마르고, 줄기는 가늘고 빈약해 열매도 많이 맺지 못한다.

나쁜 나무는 비인격적인 사람과 같다. 이런 사람은 주변 사람들에게 손가락질을 받는다. 남에게 해를 끼치는 부도덕하고 고약한 사람과 같기 때문이다.

그렇다. 훌륭한 인격을 갖춘 좋은 나무 같은 사람이 되어야 한다. 그것은 자신의 인생에 대한 최고의 가치이자 예의이다.

좋은 나무 같은 사람이 되어야 한다. 그러기 위해서는 훌륭한 인격을 기르고, 남을 배려하고, 자신에게 주어진 일에 책임을 다해야 한다. 그렇게 될 때 사람들로부터 인정받는 행복한 내가 될 수 있다.

DAY 23

타인이 주는 행복은 짧고, 내가 만드는 행복은 길다

> 행복은 스스로 느껴야 한다. 남이 아무리 행복하다고 노래를 불러도 내가 느끼지 못하면 그것은 행복이 아니다. 내가 좋아서 느끼는 것, 그것이야말로 행복인 것이다.

행복에 대해 잘못 생각하는 사람들을 종종 보게 된다. 그들은 남에게 받는 행복을 진정한 행복으로 여긴다. 그래서 남으로부터 행복을 받으면 세상을 다 가진 듯 좋아하다가도, 그렇지 않으면 세상이 자기를 버린 것처럼 우울한 얼굴로 자신을 불행하다고 생각한다.

물론 남이 주는 행복도 아름답고 값지다. 그러나 남이 주는 행복은 제한적이다. 앞에서 말했듯이 때때로 오다가 가다가를 반복하며 변덕을 부린다. 그러다 보니 행복의 그래프가 들쭉날쭉하다.

하지만 자신이 좋아서 하는 일을 하면 진정한 행복을 느끼게 된다. 그 일이 무슨 일이든 자신이 좋아하는 일은 자신에게는 최고의 즐거움이자 기쁨이기 때문이다. 또한 힘들고 어려운 일이 있어도 불평하지 않는다. 자기가 좋아하는 일은 자신에게 있어 사랑하는 연인의 사랑과 같다.

행복을 남에게 의존하지 마라. 타인이 주는 행복은 짧고 내가 만드는 행복은 길다. 자신이 해서 행복한 일을 하라.

타인에게 의존적인 행복은 무지개와 같다. 무지개가 뜰 땐 반짝하다가 지면 아쉬움이 남는다. 오래가는 행복을 얻고 싶다면 자신이 해서 행복한 일을 하라.

DAY 24

비판은 상대도 자신도 죽이는 일이다

비판은 어떤 비판일지라도 상대를 분노하게 하고 자신을 불행하게 한다. 비판을 삼가라.
비판은 상대도 자신도 죽이는 무익한 일이다.

인간관계에 있어 조심해야 할 것 중 하나가 남을 비판하는 것이다. 비판은 상대방의 심기를 불편하게 만드는 일로 자제해야 한다. 그렇다면 왜 사람들은 비판에 민감한 것인가. 비판은 인격을 모독하는 행위라고 생각하기 때문이다.

지금 우리 사회는 남을 험담하는 일로 인해 곤혹을 치루는 사람들이 연일 뉴스와 신문, 인터넷을 통해 오르내리고 있다. 특히, 정치를 하는 일부의 사람들의 입은 제동 장치가 고장 난 자동차와 같다. 깊이 생각하지 않고 생각나는 대로 말한다. 그러다 보니 거친 말도 나오고, 여성을 비하하는 말도 나오고, 남을 깎아내리는 말도 여과 없이 쏟아져 나온다. 그로 인해 여론의 뭇매를 맞고 힘들게 쌓은 인생의 탑을 하루아침에 와르르 무너뜨린다.

이는 성숙하지 못한 행동에 따른 것이다. 비판은 상대방을 분노하게 하고 동시에 자신을 죽이는 일이다. 스스로를 제어할 수 없다면 차라리 자신의 입에 재갈을 물려라. 그것만이 자신의 가벼운 입을 막을 수 있는 유일한 방법일 테니까 말이다.

비판은 가장 백해무익한 일이다. 비판함으로써 잘된 사람은 세상 그 어디에도 없다. 항상 입을 조심하라. 입은 재앙의 문이다.

DAY 25 자신에게 덕을 쌓는 아름다운 일

타인이 도움을 청하면 딱 잘라 거절하지 마라. 자신 또한 누군가에게 도움을 요청할 때가 있을 것이다. 자신의 힘이 미치는 범위 안에서 도와준다면 도움이 필요할 때 도움을 받게 될 것이다.

"자신을 돕는 것처럼 다른 사람을 도와줘라."

미국의 시인이자 탁월한 사상가인 랄프 왈도 에머슨Ralph Waldo Emerson이 한 말로 타인을 도와줌에 있어 마음을 다해야 함을 의미한다.

큰 농장을 가진 농부가 있었다. 그는 큰 부자답지 않게 겸손했고, 예루살렘 부근에선 가장 자선심이 후한 사람이었다. 그러던 어느 해, 폭풍우가 몰아쳐 과수원이 망가지고, 전염병이 돌아 양과 소, 말 등 모두가 죽고 말았다. 농부에게 남은 재산은 손바닥만 한 토지가 전부였다. 농부는 자신을 찾아온 랍비에게 남아 있는 땅의 절반을 팔아 후원금으로 내놓았다. 랍비는 크게 감동을 했다.

그러던 어느 날 밭갈이 하던 소가 갑자기 쓰러지고 말았다. 흙투성이가 된 소를 일으키려 애쓰는데 소 발밑에 뭔가가 보였다. 엄청난 양의 보물이었다.

이듬해 랍비가 농부를 찾아갔을 때 놀랍게도 농부는 예전의 큰 농장에서 살고 있었다. 농부는 아무 영문도 모르는 랍비에게 그 이유를 설명해 주었다. 랍비는 그의 이야기를 듣고 크게 감동하였다.

이렇듯 타인을 도와주는 것은 스스로에게 덕을 쌓는 일이다.

누군가가 도움을 청하면 관심을 가져 주어라. 그리고 도움을 줄 만하면 힘껏 도와주어라. 그것은 자신을 축복하는 아름다운 일이다.

악한 마음을 버리고 선한 마음 갖기

악한 마음은 불행을 부르고, 선한 마음은 행복을 불러들인다. 불행을 멀리하기 위해서는 악한 마음을 버리고, 행복하기 위해서는 마음을 선하게 하라.

"불행한 사람을 보면 말과 행동이 부드럽지 못하고, 살기를 띠고 난폭하고 평화롭지 못하다."

이는 《채근담採根譚》에 나오는 말로 불행은 결국 자신의 거친 말과 행동에서 온다는 것이다. 그리고 보면 이 말은 매우 설득력이 있다. 자신을 불행하다고 여기는 사람들 중엔 화를 참지 못하고 분란을 일으키는 경우가 많다. 그리고 거친 말과 행동으로 상대에게 피해를 주고, 그로 인해 자신이 한 말과 행동에 대한 대가를 치르는 경우를 종종 목격한다.

반면에 마음이 선한 사람은 말과 행동이 부드럽고 따뜻하다. 남을 격려하고 칭찬하는 데 익숙하고, 남을 돕는 일에 자연스럽다. 남을 해치지 않으며, 곤경에 빠트리지도 않는다. 또한 마음은 양처럼 순하고, 남의 고통을 자신의 것처럼 여겨 도와주기를 즐겨한다. 이는 선한 마음이 시키는 대로 따르기 때문이다.

악한 마음은 자신을 불행으로 몰고 간다. 선한 마음은 자신을 행복하게 한다. 불행을 멀리하고 행복하고 싶다면 마음을 선하게 하라.

DAY 27 마음을 평안히 하는 법

마음을 평안히 하기 위해서는 마음으로부터 불안을 없애야 한다. 불안한 마음을 품고 있는 한 그 어떤 말로도 그 무엇으로도 마음을 평안히 할 수 없다.

인생을 살다 보면 지금은 이것이 정답이었지만 지나고 나면 그보다 더 정답인 것이 있고, 지금은 별것 아닌 것 같았지만 지나고 나면 그것이 썩 괜찮은 거였다는 걸 알게 된다. 이것이 인간으로서 갖는 한계이며 아이러니이다.

"불안스러운 마음으로 사는 것보다도, 나는 두려움과 걱정 없이 부족한 생활을 하는 것이 행복하다."

이는 고대 그리스 스토아 학파의 대표적인 철학자 에픽테토스Epik-tetos가 한 말이다. 그는 노예 출신의 철학자지만 높은 인격과 뛰어난 실력으로 많은 사람들로부터 존경을 받았다. 그의 말 속엔 그의 마음을 평안히 하는 비법이 들어 있다. 그것은 불안한 마음으로 살지 않고, 두려움 없이 걱정 없이 부족함 그 자체를 받아들이는 삶이다.

물론 부족함 그 자체를 받아들이는 것은 쉽지 않다. 하지만 불안한 마음으로 사느니 죽을 먹어도 편안하다면 그것이 행복이다. 그러나 진수성찬에 산해진미를 먹어도 마음이 불안하면 그것은 불행이다.

금고에 금은보화를 두둑이 쌓아두고도 불안한 마음으로 살면 그것은 행복이 아니다. 조금 부족해도 마음이 평안해야 행복인 것이다. 행복하고 싶다면 마음을 평안히 하라.

DAY 28
온화한 사람, 화를 잘 내는 사람

온화한 사람은 화를 더디 내지만 화를 잘 내는 사람은 시도 때도 없이 화를 낸다. 온화한 사람은 누구에게나 거부감이 없으나 화를 잘 내는 사람은 주변 사람들을 멀리하게 만든다.

"인격이 있는 사람은 그 용모가 온화하면서도 엄숙하며 그 자태가 위엄이 있으면서도 사납지 않으며, 그 행하는 바가 부드럽고 즐거우면서도 부자유스럽지가 않다."

이는 《논어論語》에 나오는 말이다. 인격이 있는 사람은 화를 참을 줄도 알고, 상대방의 잘못도 덮어줄 줄 안다. 그리고 입에서 나오는 말은 부드럽고 행동은 반듯하다. 그러나 화를 잘 내는 사람은 성격이 사납고 말이 거칠다. 또 행동은 난폭하고 실수가 많다. 프랑스 사상가 알랭Alain은 이렇게 말했다.

"자신의 마음을 올바르게 표현하려면 흥분하지 말고, 냉정하게 자신을 억제할 줄 알아야 한다."

화는 서둘러 내서는 안 된다. 화나는 일이 있더라도 차분히 마음을 가라앉힐 수 있어야 한다. 그래야 불행한 일을 막고, 슬기롭게 대처하는 마음의 여유를 가질 수 있다.

그렇다. 화는 만사를 불행으로 이끈다. 노하기를 더디 하라.

화를 쉽게 내는 사람 주변에는 사람이 없다. 화를 잘 내는 사람을 누가 좋아할까. 화를 절제할 수 있어야 한다. 그것은 자신을 슬기로운 사람이 되게 하는 지혜이다.

자신의 이름을 남기는 사람 되기

진정으로 성공한 사람은 돈을 남기는 사람이 아니고, 자신의 이름을 후세에 남기는 사람이다. 돈은 쉽게 사라질지도 모르지만 이름은 영원히 빛이 되어 반짝반짝 빛난다.

"나는 알몸으로 태어났다. 그러므로 나는 이 세상을 떠날 때도 알몸으로 갈 수밖에 없다."

이는 세르반테스Cervantes가 한 말이다. 세르반테스는 평생을 가난하게 산 사람이다. 뿐만 아니라 한 인간으로서 혹독한 삶을 살았다. 그는 전쟁에 나가 팔에 부상을 입는 바람에 평생 장애를 안고 살았으며, 알제리 해적에게 붙잡혀 5년 넘게 노예로 지냈다. 그리고 노예의 소굴에서 탈출하여 조국으로 돌아와서는 세금 징수 일을 하며 살다 아는 이의 배신으로 억울한 옥살이를 해야만 했다.

세르반테스는 보통의 관점에서 봤을 땐 불행의 극치를 맛본 사람이다. 하지만 그럼에도 불구하고 그의 나이 56세 때 쓴《돈키호테》가 세계 최고의 명작으로 평가받는 영예로운 작가가 되었다.

지독한 가난과 사회적인 편견, 온갖 불행을 겪으면서도 결코 쓰러지지 않았던 세르반테스는 그래서 더욱 존경받아 마땅하다.

세르반테스는 돈을 남기지는 못했지만 영원히 빛나는 이름을 남겼다.

진실로 성공한 사람은 돈이 아니라 이름을 남기는 사람이다. 돈은 있다가도 없어지지만 이름은 빛과 같이 영원히 남는 까닭이다.

DAY 30 | 더 많이 웃어라, 웃는 만큼 행복해진다

웃음을 한마디로 정의한다면 '삶의 묘약'이다. 웃음은 긍정적인 마인드가 되게 하고, 즐겁고 역동적으로 살아가게 하기 때문이다. 즐겁게 살고 싶다면 의도적으로라도 자주 웃어라. 그러면 행복한 인생으로 변한다.

쇼펜하우어Schopenhauer는 말했다.

"많이 웃는 자는 행복하고, 많이 우는 자는 불행하다."

이 말에 대해 어떻게 생각하는가?

매우 타당한 말이라고 생각하게 될 것이다.

하버드 대학교 교수를 역임한 탁월한 심리학자 윌리엄 제임스William James는 말했다.

"행복해서 웃는 게 아니라 웃으니까 행복한 것이다."

이 말을 곰곰이 생각해 보라. 만일 행복해서 웃는다면 웃기 위해서는 늘 행복해야 한다. 이게 가당키나 한 말인가. 사람이 어떻게 늘 행복할 수 있을까. 속상할 때도 있고, 화날 때도 있고, 슬플 때도 있는 게 사람 사는 일이다.

그러나 웃으니까 행복하다면 이야기는 달라진다. 내게 슬픈 일이 있어도 참고 웃으면 행복하고, 속상한 일이 있어도 화나는 일이 있어도 참고 웃으면 행복해질 수 있다.

그렇다면 문제는 간단하다. 행복해지고 싶다면 항상 웃으면 된다.

웃음은 자신에게도 상대에게도 긍정적으로 작용한다. 잘 웃는 사람이 건강하고 사람들과의 관계도 좋기 때문이다. 될 수 있는 한 많이 웃어라. 그러면 웃는 만큼 행복해질 것이다.

행복은 스스로 느껴야 한다.
남이 아무리 행복하다고 노래를 불러도
내가 느끼지 못하면 그것은 행복이 아니다.
내가 좋아서 느끼는 것, 그것이야말로 행복인 것이다.

CHAPTER 5

나만의 길을 찾아서
무소의 뿔처럼 가라

May

행복은 행복해지기 위해 노력하는 사람을 좋아한다

Birth flower
수련 Water Lily _청순한 마음

행복은 행복해지기 위해 노력하는 사람을 좋아한다.

DAY 01 바르게 보고 바르게 행동하기

바르게 보는 사람은 바르게 행동하게 되지만 삐딱하게 보는 사람은 삐딱하게 행동하게 된다. 인생을 가치 있고 바르게 살고 싶다면 바르게 보고 바르게 행동하는 사람이 돼라.

"군자는 세상의 목소리에 휩쓸리지 않고, 스스로 진실을 알려는 자이다."

이는 《논어論語》에 나오는 말이다. 이 말의 의미 또한 바르게 살아야 한다는 것이다. 세상의 목소리에 휩쓸리지 않고, 스스로 진실을 알려고 하는 자야말로 바른 사람으로 살아가게 된다.

왜일까. 마인드 자체가 반듯하기 때문이다. 사람의 모든 행동은 생각의 가치관에서 온다. 생각하는 대로 행동하는 게 사람이다.

어떤 사람이 있었다. 그는 항상 등불을 들고 다녔다.

"무슨 이유로 등불을 켜들고 다닙니까?"

궁금한 사람들이 물었다.

"나는 앞을 보지 못합니다. 그래서 등불을 들고 다니는 것입니다. 왜냐하면 사람들이 나를 보고 피해 다니기 때문이지요."

사람들은 그의 따뜻한 배려에 감동했다. 이는 《탈무드》에 나오는 이야기이다. 이는 상대를 위하는 따뜻한 마음에서 오는 행동이다. 이처럼 바른 행동은 자신에게도 사람들에게도 좋은 이미지를 심어준다.

몸에 늘 등불을 지닌 것처럼 바른 것을 보고 바르게 행동하라.

마음이 맑고 곧으면 바르게 생각하게 되고, 바르게 생각하면 바르게 행동하게 된다. 가치 있는 인생이 되고 싶다면 매사를 바르게 보고 바르게 행동하라.

참고 견디는 5가지 삶의 기술

아무리 재능이 뛰어나도 참고 견디는 힘이 약하면 뛰어난 재능을 살리지 못한다. 참고 견디는 마음은 가장 훌륭한 재능이다.

재능을 살리기 위해서는 그것을 뒷받침해 줄 수 있는 참고 견디는 마음이 강해야 한다. 이에 대해 영국의 생물학자인 토머스 헨리 헉슬리Tomas Henry Huxley는 이렇게 말했다.

"인내심과 목적이 있는 고집이 현명함보다도 곱절이나 소중하다."

옳은 말이다. 참고 견디는 마음을 기르기 위해서는 첫째, 그 어떤 것도 쉬운 것은 없다는 것을 알아야 한다. 둘째, 요행을 절대 바라지 말아야 한다. 요행은 참고 견디는 마음을 잃게 만드는 헛된 마음이다. 셋째, 시련과 고통을 이길 수 있는 가장 큰 힘은 참고 견디는 마음이다. 참고 견디는 마음만 있으면 무슨 일도 해낼 수 있다. 넷째, 자신이 원하는 것을 얻기 위해서는 때론 거슬리는 것도 참을 수 있어야 한다. 그런 사람만이 자신이 원하는 것을 취할 수 있다. 다섯째, 자신에게 엄격해야 한다. 사람은 누구나 자신에게 관대하다. 자신에게 관대하면 자신을 이기지 못한다. 스스로에게 엄격해야 자신을 이길 수 있다. 자기를 이길 수 있는 사람은 가장 인내심이 강한 사람이다.

참고 견디는 마음 없이는 그 어떤 것도 제대로 해낼 수 없다. 끝까지 하는 힘이 약하기 때문이다. 참고 견디는 마음이야말로 가장 훌륭한 재능이다.

DAY 03 · 사랑하는 사람들과 후회하지 않고 사는 10가지

> 후회하지 않고 사는 사람은 없다. 사람은 미완성의 존재이기 때문이다. 하지만 후회를 줄이며 살 수는 있다. 그것은 많은 노력을 필요로 한다. 후회를 줄이며 살 수 있다면 그렇게 하라.

후회를 하며 사는 게 인생이다. 인간은 부족함이 많은 미완성의 존재이기 때문이다. 하지만 영민함도 있는 존재여서 어떻게 하느냐 따라 후회를 줄일 수는 있다. 후회를 줄이기 위해서는 첫째, 사랑하는 사람에게 하루에 한 번은 사랑한다고 말하라. 둘째, 사랑하는 가족에게 더 많이 "사랑해!" 하고 말하라. 셋째, 사랑하는 사람이 싫어하는 일은 하지 마라. 넷째, 사랑하는 사람과 되도록 함께하는 시간을 많이 가져라. 다섯째, 사랑하는 가족과 더 많이 여행하라. 여섯째, 사랑하는 사람을 더 자주 칭찬하라. 일곱째, 사랑하는 사람 눈에서 눈물 흘리게 하지 마라. 여덟째, 특별한 날 사랑하는 사람에게 잊지 못할 선물을 하라. 아홉째, 사랑하는 사람이 원하는 것은 되도록 들어 주어라. 열째, 사랑하는 사람과 더 자주 밥을 먹어라.

사랑하는 사람들과 후회하지 않고 살기 위해서는 10가지 방법을 꾸준히 실천하라. 그러면 몸에 배게 되고, 자연스럽게 행동하게 됨으로써 후회를 줄이며 행복하게 살 수 있다.

후회하지 않고 살기 위해서는 많은 노력을 필요로 한다, 후회를 줄이며 살 수 있다면 그렇게 해야 한다. 그것은 최선의 삶을 사는 행복한 일이기 때문이다.

나무장사꾼 랍비의 교훈

노력 없이 생긴 이익은 요행을 바라게 하는 마음을 갖게 한다. 노력을 들여 얻는 정당한 대가는 스스로를 떳떳하게 하고 보람되게 한다.

나무장사를 하며 사는 랍비가 있었다. 랍비는 산에서 나무를 해서 마을까지 실어 나르느라, 많은 시간을 허비해야만 했다. 그는 《탈무드》를 연구하는 데 시간이 너무 부족해 당나귀를 한 마리 샀다. 그는 당나귀가 있으니 《탈무드》를 연구하는 데 많은 시간을 벌 수 있겠다며 활짝 웃었다. 그러자 제자들도 크게 기뻐하며 당나귀를 끌고 냇가로 가서 씻겨 주었다. 그때 갑자기 당나귀 목구멍에서 다이아몬드가 튀어나왔다.

제자들은 다이아몬드를 랍비에게 갖다주었다. 그러나 기뻐할 줄 알았던 랍비는 근엄한 목소리로 지금 당장 그 다이아몬드를 당나귀 전 주인에게 갖다주라고 말했다. 그러자 제자들은 "선생님, 이 당나귀는 선생님께서 사신 것이 아닙니까?" 하고 물었다. 그러자 랍비는 자신은 당나귀만 산 것이지 다이아몬드를 산 것은 아니라고 했다.

제자들은 재물을 탐하지 않는 청빈한 랍비의 말을 듣고 크게 감동하여 더욱 그를 존경했다.

공짜나 노력 없는 소득을 바라지 마라. 노력 없이 생긴 부는 사람을 게으르고 나태하게 만드는 인생의 방해꾼이다.

DAY 05 긍정적인 입, 부정적인 입

부정의 입은 자신도 죽이고 남도 죽인다. 긍정적으로 말하고 창조적으로 말하는 입을 가져라. 그러면 자신도 잘되고 남도 잘되게 한다.

사람들 중엔 남을 칭찬하는 사람도 있고, 남을 원망하는 사람도 있다. 남을 칭찬하는 것은 좋은 일이지만, 남을 원망하는 것은 옳지 못하다. 남을 원망하는 사람 마음에는 미움이 가득하다. 미움이 가득하면 자신에게도 나쁜 영향을 끼친다. 왜냐하면 자신을 부정적인 인간으로 만들기 때문이다. 또한 원망하는 말은 독을 품고 있어 상대를 분노하게 만든다. 해를 당할 수도 있다는 게 분노의 무서운 점이기 때문에 이를 조심해야 한다.

원망은 못난 사람들이나 하는 허약한 투정이다. 자신이 없으니까 숨어서 원망이나 하는 것이다. 원망할 시간이 있으면 그 시간에 긍정적인 생각을 하라.

자신의 인생을 잘 살아가는 사람들의 입은 원망이 없다. 그들은 원망이 얼마나 불필요하고 무가치한 것인지를 잘 알기 때문이다.

자신의 입이 절대 원망하는 일에 물들지 않게 해야 한다. 오직 생산적이고 창조적인 말만 하라.

원망의 입은 부정의 입이다. 이런 사람들은 빨리 자신의 못된 습관을 고치지 않으면 안 된다. 그 못된 습관이 자신의 인생을 망치게 할지도 모르기 때문이다.

DAY 06 내 인생을 바꾸는 결정적인 힘

CHECK

내 인생을 원하는 대로 살게 하는 힘은 실천 능력과 끝까지 해내는 힘이다. 원하는 인생을 살고 싶다면, 실천 능력과 끝까지 해내는 힘을 길러라.

미국의 교육학자인 윌리엄 아서 워드William Arthur Ward는 이렇게 말했다 "미래는 현재 자기가 하는 행동에 따라 결정된다."

이 말이 의미하는 것은 현실을 직시하고 그에 따라 실천하라는 것이다. 사람은 누구나 머리로는 생각한다. 그러나 그것을 실천에 옮기는 일엔 미숙하다. 의지가 약하고 목적의식이 분명하지 않아서이다.

자신의 일을 성공적으로 이끈 사람들은 실천가였다. 그들은 생각한 것은 즉시 실천에 옮긴다. 한번 내린 결정을 번복하거나 우물쭈물하지 않는다. 그리고 한번 시작한 일은 절대 중도에서 포기하지 않는다. 추진하다 막히면 그 원인을 밝혀 그에 맞는 방법을 찾아 다시 실천에 옮긴다. 끝까지 해내는 힘이 뛰어나다.

그러나 하는 일마다 실패를 하는 사람들은 실천력이 부족하고 끝까지 해내는 뒷심이 부족하다. 그런 마음으로는 별다른 성과를 내기 어렵다. 실천 능력과 끝까지 해내는 힘을 길러야 한다. 실천 능력과 끝까지 해내는 힘이 뛰어날수록 좋은 결과를 얻을 수 있기 때문이다.

자신이 원하는 인생을 사는 사람과 그렇지 않은 사람의 차이점은 확고한 실천력과 끝까지 해내는 힘의 차이에 있다. 원하는 인생을 살고 싶다면 실천력과 끝까지 해내는 힘을 길러라.

DAY 07 | 머무르지 않는 행복

> 옷을 바꾸어 입듯 때론 이렇게, 때론 저렇게 변화할 때 더 깊은 행복을 느낄 수 있다. 머무르지 않는 행복을 누리기 위해서는 계속해서 자신을 격려하며 앞으로 나아가야 한다.

고인 물은 그대로 두면 썩는다. 썩은 물은 생명이 없다. 물은 쉼없이 흘러야 생명을 품어 안는 생명수가 될 수 있다. 행복 또한 그렇다. 머무르는 행복은 늘 그 자리에 머물러 있어 더 큰 행복을 추구할수 없다. 지금보다 더 나은 행복을 추구하기 위해서는 자신을 변화시켜야 한다. 행복은 행복해지기 위해 나아가는 사람을 좋아한다.

이에 대해 미국의 사상가이자 시인인 랄프 왈도 에머슨Ralph Waldo Emerson은 이렇게 말했다.

"사람은 앞으로 나아가는 거지 한군데 머무르는 것이 아니다. 앞으로 나아가는 사람에게는 행복이 따르고 멈추는 사람에게는 행복도 멈추는 법이다."

참 좋은 지적이다. 가만히 있는 사람을 좋다고 찾아가는 행복은 그 어디에도 없다.

행복은 행복해지기 위해 노력하는 사람을 좋아한다. 지금보다 나은 행복을 위해서는 머무르지말고 앞으로 나아가라. 나아가는 만큼 더 행복해진다.

인색하지 않은 삶을 살아야 하는 이유

> 과거엔 가난 속에서도 서로 인정을 베풀며 살았지만, 지금은 풍요 속에서도 인색하게 산다. 인색하게 살면 자신의 행복도 인색해진다. 자신이 진정 행복하게 살고 싶다면 인정을 베풀라.

물질문명의 발달은 인간에게 편리함과 풍요로움을 가져다 주었다. 그러나 대신 인간성을 가져가 버렸다. 인간성을 잃어버린 사람들은 자기만 아는 이기심에 빠져 주변 사람들은 아랑곳하지 않는다. 나만 편하면 되고 나만 풍족하면 된다고 생각한다.

지난날은 지독한 가난 속에서도 서로 인정을 베풀며 살았지만, 지금은 풍요 속에서도 인색하게 산다. 많은 것을 가지고도 나눌 줄 모르고, 가진 자들이 더 많이 가지려고 가난한 자들에게 돌아갈 몫까지도 자신의 것으로 만들려고 혈안이 되어 있다.

요즘 우리 사회는 갑질하는 인정머리 없는 자들로 인해 연일 시끄럽다. 남의 피를 짜 재산을 불리고도 자신들이 잘나고 똑똑해서 그런 줄로 안다. 참으로 부끄럽고 한심스러운 일이 아닐 수 없다.

자신이 진정 인간답고 행복하게 살고 싶다면 자신이 받은 만큼 인정을 베풀어라. 인색하지 않고 인정을 베풀며 사는 것, 그것이 바로 인간다운 참삶이다.

인색한 사람은 아무리 많은 재물을 갖거나 높은 자리에 있다 하더라도 사람다운 사람이라고 할 수 없다. 인정을 베풀 줄 아는 사람, 그가 진정 사람다운 사람이다.

DAY 09 | 나를 잘되게 하는 행복한 지혜 10가지

늘 자신을 잘되게 하는 일에 힘써라. 자신을 위하는 만큼 자신을 잘되게 하는 만큼 자신의 삶은 놀라운 변화를 꾀하게 될 것이다.

이 세상에서 나보다 소중한 사람은 없다. 내가 있고 가족이 있고, 친구가 있는 것이다. 내가 잘되는 것은 자신을 위하는 일이자 사랑하는 가족과 사람들을 위하는 일이다. 나를 잘되게 하기 위해서는 첫째, 나는 할 일이 많은 사람이라 여기고, 자신이 할 수 있는 일을 즐겁게 하라. 둘째, 나는 행복하게 살 권리가 있는 사람이라 생각하고, 행복해지는 일을 실천하라. 셋째, 언제나 자신을 소중히 여기고 어떤 상황에서도 무시하지 마라. 넷째, 언제나 긍정적으로 생각하고, 긍정적으로 행동하라. 다섯째, 언제나 좋은 생각만 하고, 즐겁게 사람들과 어울려라. 여섯째, 친절하게 말하고 친절하게 행동하라. 일곱째, 하루에 한 가지씩 사랑하는 사람들을 칭찬하라. 여덟째, 기도로 시작하고 기도로 하루를 마감하라. 아홉째, 잘되는 것도 내 탓, 안 되는 것도 내 탓으로 여겨라. 열째, 날마다 작은 일에도 감사하고 축복하라.

나를 잘되게 하는 것은 스스로를 축복하는 아름다운 일이다. 이 세상을 다 가진 것처럼 늘 사랑하고 행복하라.

인생은 단 한 번이다. 이 세상을 다 가진 것처럼 사랑하고 행복하라. 그러기 위해서는 나를 잘되게 하는 일에 아낌없이 힘써라.

DAY 10 앞서간 사람들의 좋은 점 배우기

앞서간 사람은 자신에겐 좋은 스승이 된다. 단, 그의 유익함을 배울 수 있을 때 그렇다. 자신이 원하는 인생이 되길 바란다면 자신이 닮고 싶은 사람의 좋은 점을 배워야 한다. 그것처럼 확실한 가르침은 없다.

내 인생의 빛이 되는 앞서간 사람들은 생생히 살아있는 인생 교과서이다. 그들이 무엇을 좋아했으며, 어떤 생각을 했으며, 어려움에 봉착했을 때 어떻게 극복했으며, 삶의 철학과 사상에 어떠했으며, 그들이 추구한 인생의 목적은 무엇인가 등을 배울 수 있다면 자신이 살아가는 데 큰 도움이 된다.

음악의 악성 베토벤Beethoven을 너무도 좋아했던 인상주의 음악의 선구자인 슈베르트Schubert는 자신의 인생의 스승인 베토벤을 닮고 싶어 그가 좋아하는 음식을 먹었으며, 그의 머리 스타일을 따라서 했고, 그의 패션을 따라 했다. 베토벤이 하는 것이면 그것이 무엇이든 그대로 따라서 했다는 것은 그만큼 그처럼 되고 싶은 욕망이 강했기 때문이다.

자신이 존경하고 닮고 싶어 하는 사람은 훌륭한 인생의 스승이다. 그가 한 대로 따라서 열심히 살면 그처럼 될 수도 있고, 설령 그 같이는 아니더라도 그와 비슷한 인생을 살게 된다.

자신이 미치도록 닮고 싶은 사람이 있는가. 그렇다면 좋아하지만 말고 그가 인생을 살았던 것처럼 열심을 다해 따라서 해 보라. 자신 또한 만족한 인생으로 살아가게 될 것이다.

DAY 11 내 인생의 주인공 되기

당신이 진정, 자기 인생의 주인공이 되고 싶다면 끝까지 실행하라. 그랬을 때 영원히 이어지는 인생의 눈길 위에 당신의 빛나는 발자국을 남기게 될 것이다.

사람은 누구나 자기 인생의 주인공이 되기를 바란다. 그러나 누구나 자기 인생의 주인공이 되지는 않는다. 자기 인생의 주인공이 되기 위해서는 자기만의 특기나 장점을 살려 그것을 현실로 이끌어 내기 위해 실행해야 한다.

그런데 여기서 중요한 것은 자기만의 특기나 장점이 아무리 뛰어나다고 해도 그것을 현실로 이끌어 내기 위해서는 끝까지 집중해서 실행하는 능력이 필요하다는 것이다. 실행 능력이 부족하면 중도에서 포기하고 만다. 다시 말해 자기 인생의 주인공이 되는 데 가장 중요한 것은 집중해서 끝까지 해내는 실행 능력이다.

자신의 인생을 진실로 사랑한다면 자신의 턱 밑에 삶의 주인공의 자리를 내 준다고 해도 정중히 사양해야 한다. 그것은 스스로를 무너뜨리는 일이기 때문이다. 물론 쉽게 인생의 주인공이 될 수 있다면 큰 행운이지만, 그 자리를 유지하는 데 있어서 정작 필요한 것은 행운이 아니라 능력이다.

자기 인생의 주인공이 되고 싶다면 행운을 바라지 말고 끝까지 집중하는 실행 능력을 길러라. 실행 능력은 꿈을 현실로 이루는 최선의 비법이다.

DAY 12 하루아침에 되는 것은 없다

자신이 하는 일에 대한 좋은 결과가 하루 빨리 이뤄지기를 조급해하지 마라. 빠르게 이루어지는 것도 좋지만 그보다 더 바람직한 것은 충분히 공을 들여 이뤘을 때 그 결과는 오래도록 유지되는 것이다.

대개의 사람들은 자신이 하는 일이 빨리 좋은 결과를 내기 바란다. 물론 좋은 결과를 빨리 낼 수 있다면 그것은 참 감사한 일이며 축복이라고 할 수 있다. 그러나 빨리 쉽게 쌓은 탑이 쉬 무너지는 법이다.

좋은 결과를 빨리 내는 것도 중요하지만, 그보다 더 중요한 것은 자신이 이뤄낸 결과가 오래도록 이어지는 것이다. 그러기 위해서는 공들여 쌓은 탑이 오래가듯 자신이 하는 일에 정성을 들여야 한다. 이에 대해 정곡을 찌르는 금쪽같은 말이 있다.

"로마는 하루아침에 이루어지지 않았다."

그렇다. 로마는 하루아침에 이루어지지 않았다. 그랬기에 천 년을 갈 수 있었다. 그 어떤 것도 금방의 효과를 내기 위해 서둘러선 안 된다. 그것은 스스로를 자멸에 이르게 할 수 있다. 오래도록 공을 들여야 하는 이유가 여기에 있는 것이다.

공을 들여 쌓은 탑은 폭풍이 휘몰아쳐도 쉬 무너지지 않는다. 하지만 빨리 쌓은 탑은 쉽게 무너지고 만다. 공을 들이는 것은 많은 시간을 요하지만 그만큼 오래가는 법이다.

DAY 13 즐거움을 주는 삶의 법칙 10가지

삶을 즐겁게 살 수 있다면 그것은 자신의 인생에게 주는 선물이다. 따라서 삶의 즐거움이 클수록 인생의 선물도 커진다. 삶을 즐기는 자가 돼라. 삶을 즐기는 자가 진실로 복된 자이다.

사람이 살아가는 여러 이유 중 하나는 즐겁고 행복하기 위해서다. 인생이 즐겁지 않고 행복하지 않다면 그것처럼 고달픈 인생도 없다. 한 번뿐인 인생을 즐겁게 살기 위해서는 그만한 노력을 해야 한다. 인생을 즐겁게 살기 위해서는 첫째, 늘 기분 좋은 생각만 하고 기분 나쁜 생각은 하지 마라. 둘째, 긍정적인 말을 하고 부정적인 말은 하지 않는다. 셋째, 친절을 생활화한다. 넷째, 남이 도움을 요청하면 도와줄 수 있는 범위 내에서 도와준다. 다섯째, 나는 행복하기 위해 태어난 사람이라고 생각하라. 여섯째, 기분을 좋게 해 주는 책을 읽고 마음에 새겨 실천하라. 일곱째, 이기심을 마음으로부터 날려버려라. 이기심은 즐거움을 가로막는 벽과 같다. 여덟째, 배려하는 마음을 생활화한다. 아홉째, 유머를 적극 활용하라. 열째, 감사의 말을 자주 하고 매사를 감사한 마음으로 살아라.

삶을 즐겁게 사는 것은 재물을 가진 것보다 더 큰 축복이다. 앞의 10가지를 마음에 새겨 실천해 보자.

즐겁게 사는 삶은 노력에서 온다. 자신의 인생을 행복하고 즐겁게 살고 싶다면 자신을 즐겁게 하는 일을 실천하라. 삶을 즐기는 자가 진실로 복된 자이다.

DAY 14
운명을 지배하는 사람, 운명에 지배를 당하는 사람

운명을 지배하느냐 운명에 지배를 당하느냐는 오직 자신에게 달렸다. 자신이 원하는 삶을 살기 위해서는 운명을 지배해야 한다. 그러기 위해서는 스스로 강해져라.

운명은 주어진다는 말이 있지만 그 운명을 지배하는 것은 바로 자신이다. 그러니까 좋은 운명을 타고 났어도 결국은 자신이 좋은 운명이 되게 만들어야 하고, 나쁜 운명을 타고 났어도 자신에 의해 좋은 운명을 만들 수 있다는 말이다.

그렇다. 운명은 타고나든 타고나지 않든 중요한 것이 아니다. 보다 중요한 것은 자신의 의지에 달린 문제이다. 운명을 지배하기 위해서는 강한 의지로 무장해야 한다. 운명은 강한 의지를 가진 사람에게는 꼼짝 못한다.

의지를 강하게 하기 위해서는 강의목눌剛毅木訥의 정신, 즉 의지가 굳어 무슨 일에도 굴하지 않는 마인드를 지녀야 한다. 하지만 의지가 약해 운명에 지배를 받으면 불우한 운명의 노예가 될 뿐이다.

운명을 지배하느냐 운명에 지배를 당하느냐를 결정짓는 것은 '의지'의 문제이다. 자신의 삶을 기쁨으로 이끌고 싶다면 운명에 맞서 싸워 이겨라. 그리고 당당하게 자신의 길을 가라.

사람은 저마다의 운명을 갖고 태어난다고 한다. 하지만 이는 어디까지나 가설에 불과하다. 운명을 좌우하는 것은 자기 자신이다. 의지를 굳건히 하라.

DAY 15 | 모든 위대한 발견은 성찰에서 이루어진다

정신적인 깨달음이든, 문명의 이기이든, 창의적인 발견이든 모든 새롭고 위대한 발견은 깊은 성찰에서 이루어진다.

모든 위대한 발견은 그냥 이루어지지 않는다. 언제나 자신의 내부에서 시작하고 전개되고 발전하고 그리고 마침내 위대한 모습을 드러내게 된다. 정신적인 깨달음이든 문명의 이기이든 창의적인 발견이든 모든 위대한 발견은 깊은 성찰을 필요로 한다.

성찰을 하기 위해서는 자신을 돌아볼 수 있는 눈을 길러야 한다. 독서를 하고, 마음을 비우고, 묵상하는 시간을 가져야 한다. 독서는 다양한 지식과 지혜를 습득하게 해 주고, 마음을 비우고 멍을 때리다 보면 텅 빈 마음에 새로운 생각이 차오른다. 또한 묵상하는 시간을 통해 마음을 다스리는 시간을 갖다 보면 무한한 깨우침이 아침 호숫가의 물안개처럼 솔솔 피어오른다.

이렇게 반복하는 가운데 사물에 대한 혜안이 열리고, 삶을 간파하는 눈이 밝아지고, 자신이 전혀 생각지도 못한 창의적인 생각의 열매가 영근다.

새로움의 발견을 통해 지금과 다른 새로운 길을 가고 싶다면 깊이 생각하고 또 생각하라.

지금까지 없던 모든 것들은 깊은 생각을 통해 발견된 결과물이다. 새로운 길을 가고 싶다면 생각하고 또 생각하라. 성찰의 힘을 축적하라.

DAY 16 — 빛나는 인생으로 거듭나기

빛나는 인생을 살고 싶다면 인생의 무대에서 꿈을 활기차게 펼칠 수 있도록 탄탄하게 준비를 쌓아야 한다. 준비가 제대로 갖춰졌을 때 빛나는 인생의 무대에 주연이 될 수 있다.

준비가 탄탄한 연극 무대는 관객들에게 충분한 감동을 준다. 배우의 표정 하나하나에 관객들은 눈을 떼지 못하고, 뜨거운 연기력에 숨을 죽이고, 마음이 깊이 울릴 때 크게 감동하게 된다.

하지만 준비가 제대로 갖춰지지 않은 연극은 관객들로부터 외면받기 십상이다. 감동을 주지 못하는 연극은 더 이상 연극이 아니다.

인생도 마찬가지다. 자신의 품은 뜻을 성공적으로 펼치기 위해서는 준비하는 데 소홀함이 없어야 한다. 철저하게 계획을 세우고, 그 계획에 따라 필요한 것들을 준비하고 자신의 모든 역량을 쏟아부어야 한다. 그래야 빛나는 인생으로 거듭날 수 있다.

빛나는 인생엔 공짜가 없다. 어느 분야에서든 모든 빛나는 인생은 철저한 준비 과정을 통해 그리고 악착같이 시도함으로써 이뤄진다. 빛나는 인생으로 거듭나는 당신이 진정 아름다운 사람이다.

빛나는 인생이 되기 위해 철저하게 준비하는 자에게 삶은 기쁨을 선물한다. 모든 빛나는 인생이 그랬듯이 철저하게 준비하고 처절하도록 시도하라.

DAY 17 · 좋은 격려자를 곁에 두는 7가지 비결

앞이 보이지 않는 막막하고 캄캄한 상황에서 갈피를 잡지 못할 때, 힘들고 어려워 막 울고 싶을 때 좋은 격려자가 곁에 있으면 하나도 두렵지 않다. 좋은 격려자는 인생의 큰 자산이며 삶의 빛이기 때문이다.

인생에 힘이 되어 주는 좋은 격려자를 자신 곁에 둔다는 것은 큰 축복이다. 이처럼 소중한 격려자를 두기 위해서는 첫째, 인격적으로 모가 나지 않아야 한다. 둘째, 자신이 하는 일을 열정적으로 하라. 이것은 좋은 격려자의 마음을 사는 가장 확실한 비결이다. 셋째, 예의를 갖춰 사람을 대하라. 예의가 없는 사람은 아무리 출중한 재능을 가졌어도 좋은 격려자를 두기 힘들다. 넷째, 잘난 척을 하거나 나서서 설치지 마라. 이런 사람 또한 자신에게 피해를 준다고 여겨 싫어한다. 다섯째, 매사에 분명하고 정직해야 한다. 좋은 격려자는 이런 이에게 관심을 기울이고 도움을 주려고 한다. 여섯째, 열심히 공부하는 사람이 되어라. 좋은 격려자는 공부하는 사람을 좋아한다. 일곱째, 함부로 말하거나 자기 멋대로 하지 말아야 한다. 좋은 격려자는 이런 사람을 매우 싫어한다.

좋은 격려자를 두기 위해 노력하라. 좋은 격려자가 많은 사람일수록 인생이 풍요롭다.

좋은 격려자는 인생의 빛이며 은총이다. 인생을 잘 살고 싶다면 좋은 격려자를 두어라. 좋은 격려자가 많을수록 인생은 풍요로워진다.

DAY 18 이기는 경쟁은 경쟁을 즐기는 것이다

경쟁에서 이기려면 많은 스트레스에 시달리게 된다. 그것은 이기려고 하는 데서 오는 긴장감과 초조함 때문이다. 그러면 어떻게 해야 긴장감과 초조함을 없앨 수 있을까? 그것은 경쟁을 게임처럼 즐기면서 하는 것이다. 즐기면서 하는 마음이 경쟁의 두려움을 없애 준다.

인간의 삶은 인류가 탄생한 이래로 줄곧 경쟁 관계를 통해 발전해 왔다. 지나친 경쟁은 부정적인 생각을 갖게 하지만, 경쟁이 아닌 것은 없다. 특히 다양화되고 다변화적인 현대 사회는 경쟁 아닌 것이 없다. 치열하다 못해 마치 전쟁터와 같다.

그러다 보니 경쟁을 피하려는 사람들이 있다. 하지만 피한다고 해서 피해지지 않는 것이 경쟁이다. 자의든 타의든 인간은 경쟁을 할 수밖에 없는 것이 현대 사회의 구조다. 그런데 경쟁을 피하려고 한다면 자연히 도태될 수밖에 없다. 그렇다면 피하기보다는 당당하게 맞서 나가는 것도 그 경쟁에서 이길 수 있는 좋은 방법이다.

문제는 경쟁에서 이기려면 많은 스트레스에 시달린다는 것이다. 이기려는 데서 오는 긴장감과 초조함 때문이다. 그러나 즐기면서 하는 마음을 가지면 경쟁의 두려움을 극복할 수 있다. 무슨 일이든 즐기면서 하는 사람은 절대 이기지 못하는 법이다.

인간은 경쟁의 존재라고 할 수 있다. 인간이 살아가는 삶의 구조는 경쟁 관계에 놓여있기 때문이다. 이기려고 경쟁하지 마라. 즐기다 보면 경쟁에서 이기게 된다.

현명하고 지혜롭게 일을 실행하는 3가지

현명하고 지혜로운 사람은 매사를 현명하고 지혜롭게 행한다. 그래서 현명하고 지혜로운 사람은 누구나 신뢰하고 인정한다. 현명함과 지혜는 행복한 삶의 근본이다.

현명하고 지혜로운 사람은 어떤 일을 하더라도 대충하는 법이 없다. 그 일을 했을 때 어떤 결과가 나는지를 먼저 생각하고, 그에 맞는 계획을 세우고 빈틈없이 진행해 나간다.

어떤 일을 함에 있어 현명하고 지혜롭게 일을 실행하기 위해서는 첫째, 자신에게 주어진 일은 최선을 다해 처리해야 한다. 현명하고 지혜롭게 일을 처리하는 능력은 사람들에게 깊은 신뢰를 준다. 둘째, 일을 할 땐 집중력을 발휘하라. 집중력은 일의 효율성을 높이고, 책임감 있게 일을 완결 짓게 한다. 셋째, 대가를 바라고 일을 한다는 의식을 갖지 말고, 내게 주어진 책임을 완수하기 위해 즐겁게 일한다고 생각하라.

어리석은 사람은 대충 하고도 자신이 들이는 공보다 더 많은 것을 바라지만, 현명하고 지혜로운 사람은 자신이 들인 공만큼 바라기 때문에 더 좋은 성과를 내기 위해 그만큼 더 세밀하게 계획을 세우고 최선을 다해 실행한다.

지혜로운 사람은 현명하고 지혜롭게 실행하기 위해 자신이 하는 일에 대해 철저하게 계획을 세우고 준비한다. 지혜로운 사람은 대충해서는 좋은 성과를 내지 못한다는 것을 잘 알기 때문이다.

날마다 내 마음 보살피기

*허망한 마음이 들거나 욕심이 깊어져 판단력이 흔들릴 때나 남을 탓하고 미워하는 마음에
맑은 영혼이 주름질 때 자신을 마음의 유배지에 가두고 마음이 샘물처럼 맑아지도록 자신
을 돌아보라.*

마음이 허망할 때나 욕심이 깊어져 판단력이 흔들릴 때, 남을 탓
하고 미워하는 마음에 맑은 영혼이 주름질 땐 자신을 마음의 유배
지에 가둬라.

마음의 유배지에 갇히는 날이 없을 땐 홀가분함을 느끼게 될 것이
이다. 마치 잘한 일을 스스로에게 보상 받는 것 같은 생각에서다. 그
러나 마음의 유배지에 갇히는 날은 쓸쓸해지곤 할 것이다. '나는 왜
이 정도밖에 안 되는 걸까'라는 생각에서다.

사람은 누구나 자신이 원하지 않는 일로 마음 아파할 때가 있다.
그럴 땐 자신이 죽도록 미워진다. 이럴 때 반성을 하며 스스로를 위
안 삼는 노력이 필요하다. 그것은 바로 자신을 마음의 유배지에 가
둬 스스로를 돌아보는 것이다. 그렇게 하면 잘잘못을 알게 됨으로
써 자신이 잘못한 점을 고치는 데 큰 도움이 된다.

마음의 유배지에 갇히는 날이 없도록 해야 한다. 그러기 위해서는
자신에게 부끄럽지 않고 떳떳해야 한다.

자신에게 부끄러운 일이 있을 때, 남에게 상처를 주는 말을 했을 때, 욕심에 사로잡힐 때에는
자신을 마음의 유배지에 가둬라. 마음이 맑아질 때까지 깊이 자신을 돌아보라.

DAY 21 꿈을 이루는 7가지 마인드

꿈은 누구나 꿀 수 있지만 꿈을 이루는 사람은 많지 않다. 꿈은 자신의 인생을 우뚝하게 하는 일이기 때문이다. 꿈을 이루고 싶다면 자신의 모든 것을 걸어라.

꿈을 이루는 것은 자신의 모든 것을 이루는 일이다. 그래서 꿈을 이루는 것은 자신의 모든 것을 다 바치는 숭고한 일이다. 꿈을 이루기 위해서는 첫째, 마음으로만 성공을 꿈꾸지 말고 지금 당장 시도하라. 둘째, 내가 해낼 수 있을까 하는 불신을 마음속에서 꺼내 버리고 자신을 인정하라. 셋째, 담대하게 생각하라. 할 수 있다고 생각하면 충분히 할 수 있다. 넷째, 그 어느 순간에도 패배 의식에 빠지지 않는 것이 중요하다. 패배 의식에 사로잡히면 할 수 있는 것도 놓치고 만다. 다섯째, 자신이 이루고 싶은 꿈을 이미 이룬 사람이 했던 것처럼 자신의 관점에서 실행해 보라. 어떻게 하면 잘할 수 있는지에 대해 알게 될 것이다. 여섯째, 언제나 배우고 익히는 자세를 견지하라. 일곱째, 날마다 아침에 거울을 보고 넌 할 수 있다고 스스로를 격려하라. 자신에게 주는 암시의 효과야말로 잠재된 능력을 최대로 끌어올린다.

그 어떤 꿈도 그냥 이루어지는 것은 없다. 꿈은 그만한 노력과 열정, 그만한 정성과 자신의 전부를 걸었을 때 비로소 얻게 된다.

꿈은 꾼다고 해서 이루어지지 않는다. 꿈을 위해 자신의 모든 것을 걸고 끝까지 가야 한다. 힘들고 어려워도 끝까지 가는 자가 결국엔 꿈을 이루는 법이다.

하루를 일 년 같이, 일 년을 백 년 같이

하루하루를 무의미하게 보내면 일주일을, 한 달을, 일 년을, 십 년을, 인생을 무의미하게 보내게 되지만 하루하루를 의미 있게 보내면 일주일을, 한 달을, 일 년을, 십 년을, 인생을 의미 있게 살게 된다.

하루를 인생의 소중한 날이라고 생각하면 허투루 보내지 않게 된다. 그래서 하루하루를 아무렇게나 살면 모든 나날을 아무렇게나 살게 되지만, 하루하루를 인생의 마지막 날처럼 살면 하루하루를 소중한 날처럼 살게 된다. 이러한 생각의 차이는 엄청난 결과를 가져온다.

인생의 발자취를 남긴 사람들은 그 어느 누구도 하루하루를 대충대충 살았던 사람은 없다. 그것이 얼마나 인생을 쓸모없게 하는지를 잘 알았기 때문이다. 그랬기에 그들은 하루를 일 년 같이 일 년을 백 년 같이 살았다. 물론 수없는 실패도 하고, 죽고 싶을 만큼 힘들었던 때도 많았고, 포기하고 싶을 때도 많았지만 하루하루를 소중히 보냄으로써 활짝 웃을 수 있었다.

시간을 어떻게 사용하느냐에 따라 그 사람의 인생이 결정되는 것이다.

인생을 의미 있게 살고 싶다면 시간이 새털 같이 많다는 생각을 버려야 한다. 인생이 잘되고 못됨은 결국 시간 사용법에 달려 있기 때문이다.

나만의 길을 찾아서 무소의 뿔처럼 가라

자기만의 인생을 살고 싶다면 자신의 길을 찾아 묵묵히 가야 한다. 가다 보면 돌부리에 채이기도 하고, 넘어지기도 하고, 무모하다는 생각에 멈추기를 반복하지만, 끝끝내 그 길을 찾아서 가는 사람은 정녕 아름답다.

예전에 방영된 KBS 〈장사의 신〉을 보면 자기만의 길을 가는 사람들을 볼 수 있다. 그들의 가장 확실한 공통점은 '내가 가고 싶은 길을 간다'는 것이다. 주변에서 자신을 어떻게 보든 전혀 상관하지 않는다.

한의사와 애널리스트라는 직업을 버리고 수제 맥주에 인생을 걸고 끝없이 도전하는 양성후, 김희윤 부부. 우리나라에서 수제 맥주 맛의 진가가 알려지는 데 선봉이 된 부부는 장인 정신이 투철하다. 수제 맥주의 맛을 살리기 위해 냉장으로 마트에 유통을 하고, 수제 맥주를 홍보하기 위해 인디밴드를 초청해 수제 맥주 축제를 벌이는가 하면, 새롭고 창의적인 아이디어 발굴을 위해 직원들의 근무 시간과 업무를 자율에 맡기는 등 파격적인 경영 전략을 펼친다. 부부의 획기적인 전략으로 회사는 크게 성장했고, 그 결과 수제 맥주 수출에 박차를 가하고 있다.

자기만의 길을 간다는 것은 캄캄한 첩첩산중을 가는 것과 같다. 하지만 자신만의 인생을 살고 싶다면 그 길을 담대하게 걸어가라.

남이 가지 않은 길은 짙은 안개로 뒤덮여 앞이 보이지 않는 길과 같다. 그럼에도 그 길을 걸어간 사람들은 자신만의 길을 찾아 인생의 승리자가 되었다. 자기만의 길을 가고 싶다면 무소의 뿔처럼 그렇게 가라.

자신의 정열을 지배하는 사람

자신이 원하는 사랑을 얻기 위해서는 자신의 정열을 지배할 줄 알아야 한다. 자신의 정열을 지배할 줄 아는 사람만이 원하는 사랑을 얻게 됨으로써 사랑의 기쁨을 얻게 된다.

정열이 넘치는 사람의 눈은 사슴처럼 반짝반짝 빛난다. 가슴은 불같이 뜨겁고, 머리에는 아름다운 생각으로 가득 차 있다. 또한 발걸음은 경쾌하고, 입가에는 미소가 꽃처럼 피고, 매사에 자신감이 넘친다.

정열은 몸과 마음을 뜨겁게 불타오르게 하는 긍정의 마음이다. 정열이 넘치는 사람이 일도 사랑도 멋지게 잘한다. 특히 사랑에 관해 더더욱 열정으로 가득 차 있다.

"사랑할 줄 아는 사람은 자신의 정열을 지배할 줄 아는 사람이다."

고대 그리스 시인인 호라티우스Horatius의 말이다.

그렇다. 자신이 원하는 사랑을 얻기 위해서는 자신의 정열을 지배할 줄 알아야 한다. 그래야 상황에 맞게 사랑을 펼침으로써 원하는 사랑의 마음을 사고 행복한 삶을 산다.

멋지게 살고 싶다면 자신의 정열을 지배할 줄 아는 사람이 돼라. 그리고 나아가 그 사랑을 존중하라. 사랑을 존중하는 자만이 사랑의 참기쁨을 얻게 될 것이다.

정열을 지배하는 사람은 원하는 사랑을 얻게 되고, 지배를 당하게 되는 사람은 원하는 사랑을 잃게 된다. 멋진 사랑을 하고 싶다면 정열을 지배하는 사람이 되어라.

오월에 읽는 내 마음의 시 한 편

오월에는 시를 읽어라. 마음을 사랑으로 푸르게 물들이는 가슴이 따뜻해지는 시. 삶을 뜨거운 열망으로 사랑하게 만드는 시를 마음에 새겨 읽고 또 읽어라.

영원한 봄날 같은

사랑이었으면 좋겠네

영원한 봄날 같은

그대 사랑 있었으면 정말 좋겠네

그 영원한 봄날 속에

그대만의

꽃이었으면 정말 좋겠네

자나 깨나

늘 향기로운 봄날 속에서

사랑을 노래하고

영원 속의 사랑으로 남았으면

정말 좋겠네

이 시는 나의 〈영원한 봄날〉이라는 시이다. 한 편의 시는 장편 소설과 같은 깊은 감동을 준다. 시를 읽어라. 시로 물든 가슴은 한 편의 시와 같다.

DAY 26 마음의 충전, 삶의 쉼표

몸과 마음이 지치면 사소한 일에도 짜증이 나고, 그로 인해 주변 사람들과 얼굴을 붉히는 일이 종종 일어난다. 이럴 때 몸과 마음이 쉴 수 있도록 쉼표를 찍어야 한다.

"마음이 어둡고 심란할 때엔 가다듬을 줄 알아야 하고, 마음이 긴장하고 딱딱할 때는 풀어 버릴 줄 알아야 한다. 그렇지 못하면 어두운 마음을 고칠지라도 흔들리는 마음에 다시 병들기 쉽다."

《채근담採根譚》에 나오는 말이다.

다변화된 치열한 경쟁 사회에서 살아가다 보면 수시로 몸과 마음이 지치게 된다. 이럴 때 지친 몸과 마음을 그대로 두면 마음이 심란하고 감성이 메말라 정신적으로 피폐해질 수 있다. 이럴 땐 반드시 삶의 쉼표가 필요하다. 삶의 쉼표는 삶의 윤활유와 같아 지치고 메마른 마음을 활기차고 촉촉하게 만들어 준다. 또한 마음의 여유를 갖게 되어 자신의 현재를 되돌아보게 됨으로써 삶을 보다 더 생산적이고 창의적으로 살아가는 데 큰 도움이 된다.

몸과 마음이 지치지 않도록 시시때때로 삶의 쉼표를 찍음으로써 마음을 재충전하라. 넘치는 활력으로 삶을 긍정적으로 살아가게 될 것이다.

복잡한 현실에 치이다 보면 몸과 마음은 지치고, 일의 능률은 떨어지고 우울증에 빠지게 된다. 수시로 삶의 쉼표를 찍어 마음을 재충전하라.

DAY 27 행복한 빈자와 불행한 부자

가난해도 행복을 느끼며 사는 사람이 있고, 재물을 풍족하게 쌓아두고도 불행한 사람이 있다. 마음에서 얻는 행복은 오래가고 물질에서 얻는 행복은 오래가지 못한다. 마음을 풍요롭게 하는 것, 이것이 참행복이다.

'행복한 빈자와 불행한 부자 중 어느 쪽 삶을 택할 것인가?'라는 질문에 대해 의견이 분분할 것이다. 가진 것 없어도 행복할 수 있다고 여기는 사람은 그 길을 택할 것이고, 불행해도 좋다고 생각하면 불행한 부자의 길을 택할 것이다. 어떤 사람들은 이렇게 말한다.

"하루를 살다 죽어도 먹고 싶은 것 원 없이 먹고, 하고 싶은 것 원 없이 해보고, 입고 싶은 것 원 없이 입고, 그저 원 없이 살아 봤으면 좋겠다."

이 말엔 독이 들어 있다. 원 없이 하루를 사는 일은 있을 수 없다.

가난해도 행복한 사람은 마음의 부자이다. 정신적으로 풍족하면 마음이 충만하게 됨으로써 자신을 행복하게 여기게 된다. 하지만 물질적으로 풍족해도 마음에 풍족을 느끼지 못하면 자신을 불행하다고 여기게 된다. 진정으로 행복하고 싶다면 마음의 부자가 돼라.

정신적으로 풍요로운 사람은 자신을 행복하다고 말한다. 하지만 물질적으로 풍족해도 마음이 풍요롭지 않으면 자신을 불행하다고 느낀다. 마음을 풍요롭게 하라.

DAY 28 원대한 희망을 품은 행복

> 멀리 내다보는 자가 더 큰 꿈을 이룬다. 멀리 보는 만큼 더 많은 것을 준비하게 되고, 더 많은 열정과 노력을 쏟아붓기 때문이다. 그러므로 멀리 내다보며 원대한 희망을 가진 자가 오래가는 행복, 만족한 행복을 누리게 된다.

"행복과 불행은 사람의 마음 가운데 살고 있다. 그러므로 인생을 짧게 보는 사람은 허무하고 불행이 오래가지만, 원대한 희망을 가진 사람에겐 행복이 오래가고 불행은 짧다."

소설 《25시》의 작가 콘스탄틴 비르질 게오르규Constantin Virgil Gheorghiu의 말이다. 그는 오래가는 행복을 느끼며 살고 싶다면 원대한 희망을 가지라고 말한다. 왜냐하면 원대한 희망이 그 사람에게 계속해서 희망을 속삭이기 때문이다. 원대한 희망은 그 어떤 고난도 뛰어넘어 행복한 삶을 살아가게 하는 꿈의 에너지이다.

자신이 원하는 것을 얻어 오래가는 행복을 꿈꾼다면 좀 더 멀리 내다보고 자신의 인생을 계획하라. 멀리 내다보는 자의 눈이 아름답게 빛나는 것은 원대한 희망을 품고 자신의 미래를 향해 나아가기 때문이다. 원대한 희망을 품고 원하는 것을 얻는 행복한 사람이 돼라.

눈앞에 보이는 것만 쫓는 사람은 그만큼의 행복만 느끼게 된다. 하지만 멀리 내다보며 원대한 꿈을 좇는 사람은 오래가는 행복을 느끼게 된다.

DAY 29
바람이 아름다운 날은 바람이 되어라

바람이 싱그러운 날이 있다. 가끔은 이런 날 바람이 되어 바람과 어울려 묵은 마음을 맑게 씻어 내라. 마음이 맑아짐으로써 새 힘을 얻게 될 것이다.

바람이 아름다운 날은 혼자 있어도 외롭지 않다. 바람이 나의 외로움을 달래주고, 자신의 아름다운 목소리로 나만을 위한 사랑의 세레나데를 불러주기 때문이다.

바람이 아름다운 날엔 바람을 앞에 앉게 하고 바람과 커피를 나누어 마신다. 아름다운 바람과 나누어 마시는 커피는 아름다운 바람처럼 마음을 촉촉하게 적셔 준다.

바람이 아름다운 날은 시가 되기도 하고, 노래가 되기도 하고, 그림이 되기도 하고, 민들레가 되기도 하고, 무지개가 되기도 하고, 뻐꾸기 울음소리가 되기도 하고, 하얀 목련화가 되기도 하고, 노을이 되기도 하고, 풍경소리가 되기도 하고, 쇼팽의 피아노 선율이 되기도 하고, 한강의 유람선이 되기도 하고, 덕수궁이 되기도 하고, 남산 한옥마을 한옥이 되기도 하고, 열두 줄 가야금이 되기도 하고, 구름 한 점 없는 푸른 하늘이 되기도 한다.

바람이 아름다운 날은 바람이 되어 잠시 지친 몸과 마음을 달래 보라. 한 줄기 맑은 빛과 같은 생기가 심신을 포근히 감싸줄 것이다.

바람이 아름다운 날이 있다. 이런 날은 바람이 되어 바람과 어울리다 보면 지친 몸과 마음을 편히 쉬게 하는 데 제격이다. 바람이 아름다운 날 마음에 쉼표를 찍어라.

DAY 30 | 늘 푸른 소나무와 강물 같은 사람

> 늘 푸름을 잃지 않는 소나무와 변함없이 흐르는 강물처럼 자신의 환경이 변해도 변치 않는 모습을 간직할 수 있는 사람이 되어야 한다. 어떤 상황에서도 자신의 본질을 망각하지 않고 본질에 충실한 사람이 되어야 한다.

사람들 중엔 시류에 따라 혹은 주변 환경에 따라 자신의 본질을 쉽게 망각하고 휩쓸리는 이들이 있다. 시대적 변화의 흐름이나 학문적인 변화의 흐름 등 발전 지향적인 것은 따를 필요가 있다. 시대는 언제나 새로운 것을 요구하기 때문이다.

하지만 자신의 본질, 그러니까 자신의 생각의 가치나 삶의 가치를 쉽게 놓아 버려서는 안 된다. 그런 사람은 상황의 변화에 따라 수시로 자신의 생각의 가치나 삶의 가치를 손바닥 뒤집듯이 뒤집어 버린다. 이런 사람은 진정성을 의심받게 되고 그로 인해 자신의 인생에 먹구름이 낄 수 있다.

사시사철 늘 푸르게 반짝이는 언덕 위의 푸른 소나무를 보라. 바람이 부나, 비가 오나, 눈이 오나 언제나 한결같지 않은가. 늘 변함없이 흐르는 강물을 보라. 또한 언제나 한결같지 않은가.

그 어떤 상황에서도 자신의 생각의 가치와 삶의 가치를 쉽게 바꾸거나 망각해서는 안 된다. 푸른 소나무처럼, 늘 묵묵히 흐르는 강물 같이 제 본질에 충실해야 한다.

어떤 상황에서도 자신의 본질을 망각하지 않아야 한다. 자신의 본질을 쉽게 망각하는 사람은 진정성을 의심받을 수 있다. 자신의 본질에 충실하라.

DAY 31 아름다운 마음은 진실에서 온다

마음이 아름다운 사람은 표정이 밝다. 이런 사람은 누구에게나 거부감이 없다. 마음이 아름답지 못한 사람은 표정 또한 어둡다. 이런 사람은 누구나 가까이 하기를 꺼린다. 아름다운 마음은 진실이며 사랑의 마음이다.

마음이 아름답지 못하면 입에서는 상스러운 말이 쏟아져 나오고, 행동은 거칠고, 마음은 여유롭지 못하다. 마음이 아름답지 못하다 보니 사람들은 그 사람과 함께 하기를 꺼린다. 함께 해봤자 좋을 것이 없다는 것을 잘 알기 때문이다. 이런 상황에서는 행복하기를 기대하지 않는 게 좋다.

하지만 마음이 아름다우면 칭찬의 말을 하고, 행동은 부드러우며, 마음은 여유가 넘친다. 그러다 보니 주변 사람들에게 인정받게 되고, 자신과 함께 하기를 바란다. 이럴 때 깊은 행복을 느끼게 된다. 그러면 아름다운 마음은 어디에서 오는 걸까.

아름다운 마음은 진실에서 온다. 진실한 마음, 진실한 행동, 진실한 말 등 삶의 진실에서 오는 것이다. 하지만 마음이 아름답지 못하면 진실하게 사람을 대하지 않고 모든 것을 부정적으로 바라본다. 진실하지 않다는 것은 부정의 마음이기 때문이다.

마음이 아름다운 사람은 진실하다. 그래서 진실한 사람은 마음이 아름답다. 아름다운 마음을 가꾼다는 것은 곧 진실한 마음을 가꿈을 뜻한다.

CHAPTER 6

인생은 단 한 번밖에
읽을 수 없는 책이다

June

사랑은 실천을 통해서만 가치를 가진다

Birth flower
장미 Rose _나의 마음 그대만이 아네

사랑은 실천을 통해서만 가치를 가진다.

DAY 01 걷고 싶은 날은 길이 되어 걸어라

걷고 싶은 날은 산길도 좋고, 들길도 좋고, 강변을 걸어도 좋고, 고궁을 거닐어도 좋고, 낮은 처마가 아름다운 골목길을 걸어도 좋으리니 길이 되어 걸어라.

서울에서 걷기 좋은 곳으로 삼청동 길을 빼놓을 수 없다. 삼청동 길은 현대와 과거가 조화롭게 어우러져 마치 이국의 거리를 걷는 듯하다.

삼청동 길은 사랑하는 연인과 같이 걸어도 좋고, 머리가 희끗희끗한 나이 든 부부가 걸어도 좋고, 젊은 부부가 걸어도 좋고, 친구들끼리 걸어도 좋고, 가족이 함께 걸어도 좋고, 단체로 걸어도 좋고, 홀로 걸어도 좋다.

마음이 울적한 날이나, 마음이 달꽃 같이 환한 날이나, 부슬부슬 가랑비가 내리는 날이나, 나폴나폴 눈이 내리는 날이나, 낙엽이 사르르 소리를 내며 날리는 날이나, 첫사랑이 생각나는 날이나, 지나간 것들이 못 견디게 그리운 날이나, 사랑하고 싶은 날은 삼청동 길을 걸어 보라. 마음이 따뜻해지며 맑아지는 것만으로도 진한 행복을 느끼게 될 것이다.

아무 생각 없이 걷고 싶은 날이 있다. 그럴 땐 길이 되어 걸어라. 길이 되었다가 돌아오는 것만으로도 마음이 맑아질 것이다.

자신의 가치를 새롭게 창조하는 7가지

사람은 언제나 자신의 가치를 새롭게 변화시킬 수 있다. 사람은 창조적이고 이상적인 존재이기 때문이다. 새로운 가치는 새로운 변화를 통해서만 높일 수 있는데, 새로운 가치를 지니게 되는 순간 새로운 나로 거듭나게 된다.

자신의 가치를 새롭게 창조하는 것은 자신의 인생에 대한 거룩한 예의이다. 자신의 가치를 새롭게 창조하기 위해서는 첫째, 자신이 새롭게 추구하는 것을 계획하고 전력을 투구하라. 둘째, 자신이 추구하는 분야에 대해 집중적으로 공부하라. 셋째, 같은 뜻을 가진 이들과의 교류를 통해 정보를 수집하고 새로운 것이 있으면 자신의 것으로 만들어라. 넷째, 돈을 목적으로 하지 말고, 자아를 실현하는 자세로 임하라. 그리하면 목적을 이룸으로써 자신의 가치를 고취시키게 된다. 다섯째, 현실에서나 꿈에서도 언제나 긍정적으로 생각하고 능동적으로 시도하라. 여섯째, 오늘 하루를 즐겁게 시작하라. 마음이 즐거우면 기대 이상의 능력을 발휘하게 된다. 일곱째, 새로운 가치는 새로운 마음에서 출발한다. 언제나 처음 시작하듯 설레는 마음으로 실행하라.

이상의 7가지를 꾸준히 실천한다면 자신을 새롭게 함으로써 가치를 높이게 되고, 가치를 높이는 만큼 행복하게 될 것이다.

새로운 가치는 새로운 변화를 통해서만 높일 수 있는데, 새로운 가치를 지니는 순간 새로운 나로 거듭나게 된다.

DAY 03 자신을 이기는 습관

> 사람은 누구나 자신에게는 관대하다. 그러다 보니 자신의 잘못에 대해 너그럽다. 자신에게 너
> 그러운 사람은 자신에게 약하다. 자신을 이기는 자가 되도록 노력하라. 자신을 이기는 자
> 가 가장 강한 자이다.

자신을 이기기 위해서는 '자신을 이기는 습관'을 길러야 한다. 자신을 이기는 습관을 기르기 위해서는 다음 다섯 가지를 반드시 실천하라.

첫째, 자신과의 약속을 철저히 지켜야 한다. 자신과의 약속을 잘 지키는 사람이 자신에게 강한 사람이다. 둘째, 무슨 일이든 최선을 다해야 한다. 최선을 다하는 자세가 자신을 강하게 만든다. 셋째, 자신의 허점을 감추지 말아야 한다. 허점을 감추는 사람은 절대로 강해질 수 없다. 넷째, 아홉 번 쓰러지면 열 번 일어나야 한다. 그 끈질긴 정신이 자신을 강하게 만든다. 다섯째, 항상 긍정적인 말과 행동을 해야 한다. 긍정하는 마음이 자신을 강하게 변화시킨다.

자신을 이긴다는 것은 가장 힘들고 어려운 일이다. 하지만, 자신을 이겨 내야만 원하는 것을 이룰 수 있다. 어떤 상황에서도 자신을 이기도록 최선을 다하라.

자신을 이기는 것은 모두를 이기는 것이다.

남을 이기는 자는 강하다. 하지만 자신을 이기는 자는 가장 강한 자이다. 자신을 이기는 자가 되어라.

DAY 04 가장 이상적인 사람

믿을 수 있고, 신뢰할 수 있고, 안심하고 함께할 수 있는 사람이 되어야 한다. 이런 사람이 되기 위해서는 이성적으로 생각하고 행동하라. 그렇게 될 때 믿음을 주고 신뢰를 주는 사람으로 인정받게 된다.

살아가면서 윗사람이든, 직장 동료이든, 아랫사람이든, 친구들이든 주변 사람들에게 인정받는다는 것은 매우 기분 좋은 일이다. 인정받는다는 것은 '나는 썩 괜찮은 사람'임을 스스로 증명하는 것과 같기 때문이다.

사람들에게 인정받는 사람이 되기 위해서는 깊은 믿음을 심어 주어야 한다.

"윗사람에게는 무엇이든지 안심하고 맡길 수 있는 사람이 되어야 하고, 친구에게는 무조건 믿을 수 있는 친구가 되어야 하고, 아랫사람에게는 믿고 따라갈 수 있는 사람이 되어야 한다. 이것이 가장 이상적인 사람이다."

이는 《논어論語》에 나오는 말로 가장 바람직한 사람, 즉 이상적인 사람에 대해 잘 보여주고 있다.

그렇다. 믿을 수 있고, 신뢰할 수 있고, 안심하고 함께 할 수 있는 사람이 되어야 한다. 그런 사람이 되기 위해서는 매사에 있어 신중하고 이성적으로 생각하고 행동해야 한다. 그렇게 될 때 믿음을 주고 신뢰를 주는 사람으로 인정받게 될 것이다.

누구에게나 인정받는다는 것은 매우 행복한 일이다. 그것은 자신의 가치를 높이는 일이며 자신은 참 괜찮은 사람임을 스스로 증명하는 것과 같기 때문이다.

DAY 05 자기가 하는 일에 신념을 가져라

자기가 하는 일에 신념을 가진 자는 행복하다. 행복한 인생이 되고 싶다면 신념을 가져라.

자신이 하는 일에 대해 잘될 수 있다는 신념을 갖는 것은 매우 중요하다. 자신이 자신에게 믿음을 심어 준다는 것은 그 일을 잘 해낼 수 있다는 강한 확신을 스스로에게 주는 것과 같기 때문이다. 이에 대해 미국의 작가이자 강연자인 지그 지글러^{Zig Ziglar}는 이렇게 말했다.

"자기 자신을 믿고 큰 꿈을 꾸면 이루지 못할 것이 없다."

자신을 믿는다는 것은 자신이 하는 일을 잘 해내게 함으로써 인생을 의미 있게 살아갈 수 있는 원동력이 됨을 뜻한다. 참 좋은 지적이다.

자기가 하는 일에 신념을 가진 자는 행복하다. 그것은 마치 행복한 인생의 문으로 들어가는 티켓을 가진 것과 같다.

행복한 인생이 되고 싶다면 굳건한 신념을 가져야 한다. 신념은 가치 있게 살려고 하는 자에게는 손을 잡고 이끌어 주지만, 아무렇게나 살려고 하는 자에게는 손을 잡아주지 않는다.

신념은 자신의 일을 성공적으로 해내게 하는 '성공의 티켓'과 같다. 신념을 굳건히 할수록 잘될 수 있는 확률은 그만큼 높아진다. 신념을 굳건히 하라.

안락과 행복에 안주하지 않기

안락과 행복은 누구나 바라는 삶이다. 그러나 안락과 행복에 안주한다면 더 큰 행복을 누릴 수 없다. 안락과 행복이 자신을 무사안일하게 만드는 까닭이다. 안락과 행복을 누리되 안일함에 빠지지 마라.

"안락과 행복은 인생에서 모든 적극성을 빼앗아 간다."

쇼펜하우어Schopenhauer의 말은 안락과 행복에 안주하지 말라는 말이다. 보다 행복한 삶을 살기 위해서는 아픔도 겪어 보고, 슬픔에도 젖어 보고, 눈물도 흘려 보아야 한다는 것이다.

그렇다. 지독한 배고픔을 겪어 본 사람만이 밥의 소중함을 알고 먹을 수 있음에 감사하여 더욱 밥을 소중히 여기게 되는 것처럼 아픔과 슬픔, 눈물을 흘려 보고서야 참된 행복을 더욱 느낄 수 있다.

또한 인생에서 조심할 것은 매너리즘에 빠지는 것이다. 매너리즘은 인간을 무기력하게 만들고 비창조적인 사람으로 만든다. 매너리즘은 지금보다 더 나은 삶을 지향하는 데 방해가 된다.

안락한 삶과 행복한 인생은 사람이라면 누구나 원하는 삶이다. 다만 더 큰 행복을 가로막는 무사안일, 매너리즘을 경계해야만 더 나은 자신의 길을 갈 수 있음을 명심해야 한다.

안락과 행복은 누구나 바라는 삶이다. 하지만 안락과 행복에 안주하다 보면 무사안일과 매너리즘에 빠지게 된다. 안락과 행복한 삶을 즐기되 절대 안주하지 마라.

DAY 07 | 마음에 에세이 한 편

가끔은 에세이집을 펼쳐 읽어라. 지하철에서도 좋고, 공원 벤치에서도 좋고, 카페에서도 좋고, 서점 한구석에서도 좋고 마음을 촉촉이 적셔주는 서정의 단비를 뿌려라.

잠실 롯데백화점 초청으로 문학 강연을 했다. 강연을 하는 나도 강연을 듣는 다양한 연령층의 독자들도 모두가 활짝 핀 꽃이었다.

특히, 시를 낭송할 땐 그 분위기가 한껏 고조되었다. 시 낭송이 끝날 때마다 우레와 같은 박수로 화답해 주었다. 시집이 팔리지 않는 시대이다 보니 독자들의 열띤 반응은 나를 놀라게 했다. 전혀 시를 읽지 않을 것 같은데 그렇지 않았다. 그들의 가슴속에는 푸른 서정이 맑은 시냇물처럼 흐르고 있었던 것이다. 나는 그들을 보면서 독자들이 시를 접할 수 있는 기회를 많이 갖도록 해야겠다고 생각했다.

강연을 마치고 나서 작가 사인회를 하는데 어떤 여성 독자분이 내 손을 꼭 잡더니 오늘 강연 참 좋았다며 무언가를 쥐여 주었다. 사탕이었다. 나는 고맙다고 말하며 활짝 웃었다.

나는 집으로 오는 차에서 사탕 한 개를 꺼내 입에 물었다. 입 안 가득 퍼지는 사탕의 향기가 마음을 따뜻하게 했다.

가끔은 문화강좌나 체험을 통해 메마른 마음을 서정의 단비로 촉촉이 적셔보라. 마음 깊은 곳으로부터 샘솟는 참 기쁨을 맛보게 될 것이다.

정서가 메말라 마음이 갑갑할 땐 마음을 서정의 단비로 가득 채워라. 한 편의 에세이는 마음의 보약과 같다.

인생은 단 한 번밖에 읽을 수 없는 책이다

> 자신의 인생은 단 한 번밖에 읽을 수 없는 책과 같다. 그러므로 꼼꼼히 또박또박 읽어야 책의 내용과 의미와 주제를 제대로 파악할 수 있듯 자신의 인생에 최선을 다해야 후회가 적은 법이다.

책은 얼마든지 반복해서 읽을 수 있다. 반복해서 책을 읽다 보면 내용도 더 명확히 알게 되고, 의미도 더 명확히 알게 되고, 주제는 더욱 또렷이 알게 된다. 이렇듯 읽고 싶을 때 언제 어디서나 몇 번이고 읽을 수 있는 것이 책의 장점이다.

그러나 인생은 반복해서 살 수 없다. 사람은 그가 누구든 단 한 번만 살 수 있는 기회를 갖는다. 이것이 책과 인생의 차이점이다.

그런데 어떤 사람들은 인생을 다시 살 것처럼 생각하고 삶을 함부로 여겨 시간을 허투루 쓰고, 대충대충 살아가려고 한다. 그것이 자신에겐 얼마나 무의미하고 돌이킬 수 없는 일인지 알지 못하기 때문이다.

하지만 슬기로운 사람은 인생이 단 한 번뿐이라는 걸 잘 안다. 그래서 슬기로운 사람은 단 한 번뿐인 인생을 최선의 인생으로 만들기 위해 공을 들인다. 그리고 그 결과는 대개 만족스럽다.

그렇다. 인생은 단 한 번밖에 읽을 수 없는 책과 같다. 그러므로 정성껏 최선을 다해야 후회가 적은 법이다.

정성껏 책을 읽는 자만이 내용과 의미를 제대로 알 수 있듯, 인생 또한 정성을 다해 살아야 후회가 적은 법이다. 인생은 단 한 번밖에 읽을 수 없는 책이기 때문이다.

DAY 09 부드럽지만 강한 사람

> 물과 같이 부드러운 사람이 돼라. 물은 부드럽지만 노하면 한없이 두려운 존재이다. 물과 같은 사람, 그런 사람이 진정으로 강한 사람이다.

사람들은 의식적으로 자신들이 강한 존재이기를 바란다. 그래야 자신이 남보다 낫다고 생각한다. 그래서 자신을 과대 포장하기도 하고, 우월감을 드러내기 위해 거짓을 꾸며 말하기도 한다.

그러나 그것은 대단히 잘못된 생각이다. 강한 쇠붙이나 돌을 보라. 쇠나 돌은 그 강도가 강하지만 충격을 가하면 부러지고 깨진다. 강하면 강할수록 충격에는 버텨 내지 못한다.

하지만 물은 어떠한가. 물은 아무리 높은 곳에서 떨어져도 깨지는 법이 없다. 물은 한없이 부드러운 존재이기 때문이다. 또한 물은 상황에 잘 적응한다. 물은 주어진 그릇의 모양대로 자신의 모습을 보여 준다. 이렇듯 물은 순리를 거스르는 법이 없다.

물과 같이 부드러운 사람이 돼라. 물은 부드럽지만 노하면 한없이 두려운 존재이다. 물과 같은 사람, 그런 사람이 진정으로 강한 사람이다.

쇠붙이는 강하지만 약하다. 하지만 물은 약하지만 강하다. 물처럼 부드럽고 강한 사람이 돼라.

| DAY 10 | 걱정을 지배하는 사람, 걱정의 노예로 사는 사람 |

사람은 살아가면서 뜻하지 않은 일에 부딪치곤 한다. 이럴 때 걱정을 지배하는 사람은 슬기롭게 살아가고, 걱정의 지배를 당하는 사람은 걱정의 노예로 살아간다. 걱정을 지배하느냐, 지배를 당하느냐는 오직 자신이 결정해야 한다.

사람들은 살아가면서 아무런 문제도 없기를 바란다. 문제가 발생하면 그만큼 힘든 인생을 살아야 하기 때문이다.

그러나 인간은 언제나 문제를 안고 살아가는 존재이다. 그런데 이런 문제들을 해결하지 못하면 근심걱정의 바다에 빠져 하나뿐인 인생을 허비하며 살아가게 된다. 걱정이란 몹쓸 짐승과 같아 자신을 사사건건 간섭하고 방해한다.

인생의 방해꾼이자 모든 행복의 방해꾼인 걱정을 지배하며 사는 인생이 되느냐, 걱정의 노예로 사느냐는 자신의 인생에 있어 매우 중대하다. 그 결정은 오직 자신에게 달려있기 때문이다.

자신의 인생을 좀 더 즐겁고 의미 있게 살고 싶다면 자신의 행복을 방해하고 성공을 가로막는 걱정을 마음으로부터 당차게 몰아내야 한다.

걱정은 누구의 인생에게든 백해무익한 방해꾼이다. 자신의 인생을 행복하게 살고 싶다면 모든 걱정을 지배하는 사람이 돼라.

DAY 11 인생의 빛이 되는 자기만의 금언

금언은 자기 인생의 빛과 같다. 빛이 있으면 캄캄한 밤길도 무섭지 않듯, 인생의 거센 폭풍우 앞에서도 당당히 맞서게 된다. 자신만의 금언을 두어라. 그리고 그 금언을 의지 삼아 씩씩하게 나아가라.

"나는 전 세계의 각 가정에 컴퓨터를 설치할 것이다. 나는 반드시 그렇게 할 것이다."

이는 세계 제일의 부자이며 컴퓨터계의 황제인 빌 게이츠^{Bill Gates}가 10대 때부터 지켜온 금언이다. 빌 게이츠의 말은 매우 구체적이고 확신으로 가득 차 있음을 볼 수 있다. 마치 거센 에너지가 쏟아져 나오는 듯한 힘을 느끼게 한다.

그 사람의 생각은 곧 그 사람이란 말이 있듯 말 또한 그 사람 자체인 것이다. 빌 게이츠는 자신의 금언대로 성공을 거두었다.

누구나 자신의 꿈을 이루고 싶을 것이다. 그렇다면 자신만의 금언을 만들어라. 그리고 그 금언대로 실천하며 날마다 자신을 점검하라. 그렇게 꾸준히 실천하다 보면 스스로를 다지고 강인한 마인드를 기르게 됨으로써 자신의 꿈을 이루게 될 것이다.

자신만의 금언을 두어라. 자신만의 금언은 자신의 인생을 인도하는 꿈의 빛이며 강력한 의지의 발원이다.

말 한마디의 힘은 자신의 인생을 결정지을 만큼 힘이 세다. 자신만의 금언을 두고 그 금언을 빛으로 삼아 노력하라. 원하는 것을 얻는 데 큰 힘이 될 것이다.

DAY 12 | 과단성 있는 결단력을 기르는 바람직한 자세

무슨 일에 있어 결단을 해야 할 때 우물쭈물거리면 잘못될 확률이 많다. 결단을 할 땐 과단성 있게 결단을 내릴 줄 알아야 그 어떤 일에 있어서도 신속하게 해냄으로써 좋은 결과를 얻을 수 있다.

"결단을 내리지 않는 것이야말로 최대의 해악이다."

이는 독일의 철학자 데카르트Descartes가 한 말로 결단을 해야 할 때 하지 못하는 것이 얼마나 무모한 일인지를 잘 알려 준다. 특히 신속한 결단이 필요할 땐 더욱더 결단력의 중요성은 부각된다. 결단력을 기르기 위해서는 첫째, 결단을 해야 할 때 우물쭈물하는 것은 아무런 도움도 주지 못한다. 우유부단한 성격을 고쳐야 한다. 둘째, 어떤 일에 대해 결정을 할 땐 삼사일단三思一斷하되, 결정은 과단성 있게 하라. 셋째, 어떤 일을 할 때 재는 사람은 항상 재다가 끝낸다. 이는 일에 대한 결단력이 부족해서이다. 일에 대한 비전을 예측하는 것은 결단하는 데 있어 아주 중요하다. 일에 대한 비전을 예측하는 눈을 길러라. 넷째, 일에 대한 불확실성을 확실성으로 이끌어 내는 능력을 길러야 한다. 그렇게 될 때 결단을 하는 데 있어 과단성 있게 할 수 있다. 다섯째, 과단성이 있느냐 없느냐는 타고난 성격에 의해서도 큰 영향을 받지만, 이는 노력으로도 얼마든지 기를 수 있다. 단, 쉽지는 않다. 인간의 본질은 쉽게 바뀌지 않기 때문이다. 하지만 이를 바꾸기 위해 포기하지 않고 꾸준히 노력한다면 충분히 바꿀 수 있다.

신속하고 과단성 있는 결단력은 반드시 갖춰야 할 마인드이다. 결단 여부에 따라 일의 결과가 크게 달라지고 성패가 갈리기 때문이다.

DAY 13 | 어려운 일을 만났을 때 보이는 두 가지의 반응

사람들은 어려운 일을 겪게 되면 두 가지의 반응을 보인다. 왜 나한테 이런 일이 있느냐며 불평하는 사람과 당당하게 맞서는 사람이 그것이다. 다만 분명한 사실은 선택은 자신의 몫이라는 것이다.

인생이란 거대한 바다를 항해하다 어려운 일을 만나게 되면 사람들은 크게 두 가지 반응을 보인다.

"대체 왜 나한테 이런 일이 생긴 거야. 내가 뭘 잘못했다고."

"그래, 어차피 겪어야 할 일이라면 받아들이자. 내가 아니면 누가 이 일을 대신해 준단 말인가."

사람들은 대개 첫 번째 반응을 보인다. 자신에게 닥친 어려움이 억울하다는 것이다. 하지만 분명한 것은 어려움이 파도처럼 밀려와 자신을 힘들게 해도 절대 좌절해서는 안 된다. 그것은 어려움에 굴복하는 일이기 때문이다.

그러나 당당하게 맞서면 죽을 것처럼 힘들고 고달파도 결국은 어려움을 이기게 된다. 폭풍우가 거세게 이는 바다를 항해하며 어려움을 이겨 낸 선장이 유능할 수 있는 건 어려움을 통해 이겨 내는 방법을 터득했기 때문이다.

어려움을 이겨 낸 소중한 경험은 그 어떤 시련에도 굴하지 않고 뚫고 나가는 힘이 된다.

인생에서 어려움을 만나면 기꺼이 받아들여라. 그리고 죽을힘을 다해 맞서 나가라. 힘들고 고통스러워도 이겨 내라. 이기는 자만이 인생의 깊은 환희를 느끼게 될 것이다.

DAY 14 | 마인드 컨트롤 마우스, 이성理性

> 이성은 감정을 이성적으로 조절하는 마인드 컨트롤 마우스이다. 이성은 감정이 일으키는 불상사를 막아줌으로써 몸과 마음을 바르게 잡아준다.

사람은 이성과 감성을 갖고 태어난다. 사람에 따라 이성이 강한 사람과 감성이 강한 사람으로 나뉜다. 물론 이성과 감성 둘 다 골고루 갖춘 사람도 있다. 이성과 감성은 사람의 마음을 조율하는 마인드 키이다. 그런데 인생의 모든 문제는 감정에 있다. 지나친 감정에 치우치다 보면 이성을 잃고 흥분하게 됨으로써 사리분별력이 약화된다. 그러다 보니 해서는 안 될 일을 벌이기도 한다.

이성은 지나친 감정까지도 순화시키는 '마인드 컨트롤 마우스'이다. 즉 마음에서 일어나는 모든 감정을 억제하며 조절하는 마인드 마우스란 말이다. 이런 이유로 이성적인 사람이 감정적인 사람보다 실수가 적다. 그래서 이성적인 사람이 감정적인 사람보다 인생을 보다 잘 살아간다. 인생의 실수를 줄이고 의미 있게 살고 싶다면 이성적으로 생각하고 행동하는 자세가 필요하다.

이성은 몸과 마음을 바르게 잡아주는 삶의 방향키인 것이다.

인간은 이성과 감성의 조합으로 이루어진 동물이다. 감성은 정서 작용을 돕고 이성은 사리분별을 돕는다. 지나친 감정의 분출을 막아 주는 것은 이성이다. 이성적으로 생각하고 행동하라.

DAY 15

불쌍히 여기는 마음, 애민사상을 길러라

> 불쌍한 마음을 갖게 되면 상대방을 애틋한 마음으로 대하게 된다. 그래서 그가 잘못을 해도 너그럽게 용서하고, 그가 잘되도록 힘이 되어 주려고 노력한다. 애민哀民은 또 다른 이름의 사랑이다.

자신을 불쌍히 여기는 마음은 상대 또한 불쌍하게 여기게 한다. 이를 애민哀民(사람을 불쌍히 여기는 마음)이라고 한다. 그리고 그러한 주의를 애민사상哀民思想이라고 말한다.

사람을 불쌍히 여기면 화낼 일도, 미워할 일도, 공격할 일도 적어진다. 상대에게 감정대로 행동한다는 것은 자신에게 하는 거나 마찬가지로 여기게 되기 때문이다. 좀 더 쉽게 말하면 자신이 행한 만큼 아픔을 느끼게 된다는 것이다.

또한 상대가 잘못을 해도 너그럽게 용서해 주고, 그가 잘되도록 힘이 되어 주기도 한다. 사실 이런 마음을 갖기란 쉽지 않다. 천성적으로 타고나야 하지만 마음의 수련을 쌓아야 가질 수 있는 마음 자세이다. 그러므로 꾸준히 마음의 수련을 쌓도록 노력한다면 얼마든지 애민사상을 기를 수 있어 너그러운 마음을 갖게 된다.

애민哀民은 또 다른 이름의 사랑이다.

사람을 불쌍히 여기면 마음이 너그러워진다. 그래서 잘못도 용서해 주고, 인정을 베푸는 일에도 적극적이다. 사람을 불쌍히 여기는 마음은 또 다른 사랑이다.

삶을 불완전하게 하는 부정적인 마인드

교만은 삶을 불완전하게 만드는 부정적인 마인드이다. 인간이 진정 두려워해야 하는 것은 교만이다. 이를 경계하고 조심해야 한다.

사람이 가장 겁내는 것은 우리가 불완전하다는 사실이 아니고, 우리의 밝은 면이 오히려 우리를 두려움에 떨게 한다는 사실이다. 여기서 밝다는 것은 지나치게 완전하고 영리하여 오히려 교만해지는 것을 의미한다.

교만한 사람들 중엔 자신을 스스로 과대평가하는 사람들이 많다. 작은 일에도 침소봉대하고, 우쭐거리며, 거들먹거리고 자신을 과시하려고 한다. 또한 자신을 강한 사람이라고 여긴다. 그러다 보니 자신이 알든 모르는 사이에든 교만의 나락으로 빠져들게 된다.

그러나 자신을 불완전하다고 생각하면 조심하게 된다. 자신의 부족함을 드러내는 것은 스스로를 깎아내리는 불완전한 행위로 알기 때문이다.

그렇다. 교만은 삶을 불완전하게 만드는 부정적인 마인드이다. 우리가 진정 두려워해야 하는 것은 바로 교만함이다. 이를 경계하고 조심해야 한다.

교만은 스스로를 깎아내리는 부정적인 마인드이다. 교만은 인간관계를 차단시키는 차단기와 같다. 교만을 경계하고 멀리하라.

겸허한 사람은 적을 지지 않는다

자신을 낮추는 것은 자신을 높이는 일이다. 매사에 겸허한 사람은 적이 없다. 자신을 낮춤으로써 상대로부터 높임을 받기 때문이다.

겸허한 사람은 어디를 가든 사람들과 잘 지낸다. 사람들은 겸허한 사람을 좋아하고 그와 함께 좋은 관계를 맺기를 바란다. 겸허한 사람은 마음이 어질고 품성이 반듯하기 때문이다.

스스로를 낮추고 겸허하게 행동하기 위해서는 첫째, 고개를 숙이면 문에 머리를 부딪칠 일이 없는 것처럼, 스스로를 낮추는 사람을 경계하지 않는 법이다. 스스로를 낮추는 것을 습관화하라. 둘째, 말과 행동이 거친 사람은 다가가기가 껄끄럽다. 그로 인해 해를 입을까 해서다. 말과 행동이 유하면 다가가는 데 거리낌이 없다. 말은 부드럽고, 행동 또한 유하게 하라. 셋째, 자신에게는 엄격하고 타인에게 관대하면 적이 없다. 타인에게 관대한 사람에게 적을 진다면 그는 필히 잘못된 사람이다. 타인에게 관대하라.

그렇다. 자신을 낮추고 겸허하게 한다는 것은 자신의 인생을 잘되게 하는 일이다. 자신을 잘되게 하는 일에 주저하지 마라.

겸허한 사람은 적을 만드는 법이 없다. 자신을 낮춤으로써 자신을 높이게 되므로 사람들 또한 그가 하듯 공손하게 대하기 때문이다.

DAY 18 인생에 근본이 되는 삶의 원칙

삶은 흐르는 강물과 같다. 강물이 물길을 따라 흐르듯 삶 또한 삶의 길을 따라간다. 삶의 길을 벗어나지 않고 바라는 길을 가는 것, 이를 삶의 원칙이라고 한다.

내가 아무리 애쓰고 노력해도 안 되는 일이 있고, 생각지도 않은 환희가 기쁨을 몰고 오기도 한다. 하지만 분명한 것은 여기엔 '삶의 원칙'이 있다는 것이다. 원칙을 무시하고 아무렇게나 사는 사람에게는 아무렇게나 사는 인생으로 끝나게 내버려 두지만, 가치 있는 삶을 살려고 노력하는 사람들에게는 반드시 그가 원하는 길을 가게 한다는 것이다.

마치 삶은 흐르는 강물과 같아 강물이 물길을 따라 흐르듯 삶 또한 삶의 길을 따라 오고 간다. 그러나 강물이 물길을 벗어나면 논과 밭, 사람들이 사는 마을을 쑥대밭으로 만들어 놓는다. 삶 또한 삶의 길, 즉 삶의 원칙을 벗어나게 되면 아무리 애를 쓰고 노력해도 원하는 것을 절대 주지 않는다.

자신이 원하는 대로 인생을 잘 살고 싶다면 이 사실을 절대로 망각해서는 안 된다. 이를 망각하고 제멋대로 하는 순간 자신의 모든 삶은 물거품이 되고 말 것이다.

삶의 원칙을 지키면 자신의 원하는 것을 손에 쥐게 된다. 그러나 원칙을 지키지 않으면 아무리 애써도 자신이 원하는 것을 손에 쥘 수 없다. 삶의 원칙은 인생의 근본이다.

DAY 19

사랑은 말이 아니라 몸짓 언어이다

> 사랑은 아무리 말한다고 한들 사랑이 아니다. 사랑은 말이 아니라 행동이다. 참행복은 사랑의 실천에서 온다. 사랑하라, 자신이 할 수 있는 한 모든 것들을. 사랑은 실천으로 더욱 빛나는 몸짓 언어이다.

사랑을 아무리 말로 한들 진실한 사랑이라고 할 수 없다. 말로 하는 사랑은 말 그대로 말뿐이다. 사랑은 실천하는 가운데 사랑이 되고 행복이 된다.

이 지구상에는 이름도 없고 빛도 없이 자유와 평화를 위해 봉사하며, 자신의 사랑을 아낌없이 나누어 주는 사람들이 있다. 아무런 대가 없이 그렇게 실천할 수 있다는 건 참으로 존경받아 마땅하다. 그처럼 아름다운 사람들이 있기에 세상은 흔들리지 않고 굳건히 존재하는 것이다.

사랑을 실천하고 사랑을 나눠 주는 일은 자신을 위하는 일이며, 남을 위해 사는 것은 결국 자신을 위해 사는 것이다. 이런 마음을 갖고 사랑을 실천할 수만 있다면 진실한 행복을 누리며 가치 있는 인생을 살게 될 것이다.

자신의 아름다운 인생과 참행복을 위해 일하고, 기도하고, 봉사하고, 사랑하라.

사랑은 실천을 통해서만 더욱 사랑으로써의 가치를 지닌다. 사랑은 말로 하는 것이 아니라 행동으로 하는 몸짓 언어이다.

공과 사를 엄격히 하는 5가지

공과 사를 엄격히 하는 마음은 일의 분별을 분명히 하여 뜻을 갖게 하지만 공과 사의 구별이 없으면 일의 분별이 없어 일을 그릇되게 한다.

"사적인 의리로 보자면 서로 어울릴 수 없겠지만, 어찌 우리 집안의 사사로운 원수라는 것 때문에 조정에서 뽑아 쓴 인재를 버릴 수 있을 것인가."

김수홍은 조선 후기의 문신으로 자신의 적에게조차 사적으로 대해서는 안 된다는 그의 말은 공과 사의 구별을 엄격히 해야 함을 잘 알려 준다. 공과 사를 엄격히 하지 않으면 일의 분별이 없어 일을 그릇되게 한다. 공과 사를 엄격히 하기 위해서는 첫째, 공직자는 국가와 국민을 위해 깨끗한 몸과 마음으로 일해야 한다. 둘째, 공과 사를 구분하여 행하는 것은 스스로를 떳떳하게 하는 아름답고 바람직한 행위이다. 셋째, 자신에게 엄격하고 철저해야 한다. 그리하면 어떤 상황에서도 공과 사를 엄격하게 지키게 된다. 넷째, 어리석은 사람은 공을 사적으로 이용한다. 그런데도 그것이 잘못인 줄을 모른다. 다섯째, 모든 비리는 탐욕으로부터 온다. 탐욕을 버리면 공과 사를 구별하는 혜안이 밝아진다. 탐욕을 멀리하라.

'공은 공이며 사는 사다'라는 말을 분명히 가릴 수 있어야 뒤탈이 없다. 공과 사를 분명히 하라. 그것은 그 마음이 청렴결백함을 뜻하는 것이다.

DAY 21 기회는 언제나 자신 곁에 있다

기회는 언제나 자신의 곁에 있지만, 멀리에서만 기회를 찾으려고 한다. 기회는 기회를 잡기 위해 애쓰는 자에게 기회가 되어 주는 반가운 인생의 손님이다.

기회를 얻기 위해서는 때를 놓치면 안 된다. 그러면 어떻게 때를 얻을 수 있을까. 그 방법에 대해 영국의 위대한 극작가이자 시인인 윌리엄 셰익스피어William Shakespeare는 이렇게 말했다.

"기회가 없다고 하는 것은 의지가 약한 사람의 구실에 불과하다."

성공적인 인생을 살았던 사람들은 기회를 잘 활용하는 기회의 달인들이었다. 그들은 기회를 잡기 위해 사소한 일도 무심히 지나치지 않았다. 세심하게 살피며 그것이 자신에게 기회가 되도록 노력했다.

그렇다. 기회가 없다고 하는 것은 자신의 인생에 대한 모독이다. 기회는 언제나 자신 곁에 있다. 다만 기회를 잡지 못하는 것은 자신의 의지가 부족하기 때문이다.

기회는 저절로 오지 않는다. 인생의 좋은 기회를 얻기 위해서는 셰익스피어의 말처럼 의지를 갖고 열심히 노력해야 한다.

기회는 기회를 잡기 위해 노력하는 자에게 찾아오는 인생의 반가운 손님이다. 저절로 오는 기회는 없다. 기회도 노력에서 온다.

사랑은 불완전한 인간을 완전한 인간으로 만든다

> 인간은 불완전한 존재이다. 그래서 인간은 완전한 인간이 되기 위해 사랑을 한다. 사랑은 완전한 인간의 모습을 갖게 하는 자아의 거울이다.

사람들 중엔 자신을 완벽한 인간으로 착각하는 이들이 있다. 이는 무례한 오만이며 하나님에 대한 모독이다.

분명한 것은 '인간이란 근본적으로 불완전한 존재'라는 사실이다. 그래서 인간은 늘 불안해하고 초조해한다. 인간의 불완전성을 완전성으로 극복하기 위해서는 사랑이 필요하다. 인간이 사랑을 하는 것은 불완전한 자신을 사랑을 통해 완전한 인간으로 변화하고 싶어 하기 때문이다. 이에 대해 영국의 소설가인 오스카 와일드^{Oscar Wilde}는 이렇게 말했다.

"사랑이 필요한 사람은 완전한 인간이 아니며 불완전한 인간이야말로 사랑이 필요하다."

그렇다. 인간은 사랑을 통해서만 완전해질 수 있다. 즉 불완전한 두 사람이 사랑을 함으로써 하나의 완전한 하모니를 이루는 것이다.

인간은 사랑의 하모니를 통해 '참행복'에 이르게 된다. 다시 말해 사랑은 불완전한 인간을 완전한 인간으로 연결해 주는 행복의 고리이다. 인생을 보다 즐겁고 행복하게 살아가려면 사랑하고 또 사랑하라.

인간은 불완전성을 극복하기 위해 사랑을 한다. 불완전한 두 사람의 사랑의 하모니는 참행복을 이루게 함으로써 완전성에 이르게 하는 것이다.

DAY 23 날마다 소망하라, 소망하는 모든 것들을

소망으로 가득 찬 사람은 역동적이다. 소망은 사람을 활기차게 하고, 긍정적이게 하며 불가능한 일에도 도전하게 만든다. 소망은 행복으로 이끄는 삶의 환희이다.

최악의 순간에도 소망을 가진 사람은 최악의 순간을 벗어나 자신을 행복하게 하지만, 최선의 순간에도 낙담하는 사람은 자신을 비참하게 만든다. 소망은 이루고 싶은 간절함의 열망이기에 소망함으로써 간절함을 이루게 된다. 하지만 낙담은 소망의 옷을 스스로 벗어 버리는 것과 같다.

소망을 품고 사는 것은 행복한 일이다. 소망은 보이지 않는 것에 대한 간절한 바람이기 때문이다. 마음에서 간절하면 이루어진다는 말은 바로 소망을 가지라는 것이다. 소망의 필요성에 대해 《연금술사》의 저자인 파울로 코엘료Paulo Coelho는 다음과 같이 말했다.

"무언가를 간절히 소망하면 온 우주가 당신의 소망을 실현시키도록 도와준다."

소망을 품고 산다는 것은 앞으로 다가올 자신의 빛나는 인생을 위해 예비하는 것과 같다. 소망하는 자에게는 삶이 기쁘게 응답하리니, 날마다 소망하고 소망하라.

소망을 품은 가슴은 언제나 열정으로 가득하다. 소망은 간절함을 품은 꿈의 별이기 때문이다. 소망하라, 날마다 소망하라.

DAY 24 늘 자신에게 묻고 대답하라

늘 자신에게 묻고 대답하라. 나는 나를 위해 어떻게 해야 할 것인지를. 그러면 답이 보일 것이다. 그러면 그곳을 향해 당당하게 나아가라.

"스스로에게 물어보라. 난 지금 무엇인가를 변화시킬 준비가 되었는지를."

《마음을 열어 주는 101가지 이야기》 시리즈를 펴낸 미국의 자기계발의 권위자이자 소설가인 잭 캔필드Jack Canfield 의 말이다.

그는 독자들에게 자아를 돕는 마인드를 심어 주기 위해 끊임없이 자기계발에 대한 강연과 연구와 집필을 한다. 그가 끊임없이 연구를 하고 글을 쓰는 것은 자신의 삶의 변화를 위해 하는 일이자, 독자들의 삶을 변화시키는 데 도움을 주기 위한 목적에 의해서다.

잭 캔필드의 말에서 보듯 스스로 자신에게 묻고 대답하는 것은 올바른 의식을 기르는 매우 바람직한 자세이다. 스스로에게 묻고 대답하는 가운데 스스로 해답을 찾아내기에 좋은 방법이기 때문이다.

소크라테스Socrates의 "너 자신을 알라"는 말 또한 스스로에게 묻고 대답하는 가운데 자신을 성찰하는 좋은 방법으로 잭 캔필드의 '스스로 물어보라'는 말과는 일맥상통한다고 하겠다.

자신에게 묻고 대답하는 가운데 새로운 길과 삶의 해법을 발견하게 될 것이다.

늘 자신에게 묻고 대답하라. 나는 무엇을 해야 하는지를. 그리고 어떻게 해야 하는지를. 자신을 새롭게 변화시킴으로써 풍요로운 인생이 될 것이다.

DAY 25 지성인과 비지성인의 차이

지성인은 같은 일을 해결할 때도 이성적으로 지혜롭게 해결하려고 하지만, 비지성인은 감정적으로 해결하려고 한다. 지성을 갖춘다는 것은 삶을 슬기롭게 사는 삶의 특급 기술을 갖추는 것과 같다.

지성의 유무에 따라 삶을 대처하는 방법에 큰 차이가 난다. 지성인은 같은 일을 겪어도 슬기롭게 판단하고 대비한다. 배움을 통해 다양한 지식을 습득함으로써 나름대로의 해결 방안을 터득했기 때문이다.

하지만 지성을 갖추지 못한 사람은 우왕좌왕하며 갈피를 잡지 못한다. 일을 해결하는 능력이 부족한 까닭이다. 배움을 통해 지식을 축적한다는 것은 지성을 쌓는 일이다.

"젊을 때 쌓은 지성은 노년기의 악을 미리 예방하는 것과 같다."

르네상스 시대 최고의 화가이자 과학자이기도 한 레오나르도 다빈치Leonard Da Vince가 이와 같은 말을 남길 수 있었던 것은 그가 당대 최고의 지성을 갖추었기 때문이다. 레오나르도 다빈치의 말에서 알 수 있듯 많은 것을 안다는 것은 노년기에 새로운 지식의 부족으로 겪게 되는 삶의 혼란스러움을 막을 수 있다는 말이다.

배우고 익히는 일에 열중하여 지성을 갖춰라. 지성은 자신을 돋보이게 하는 '인생의 보석'이다.

지성을 갖춘다는 것은 지식을 축적함으로써 삶을 슬기롭게 살아가는 방편을 마련하는 것과 같다. 늘 익히고 배움을 즐겨라.

DAY 26
불편한 진실에 길이 보이지 않을 땐

불편한 진실에 길이 보이지 않을 땐 책에서 길을 묻고, 책에 길을 찾아라. 책은 불편한 진실로부터 길을 찾아줄 것이다. 책은 인생의 나침반이며 인생의 백과사전이다.

요즘 우리 사회는 사람들을 매우 불편하게 한다. 국민들의 눈살을 찌푸리게 하는 싸구려 정치판의 추태, 경제 수준의 불균형, 천만에 근접하는 비정규직 문제, 가진 자들의 세금 떼어먹기, 대기업의 자기 계열사 일감 몰아주기, 걷잡을 수 없는 학교 폭력 등 눈에 보이는 것들이나 들려오는 이야기는 죄다 신경을 극도로 자극시킨다. 이러한 불편한 진실로 삶은 점점 더 고달프고 하루하루가 짜증의 연속이다. 사는 일이 즐겁고 신나야 하는데 우울의 그늘을 뒤집어쓰고 산다.

불편한 진실에 길이 보이지 않는다. 이럴 때일수록 책을 읽어야 한다. 책 속엔 불편한 진실을 헤쳐 나갈 방도가 있다. 책을 통해 위로받고 지혜를 구해야 한다.

지혜로운 자는 책에서 지혜를 구하고, 어리석은 자는 술에서 위로를 받는다. 물론 술도 하나의 방도일 수 있지만 어디까지나 일순간에 불과하다. 책에서 지혜를 구하는 자신이 돼라.

불편한 진실로 길이 보이지 않을 때 지혜로운 자는 책에서 길을 찾는다. 불편한 진실로 마음이 어지러울 땐 책을 가까이하라. 책은 인생의 나침반이며 인생의 백과사전이다.

DAY 27 | 현자와 무지한 자

> 현자는 자신에게 엄격하지만 남에게는 관대하다. 그러나 무지한 자는 자신에게 관대하고 남에게는 엄격하다.

현자와 무지한 자는 그가 말하고 행동하는 것을 보면 안다. 현자는 자신에게 엄격하지만, 남에게는 한없이 관대하다. 그러나 무지한 자는 자신에게 관대하지만 남에게는 엄격하다.

또한 현자는 언제나 자신의 처지에 만족해하며 남을 헐뜯고 비난하지 않는다. 하지만 무지한 자는 자신의 처지를 상황에 따라 만족해하기도 하고 비관하기도 하며 잘못은 남의 탓으로 돌린다. 이것이 현자와 무지한 자의 근본적인 차이이다.

자신에게 엄격한 사람은 모든 것을 자신의 탓으로 여겨 그만큼 실수를 줄이게 되고 현명한 길을 가는 것이다. 자신이 무지하다고 생각이 들면 망설이지 말고 자신의 잘못된 생각을 고쳐야 한다. 물론 쉽게 고치기가 힘들 것이다. 하지만 무지한 자로 남고 싶지 않다면 악착같이 고쳐야 한다. 사람이 노력해서 안 되는 것은 없다.

현자가 되고 싶다면 자신에게 엄격하고 타인에겐 관대하며, 남을 탓하고 비난하는 것을 절대 삼가라.

현자와 무지한 자는 어떻게 말하고 행동하느냐에 따라 달렸다. 현자가 되고 싶다면 자신에게 엄격하고 타인에게 관대하며, 남을 탓하거나 비난하지 마라.

DAY 28 대의명분을 위한 5가지 산뜻한 지혜

대의명분 없는 일은 함부로 벌여서는 안 된다. 그것은 스스로를 망각하는 행위이다. 그러나 대의명분 있는 일은 그 목적이 분명함으로써 많은 이들로부터 공감을 사는 것이다.

"옛 성왕들은 나라를 다스리는 데 있어 하늘의 뜻을 따르고 자연의 이치에 따랐으며, 백성 가운데 덕 있는 자를 적재적소의 관직에 배치하고 대의명분을 세워 직무를 수행케 하였다."

이는 중국 제나라 장군이었던 사마양저司馬穰苴의 《사마병법司馬兵法》에 있는 말로 대의명분의 중요성을 잘 알려 준다. 대의명분을 위해서는 첫째, 사리사욕을 위해 그럴듯한 대의명분을 앞세우지 말라. 그것은 스스로를 치졸하게 만드는 비겁한 행위이다. 둘째, 대의에 어긋나는 일은 하지도 말고, 쫓아서도 안 된다. 대의를 저버리는 것은 자신을 모독하는 일이다. 셋째, 대의를 거스르는 일은 스스로를 부끄럽게 하고, 최악의 상황으로 몰고 간다. 넷째, 대의명분을 분명히 하면 다소 실수가 따르더라도 부끄럽지 않다. 다섯째, 누구나가 인정하지 않는 것은 대의명분이라고 할 수 없다. 그것은 자신의 더러운 욕망을 숨기기 위한 아주 그럴듯한 포장일 뿐이다.

대의명분은 진심의 뜻을 세우는 일이다. 그래서 대의명분이 있는 일은 공감을 사고, 대의명분이 없는 일은 비판을 받는 것이다.

DAY 29 넉넉한 마음으로 살아가는 법

가진 것이 많아야 마음이 넉넉해지는 것은 아니다. 지나친 욕망으로부터 벗어나야 마음의 여유를 갖게 되고, 넉넉한 마음으로 살아가게 되는 것이다.

지나친 욕망과 바라는 것이 많으면 넉넉한 마음으로 살아가기가 힘들다. 욕망과 바람이 마음을 초조하게 하고 여유롭지 못하게 한다. 마음을 넉넉하게 하고 여유롭게 살고 싶으면 마음으로부터 욕망과 바람을 절제할 수 있어야 한다.

왜 그럴까. 자신의 욕망과 바람으로부터 벗어나면 마음에 여유가 생김으로써 초조함을 떨쳐 버리게 되고, 넉넉한 마음으로 살아가게 된다. 그러나 욕망과 바람에 매이게 되면 졸렬하고 편협한 마음으로 살아가게 된다.

성인聖人으로 불리는 이들은 자신의 욕망과 바람으로부터 벗어남으로써, 그 어느 것에도 구속되지 않고 마음으로부터 영원히 자유로운 삶을 살 수 있었던 것이다.

진정한 행복을 누리며 살고 싶다면 넉넉한 마음으로 살아가는 지혜를 쫓으라. 행복은 마음의 여유로부터 오는 것이다.

넉넉한 마음은 마음의 여유로부터 온다. 마음의 여유를 갖기 위해서는 욕망과 바람으로부터 벗어나야 한다. 지나친 욕망과 바람을 절제하라.

DAY 30 | 사랑의 마음을 품는 지혜

사랑의 마음은 용서의 마음이고, 배려의 마음이며, 화평의 마음이다. 사랑의 마음이 함께 하면 모든 불평과 원망, 분노, 성냄을 기쁨의 꽃밭으로 만든다.

사랑의 마음을 방해하는 것은 사악함이다. 사악함의 지배를 받게 되면 마음에서 사랑이 떠나 버리고, 분노와 원망, 불평과 불만이 자리하게 된다. 그래서 작은 일에도 불평불만을 일삼고, 화를 자주 내며, 이기심에 사로잡혀 타인에게 상처를 준다. 뿐만 아니라 자신 역시 상처를 입게 된다. 사악한 마음이 심해지면 절제력이 사라져 매사에 원망과 분노를 일삼게 됨으로써 급기야는 분쟁과 파멸을 불러온다.

사악한 마음은 인간의 마음이 아니다. 그것은 인간의 마음으로 변신한 악마의 마음이다. 악마의 마음이 여기저기서 파행을 일삼는다. 우리는 사악한 이들의 사악한 놀이에서 벗어나야 한다.

사악한 마음을 몰아내기 위해서는 사랑의 마음을 품어야 한다. 사랑의 마음을 품기 위해서는 배려와 용서, 타인을 자신처럼 여기고, 양보하고 인내하는 마음을 길러야 한다.

사랑은 모두를 품어 안는 관용의 마음이다.

사랑하는 마음을 품게 되면 사악함을 버리게 된다. 사랑은 용서와 화해, 양보와 배려, 참고 견디는 화평의 마음이기 때문이다.

윌리엄 셰익스피어William Shakespeare는 이렇게 말했다.
"기회가 없다고 하는 것은 의지가 약한 사람의 구실에 불과하다."

CHAPTER 7
친절한 사람에겐
적이 없다

—

July

자신만의 행복을 디자인하라

Birth flower
해바라기 Sun Flower _광휘

자신만의 행복을 디자인하라.

DAY 01 선행의 기쁨

선행은 하면 할수록 기쁨이 샘솟는 기쁨과 사랑의 화수분이다. 기쁨 속에서 충만한 행복을 누리며 살고 싶다면 선행을 베푸는 일에 열과 성의를 다하라.

"범사에 헤아려 좋은 것을 취하고 악은 어떤 모양이라도 버려라."

이는 신약성경 데살로니가 전서(5장 21절~22절) 말씀이다. 이 말씀을 보면 매사에 좋은 것은 취하고, 악은 그 어떠한 것일지라도 행하지 말라고 강조한다.

그렇다. 선행은 많이 행할수록 좋다. 선행을 베푸는 만큼 기쁨과 행복을 누리게 되며, 충만한 사랑으로 가득 차게 된다. 선행은 축복을 부르는 아름다운 사랑의 실천이자 미덕이다.

하지만 악은 행할수록 스스로를 불행하게 하고, 불만족스럽게 하며, 모든 것들로부터 적을 지게 한다. 또한 죄의 무게만 늘어 간다. 악행은 인간성을 말살시키고 평안을 깨뜨리는 무자비한 횡포이며 추악한 일이다.

선행은 선행을 부르고 악행은 악행을 부른다. 또한 선행은 참이며 악행은 거짓이다. 언제나 참인 선행을 행하도록 힘써야 한다. 선행은 자신의 덕을 쌓는 일이자 스스로를 축복하는 거룩한 사랑의 실천이다.

선을 베푸는 일은 스스로를 기쁘게 하는 일이자 모두를 행복하게 하는 일이다. 그래서 선을 베풀수록 기쁨은 더하고 행복 또한 그만큼 커지게 되는 것이다.

DAY 02 자신을 존중하고 사랑하는 법 12가지

자신을 존중하고 사랑하면 자신에 대한 애착이 높아짐으로써 자신이 하는 일에 있어서나 사랑하는 일에 있어서 최선을 다하게 된다.

자신을 존중하고 사랑하는 법을 기르기 위해서는 첫째, 스스로를 인정하는 마음을 가져라. 그러면 자신을 확신하기 위해 최선을 다하게 된다. 둘째, 가장 좋은 옷으로 자신을 치장하라. 멋에서 오는 자신감이 더욱 자신을 당당하게 해 준다. 셋째, 지금과 다른 삶을 살고 싶다면 새로운 변화를 두려워하지 말고, 그 변화를 리드하라. 넷째, 게으름을 경계하라. 게으름은 자신의 능력을 무용지물로 만들어 버린다. 다섯째, '너는 잘할 수 있어. 너는 반드시 잘 해낼 거야.'라고 늘 자신에게 격려하라. 여섯째, 언제나 긍정적으로 말하고 긍정적으로 행동하라. 일곱째, '잘 안 될 거야. 나는 할 수 없어'라는 말은 입 밖으로 내지 마라. 여덟째, 정체성을 잃지 않도록 해야 한다. 나는 누구인가를 통해 늘 자신의 존재감을 확인하라. 아홉째, 늘 책을 곁에 두고 읽어라. 열째, 건강을 위해 투자하라. 열하나째, 자신을 위해 항상 좋은 생각만 하고 나쁜 생각은 하지 마라. 열둘째, 쓸데없이 남과 경쟁하지 마라. 그것은 힘만 빼게 하고 자신을 지치게 하는 비생산적인 일이다.

자신을 존중하고 사랑하면 그 어떤 일에도 정성을 갖고 최선을 다하게 된다. 왜일까. 그것은 곧 자신을 위하는 일이기 때문이다.

DAY 03

좋은 시간은 금과 같고, 나쁜 시간은 녹슨 칼과 같다

창의적이고 생산적인 시간은 금과 같고, 게으로고 나태하고 부덕한 시간은 녹슨 칼과 같다.

시간은 흐르는 강물과 같아 막을 수도 붙잡을 수도 없다. 시간은 단 1초도 뒤로 가는 법이 없다. 시간은 앞으로만 가는 고집불통이다. 그런데도 사람들 중엔 마치 시간을 자신들이 꺼내 쓰고 싶을 때 꺼내 쓰는 크레디트 카드처럼 생각한다.

그래서일까, 시간은 자신을 사랑하는 자를 좋아하고, 자신을 함부로 여기는 자에게는 뒤로 돌아보지 않고 떠나간다.

인생에 있어 좋은 시간은 금과 같고 나쁜 시간은 녹슨 칼과 같다. 금은 누구나 원하는 것이며, 삶을 풍요롭게 한다. 금은 많으면 많을수록 좋다. 하지만 녹슨 칼은 무뎌 나무조차도 자를 수 없어 무용지물과도 같다.

독서를 하고, 자아를 계발하고, 새로운 경험을 쌓는 등의 좋은 시간은 인생을 풍요롭게 하는 귀한 보석과 같지만, 시간을 낭비하고, 쓸데없는 것에 빠져 시간을 보내는 등의 나쁜 시간은 인생을 퇴락하게 만든다. 같은 시간도 잘 쓰면 좋은 시간이 되지만 잘 못 쓰면 나쁜 시간이 된다.

시간을 잘 쓰는 사람에게 시간은 금과 같고, 시간을 허투루 쓰는 사람에게는 녹슨 칼과 같다. 시간을 금으로 만드느냐 녹슨 칼로 만드느냐에 따라 인생의 빛깔은 달라진다.

DAY 04 정신적인 탐구가 필요한 시간

가진 것이 많아도 정신적으로 풍요롭지 않다면 그것은 진정으로 풍요로운 것이 아니다. 하지만 가진 것이 없어도 정신적으로 풍요로우면 모든 결핍을 이겨 내고 스스로를 풍요롭게 할 수 있다.

"자율적인 정신적 탐구욕보다 존엄하고 생산적인 것은 없다."

미국의 사상가이며 시인인 랄프 왈도 에머슨Ralph Waldo Emerson이 한 말로 그의 인생관이 잘 나타나 있다. 그는 사상가답게 정신적인 탐구를 하라고 말한다. 정신적인 탐구를 통해 진정한 자아를 발견하고 그것을 통해 진정한 인간으로 거듭나라는 것이다.

나는 이 말에 전적으로 동의한다. 인생에 대해, 사물 등에 대해 정신적으로 탐구한다는 것은 자신의 존재를 가치 있게 만드는 아름답고 경건한 행위이다. 그래서 정신적으로 풍요로우면 가진 것이 없어도 스스로에게 만족할 수 있음으로 해서 그 어떤 일에도 흔들리지 않고 자신을 지켜 내며 행복하다고 여긴다.

진정한 인간은 정신적 탐구를 통해 길러지고, 나아가 선을 행하는 자며, 진실을 말하는 자이다. 그래서 진정한 인간은 어디에서나 한결같고, 변함이 없는 것이다.

사람은 정신적인 탐구를 통해 더욱 성숙해지고 인간다워진다. 즉 정신적인 탐구가 깊을수록 자신을 가치 있게 생각함으로써 스스로에게 만족하게 되고 풍요롭게 생각하는 것이다.

DAY 05 자신에게 떳떳한 행복

스스로에게 부끄러움이 없고, 만족할 수 있는 행복이어야 한다. 그래야 자신의 행복에 대해 감사하게 되고, 자신에게 더 진실할 수 있기 때문이다.

"남의 불행 위에 자기의 행복을 만들지 마라. 나에게나 남에게나 따스한 온도가 통하는 것이 진실이다. 행복은 진실하기를 요구하며 진실 그 자체는 행복이 아니라도 그 가까운 곳에 있는 것이다."

이는 영국의 사회 개혁론자이자 미술 비평가인 존 러스킨John Ruskin 이 한 말인데 그는 남을 불행하게 하고 행복을 얻는 일에 대해 경계하라고 주장한다. 옳은 말이다. 자신의 행복을 위해 남에게 고통을 준다는 것은 이기적이고, 비인격적이며, 비도덕적인 일이자 남의 행복을 강탈한 것과 같이 무가치한 일이다.

그런데 이런 사람들을 종종 보게 되어 마음이 씁쓸하다. 이는 자신에게나 상대에게도 결코 바람직하지 않다. 자신에게 떳떳한 행복이 되어야 한다. 떳떳한 행복은 스스로에게 만족을 주고, 부끄러움이 없어야 한다. 그래야 자신의 행복에 대해 더 감사히 생각하게 되고, 더 잘 살기 위해 노력하게 되기 때문이다.

떳떳한 행복을 누려라. 그런 사람이야말로 진정 행복의 가치를 아는 진실한 사람이다.

자신의 행복을 위해 남을 고통스럽게 하는 것은 비도덕적이고, 비인격적인 일이다. 자신에게 만족하고 부끄러움 없는 행복이야말로 가치 있는 행복이다.

DAY 06 최선으로 생각하는 행동

행동 하나하나에도 최선으로 생각하고 신중하게 행동해야 한다. 그래야 실수를 줄이고 자신이 하는 일을 잘 해냄으로써 만족한 결과를 얻게 되고, 사람들과도 좋은 관계를 유지하게 된다.

무슨 일을 할 때 보면 그 사람이 어떤 사람인지를 알게 된다. 행동하기 전에 충분히 심사숙고해서 신중하게 행동하는 사람은 실수가 적다. 그래서 자신이 하는 일을 잘 해낸다. 또한 사람들과 원만한 소통으로 좋은 관계를 유지함으로써 대인 관계에 있어서도 좋은 평가를 받는다.

그러나 대충대충 생각하고 행동하는 사람은 실수가 많고, 그러다 보니 자신이 하는 일에 있어서도 좋은 결과를 내기가 쉽지 않다. 그리고 사람들과의 소통에 있어서도 많은 문제점을 야기함으로써 좋은 평가를 받기가 힘들다.

최선으로 생각하고 행동한다는 것은 쉽지 않다. 그렇게 하기 위해서는 절제력도 있어야 하고, 양보할 수도 있어야 하고, 배려할 수도 있어야 한다. 사실 이렇게 생각하고 행동한다는 것은 마음의 수련이 필요하다. 어느 정도의 인격자가 아니면 하기 힘들다.

그러나 그럼에도 불구하고 그렇게 해야 한다. 그것이 인간으로서 해야 할 바람직한 삶의 자세이기 때문이다.

어떤 일을 할 때는 최선으로 생각하고 행동해야 실수를 줄이고 좋은 결과를 낼 수 있다. 또한 사람들과의 소통도 원만하게 잘함으로써 좋은 인간관계를 맺게 된다.

DAY 07 결점 없이 사는 삶의 지혜

결점 없이 산다는 것은 매우 어려운 일이다. 인간은 결점이 있을 수밖에 없는 나약한 존재다. 하지만 결점을 줄이며 살 수는 있다. 인간은 자각과 가능성을 지닌 존재이기 때문이다.

인간은 불완전한 존재이자 나약한 존재이다. 하지만 인간은 지혜와 창의성을 지닌 자각의 존재이다. 그런 까닭에 자신의 불완전함을 줄일 수 있으며, 나약함을 극복할 수 있는 능력을 지닌 존재이기도 하다.

물론 그렇게 하는 데는 많은 노력이 따라야 한다. 인내심도 있어야 하고, 끈기도 있어야 하고, 자신과의 싸움에서 밀리지 않아야 한다. 이런 강인한 근성으로 자신의 불완전성을 극복해야 한다. 그렇게 될 때 결점을 하나하나 줄여 나갈 수 있다.

자신의 결점을 줄인다는 것은 자신이 좀 더 가치 있는 인생으로 살아갈 수 있음을 의미한다. 생각해 보라. 결점 없이 사는 것과 결점에 갇혀 사는 것과 어떤 것이 더 인간다운 삶인지를.

당연히 결점 없이 사는 것이라고 말할 것이다.

남으로부터 썩 괜찮은 사람이라고 인정받는다는 것, 그것은 자신이 인생을 잘 살고 있다는 증거임을 기억하라.

인간은 불완전하고 나약한 존재이다. 하지만 자신의 결점을 줄임으로써 불완전성과 나약함을 극복할 수 있다. 인간은 자각과 가능성을 지닌 무한한 존재이기 때문이다.

DAY 08 | 행복이 손을 잡아 주는 사람

행복은 어느 곳에나 있다. 그러나 아무에게나 행복은 주어지지 않는다. 행복을 찾기 위해 수고하고 애쓰는 자에게만 행복은 미소 지으며 손을 잡아 준다.

인간의 참행복은 특정인에게서, 그리고 특정한 곳에 있는 것이 아니다. 행복은 어느 곳에서든 찾을 수 있다. 행복해지기 위해 최선을 다하는 성실한 자세를 갖는다면 어디에서든 행복을 찾을 수 있다.

왜 그럴까. 행복은 행복해지기 위해 최선을 다하는 사람을 좋아하고, 그에게 미소 지으며 손을 내밀어 잡아 주기 때문이다.

그런데도 사람들은 남과 다른 것에서 찾는 행복을 더 가치 있게 여긴다. 또한 특정한 물건을 소유하거나 남보다 자신이 더 낫다고 여길 때 행복하다고 생각한다. 이는 매우 잘못된 생각이다. 행복의 기준이나 행복의 지수는 딱히 정해져 있지 않다. 그것은 행복을 받아들이는 사람 마음에 달려 있는 것이다.

그렇다. 행복은 느낌에서 온다. 작은 것에서도 행복을 느끼는 사람은 그렇지 않은 사람보다 더 큰 행복을 느끼는 것도 바로 그런 이유에서다. 그리고 한 가지 분명한 것은 모든 사람들이 다 공감할 수 있는 만족감과 즐거움, 이것이야말로 참행복이다.

행복의 가치는 행복의 지수를 낮출수록 커진다. 자신이 더 많은 행복을 누리며 살고 싶다면 행복의 지수를 낮추고, 어디서나 행복해지기 위해 노력하라.

DAY 09 | 강물을 닮은 사람

> 강물은 밤하늘의 빛나는 별들도 제 품으로 받아 주고, 저녁놀 빛 물든 강마을도 품어 주고, 푸른 숲이 울창한 산 그림자도 고이 품어 안아 준다. 강물은 모든 것을 품어줌으로써 더욱 빛난다.

언젠가 고요히 흐르는 남한강을 바라본 적이 있다. 강 건너 마을은 한 폭의 수채화처럼 은은하고, 푸른 숲으로 둘러싸인 산은 병풍처럼 운치가 있어 한동안 눈을 떼지 못하고 넋을 놓고 바라보았다. 그저 보는 것만으로도 마음이 맑게 씻긴 듯 힐링이 되었다.

강물은 모든 생물들에게 목숨과 같다. 그래서 예로부터 강이 있는 곳엔 물질문명이 발달했다. 세계 고대 문명의 발상지들은 모두 강가를 바탕으로 한 것도 그런 이유에서다. 사람도 동물도 나무도 꽃도 살아있는 모든 것들에게 강은 어머니와 같다. 강이 보는 것만으로도 사람들의 마음을 평안하게 하는 것은 어머니가 자식을 품어 주듯 눈에 띄는 것마다 제 품으로 고이 품어 주고 생명이 되어 주기 때문이다.

사람 또한 강물 같아야 한다. 자신이 만나는 사람들에게 꼭 필요하고, 반드시 도움이 되는 사람이어야 한다. 그런 사람은 어디를 가든 누구에게든 인정받고 존경받음으로써 자신의 인생을 값지고 만족하게 살아간다.

그 모두를 품어 주고 품어 가는 강물, 강물이 아름다운 것은 모든 것들을 품어 주고 생명이 되어 주기 때문이다. 사람 또한 그런 사람이 되어야 한다. 그 모두를 품어 주고 품어 안는 강물 같은 사람이어야 한다.

여행은 창의적이고 생산적인 만남이다

여행은 어떻게 하느냐에 따라 그 가치를 달리하는 창의적이고 생산적인 만남이 된다. 지친 몸과 마음을 쉬게 하되 새로운 눈을 갖는 여행은 그래서 그 가치를 달리하는 것이다.

새로운 일을 구상하거나 지친 몸과 마음을 쉬는 데는 여행처럼 좋은 것이 없다. 특히 혼자 하는 여행에서는 자신을 깊이 돌아볼 수 있는 시간을 가짐은 물론 여행지에 보고 듣고 느낌으로 인해 새로운 경험을 쌓을 수 있는 좋은 기회이다.

자신의 삶이 답답하거나 새로운 일을 구상하거나 새로운 자아를 발견하기 위해서는, 떠나고 싶을 때 혼자 떠나라. 떠남은 소멸이 아니라 창의적이고 생산적인 만남이다. 이에 대해 현대 소설의 창시자이자 프랑스 소설가인 마르셀 프루스트Marcel Proust는 이렇게 말했다.

"진정한 여행의 발견은 새로운 풍경을 보는 것이 아니라 새로운 눈을 갖는 것이다."

그렇다. 여행을 단순히 지친 몸과 마음을 쉬는 일로 생각해도 그것만으로도 충분한 가치를 지닌다. 하지만 새로운 눈, 즉 창의적이고 생산적인 시간이 된다면 금상첨화다. 여행은 어떻게 하느냐에 따라 그 가치가 달라지는 창의적이고 생산적인 만남이 된다.

여행하라. 가능한 한 기회를 만들어서라도 더 많이 여행하라. 지친 몸과 마음을 편히 하되 새로운 것을 보는 눈을 길러라. 그런 만큼 새로운 길을 가게 될 것이다.

DAY 11 | 희망을 맞이하는 법

> 희망을 버리지 않는 한 희망은 언제든지 찾아온다. 다만 희망이 찾아올 수 있도록, 희망을 맞을 준비가 필요하다. 준비하지 않는 자에게 희망은 절대 문을 두드리지 않는다.

희망은 누구나 좋아하지 않는다. 희망은 자신을 손꼽아 가다리고 성실히 준비하고 기다리는 자를 좋아한다. 그런데 사람들 중엔 희망을 맞을 준비도 없이 희망이 찾아오지 않는다고 불평을 일삼는다. 이는 희망에 대한 예의가 아니다.

희망은 희망의 진정한 가치를 아는 자를 사랑하고, 그런 사람에게 바람에 날리는 라일락 향기처럼 다가가 기쁨의 꽃으로 피어난다. 그리고 희망은 자신이 바라는 일을 낙관하는 자를 좋아한다. 낙관적인 마음은 희망의 불씨와 같기 때문이다. 낙관하는 자가 자신의 일에 성공하는 확률이 높은 것도 바로 그런 이유에서다. 미국의 사회주의 운동가인 헬렌 켈러Helen Keller는 다음과 같이 말했다.

"낙관주의는 성공으로 인도하는 믿음이다. 희망과 자신감이 없으면 아무것도 이루어질 수 없다."

희망은 불가능한 현실 속에서도 모든 것을 가능하게 여기고 도전하게 만드는 '라이프 라이트'이다. 희망하라, 당신이 바라는 모든 것들을. 그리고 준비하라. 희망이 당신을 찾아오도록. 그러면 이룰 것이다.

DAY 12 누군가가 고마움을 갖게 한다는 것은

누군가가 자신에게 고마움을 갖게 한다는 것은 스스로를 복되게 하는 일이다. 누군가가 고마워할 수 있도록 늘 몸과 마음을 가꾸어라.

누군가가 자신에게 감사해하고 고마움을 갖는다는 것은 매우 의미 있는 일이다. 그것은 상대뿐만 아니라 자신의 인생을 풍요롭게 하고, 행복으로 가득 차게 하는 생산적인 일이기 때문이다.

단 한 번뿐인 인생을 살면서 누군가에게 도움을 주고, 희망이 되어 주지 못한다면 그것은 매우 비생산적인 일이다. 누군가에게 도움을 주고, 힘이 되어 주기 위해서는 생산적이고 창의적인 사람이 되어야 한다. 그러기 위해서는 필요한 것을 충족시켜줄 수 있도록 늘 공부하고 자신을 계발하는 데 힘써야 한다.

그런데 그렇게 한다는 것은 많은 인내와 노력을 필요로 한다. 하지만 의미 있는 인생이 되기 위해서는 모든 것을 감수하고서라도 힘써서 행해야 한다. 그렇다. 그 어느 것도 그냥 되는 것은 없다. 의미 있고 가치 있는 인생으로 살기 위해서는 반드시 그만한 대가를 치러야 한다.

대가를 치를 준비가 되어 있다면 지금 당장 시작하라.

누군가가 자신에게 감사하고 고마워하는 사람이 된다는 것은 자신을 의미 있는 인생이 되게 하는 생산적이고 창의적인 일이다. 그러기 위해서는 늘 베풀고 배려하는 데 힘써야 한다.

DAY 13 · 따뜻한 한마디의 말

삶이 힘들수록 서로에게 용기를 주고 힘이 되는 말을 해야 한다. 따뜻한 말 한마디는 천금과 같고, 절망 속에서도 희망의 꽃을 피우게 한다.

말 한마디에 천 냥 빚을 갚는다는 말처럼, 상대를 기분 좋게 하는 말은 말 이상의 힘을 지닌다. 시련의 숲에서 허덕이는 사람도 한마디의 말에 불꽃처럼 일어나고, 절망에 늪에 빠져 죽을 날만 기다리던 사람도 미소를 지으며 다시 살아갈 전의를 불태운다.

상대를 기분 좋게 하는 말은 꿀과 같고, 상대에게 희망을 주는 말은 진주와 같다. 그러나 상대의 기를 꺾는 말은 독화살과 같고, 상대를 비난하는 말은 분노를 일으키게 하는 칼과 같다.

같은 입에서 나오는 말도 이렇듯 극과 극을 이루는 법이다.

살아가기가 그 어느 때보다도 힘든 시대이다. 될 수 있는 한 좋은 말로 용기를 주고 격려하라. 따뜻한 한마디의 말은 때론 천금을 주는 것보다도 큰 용기와 희망이 된다. 또한 자신에게도 매우 긍정적으로 작용함으로써 스스로를 돕는 에너지가 되어 준다.

용기와 격려를 주는 따뜻한 말 한마디는 상대에게 희망을 갖게 한다. 그리고 자신에게도 긍정의 에너지가 된다. 같은 말도 듣기 좋고 기분 좋게 하라.

DAY 14 | 만남을 소중히 하기

살아가는 동안 많은 사람들을 만난다. 그 사람들 중엔 소중한 인연이 되어 평생을 함께하는 사람도 있고 좋은 인생의 친구로 서로에게 힘이 되고 의지가 되는 사람들도 있다. 만남을 자신의 인생의 빛이 되게 하라.

산다는 것은, 살아간다는 것은 매일매일 만남의 연속이다. 의도적으로 만남을 이뤄 내든, 자연히 만남이 이뤄지든, 전혀 생각지도 못한 우연한 만남이든 만남은 사람에겐 일상사 중 한 부분이다. 여기에 만남의 중요성이 있는 것이다. 좋은 만남은 자신의 삶을 빛이 되게 하고, 나쁜 만남은 자신의 삶을 어둠이 되게 한다.

좋은 만남을 갖기 위해서는 자신이 먼저 좋은 모습을 보여야 한다. 사람은 누구나 인격이 잘 갖춰진 사람을 좋아하고, 친절하고 상냥한 사람을 좋아하고, 자신에게 관심을 갖고 잘 대해 주는 사람을 좋아한다. 그래서 이런 조건을 갖춘 사람은 누구에게나 좋은 이미지를 심어줌으로써 상대방으로 하여금 만남을 갖고 싶게 만든다.

이처럼 소중한 만남을 자신의 무지와 무관심으로 허투루 여기는 일이 없도록 해야 한다. 그런 사람이 인생을 값지게 사는 사람이다. 그런 사람이 되도록 매사에 만남을 소중히 해야 하겠다.

만남을 소중히 여기는 사람에게는 늘 좋은 만남이 찾아온다. 어떤 만남도 좋은 만남이 되게 하기 위해서는 자신이 먼저 좋은 모습을 보여라.

DAY 15 재능 중의 재능은 끈기이다

> 공부를 하든 음악을 하든 운동을 하든 가장 필요로 하는 재능은 끈기이다. 아무리 좋은 머리 갖고 있다 할지라도 끈기가 없다면 좋은 결과를 내지 못한다. 참고 끝까지 하는 끈기야말로 재능 중의 재능이다.

어떤 일을 잘 해내고 싶다면, 재능도 중요하지만 정작 중요한 것은 끈기이다. 끈기가 없다면 아무리 좋은 머리를 가졌다 해도, 아무리 훌륭한 재능을 지녔다 해도 자신의 좋은 머리와 훌륭한 재능을 살리지 못한다. 그러나 강한 끈기가 있다면 머리가 썩 좋지 않아도, 꾸준히 노력함으로써 좋은 결과를 이뤄 낸다.

조선시대 시인 김득신金得臣은《백이전伯夷傳》을 가장 좋아해 1억 1만 3천 번이나 읽어 자신의 서재를 '억만재'라고 지었다고 한다. 그런데 한 가지 재밌는 사실은 김득신은 머리가 나빠 열 살 때 글을 배웠으나, 같은 글도 알 때까지 반복하여 읽음으로써 그 뜻을 깨우쳤다고 한다. 그가 뛰어난 시인이 되고 늦은 나이에 벼슬길에 나갈 수 있었던 것은 끊임없이 읽고 또 읽은 결과였다. 김득신은 후세 사람들에게 이렇게 말했다.

"재주가 남만 못하다고 한계를 짓지 마라. 나보다 미련하고 둔한 사람도 없겠지만 결국에는 이룸이 있었다. 모든 것은 힘쓰는 데 달려 있을 따름이다."

끈기도 재능이다. 끈기가 없다면 아무리 머리가 좋아도, 아무리 재능이 출중해도 좋은 결과를 얻지 못한다. 끈기보다 더 뛰어난 재능은 없다.

DAY 16 자기만의 행복을 디자인하라

사람은 누구나 자신의 행복을 만드는 디자이너이다. 다만 어떻게 행복을 디자인하느냐에 따라 행복의 크기와 깊이는 달라진다.

불행한 어린 시절을 이겨 내고 〈하우스 오브 샤넬〉을 설립하고, 세계 패션계의 전설이 된 가브리엘 코코샤넬Gabrielle Coco Chanel은 자기만의 독특한 시각으로 디자인을 하는 감각이 탁월하다. 그 당시 주류를 이루던 패션과는 다른 독특함이 그녀를 최고의 반열에 올려놓은 것이다.

"무엇과도 바꿀 수 없는 존재가 되려면, 늘 달라야 한다."

"나는 내 삶을 창조했다. 이전의 삶이 싫었기 때문이다."

이는 코코샤넬이 한 말로 그녀의 생각을 잘 알려 준다. 그녀의 '다름', '창조'라는 말을 통해 그녀가 독창적인 시각을 매우 중시한다는 것을 알 수 있다. 그녀가 성공할 수 있었던 것은 '다름'과 '창조'의 힘이었다.

행복도 이와 같다. 자신이 어떻게 자신의 행복을 디자인 하느냐에 따라 행복의 빛깔과 가치가 달라지는 것이다. 왜냐하면 행복을 느끼는 감정은 사람마다 각기 다르기 때문이다.

자신에게 잘 맞는 옷이 편하듯 자기만의 행복을 디자인하라.

행복의 크기와 빛깔은 사람마다 다 다르다. 행복을 느끼는 정도의 차이가 다르기 때문이다. 남을 부러워하기보다는 자기만의 행복을 느끼는 것, 이것이야말로 진정 자신을 위한 행복이다.

서로를 배려하고 사랑하는 마음

살기 좋은 사회, 행복한 사회가 되기 위해서는 서로를 배려하고 사랑하는 마음이 필요하다. 서로를 배려하고 사랑하는 마음은 결국 자신의 행복을 위한 일이기 때문이다.

배려하고 사랑을 실천하는 일은 자신이 살아가는 사회를 살기 좋게 하는 일이며, 행복한 사회를 만드는 일이다. 살기 좋은 사회가 되고 행복한 사회가 되면 사람들은 안락한 삶을 살게 된다. 배려하고 사랑을 실천하는 일은 결국 자신의 행복을 위하는 일이다.

그런데도 사람들 중엔 배려와 사랑을 실천하는 일을 남을 위한 일이라고 생각한다. 오직 자신만을 위하고 자신만이 잘되는 것을 최선이라고 생각한다. 이러한 비생산적이고 이기적인 잘못된 생각은 반드시 고쳐야 한다.

그렇다. 서로를 배려하고 사랑하고 아껴주는 마음처럼 아름다운 모습은 그것이 무엇이든 마음을 평화롭게 한다. 아무리 삶이 힘들고 고통스럽게 해도 사랑하는 마음을, 배려하는 마음을 잊지 말고 실천으로 옮겨야 한다. 꾸준히 실천하다 보면 자신도 모르는 사이 몸에 배게 된다. 하지만 그것을 잊는 순간 우리의 꿈도, 행복도, 미래도 시든 꽃잎처럼 쓸쓸하고 비참하게 될 것이다.

배려하고 사랑을 실천하는 사람들의 눈은 진주보다 빛나고, 마음은 비단결처럼 곱다. 그래서 그런 사람들이 많을수록 살기 좋고 행복한 사회가 된다. 배려하고 사랑을 실천하는 일은 자신을 행복하게 하는 일이다.

DAY 18 사랑은 인간을 배신하지 않는다

인간은 사랑을 배신하지만, 사랑은 인간을 결코 배신하지 않는다. 사랑은 믿음이다. 믿음을 주는 사랑이 최고의 사랑이다.

처음 사랑을 시작할 땐 꿀보다 더 달콤한 말로 서로를 아낌없이 칭찬하고, 위해 주고, 보듬어 준다. 사랑하는 사람을 위해서라면 자신의 것을 아낌없이 주기를 주저하지 않는다. 사랑하는 사람이 무슨 말을 하든 다 받아주고, 귀찮은 일도 아무렇지도 않은 것처럼 해준다. 성인군자가 따로 없다.

그러나 사랑이 식으면 시베리아 벌판의 찬바람보다 더 냉랭하다. 꿀보다 달콤했던 말은 하는 말마다 쓰디쓴 익모초처럼 감정을 상하게 하고, 칭찬은 원망과 탓으로 변하고, 상처 주는 일도 서슴지 않는다. 그러다 보니 많은 사람들이 서로를 등지고 이별을 한다.

이렇듯 사람은 사랑을 헌신짝처럼 배신하지만, 사랑은 사람을 결코 배신하지 않는다. 사랑은 믿음이다. 믿음을 주는 사랑, 우리에게는 그 사랑이 반드시 필요하다.

진실한 사랑을 원한다면 믿음을 주는 사랑을 하라. 그 사랑이 당신을 최고의 사랑으로 만들어 줄 것이다.

사랑은 사람을 배신하지 않는다. 배신을 하는 쪽은 언제나 사람이다. 진정한 사랑을 원한다면 믿음을 주는 사랑을 하라. 믿음은 사랑이다.

힘들 때 자신을 이겨 내는 감사 목록 10가지

힘들 때일수록 감사하는 마음을 가져야 한다. 감사한 마음을 갖게 되면 힘든 일을 능히 이겨 낸다. 힘들 때일수록 더욱 감사하라.

살아가면서 힘들 때를 종종 만나게 된다. 이럴 때 감사 목록을 쓰게 되면 힘든 일을 이겨 내는 데 큰 도움이 된다. 힘들 때 쓰는 감사 목록은 첫째, 힘들 때 가장 생각나는 사람들의 이름을 적어 본다. 감사한 사람, 사랑하는 사람 등 소중한 사람들을 떠올리면 힘든 일을 이겨 내야겠다는 강한 욕구가 발동한다. 둘째, 지금까지 자신을 행복하게 했던 것에 대해 감사한 마음을 담아 기록한다. 셋째, 자신이 건강한 것에 대해 감사한 마음으로 기록하라. 넷째, 자신에게 꿈이 있음을 감사한 마음으로 기록하라. 다섯째, 힘들고 어려울 때 자신의 마음을 전할 수 있는 친구가 있음을 감사한 마음을 담아 기록하라. 여섯째, 날마다 볼 수 있는 가족에 대한 고마운 마음을 담아 써라. 일곱째, 날마다 푸른 하늘을 볼 수 있음을 감사하고 기록하라. 여덟째, 나에게 편히 쉴 수 있는 집이 있음을 감사하고 기록하라. 아홉째, 미래가 있다는 것에 대해 감사한 마음을 담아 기록하라. 열째, 일할 수 있는 직장이 있음을 감사하고 기록하라.

힘들 때일수록 감사하는 마음을 잊어서는 안 된다. 감사한 마음을 갖게 되면 힘든 일을 이겨 내는 데 큰 도움이 된다.

힘들 때 좋았던 일, 감사했던 일들을 떠올리면 위안이 되고 지금의 힘든 일을 이겨 내야겠다는 마음이 생긴다. 감사하는 마음은 자신을 사랑하는 마음이다. 힘들 때일수록 더욱 감사하라.

사람은 사람답게 살아야 한다

사람은 어느 때고 사람답게 살아야 한다. 사람이 사람답지 못하면 사람의 탈을 쓴 짐승과 다름없다.

사람은 윤리적인 동물이며 도덕성을 갖춘 존재이다. 또한 자각의 동물이며 옳고 그름을 구별할 줄 아는 존재이다. 그런데 사람들 중에는 사람임을 포기하는 언행을 아무렇지도 않게 하는 이들이 있다. 윤리성을 도외시하는 언행을 일삼고, 도덕성을 파괴하는 파렴치한 일도 서슴지 않는다. 자각하는 능력이 있어도, 망각적인 언행을 마치 당연한 것처럼 여긴다. 이는 사람이 절대로 해서는 안 될 일이다.

사람은 그 어느 때라도 사람답게 살아야 한다. 그렇게 하지 않는다면 그것은 스스로 사람임을 포기하는 것과 같다.

지금 우리 사회 곳곳에서는 사람다움을 포기한 사람들이 벌이는 몰염치하고 해악한 일로 시끄러울 때가 종종 있다. 아무리 사회가 메마르고 이기적으로 변한다고 해도 사람다움을 잃어서는 안 된다. 사람다움을 잃는다는 것, 그것은 자신에 대한 배반이며 스스로를 해악하게 하는 죄악과도 같다.

사람이 사람다움을 잃으면 짐승과 다름없다. 사람은 윤리와 도덕을 지키며 살아야 한다. 사람답게 산다는 것은 사람다움을 잃지 않아야 함을 의미한다.

DAY 21 인생의 양지와 음지

살다 보면 양지와 같이 살기도 하고 음지와 같이 살기도 한다. 어느 때 양지에서 음지로, 음지에서 양지로 옮겨 갈지 모른다. 그러므로 음지쪽에 있는 사람들에게 따뜻한 관심을 갖고, 용기를 주고 보듬어 안는 인정을 베풀어야 한다.

사람들은 누구나 자신이 원하는 인생을 살고 싶은 꿈을 가지고 있다. 그런데 누군가는 꿈을 이루고 만족한 삶을 살고, 또 다른 누군가는 꿈을 이루지 못해 불만족스럽게 살아간다. 그렇다고 해서 그것이 인생이 끝날 때까지 그대로 이어지는 것은 아니다. 삶이란 그 사람이 어떻게 하느냐에 따라 늘 변수가 따른다. 그러다 보면 인생의 양지에서 음지로, 음지에서 양지로 옮겨가기도 한다.

하지만 지금 우리 사회의 현실은 그렇지 못하다. 인생의 양지 쪽 사람들에겐 더 많은 햇살이 비추고, 인생의 음지 쪽 사람들에겐 더 많은 그늘이 진다. 이럴 때일수록 인생의 양지 쪽 사람들의 배려와 관심이 필요하다. 가진 사람들이 갖지 못하고 여유롭지 못한 사람들을 격려하고 따뜻한 관심을 보여 주어야 한다. 그렇게 될 때 햇살이 골고루 잘 드는 화단의 꽃처럼 음지 쪽 사람들도 지금보다 나은 균형 잡힌 삶을 살아가는 데 큰 용기를 얻게 될 것이다.

삶을 산다고 생각하지만 삶은 살아지는 것이다. 그래서 언제 어느 때 그 사람의 인생이 바뀔지 모른다. 삶 앞에 겸손하고 열심을 다할 때 인생의 양지에 있는 자신을 발견하게 될 것이다.

DAY 22 친절한 사람에겐 적이 없다

친절한 사람은 '사람꽃'이다. 마치 아름다운 향기를 내뿜는 것 같아 친절한 사람을 보고 있으면 기분이 좋다. 그래서 친절한 사람은 누구에게나 기쁨을 주고 어디를 가든지 환영을 받는다.

동대문역사공원역 계단을 향해 가는데 어떤 할머니가 커다란 보따리가 담긴 작은 손수레를 끌고 계단을 올라가기 위해 쩔쩔 매고 있었다. 많은 사람들이 그 옆을 지나가고 있었지만 어느 누구 하나 관심을 가져주지 않았다. 그래서 할머니를 도와주기 위해 발걸음을 막 재촉하는데 저만치서 어떤 젊은이가 뛰어올라 가더니 할머니의 수레를 번쩍 들고 올라갔다. 할머니는 연신 고마워했다. 젊은이는 환한 미소를 짓고는 가던 길을 향해 발걸음을 옮겨 놓았다. 젊은이의 친절한 행동은 사막의 오아시스처럼 마음을 청량하게 했다.

친절한 사람은 누구나 좋아한다. 그래서 친절한 사람은 어디를 가든 환영을 받는다. 친절한 사람은 누구에게나 기쁨을 주고, 편안함을 주기 때문이다. 친절한 말 한마디, 친절한 행동 하나가 사람들의 마음을 움직이고 감동을 준다. 친절하게 하는 데는 돈이 들지 않는다. 다만 조금만 더 배려하고, 사랑하는 마음으로 사람을 대하면 된다.

친절한 사람이 인간관계가 좋은 것은 친절은 사람과 사람 사이를 아름답게 이어주는 소통의 끈이기 때문이다. 친절하라. 친절은 인간관계의 보증 수표이다.

정직한 사람은 인생의 빛이다

정직은 아무리 강조를 해도 부족함이 없다. 부끄러운 변명은 있어도 부끄러운 정직은 없다.
거짓을 은폐하고, 다 아는 것을 아니라고 한다면 그것은 스스로를 함정에 빠트리는 것과 같다.

어느 젊은 시인이 무명 시절

먹고살기 위해 포르노 소설을 썼다고 했다.

그런 말을 공개적으로 할 수 있다는 것은

대단한 용기이자 꿋꿋한 의연함이다.

그것은 자신의 치부를 드러내는 것과 다름없기 때문이다.

자신의 부끄러움을 스스로 밝히는 시인의 입술이

매화꽃 향기처럼 가슴을 파고든다.

갖가지 변명과 거짓이 당연한 듯이 우글대는 삶의 정글에서

정직하게 말한다는 것은 스스로에게

화살을 겨누는 것과 같다.

그러나 보라,

자신의 부끄러움조차도 당당하게 밝히는 젊은 시인의 푸른 입술을,

정직해서 오히려 아름다운 그의 빛나는 눈빛을.

정직한 사람은 인생의 빛과 같다. 정직한 사람과 함께하면 자신 또한 정직하지 않으면 안 된다.
정직할수록 우리의 삶은 더욱 빛나는 것이다.

DAY 24

무욕의 시간에 잠기다

일 년에 하루 이틀 만이라도 초연히 무욕의 시간에 잠겨 보라. 자신조차도 까맣게 잊고 무욕에 들라. 보이지 않던 길이 보일 것이다.

푸른 햇살이 사금파리처럼 빛나는 칠월은

기차를 타고 떠나기 좋은 달이다.

굳이 목적지를 정하지 않아도 좋다.

마음이 시키는 대로 생각이 이끄는 대로 가라.

사랑하는 이와 함께해도 좋고 혼자 떠나도 좋다.

한 권의 시집과 한 잔의 커피와 음악만 있어도

지친 마음과 몸을 씻고 돌아오기에 족하나니

떠나는 순간 일상의 모든 것들은 말끔히 잊어라.

오직 그대만을 생각하고, 먹고, 마시고, 떠들고, 웃어라.

마주치는 이들에게 풋풋한 미소를 보내 주어라.

어느 허름한 목로주점에서 탁배기 한 사발에

풋고추를 찍어 마시고 무욕無慾의 시간을 맘껏 즐겨라.

비울 줄 아는 자만이 돌아옴의 즐거움을 알리.

비울 줄 아는 자만이 채움의 진정한 즐거움을 안다. 내려놓을 줄 아는 자만이 참소유의 가치를 알게 된다. 무욕은 비워냄으로써 채우는 것이다.

DAY 25 즐겁고 기쁘게 사는 참 좋은 생각

> 즐겁고 기쁘게 살아가기 위해서는 짜증나고 괴로운 일이 있더라도 참고, 그것을 즐거움과 기쁨으로 전환시켜야 한다. 사람들에게 기쁨을 주고 행복을 주는 일을 한다면, 자신은 더 큰 기쁨과 행복을 얻게 될 것이다.

미국에 H. C 머튼이란 사람이 있다. 이들 부부는 함께 장사를 하며 서로를 깊이 사랑했다. 비록 여기저기 떠돌며 하는 장사지만 부부는 늘 감사하고 서로를 격려했다.

머튼 부부에게는 한 가지 철칙이 있다. 자신들의 행복을 사람들에게 나눠 주는 일이다. 그래서 그들 또한 자신들처럼 행복하게 살기를 바랐다. 머튼 부부는 행복을 나눠 주는 방법으로 자신들의 명함 뒤에 다음과 같은 문구를 새겼다.

"네 마음을 증오로부터, 네 머리를 고민으로부터 해방시켜라. 간단하게 생활하라. 기대를 적게 가지고 주는 것을 많이 하라. 네 생활을 사랑으로 가득 채워라. 빛을 발하도록 하라. 나를 잊고 남을 생각하며 남의 일을 자신의 일과 같이 하라. 이상과 같은 일을 일주일 동안 계속하라."

머튼 부부는 자신들이 만나는 누구에게나 이 문구가 담긴 명함을 나누어 주었다. 이 명함을 받은 사람들은 이 문구에 감동하고 마음에 새겨 실천했다고 한다.

즐겁고 기쁘게 살고 싶다면 자신을 즐겁게 하고 기쁘게 하는 일을 하라. 그러면 즐거움과 기쁨은 배가 되어 돌아올 것이다.

눈물을 단련시키는 법

가진 자들의 창고는 날로 넘치는데 가난한 자들은 점점 살기가 팍팍해진다. 사는 게 아니라 버틴다는 것이 솔직한 표현일 것이다. 이럴 때일수록 더 단단하게 자신을 단련시켜야한다. 그것만이 이 험난한 시대를 건너갈 수 있기 때문이다.

일인당 국민 소득이 오른다고 매년 발표를 하지만, 사는 일은 점점 더 힘들어진다. 가진 자들의 창고는 넘쳐나는데 가난한 자들의 창고는 텅텅 비어만 간다. 하루하루가 살기 위한 몸부림이다.

한마디로 말해 살기 위해 사는 게 아니라 살기 위해 버티는 것이다. 그러다 보니 몸과 마음은 지칠 대로 지치고, 미래라는 단어는 국적을 알 수 없는 나라의 말처럼 들린다.

그러나 어쩌겠는가. 힘들어도 내 인생, 고단해도 내 인생, 슬퍼도 내 인생이 아닌가. 어느 누구도 대신 내 인생을 살아 주지 않는다. 힘들어도 가야 하는 게 인생이다.

그렇다면 눈물을 두려워하지 말아야 한다. 눈물을 흘리면서도 끝까지 버티고 가야 한다. 가지 않으면 지금 이대로 멈춰야 하는데, 멈추는 순간 모든 것은 끝나고 만다. 이처럼 비통한 일을 겪지 않으려면 있는 힘을 다해 버텨라. 끝까지 버티다 보면 물질이 주지 못하는 인생의 가치를 선물 받게 되고, 때에 따라서는 물질도 따라오는 법이다.

눈물을 더욱 단단하게 단련시켜야 한다. 그것이 눈물을 이기는 최선의 법칙이며 자신의 인생을 가치 있게 만드는 지혜이다.

마인드를 새롭게 리모델링하는 5가지

오늘과 다른 새로운 내가 되고 싶다면 마인드를 새롭게 해야 한다. 낡은 마인드로는 결코 새로운 내가 될 수 없다.

마인드가 새로워지면 새로운 생각을 하게 되고, 새로운 내가 되어 가치 있는 삶을 살고 싶어 한다. 새롭다는 것은 정신적인 것이든 물질적인 것이든 사람의 마음을 새롭게 하고 기분 좋게 한다.

낡은 마인드를 새롭게 하기 위해서는 첫째, 자신을 바꿔야 한다는 생각에 갇혀 있으면 절대로 새로운 내가 될 수 없다. 고정된 생각의 틀에서 벗어나 실행해야 한다. 둘째, 자신과 비슷한 환경에 있던 사람들의 변화하는 과정을 따라서 해보는 것도 새로운 나를 만드는 좋은 방법이다. 셋째, 생각이 녹슬지 않게 독서를 즐겨라. 다양하고 풍부한 독서는 생각의 근육을 키우는 데 있어 가장 효율적인 방법이다. 넷째, 마음이 처지지 않도록 감성과 정서를 길러라. 감성이 사라지고 정서가 메마르면 마음이 거칠어져 방해를 받는다. 다섯째, 긍정적이고 적극적인 사람들과 교류하라. 그들과 어울리다 보면 자신을 긍정적이고 적극적이게 할 수 있어 진취적인 마음을 갖게 된다.

마음을 새롭게 한다는 것은 미래 지향적이고 새로운 나로 살아가게 하는 힘을 갖는 것이다. 오늘과 다른 산뜻한 나로 살고 싶다면 늘 마음을 새롭게 가꿔야 한다.

마음을 새롭게 하는 것은 새로운 나로 살아가는 기반을 다지는 일이다. 오늘과 다른 새로운 나로 살고 싶다면 마음을 새롭게 하는 일에 열정을 다하라.

DAY 28 장점을 보는 눈이 아름답다

인간관계를 맺음에 있어 좋은 유대 관계를 이어가기 위해서는 상대의 장점을 보라. 사람은 누구나 자신의 좋은 점을 봐줄 때 그 사람에 대해 호감을 갖고 대한다.

같은 사람도 어떤 관점에서 보느냐에 따라 다르게 다가온다. 그 사람의 장점을 보면 그 사람의 좋은 모습을 받아들이게 되고, 단점을 보면 그 사람의 나쁜 모습을 받아들이게 된다. 따라서 사람들과의 관계에서 좋은 점을 많이 받아들이게 되면 긍정적으로 작용하게 됨으로써 자신이 발전하는 데 있어 큰 도움이 된다.

또한 사람들과의 관계를 돈독히 함으로써 좋은 유대 관계를 맺게 된다. 사람은 누구나 자신의 좋은 점을 칭찬해 주는 사람들을 좋아하고 그와 아름다운 인간관계를 맺기 바란다.

그렇다. 상대의 장점만 보는 사람은 누구에게나 좋은 이미지를 심어 준다. 그래서 이런 사람 주변엔 창조적이고 생산적인 마인드를 가진 좋은 사람들이 많다.

인생을 살아가는 데 있어 좋은 사람들은 자산과 같다. 자신 또한 누군가에게 자산과 같은 좋은 사람이 되어야 한다. 그것은 결국 자신을 위한 아름다운 축복이기 때문이다.

상대의 장점을 보는 사람은 좋은 점을 받아들이게 됨으로써 자신이 발전하는 데 큰 도움이 된다. 상대의 좋은 점은 자신과 같기 때문이다.

DAY 29 | 인생을 살아가는 동안 만나게 되는 모든 것들

인생을 살아가다 보면 기쁜 일도 만나게 되고, 시련도 겪게 되고, 슬픈 일도 만나게 된다. 희로애락은 누구나 겪게 되는 인생의 과정이다. 그 과정을 지혜롭게 받아들이는 자세가 필요하다. 그러면 그 어떤 일도 두려움 없이 헤쳐 나가게 된다.

인생을 살아가면서 늘 꽃길만 걸으면 얼마나 좋을까. 이는 누구나 바라는 마음일 것이다. 그런데 인생이란 변화무쌍한 자연과 같아 언제 어떻게 될지 모른다. 한 치 앞도 내다볼 수 없는 게 인생이다.

그런데 한 가지 분명한 것은 어떤 일을 겪게 되더라도 그것을 받아들이라는 것이다. 그것은 자신의 인생에서 피할 수 없는 거쳐야 하는 과정이기 때문이다. 기쁘고 즐거운 일은 기쁘고 즐거운 대로 인생을 즐기고, 시련과 슬픔은 받아들여 새로운 의지로 거듭나게 하면 자신의 인생을 긍정적으로 변화시킬 수 있다.

인생이란 수많은 과정을 거치면서 성숙해짐은 물론 자신이 원하는 길을 가게 되는 것이다. 인생을 살아가는 동안 그 어떤 일을 만나더라도 그것은 자신이 마땅히 거쳐야 할 과정이라고 생각하라. 그러면 그 어떤 어려운 일을 맞닥뜨리게 되더라도 두려움 없이 그 일을 헤쳐 나가게 된다.

그러나 그것을 피하려고 한다면 인생의 굴레에 갇히게 됨으로써 자신의 인생을 스스로 옭아매게 됨을 명심해야 할 것이다.

인생이 꽃길만 같다면 얼마나 좋을까. 하지만 인생은 여러 갈래의 길이 이리저리 얽힌 실타래와 같다. 인생을 자신의 의지대로 살고 싶다면 어떤 길을 만나게 되더라도 당당하고 두려움 없이 가라.

DAY 30 한 번 말할 때 세 번을 생각하기

잘못한 한마디 말로 평생 쌓은 공을 하루아침에 무너뜨리는 이들이 종종 있다. 한 번 입에서 빠져나온 말은 다시 주워 담을 수 없다. 말을 할 땐 충분히 생각한 끝에 해야 실수를 줄임으로써 혹시 있게 될 설화를 막을 있다.

무심코 던진 말 한마디에 정치인들이 우르르 추풍낙엽 지듯이 정치판에서 퇴출을 당하고, 농담처럼 한 말로 평생을 쌓아올린 공든 인생이 와르르 무너져 내리는 공직자들, 함부로 말하고 갑질하다 여론의 질타를 받으며 차가운 감방에 갇혀 자신이 한 말로 혹독한 대가를 치르는 사람들로 가득하다. 말은 입에서 나오는 순간 날개를 달고 여기저기로 날아간다. 입에서 나오는 순간 말은 더 이상 말로 머물지 않는다는 말이다.

한마디의 말을 신중하게 하고 조심해서 해야 하는 이유가 여기에 있는 것이다. 그렇다면 어떻게 말을 해야 뒤탈이 없을까.

삼사일언三思一言, 즉 '한 번 말할 땐 세 번 생각하고 말하라'는 뜻으로 말을 할 땐 신중히 해야 함을 의미한다. 이 말이 주는 의미처럼 말을 하기 전에 '내가 이 말을 하면 상대는 어떻게 생각할까' 하고 거듭 헤아려 보면 그만큼 말실수를 줄일 수 있어 말로 인한 화를 최소화할 수 있고 나아가 막을 수 있는 것이다.

말은 인격이다. 언행을 바르게 하는 자는 인격자이다. 하지만 말을 함부로 하는 자는 비인격자로 자신이 한 말의 함정에 갇혀 슬피 울게 될 것이다.

DAY 31

고통이란 반갑지 않은 인생의 손님을 맞이하는 법

고통이란 반갑지 않은 인생의 손님이다. 그렇다고 고통을 피해갈 수는 없다. 피할 수 없으면 즐기라는 말이 있듯 고통이란 손님이 찾아오면 받아들이되 용기와 의지로써 이겨 내라.

고통 없이 삶을 살 수 있다면 얼마나 좋을까. 매일이 잔칫날 같고 신나고 즐거우면 얼마나 좋을까. 그러면 천년만년을 살아도 하루 같기 짧기만 할 텐데 말이다.

하지만 누구에게나 삶의 고통은 피해갈 수 없는 인생의 반갑지 않는 손님이다. 그러나 반갑지 않다고 피해갈 수 없는 것 또한 고통이란 인생의 손님이다. 그렇다면 고통은 받아들일 수밖에 없는데, 고통을 받아들이기 위해서는 의지를 굳게 하고 단단히 마음의 무장을 해야 한다. 고통은 의지가 굳은 사람에게는 힘을 쓰지 못한다. 이에 대해 《논어論語》의 〈자로편子路篇〉에는 다음과 같은 말이 있다.

'의지가 굳고 기력이 있어 무슨 일에도 굴하지 않는다.'

이는 강의목눌剛毅木訥이란 사자성어의 뜻으로 인간에게 있어 의지의 중요성이 얼마나 중요한지를 잘 알게 해 준다.

그렇다. 고통이란 반갑지 않는 인생의 손님을 이기는 힘은 오직 굳은 의지와 강력한 용기이다.

고통이란 반갑지 않은 인생의 손님이 찾아오면 겁내지 마라. 그 어떤 고통도 굳은 의지와 용기 앞엔 꼼짝 못한다. 의지와 용기로 철저히 무장하라.

CHAPTER 8

인생의 참된 기쁨과
참된 인생을 사는 법

August

아무것도 하지 않으면 아무것도 얻을 수 없다

Birth flower
석류 Pomagranate _원숙한 아름다움

아무것도 하지 않으면 아무것도 얻을 수 없다.

DAY 01 | 마음속의 괴물에게 휘둘리지 않는 3가지

마음속의 괴물에게 휘둘리지 말고, 괴물을 자신의 의지대로 조절할 줄 알아야 한다. 그것이 스스로를 행복하게 하고, 참되게 하는 일이다.

마음의 중심을 선에 가까이 하면 선한 행동을 하게 되고, 악에 가까이 하면 악한 행동을 한다. 인간이 지니고 있는 괴물성 또한 선에 가까이 하면 차분하고 안정되지만, 악에 가까이 하면 포악하고 공격적으로 변하게 된다.

마음속의 괴물에게 휘둘리지 않기 위해서는 어떻게 해야 할까. 첫째, 괴물을 자신의 의지대로 조절할 줄 알아야 한다. 그러기 위해서는 그 무엇에도 흔들리지 않은 강인한 의지와 결단력을 길러야 한다. 둘째, 그 어느 때에라도 참고 견디는 힘을 길러야 한다. 참고 견디는 자를 이기는 괴물은 없다. 셋째, 옳고 바른 일은 즐거운 마음으로 행하되 그른 일은 반드시 절제하는 절제력을 길러야 한다.

이 세 가지만 굳게 갖출 수 있다면 마음속의 괴물을 충분히 이겨낼 수 있다. 그렇다. 자신이 행복하고 참되기를 바란다면 마음속 괴물의 달콤한 유혹에 빠지지 말라.

마음속 괴물의 달콤한 유혹은 언제나 감미롭다. 하지만 그 결과는 쓰디쓴 익모초와 같다. 마음속 괴물에게 절대 흔들리지 마라.

DAY 02 사랑받고 싶다면 사랑받게 하라

사랑받고 싶다면 사랑받게 해야 한다. 자신은 사랑을 주지 않으면서 받으려고 한다면 그것은 상대의 사랑에 대한 모독이다. 사랑받고 싶다면 먼저 사랑을 주어라.

사랑하는 이에게 사랑받고 싶다면 사랑하고 싶게 만들어야 한다. 가령 여성이 얼굴은 예쁜데 성격이 너무 까칠하거나 수시로 변덕을 부리면 사랑하고 싶은 마음이 들다가도 이내 시들고 만다. 그런 행동들이 사랑하고 싶은 마음에 제동을 걸기 때문이다. 또한 남성이 제멋대로 군다거나 배려심이 부족하면, 상대 여성이 사랑을 주려다 멈추고 만다.

그렇다. 사랑은 상대적인 것이다.

그런데 사랑하게 싶게 만들지도 못하면서 사랑을 받으려고 한다면 그것은 사랑에 대한 모독이다. 사랑하는 이에게 사랑받고 싶다면 사랑하고 싶게 만들어라. 그리고 자신이 먼저 사랑을 주어라. 자신이 사랑을 주는 만큼 사랑하는 이로부터 사랑을 받게 된다.

이렇듯 일방적인 사랑은 없다. 있다 하더라도 그것은 참사랑이 아니다. 그래서 깨어지게 된다. 하지만 나누는 사랑은 서로를 만족하게 하고 행복하게 한다. 진실한 사랑은 서로의 사랑을 주고받는 것이다.

상대로부터 사랑받기를 바란다면, 상대가 사랑하고 싶은 마음이 들게 해야 한다. 또한 자신이 먼저 사랑을 주어라. 주는 만큼 받게 되는 게 사랑이다.

DAY 03 인간적인 너무나 인간적인

> 인간이 인간인 것은 생각하는 존재이기 때문이다. 생각한다는 것, 인간답게 산다는 것, 인간의 도리를 지킬 줄 안다는 것, 인간으로서 부끄러움이 없어야 한다는 것은 인간적인 너무나 인간적인 일인 것이다.

"당신은 인간적인 사람입니까?"라는 물음에 그렇다고 대답할 수 있는 사람이 얼마나 될까. 만일 당신에게 이 질문을 했을 때 당신은 뭐라고 답할 것인가?

아마 많이 망설이게 될 것이다. 이 당연한 물음에 왜 망설이게 되는지는 그만큼 인간적인 삶을 산다는 것이 어렵다는 방증이다.

하지만 분명한 것은 우리는 이 물음에 자신 있게 대답해야 한다는 것이다. 그것은 자신의 인간적 삶에 대한 확신이자 도리이며 예의이기 때문이다.

지금 우리 사회는 인간답지 못한 행동을 하는 이들로 연일 시끄럽다. 가진 자들이 하루가 멀다 하고 벌이는 비인간적인 갑질, 국민을 위해 헌신해야 할 일부 그릇된 사고방식을 가진 정치꾼들의 분노를 사게 하는 상식 이하의 언행은 마치 인간이기를 포기한 사람들이나 하는 짓거리에 불과하다. 그것은 스스로 인간이기를 포기하는 일이다. 인간답게 살아야 한다. 그것은 인간으로 태어난 자신에 대한 도리이며 예의이다.

> 인간답지 않게 말하고 행동하는 것은 스스로를 부끄럽게 하는 일이자, 인간답지 못함을 공표하는 것과 같다. 부끄럼 없이 인간답게 사는 것은 자신에 대한 예의이자 도리이다.

DAY 04

수레에 짐이 가득하면 소리가 나지 않는다

짐을 가득 실은 수레는 소리가 나지 않는다. 언제나 소리가 나는 것은 빈 수레다. 사람도 이와 같으니 됨됨이를 갖춘 자는 언행이 신중하고 품격이 있으며 진중하다. 언제나 요란스러운 것은 됨됨이가 부족한 자이다.

수레에 짐이 가득하면 소리가 나지 않는다. 그러나 짐이 적을수록 소리는 커진다. 수레의 짐과 소리는 반비례한다. 사람 또한 이와 같으니 언행에 반듯하고 품격이 있으며 매사에 진중한 이는 누구에게나 신뢰와 믿음을 준다. 이런 사람은 됨됨이가 바르고 믿어도 좋다는 생각을 갖게 하기 때문이다.

하지만 말이 많고 덤벙거리고 가볍고 진중하지 못한 이는 불신을 사게 되고 믿음을 주지 못한다. 이런 사람은 됨됨이가 바르지 못해 믿음이 가지 않는 까닭이다.

재능도 이와 같다. 재능이 아무리 뛰어나다고 해도 경거망동하고 나쁜 버릇이나 성격을 가지고 있으면 소리나는 빈 수레와 같다. 하지만 재능이 뛰어난 데다 인품까지 좋으면 금상첨화다. 이런 사람은 누구나 좋아하고 신뢰하기 때문이다.

짐이 가득한 수레와 같이 믿음을 주고 신뢰를 주는 진중한 사람이 되어라. 그것은 자신에 대한 도리이자 사랑이다.

매사에 언행이 신중하고 진중한 사람은 믿음과 신뢰가 간다. 됨됨이가 바르다고 믿기 때문이다. 믿음을 주고 신뢰를 준다는 것은 자신을 믿어도 좋다고 보증하는 것과 같다.

DAY 05

리더의 마음을 움직이는 3가지

리더의 마음을 움직이게 하려면 자신을 리더에게 확실하게 각인시켜야 한다. 리더는 그런 사람을 눈여겨보고 그에게 능력을 발휘할 수 있는 기회를 준다. 리더의 마음을 사는 것 또한 재능이자 능력이다.

뛰어난 능력을 갖는 것도 자신을 발전시키는 성공의 요인이지만, 리더의 마음을 움직이는 능력 또한 자신을 발전시키는 재능이다.

왜 그럴까. 리더는 자신이 필요로 하는 사람에게 높은 관심을 갖고 그를 자신의 곁에 두기를 바란다. 자신의 뜻에 잘 맞는 사람이야말로 자신에게 꼭 필요한 인재라고 생각하기 때문이다. 리더의 마음을 움직이기 위해서는 첫째, 리더가 지금 무엇을 필요로 하는지를 캐치하라. 리더는 자신이 필요한 것이 무엇인지를 알고 그에 맞게 응해주는 사람에게 깊은 관심을 갖게 된다. 둘째, 예의 있고 절도 있는 몸가짐으로 리더를 대하라. 리더는 그런 사람을 마음에 두고 후한 점수를 준다. 셋째, 리더를 대할 땐 언제나 긍정적인 말과 행동으로 대하라. 리더는 그런 사람에게 꿈과 희망을 발견하고 그에게 관심을 기울인다.

리더의 마음을 움직이는 것, 그것은 자신을 성공으로 이끄는 비법이다.

성공하고 싶은가. 그러면 리더의 마음을 움직여라. 리더는 자신의 마음을 움직이는 사람에게 깊은 관심을 갖고 자신의 사람으로 만든다.

DAY 06 | 주변의 도움이 필요할 때

> 자신의 감정을 억제하지 못할 때 주변의 도움을 받으면 큰 도움이 된다. 분노할 땐 감정에 치우쳐 무슨 일을 저지를지 모른다. 이럴 때 자신에게 올바른 판단을 할 수 있도록 힘이 되어 주는 사람은 인생의 나침반이다.

감정 조절을 잘하는 사람은 문제가 없지만, 그렇지 않을 경우에는 문제가 된다. 감정 조절이 잘 안 될 때 큰 실수를 범하게 되는데, 지나친 감정은 마치 폭탄을 안고 있는 것과 같기 때문이다. 이럴 때 감정을 조절해 주는 사람이 주변에 있다면 큰 도움이 된다.

감정 조절이 안 돼 어쩔 줄을 몰라 할 때 "호흡을 천천히 하고 마음을 차분히 가라앉히세요" 하고 옆에서 말하면 그 말을 듣는 순간 깊은 숨을 몰아쉬고 가슴을 쓸어내리는 행동을 하게 된다. 그러는 과정에서 '아, 내가 지금 많이 흥분했구나.' 생각하게 됨으로써 감정을 삭이려고 애쓰게 된다.

어떤 일이든 조력자가 있으면 큰 도움이 되듯 감정이 날 때 감정을 조절하도록 도움을 주는 사람이 있다면 감정을 절제함으로써 불상사를 막을 수 있다. 이는 살아가는 데 있어 필요한 삶의 지혜이니만큼 부끄러워하지 말고 실천한다면 좋은 결과를 얻게 될 것이다.

감정을 조절하는 것은 성격적인 것이나 주변의 도움으로 얼마든지 고칠 수 있다. 감정 조절이 안 될 땐 부끄러워하지 말고 언제나 도움을 요청하라.

함부로 하는 말은 화살과 같다

함부로 하는 말은 비난의 화살이 되어 돌아온다. 화살은 육신의 상처를 입히지만 비난의 화살은 마음의 상처를 입힌다. 육체의 상처는 치료를 하면 회복되지만, 마음의 상처는 치유하지 않으면 회복이 불가능하다.

오늘날의 미국이 건국을 하는 데 있어 영향력을 끼친 인물 중 가장 대표적인 사람이 알렉산더 해밀턴Alexander Hamilton이다.

해밀턴은 우수한 두뇌와 집념으로 자신이 수립한 기획을 밀어붙여 자신이 원하는 방향으로 이끌어 냈다. 그러다 보니 연방주의자인 해밀턴과 반연방주의자인 에런 버는 사사건건 마찰을 빚었다. 그러던 중 해밀턴은 이해관계를 떠나 정적인 제퍼슨이 대통령이 되는 데 결정적인 힘이 되어 주었다. 그런데 이 과정에서 제퍼슨의 경쟁자였던 에런 버가 대통령 선거에서 밀려나자 평소에 눈엣가시였던 해밀턴을 더욱 증오하게 되었다. 그런데다가 해밀턴이 자신을 향해 '비열한 선동가'라고 비난하자 더 이상 참지 못하고 에런 버는 그에게 결투를 신청했다. 결국 그 대결에서 해밀턴은 에런 버가 쏜 총에 맞아 세상을 떠나고 말았다. 해밀턴과 에런 버의 경우에서 보듯 함부로 하는 말은 비난의 화살이 되어 돌아온다.

함부로 말하지 마라. 함부로 하는 말이나 비난은 자신을 향해 화살이 되어 돌아온다.

DAY 08 주저하지 않고 생각을 말하는 3가지

주저하는 사람은 믿음을 주지 못한다. 사람들에게 신뢰를 얻고 싶다면 자신의 생각을 확실하게 말해야 한다.

아무리 훌륭한 생각을 갖고 있어도 주저하거나 움찔거리며 말하면 신뢰를 주지 못한다. 자신감이 없는 사람으로 비춰지기 때문이다. 사람들에게 신뢰를 얻고 싶다면 자신의 생각을 또박또박 분명하게 말해야 한다.

주저하지 않고 자신의 생각을 말하기 위해서는 첫째, 상대를 설득할 때는 자신의 생각을 확고하게 밝혀야 한다. 주저하거나 머뭇거리면 무슨 저의가 있는 건 아닌가 해서 꺼리게 된다. 이런 허점을 보인다는 것은 상대를 설득할 의지가 없다는 것과 같다. 둘째, 자신의 생각을 밝힐 때는 분명히 해야 한다. 자신의 말에 대해 책임질 각오가 아니면 말해서는 안 된다. 상대에게 확신을 심어 주지 못하면 상대는 그 누구라 할지라도 주저하게 된다. 셋째, 간접 화법보다는 직설 화법으로 하라. 간접 화법은 자신의 말에 믿음을 주기에는 부족하다. 상대는 확고한 말을 듣기를 바란다. 직설 화법은 상대에게 확신을 심어 주는 데 매우 효과적이다.

자신의 생각을 말할 땐 주저주저하지 말고, 또박또박 분명하게 말해야 한다. 자신감 있는 화법은 상대에게 신뢰를 주기에 부족함이 없다.

DAY 09 인생의 참된 기쁨과 참된 인생을 사는 법

인생의 참기쁨과 참된 인생이 되기 위해선 인생의 단맛만 알아서는 안 된다. 인생의 쓴맛이 무엇인지 알아야 한다. 왜냐하면 인생의 쓴맛을 통해 인생 단맛의 진미를 알게 됨으로써 자신에게 최선을 다하게 되기 때문이다.

참된 인생을 살기 위해서는 슬픔과 고난을 겪기고 하고, 시련과 고통 속에서 눈물을 흘리기도 하면서 인생의 참된 가치를 깨우쳐야 한다. 인생이 순탄하기만 하면 그 자체가 최고의 행복이라고 여기게 되어 그 이상의 인생의 가치를 알지 못한다. 왜냐하면 그 자체를 인생의 단맛이라고 생각하기 때문이다. 물론 인생에서 순탄함은 그 자체만으로도 충분히 가치가 있다.

하지만 자신의 인생을 더 이상 가치 있게 끌어올리는 데는 한계가 있다. 자신이 지금의 상황에서 머무르기를 바란다면 지금 그대로 살되, 지금과 다르게 살고 싶다면 현재의 단맛으로부터 벗어나 어려움이 가로막아도, 고난과 역경이 따르더라도 두려워하지 말고 최선을 다해야 한다. 그러는 가운데 더한 인생의 단맛을 알게 되고, 그럼으로써 인생의 참된 기쁨과 참된 인생의 가치를 알게 되어 더한 행복을 맛보며 산다.

그렇다. 인생의 참된 단맛을 맛보며 살기 위해서는 인생의 쓴맛을 두려워하지 말고, 그 어떤 고난과 역경과 슬픔도 이겨 내야 한다.

인생의 단맛에 길들여져 있는 사람은 인생의 참된 기쁨과 참된 인생이 무엇인지를 알지 못한다. 인생의 단맛을 알기 위해서는 그 어떤 고난과 역경에도 최선을 다하라.

갑질하는 자들의 심리에 대하여

기업, 군, 정치계 등 사회 전반에 걸쳐 비인간적 갑질로 인한 불미스러운 일로 연일 시끌벅적하다. 이는 이유를 불문하고 사람으로서 해서는 안 되는 일이다. 사람 위에 군림하려는 비이상적 심리는 열등의식을 보상받으려는 속 빈 자들의 비인격적인 행위이다.

지금 우리 사회는 사회 전반에 걸쳐 갑질하는 자들로 인해 연일 시끌벅적하다. 갑질하는 자들의 공통점은 마치 자신을 귀한 존재로 여긴다는 것이다. 자기모순에 빠지다 보니 운전기사를, 공관병을, 가맹점 업주들을 노예 부리듯 한다. 폭언은 기본이고, 폭행을 일삼는 경우도 있다. 나아가 가맹점을 탈퇴하고 개인적으로 벌인 사업을 갖은 방법으로 방해해서 급기야는 죽음으로 몰고 가는 기업주도 있다. 이는 사람이 해서는 안 되는 범죄 행위이다.

그렇다면 갑질하는 자들은 왜 이런 비인간적인 일을 아무 거리낌 없이 벌이는 걸까. 한마디로 열등의식에 사로잡혀 있기 때문이다. 그러다 보니 자신의 열등감을 자신보다 약자라고 생각하는 사람에게서 보상받으려고 하는 것이다. 이는 매우 비윤리적인 일이자 인간성을 상실한 행위이다.

이런 일을 두 번 다시는 벌이지 않도록 준엄한 심판을 가함으로써 우리 사회에서 완전히 뿌리 뽑아야겠다.

갑질은 열등의식에 빠진 속물들이 벌이는 비인격인 저급한 행위이다. 이런 일은 다시는 일어나지 않도록 지위 고하를 막론하고 엄정히 심판해야 한다.

DAY 11 | 서로의 사랑을 존중하는 사랑을 하라

사랑을 할 때 서로의 사랑을 존중해야 한다. 사랑한다는 이유만으로 사랑을 함부로 여긴다면 그 사랑은 서로에게 깊은 상처를 남기게 된다. 사랑에도 존중이 필요한 것은 바로 이런 이유에서이다.

'데이트 폭력'이라는 말이 언제부턴가 우리 사회를 경악시키고 있다. 사랑한다는 이유로 사랑하는 사람을 정신적으로 육체적으로 학대를 하는가 하면, 이별을 통보하는 여자 친구를 무자비하게 폭행함으로써 죽음에 이르게 하는 일이 비일비재하다.

이는 사랑하는 사람에 대한 모독이자 그 어떤 이유로도 있어서는 안 되는 일이다. 사랑은 서로를 존중하는 가운데 더욱 아름다운 사랑으로 발전하게 되고 행복의 극치감에 이르게 한다.

사랑하는 남편을 아내를 또는 연인의 마음에 깊은 상처를 주는 일은 삼가야 한다. 그것은 단순히 다툼만의 문제가 아니라, 둘만의 사랑을 그리고 그 가치를 훼손시키는 영적 파멸을 뜻하는 것이다. 이는 서로에게 돌이킬 수 없는 상처이며 비극이다. 이를 깊이 유념함으로써 사랑의 행복과 아름다운 가치를 맘껏 살릴 수 있도록 해야겠다.

사랑은 서로를 사랑하는 것으로만 결합되지 않는다. 사랑에도 존중이 필요하다. 존중히 함께할 때 사랑은 가치를 지니게 된다. 서로의 사랑이 가치를 지닐 수 있도록 서로의 사랑을 존중하라.

상대의 관점에서 생각하고 배려하며 설득하는 3가지

상대의 관점에서 생각하고 배려하면 상대 또한 진심을 갖고 대해 준다. 상대에 대한 관심과 배려는 상대의 마음을 사는 가장 확실한 방법이다.

상대를 설득함으로써 자신이 원하는 것을 얻기 위해서는 상대의 관점에서 생각하는 것이 중요하다. 상대를 배려하며 설득하면 좋은 결과를 얻을 수 있는데 상대의 관점에서 생각하고 배려하며 설득하기 위해서는 첫째, 상대의 마음을 자신에게 끌어들이는 수단으로 상대를 배려하는 것보다 더 좋은 것은 없다. 배려가 상대의 마음을 움직이게 하는 것은 상대에 대한 사랑과 관심이기 때문이다. 사람은 누구나 배려심이 좋은 사람에게 관심을 갖게 되고, 그와 좋은 관계 맺기를 바란다. 둘째, 일관성 있는 태도를 유지하는 것이 중요하다. 일관성이 있는 사람은 변하지 않는 마음을 가진 사람이라고 상대를 믿게 한다. 사람은 누구나 변함이 없는 사람에게 관심을 기울인다. 일관성 있는 태도는 상대에게 좋은 이미지를 심어 주는 인간관계의 '핵심 요소'이다. 셋째, 상대의 관점에서 바라보고 생각하는 것이 중요하다. 이는 상대에 대한 예의이며 상대에게 '나는 당신에게 관심이 많습니다'라는 것을 암시하는 것으로 상대는 긍정적으로 받아들인다. 생각해 보라. 자신에게 관심을 갖는 사람을 싫어할 명분이 있는지를. 상대의 관점에서 바라보고 생각하고 행동하라.

사람은 누구나 자신의 관점에서 생각하고 배려하는 사람에게 관심을 갖는다. 따라서 상대를 설득하기 위해서는 상대의 관점에서 생각하고 배려하라.

DAY 13 마음의 상처는 평생을 간다

남의 가슴에 상처 주는 말을 해서는 안 된다. 상처를 입은 사람은 두고두고 자신에게 상처를 준 사람을 잊지 않고 나쁘게 기억할 것이기 때문이다. 남의 기억 속에 나쁜 사람으로 기억된다는 것은 지극히 불행한 일이다.

육신의 상처는 치료를 받으면 회복이 되지만 마음의 상처는 치유하지 않으면 평생을 간다. 그래서 마음의 상처를 준 사람은 영원히 잊히지 않고, 두고두고 상처를 입은 사람 가슴속에 남아 원망의 대상이 된다.

특히 함부로 하는 말은 독과 같다. 함부로 하는 말이 상대의 가슴을 깊숙이 파고들어 마음의 상처를 낸다. 한 번 입은 마음의 상처는 시간이 지날수록 점점 더 커진다. 한시라도 빨리 치료하지 않으면 상처가 곪아 터지듯 마음의 상처 또한 그러하다.

그런데 마음의 상처는 그 어떤 약으로도 듣지 않는다. 마음의 상처는 오직 따뜻한 사랑과 위안이 함께할 때 치유가 가능하다. 하지만 오랜 시간을 필요로 한다. 그만큼 마음의 상처는 치유하기가 힘들다. 인격을 테러하는 언행을 각별히 삼가야 하는 이유가 여기에 있음을 마음에 새겨야겠다.

인격을 파괴하고 무시하는 언행을 삼가라. 마음의 상처는 평생을 가기 때문이다.

DAY 14 'Yes'라는 코드와 'No'라는 코드

> 부정적인 생각을 가진 사람은 충분히 할 수 있는 것도 조금만 어려워도 포기하고 만다. 그의 머리를 온통 부정적인 생각으로 채우고 있기 때문이다. 할 수 없는 일도 할 수 있다고 생각하면 충분히 해낼 수 있다.

사람은 크게 두 가지 형으로 나뉠 수 있다. 그 어떤 일을 만나도 한번 해보자고 하는 형과 해보지도 않고 포기하는 형이다. 그러면 왜 이런 현상이 나타나는 걸까.

그것은 성격에 따른 결과이다. 성격이 적극적이고 긍정적인 사람은 무조건 시도를 하고 본다. 실패를 생각하지 않는다. 그러다 보니 아무리 어려워 보이는 일에도 과감하게 시도를 하는 것이다.

하지만 해보지도 않고 포기하는 사람은 소극적이고 부정적이다 보니 실패를 할까 봐 두렵게 생각한다. 그러다 보니 충분히 할 수 있는 일도 쉽게 포기를 한다.

모든 것은 생각에서 온다. 자신이 원하는 것을 이루고 싶다면 그 어떤 일을 만나도 생각이란 플러그를 'Yes'라는 코드에 꽂아야 한다. 그러면 불가능한 것도 해내게 된다. 하지만 생각이란 플러그를 'No'란 코드에 꽂으면 그 어떤 것도 해낼 수 없다.

모든 것은 생각에서 온다. 생각을 긍정의 코드에 꽂으면 긍정적인 결과를 내고, 부정적인 코드에 꽂으면 부정적인 결과를 낸다.

DAY 15

354전 355기의 불굴의 정신

불굴의 정신을 갖고 포기하지 않으면, 반드시 자신이 바라는 목표를 이루게 된다. 그런데 문제는 이런 사실을 알면서도 포기하는 데 있다. 불굴의 정신은 최악의 상황에서도 뜻을 이루게 한다.

PGA(미국 프로골프투어)에서 무려 355번의 도전 끝에 첫 우승을 한 미국의 해리슨 프레이저. 그가 이룬 우승은 그가 PGA에 참가한 지 13년 6개월 만이었다. 참으로 놀라운 일이 아닐 수 없다.

생각해 보라. 말이 13년 6개월이지 그 오랜 동안 무명으로 지내면서도 우승의 꿈을 포기하지 않는 집념이야말로 얼마나 위대한 것인지를. 그것은 그에게 있어 종교보다도 거룩하고 그 무엇으로도 바꿀 수 없는 기쁨의 극치였다. 그가 우승을 하기 전까지의 최고 기록은 바이런 넬슨 챔피언십에서 거둔 공동 14위가 고작이었다. 대개의 선수는 그 정도가 되면 자신의 실력이 모자람을 알고 포기하고 만다. 그러나 그는 결코 포기하지 않았다. 만일 그가 354번째 대회를 끝으로 선수생활을 포기했다면 어떻게 되었을까. 355번 만에 이룬 우승은 물 건너갔을 것이다.

해리슨 프레이저가 355번 만에 승리를 할 수 있었던 것은 끝까지 포기하지 않은 불굴의 정신에 있다.

자신의 꿈을 이루고 싶다면 최악의 상황에서도 포기하지 마라. 불굴의 정신을 갖고 끝까지 해나가면 반드시 꿈을 이룰 수 있다.

DAY 16

마음의 눈이 밝은 사람, 마음의 눈이 어두운 사람

마음의 눈이 밝은 사람은 사리에 밝고 매사에 중심이 바르고 분명하다. 그러나 마음의 눈이 어두운 사람은 사리에 어둡고 매사에 흐지부지하여 분명치 않다.

마음의 눈이 밝은 사람은 행실이 바르고 사리에 밝아 거부감이 없어 주변에 사람들이 많다. 마음의 눈이 밝은 사람은 매사에 중심이 바르고 옳고 그름이 분명하기 때문이다. 그래서 어떤 경우에도 사리에 어긋나거나 잘못되게 행동하지 않는다.

그러나 마음의 눈이 어두운 사람은 품행이 방정하지 못하고 사리에 어두워 거부감을 주는 관계로 주변에 사람들이 별로 없다. 또한 마음의 눈이 어두운 사람은 술에 물탄 듯 물에 술탄 듯 매사에 흐지부지하고, 중심이 바르지 못하므로 옳고 그름 또한 분명치 않다.

마음의 눈을 밝게 하기 위해서는 늘 자신을 돌아보며 잘한 일과 잘못한 일을 가리어 잘한 일을 더 잘하도록 하고, 잘못한 일은 반성함으로써 바르게 고쳐야 한다. 마음의 눈이 밝고 어두운 것에 따라 그 사람의 품격이 결정된다. 한 사람의 인격자로서 사람들로부터 인정받기를 원한다면 마음의 눈을 밝게 하라.

자신을 잘 알고 올바르게 행하는 사람이 되어야 한다. 이런 사람은 마음의 눈이 밝아 사리에 밝고, 매사에 분명하고 행실 또한 반듯하다.

DAY 17 화는 모든 불행의 근원이다

> 인생의 불행 중 대부분은 화를 참지 못해 함부로 말하고 행동하는 데 있다. 화는 이성을 마비시켜 막말을 하고 함부로 행동하게 한다. 화를 억제하는 것만으로도 인생을 행복으로 이끌 수 있다.

프랑스의 영웅 나폴레옹 보나파르트의 조카인 나폴레옹 3세는 절세미인으로 소문난 유게니와 결혼했다. 그런데 유게니는 잔소리꾼에다 바가지 긁기가 이만저만이 아니었다.

더한 것은 자신은 남편이 자신의 뜻대로 해 주길 바라면서 자신은 남편의 말을 도통 귀담아 듣지 않는 제멋대로의 여자였다는 점이다. 그러다 보니 아무리 나폴레옹 3세라 할지라고 견뎌 낼 재간이 없었다. 그녀는 아름다웠으나 마음씨가 아주 고약했던 것이다. 참다못한 나폴레옹 3세는 유게니와 헤어질 것을 결심했다. 결심을 굳힌 나폴레옹 3세는 경직된 표정으로 유게니에게 이혼하자며 단호하게 말했다. 남편의 확고한 결심에 유게니는 그의 마음을 돌이키려 했으나 이미 때 늦은 뒤였다. 결국 둘은 갈라서고 말았다.

유게니는 화를 잘 내고 심한 잔소리에다 나폴레옹 3세의 말을 귀담아듣지 않는 관계로 결국 남편은 유게니를 왕후로 만들지 않았다. 그들의 불행한 결혼생활은 유게니가 자초한 것이다.

화는 모든 불행의 근원이므로 화를 억제하도록 해야 한다.

화는 모든 불행의 요인이다. 화는 주변 사람들을 불안하고 짜증나게 한다. 화를 억제하는 힘을 길러야 한다. 화를 참으면 모든 것을 참아 낼 수 있다.

DAY 18 오해는 서로에게 치명적인 독과 같다

근거 없는 오해는 절대 해서는 안 된다. 오해는 오해를 부르고, 상대에게도 자신에게도 치명적인 독과 같다.

오해는 일상에서 흔히 겪는 일이다. 그런데 문제는 오해로 인한 폐해가 너무 크다는 데 있다. 오해를 풀면 문제는 크게 발생되지 않지만 오해를 풀지 못할 땐 불상사를 낳게 된다. 마치 작은 불씨가 산으로 번져 큰 산불이 되듯 사소한 오해는 큰 싸움이 되고 심지어는 목숨까지 위태롭게 할 때가 종종 있다. 오해의 심각성에 대해 골던딘은 다음과 같이 말했다.

"싸움이 벌어지는 원인 대부분은 오해 때문이라는 사실을 명심하라."

그렇다. 오해가 불러일으킨 결과에 대해 직설적으로 잘 보여준 말이라고 하겠다. 오해는 인간관계에서 전혀 안 할 수는 없지만 되도록 안 하도록 해야 한다. 오해는 상대를 지옥으로 몰아가는 비윤리적이며 반인륜적인 행위이기 때문이다.

오해는 말 그대로 백해무익한 것임을 잊지 말아야 한다.

오해는 인간관계를 단절시키는 비윤리적인 행위이다. 오해는 해서도 안 되고 오해 살 일은 되도록 하지 않아야겠다. 오해는 백해무익한 일일 뿐이다.

DAY 19 쉬운 일은 없다

이 세상에 그 어떤 것도 쉬운 일은 없다. 그런데 쉽게 자신이 원하는 것을 손에 쥐려고 한다. 그러다 보니 조금만 힘들어도 포기를 하고 만다. 모든 일엔 다 때가 있는 법인데 그때를 위해 끝까지 포기하지 않는다면 반드시 좋은 결과를 얻게 될 것이다.

이 세상에 그 어떤 일도 쉬운 일은 없다. 보기에는 그냥 쉬운 일 같아도 막상 해 보면 그렇지 않다. 보기에 쉬워 보이는 것은 그 일을 하는 사람이 쉽게 하는 것처럼 보이기 때문이다.

어느 날 독자가 내게 물었다.

"선생님은 작가니까 글 쓰는 게 하나도 안 어려우시죠?"

"왜요. 글 쓰는 일은 작가인 내게도 어렵지요."

"매일매일 글만 쓰는 데도요?"

독자는 내 말에 의아한 얼굴을 하며 물었다.

"그럼요. 되도록 즐겁게 쓰려고 하는 것뿐이지요."

내 말에 독자는 고개를 끄덕이며 이해한 듯 미소 지었다.

작가에게도 글 쓰는 일은 쉽지 않다. 오랫동안 앉아 있는 고통을 감수해야 하고, 늘 책을 읽고 사색하고 공부해야 한다. 이 세상에 쉬운 일이 하나도 없음을 알아야 진지하게 자신의 일을 해 나갈 수 있다.

쉬운 일만 하려고 하지 마라. 그것은 자신의 능력을 소모시키기에 딱 좋다. 어려운 일도 자꾸 해야 그 어떤 일도 두려움 없이 해내게 된다.

DAY 20 공짜의 미혹에 빠지지 마라

공짜는 달콤함으로 포장한 거짓을 위한 수단이다. 이러한 공짜의 미혹에 빠져서는 안 된다. 순리적인 삶엔 공짜라는 미혹이 있을 수 없기 때문이다.

한때 어르신들을 상대로 사기 치는 사람들로 인해 매스컴이 떠들썩했었다. 그들의 수법은 어르신들에게 구경거리가 될 만한 일로 환심을 산 후 값싼 물품을 비싸게 팔아 문제가 되었다.

그런데 문제는 어르신들에게 거의 공짜라고 물건을 주고는 청구서를 보내 자식들로부터 항의를 받았던 것이다. 어르신들은 공짜라는 말을 그대로 믿은 것이다.

이런 일은 어른들뿐만 아니라 젊은 사람들에게도 마찬가지다. 그저 공짜라면 좋아하는 사람들의 심리를 교묘하게 이용하는 악의적인 사람들의 비양심적인 일인 것이다.

공짜라면 양잿물도 마신다는 우스갯말이 있는 걸 보면 공짜에 대한 사람들의 심리가 어떠한지를 잘 알 수 있다.

이 세상에 공짜는 없다고 생각하라. 무슨 일이든 노력이 따르고 수고가 따라야 한다. 그래야 그 대가를 받음으로써 자신의 삶에게 떳떳할 수 있는 것이다.

공짜를 바라는 마음은 그 마음이 허하기 때문이다. 땀 흘리고 수고하여 받는 대가야말로 황금과 같이 값진 것이다. 공짜의 유혹을 멀리하라.

DAY 21 — 자신에 대한 가치 평가

자신에 대해 '이만하면 나로서는 최선이지'라고 한다거나 '이건 아냐. 내가 이 정도밖에 안 되다니. 조금 더 노력해야 해' 하고 자신의 가치 평가는 자신 스스로가 해야 한다. 그래야 자신의 좋은 점은 더 좋게 하고, 부족한 점은 고쳐서 바로잡을 수 있다.

남이 자신에 대해 평가하는 것을 달가워하지 않는 사람들이 많다. 좋게 평가하는 것은 받아들이지만 나쁘게 평가하는 것에 대해서는 알레르기 반응을 일으킨다. '자기가 뭔데 나를 평가해, 자기나 잘하지'라는 생각의 지배를 받기 때문이다.

그렇다. 이는 누구나 갖는 보편적인 생각이다.

하지만 자신이 자신에 대해 평가하는 것은 지극히 자연스럽게 생각한다. 자신이 하는 일에 대해 스스로 만족한다든지 또는 부족함을 느끼고 더 박차를 가한다든지 자신이 자신을 평가하는 것에 대해서는 당연하다고 여기는 것이다.

자신이 자신을 평가함으로써 발전시킬 수 있다면 이는 매우 바람직한 일이다. 단 한 가지 유념할 것은 자신의 부족한 점에 대해서 냉철하게 평가할 필요가 있다는 것이다. 그래야 자신의 부족함을 채울 수 있다. 그런데 아무렇지도 않게 여긴다면 자신을 발전시키는 데 제약을 받게 된다. 자신이 자신을 평가하되 솔직하고 분명하게 평가하라.

사람은 자신에 대해서는 관대하다. 그러다 보니 잘못한 일에도 아무렇지 않게 생각한다. 이는 스스로를 잘못되게 하는 일이다. 자신을 엄정하게 평가하는 것이야말로 진정 자신을 위하는 일이다.

DAY 22 | 자기만의 색깔은 자신만의 무기이다

자신만의 뚜렷한 그 무언가를 보여 주기 위해서는 자기만의 색깔이 있어야 한다. 가령 노래를 한다고 했을 때 남들이 흔하게 하는 창법이 아닌 자신만이 할 수 있는 창법을 보여 주어야 한다. 그랬을 때 사람들에게 자신을 뚜렷이 각인시킬 수 있다.

사람은 누구나 자기만의 특기나 재능이 있는데, 자신의 특기나 재능에 자기만의 색깔을 입혀야 한다. 그런데 남의 것이 좋다고 무작정 따라서 한다거나 흉내를 내다 보면 자신의 개성을 소멸시키고 만다. 자신의 개성을 소멸시킨다는 것은 자신만의 색깔을 스스로 버리는 것과 같다. 이는 매우 바람직하지 않은 일이다.

자신만의 색깔을 갖기 위해서는 자신에게 잘 맞도록 자신의 특기나 재능을 살려야 한다. 자신만의 색깔을 살리기 위해서는 끊임없이 노력을 가해야 한다. 노력을 가하는 동안 지금까지는 보이지 않았던 숨겨진 자기만의 색깔을 살릴 수 있는 '특징'을 발견하게 된다. 그러면 그것을 집중적으로 계발하도록 힘써야 한다. 그렇게 꾸준히 노력을 가하다 보면 자기만의 색깔을 지니게 된다. 자기만의 색깔은 자신만의 무기로써 자신이 발전하는 데 큰 도움이 된다.

자기만의 색깔을 갖는다는 것은 자신만의 무기를 갖는 것과 같다. 왜냐하면 자신이 발전하는 데 있어 큰 도움이 되기 때문이다.

DAY 23 사람의 마음을 사는 가장 확실한 방법

사람의 마음을 산다는 것은 쉽지 않다. 진정성을 보이지 못하면 상대가 마음을 열지 않기 때문이다. 사람의 마음을 사고 싶다면 진정성을 보여야 한다. 그것만이 가장 확실한 방법이다.

우리는 살아가는 동안 많은 사람들을 만난다. 만나는 사람들 중에는 늘 함께하고 싶은 사람들도 있고, 그냥저냥 만나는 사람들도 있고, 함께하고 싶지 않은 사람들도 있다.

누군가에게 함께하고 싶은 사람이 된다는 것은 참 감사하고 행복한 일이다. 그런데 그런 사람이 되기 위해서는 많은 노력을 필요로 하는데, 그중에서도 가장 필요로 하는 것이 '진정성'이다. 인간관계에서 진정성은 서로 간에 신뢰하게 하고 믿음을 갖게 하는 중요한 마인드이다. 진정성을 보이기 위해서는 첫째, 진실하게 말하고 행동해야 한다. 말은 그럴듯하게 하면서도 행동을 아무렇게나 한다면 신뢰를 주지 못한다. 말과 행동을 진실 되게 일치시켜야 한다. 둘째, 거짓이 없어야 한다. 거짓을 말하는 사람은 그가 무슨 말을 해도 믿지 못한다. 셋째, 자신이 한 말에 대해 책임을 져야 한다. 책임감이 강한 사람은 인생의 보증 수표와 같기 때문이다.

이 세 가지를 지킨다는 것은 힘들고 어렵지만 진정성 있는 사람이 되기 위해서는 반드시 갖춰야 한다. 진정성 또한 노력에서 오는 것이다.

누군가에게 인정받고 아름다운 인간관계를 통해 행복한 인생이 되고 싶다면, 진정성 있는 사람이 되어야 한다. 진정성은 인생의 보증 수표이기 때문이다.

DAY 24 변하지 말아야 할 것, 변해야 할 것

인생을 살면서 변하지 말아야 할 것과 변해야 할 것이 있다. 변하지 말아야 하는 것은 정직한 마음, 예의범절, 책임감, 도덕성 등 인간으로서의 기본 도리이다. 변해야 할 것은 고정관념과 낡은 사고방식, 새로운 것에 대한 두려움, 게으름과 나태함과 무지이다.

세월의 흐름에 따라 변하지 말아야 할 것들과 변해야 할 것들이 있다. 변하지 말아야 하는 것은 정직성, 예의 법도, 책임감, 도덕성 등 인간이 지켜야 할 기본적인 도리이다. 인간의 기본 도리는 세월이 아무리 급속도로 변한다고 해도 절대 변해서는 안 되는 것이다. 기본적인 도리는 사회의 흐름에 따라 변질될 수 있는 인간성을 탄탄하게 받쳐주는 삶의 뿌리와 같기 때문이다.

그러나 세월의 흐름에 따라 변해야 할 것은 고정 관념과 낡은 사고방식, 새로운 것에 대한 도전 의식, 게으름과 나태함, 무지이다. 고정 관념과 낡은 사고방식은 새로운 것에 대한 거부 반응을 일으키게 하는 마인드이기 때문이다. 고정 관념과 낡은 사고방식은 반드시 마음으로부터 뽑아내야 한다. 새로운 것에 대한 두려움 또한 마찬가지이다. 두려움을 갖고 있으면 자신을 새롭게 변화시키는 데 제약을 받게 된다. 게으름과 나태함은 당장이라도 뿌리 뽑아 버려야 한다. 게으름과 나태함과 무지는 자신을 새롭게 변화시키는 데 있어 최악의 적과 같기 때문이다.

변하지 말아야 할 것과 변해야 할 것을 분명히 가려 실천하라. 그것을 실천하는 것만으로도 자신을 새롭게 하는 데 큰 힘이 될 것이다.

DAY 25 나무 같은 사람

> 나무는 자신의 목적을 위해 꽃을 피우지 않듯 자신이 좋아하는 일을 하면서 남에게 의미가
> 되어 주는 인생이 된다면, 그보다 더 행복하고 보람 있는 일도 없을 것이다.

동식물 중에 가장 희생적인 이미지를 가진 것은 나무이다. 쉘 실버스타인[Shel Silverstein]의 《아낌없이 주는 나무》에서 보듯 나무는 자신의 열매, 가지, 잎, 줄기 등 모두를 아낌없이 소년에게 내어 준다. 심지어는 자신의 밑동까지 나이든 소년이 앉아 편히 쉴 수 있도록 배려한다. 이는 사랑을 넘어 헌신과 희생을 보여 주는 아름다운 이야기로 큰 감동을 준다.

그렇다. 나무는 희생의 대표적인 상징적 존재이다. 나무는 자신을 돋보이게 하기 위해서 꽃을 피우지 않는다. 사람들과 자연을 위해 꽃을 피운다. 사람들이 꽃을 보고 즐거워하고 행복해하는 것은 꽃 자체가 너무 아름답기 때문이다.

나무는 자신의 목적을 위해 꽃을 피우지 않듯 자신이 좋아하는 일을 하면서 남에게 의미가 되어 주는 인생이 되어야 한다. 의미 있는 인생으로 산다는 것은 자신에게도 축복스러운 일이며, 상대에게는 더더욱 축복스러운 일이자 행복이다.

나무, 나무 같은 사람이 진정 아름답고 행복한 사람이다.

나무와 같은 사람으로 살 수 있다면 세상에서 가장 아름답고 행복한 사람이다. 희생적인 사랑은 가장 헌신적이고 아름다운 사랑이기 때문이다.

DAY 26
아무것도 하지 않으면 아무것도 얻을 수 없다

아무것도 하지 않으면 아무것도 얻을 수 없다. 이는 삶의 법칙이고 순리이다. 자신이 원하는 것을 얻기 위해서는 요행을 바라지 말고 실행에 옮겨야 한다. 그것이 가장 확실한 방책이다.

삶은 아무것도 하지 않는 사람에게는 아무것도 주지 않는다. 삶은 자신에게 주어진 몫을 다하는 자에게 원하는 것을 선물한다. 그런데 자신에게 주어진 몫도 다 하지 않은 채 원하는 것을 바라는 이들이 많은 것 같다. 그래 놓고 원하는 것을 얻지 못하면 환경을 탓하고, 사회를 탓하고, 주변 사람들을 탓하는 등 불평불만을 쏟아 놓는다. 이는 자신의 발전에 걸림돌이 될 뿐 아무런 도움도 되지 않는다.

자신이 원하는 것을 얻기 위해서는 머리를 쓰고, 몸을 움직이고, 배우고 익히는 데에 열과 성의를 다해야 한다. 삶은 그런 사람을 좋아하고 그가 원하는 것을 이루게 도와준다.

그리고 명심하라. 그 어떤 삶에도 공짜는 없다는 것을. 그냥 보기에는 공짜처럼 보이는 것도 다 그만한 대가를 치렀음을 알아야 한다.

아무것도 하지 않으면 아무것도 얻을 수 없다. 이는 삶의 불변의 법칙이다. 그렇다면 문제는 간단하다. 원하는 것을 얻고 싶다면 그만한 대가를 치러야 한다.

DAY 27 | 서로 함께한다는 것의 즐거움

함께한다는 것은 정을 나누는 따뜻하고 정감 있는 일이다. 서로 함께하면 소박한 음식도 진수성찬처럼 더 맛있게 느껴지고 즐거움도 더 넘친다. 서로 함께한다는 것은 사랑을 실천하는 일이다.

몇 해 전에 방송되었던 JTBC 〈한 끼 줍쇼〉를 보면 사람 사는 냄새가 물씬 풍겨난다. 이경규와 강호동이 진행하는 프로그램으로 매주 게스트를 초대해 각각 팀을 이뤄 무작위로 집을 방문하여 함께 식사를 해도 좋겠느냐고 물어 응하면 식사를 같이 하며 이런저런 이야기를 나누는 등 정감이 넘친다. 어떤 사람들은 함께 식사하자는 진행자들의 제의를 흔쾌히 받아들여 마치 친근한 이웃사촌처럼 오순도순 즐겁게 이야기를 하며 식사를 하지만, 어떤 사람들은 냉정하게 제의를 거절한다. 그런 모습을 보면 보는 내가 다 안타까운 마음이 든다. 예전의 가난하던 시절에는 서로가 가난했지만 밥때가 되면 놀러온 사람을 그냥 보내지 않았다.

먹을 것이 풍족한 지금이 오히려 정다움이 사라진 것 같다. 이런 때에 한 끼의 식사를 나누며 따뜻한 정을 나누는 프로그램을 보니 인정 넘치던 그 시절이 주마등처럼 지나간다. 서로 함께한다는 것의 즐거움을 나누는 사람들을 많이 볼 수 있었으면 좋겠다.

함께한다는 것은 서로의 사랑을 주고받는 일이다. 그래서 함께하는 것은 무슨 일이든 가슴을 따뜻하게 한다.

자신에게 솔직하기

> 자신의 능력이 못 미치는 일은 솔직하게 말하는 것이 좋다. 솔직하다는 것은 누구에게나 믿음을 주는 가장 바람직한 일이기 때문이다.

사람들 중엔 자신이 가진 능력 이상의 것을 보이기 위해 과대 포장하는 이들이 있다. 그러다 보니 사실과 다르게 자신의 경력을 부풀리기도 하고, 편법을 쓰는 등 해서는 안 될 일을 벌이다 잘못되는 일을 종종 벌이곤 한다. 결국은 그 일로 인해 자신이 그동안 쌓은 소중한 경력마저 의심받고 퇴락의 길을 걷고 만다. 참으로 애석한 일이 아닐 수 없다.

남에게 자신의 능력 이상을 보여 주려고 굳이 애쓸 필요는 없다. 그것은 자신의 약점이 될 수도 있는 일이기 때문이다. 자신의 능력이 못 미치는 일은 솔직하게 말하는 것이 좋다. 그것은 사람들에게 좋은 인상을 줄 수 있는 기회가 될 것이다. 솔직하다는 것은 누구에게나 믿음을 심어 주는 가장 바람직한 일이니까 말이다.

그렇다. 자신을 있는 그대로 보여 주어라. 그리고 자신이 가진 능력을 최대한 끌어올려 진정성 있게 해 나가면 된다. 진정성을 갖고 열심히 하려고 애쓰는 사람은 누구에게나 긍정적인 이미지를 심어 줌으로써 좋은 결과를 얻게 된다.

자신을 과대 포장하지 마라. 있는 그대로를 솔직하게 보여 주어라. 솔직한 사람은 누구에게나 좋은 인상을 줌으로써 인간관계에서 좋은 결과를 얻게 된다.

DAY 29 | 생각을 가로막는 편견 버리기

> 편견은 쓸데없는 아집과도 같다. 그래서 편견을 갖고 있는 한 일에 있어서나 인간관계에서 자유롭지 못하다. 편견은 반드시 뿌리 뽑아야 할 부정적인 마인드이다.

어느 날 아침부터 까마귀가 깍깍 울어대자 아파트 건너편 동에 사는 할머니가 길을 가다 멈추어 서서는 침을 탁 뱉으며 소리쳤다.
"재수 없게 아침부터 까마귀 새끼가 울어대고 그래!"

그러고는 팔을 휘두르며 까마귀를 쫓는 시늉을 했다. 나는 그 모습이 하도 우스워 소리 죽여 웃었다. 까마귀가 말을 할 줄 알면 분명 이렇게 말했을 것이다.

"할머니, 내가 할머니한테 무슨 피해 준 것 있어요? 왜 날 못 잡아 먹어서 난리예요."

그렇다. 까마귀 입장에서는 매우 억울한 노릇일 것이다.

사실은 좋은 소식을 전해 준다고 알려진 까치가 많은 피해를 준다. 까치는 농작물을 비롯해, 심지어는 병아리까지 낚아채 간다. 또한 무리를 지어 하늘의 제왕 독수리를 쫓아낼 정도로 영악하다.

그런데 까치 보고는 아무 말도 안 하고, 단지 검다는 이유로 사람에게 피해를 주지 않는 까마귀에게만 욕을 해대니 이는 지독한 편견이 아닐 수 없다. 편견을 버려라. 편견은 쓸데없는 아집과 같다.

편견에 사로잡히면 부정적인 생각의 그물에 갇히게 된다. 편견은 반드시 뿌리 뽑아 버려야 할 부정적인 마인드이다.

DAY 30 | 깨달음을 통해 자아를 발견하기

깨달음은 순간순간 오기도 하고, 잘 숙성된 김치처럼 오래 생각한 끝에 오기도 한다. 삶은 그 자체가 깨달음이며 그래서 깨달음은 언제나 시작이고, 그 깨달음을 통해 삶은 아름답고 행복하게 전개되는 것이다.

인간은 깨달음의 동물이다. 인간이 우주의 근원이며 모든 것들의 으뜸인 것은 생각하는 존재이고 깨달음을 통해 새로운 자아를 발견함으로써 지금보다 나은 삶을 지향하는 능력이 탁월하기 때문이다.

깨달음이란 내가 깨달아야겠다고 생각해서 깨달아지는 것이 아니라, 일상에서 보고 듣고 경험하고 느끼는 가운데 오는 것이다. 또한 책을 통해서 깨닫기도 하는데, 책을 많이 보는 사람이 논리력이 뛰어나고 사고력이 탄탄한 것은 깨달음을 통해 사고력이 길러진 까닭에서다.

흔히 하는 말로 '생각 없이 산다'는 말이 있는데, 이는 단순히 생각 없이 산다는 것이 아니라 깨달음 없이 되는대로 사는 것을 빗대어 하는 말이다.

그렇다. 깨달음 없이 되는대로의 삶을 산다는 것은 인간으로서의 삶이 아니라 동물적인 본능으로 사는 것과 다름없다.

되는대로 산다는 말을 하는 사람들을 보면 뚜렷한 공통점이 있다. 깨달음을 통해 자아를 발견하는 일을 등한시한다는 것이다. 이는 스스로 자신의 가치를 퇴락시키는 일이다.

DAY 31

무더운 여름날을 적시는 시원한 소나기처럼

무더운 한여름 날 내리는 소나기는 더위에 지친 사람들과 나무와 꽃, 곡식, 동물은 물론 뜨겁게 달아오른 대지에게도 시원한 위안이 되어 준다. 한여름 날 시원하게 내리는 소나기처럼 누군가의 생애에 도움이 되는 인생이 되어야 한다.

몹시 무더운 여름날 집에서 1Km 거리에 있는 우체국을 걸어서 다녀오는데, 어찌나 햇살이 뜨거운지 마치 벌겋게 달아오른 화덕 앞에 앉아 있는 것 같았다. 등에서는 땀이 흘러내리고 얼굴에도 목에도 땀이 송송 맺혀 짧은 거리를 걸어가는데도 여간 곤혹스러운 게 아니었다. 더위를 많이 타지 않는 체질인데 그러고 보면 그만큼 날씨가 무덥다는 방증이다.

얼마간을 걷다 그늘이 있는 곳에 들어가 잠시 땀을 식히고 걷기를 반복하는데 갑자기 컴컴해지더니 소나기가 내리기 시작했다. 나는 옆에 있는 건물로 들어가 내리는 소나기를 바라보았다. 쏴아아 소리를 내며 내리는 소나기가 마치 하늘 폭포에서 폭포수가 내리는 것 같았다. 청각을 자극하는 빗소리에 한결 더 시원함을 느꼈다. 소나기가 멈추고 다시 걷는데 소나기가 오기 전과 온 후가 너무도 달랐다. 나를 비롯한 사람들의 얼굴에도 길가의 나무들도 한결 밝아 보였다. 잠시 내린 소나기가 이처럼 분위기를 바꾸어 놓다니, 소나기가 참 고마웠다.

누군가에게 힘이 되어준다는 것은 스스로를 복되게 하고 사랑하는 일이다. 그런 일이 많을수록 자신의 삶은 그만큼 더 충만하고 행복해지는 것이다.

CHAPTER 9

힘들거나 막히면
잠시 멈췄다 가라

September

생각은 크게, 실천은 작은 것부터 하라

Birth flower
로즈메리 Rosemary _나를 생각해요

생각은 크게, 실천은 작은 것부터 하라.

DAY 01 세상에 특별한 존재란 없다

> 세상에 특별한 존재란 없다. 사람은 누구나 다 똑같다. 이런 마음을 갖고 살면 죄 지을 일도 없고, 손가락질 받을 일도 없고, 양심을 더럽힐 일도 없다.

사람은 누구나 평등하다는 말이 있다. 그런데 전혀 평등하지 않다고 대부분 말한다. 잘사는 사람은 따로 있고, 높은 지위를 가진 사람도 따로 있고, 잘난 사람도 따로 있다고 믿는다. 그러나 이는 잘못된 생각이다. 평등권의 존중함을 잘살고 못살고에 따라, 높은 지위 낮은 지위에 따라, 잘나고 못남에 따라 결정짓는다는 것은 모순이다.

보다 중요한 것은 삶을 어떻게 보느냐, 행복의 가치를 어디에 두느냐이다. 잘사는 사람도 다 행복한 것이 아니고, 지위가 높은 사람이 다 행복한 것도 아니고, 인물이 잘난 사람도 다 행복한 것은 아니다. 무소불위의 권력을 휘두르던 자도 하루아침에 철창신세가 되고, 물질의 바벨탑을 쌓으며 위세를 떨치던 자도 하루아침에 철창신세가 되고, 잘난 인물로 인물값 하던 이들이 하루아침에 철창신세다. 그런데도 삶은 평등하지 않다고 불평을 할 것인가를 생각해 보라. 우리는 누구나 평등한 존재라는 걸 잊지 마라.

> 세상에 특별한 존재란 없다. 사람은 누구나 다 똑같다. 특별한 존재가 있다고 생각하는 자신이 잘못된 것이다. 그 생각에서 벗어나지 않는 한 언제나 자신을 불행하다고 여길 것이다.

DAY 02 · 자신의 인생이 중요하면 남의 인생도 중요하다

남의 인생에 끼어들어 있는 말 없는 말 다 해대는 악습을 강력하게 뿌리 뽑아야 한다. 자신의 인생이 중요하면 남의 인생도 중요하다. 그처럼 상식적인 일을 왜 망각하는 걸까. 이는 마음이 허하기 때문에 생기는 일이다.

지금 우리 사회는 남의 사생활에 지나치게 관여하는 일로 인해 연일 시끄럽다. 자신과 아무 상관없는 사람들을 싸잡아 갖은 모욕적인 언사로 비난하고, 심지어는 욕을 하기도 한다. 그뿐만 아니라 없는 이야기까지 그럴듯하게 꾸며 당사자들을 곤경에 빠트리곤 한다.

이는 복잡 다양화된 사회에서 파생된 현상으로 열등의식에 사로잡힌 이들이 자신의 허한 마음을 채우기 위해 벌이는 비인격적인 행위이다. 이는 사실 여부를 떠나 당사자의 인격권을 침해하는 범죄 행위이다.

이를 개선하기 위해서는 타인을 자신과 같이 존중하고 소중히 여기는 자존감을 길러야 한다. 자존감을 갖게 되면 허한 마음을 사랑으로 채울 수 있기 때문이다.

나와 상관없는 사람들을 무고하게 비난하는 일은 삼가야 한다. 이는 범법 행위이다. 내가 소중하면 남도 소중한 법이다. 이를 망각하지 말아야겠다.

DAY 03 　천 원의 행복

> 행복을 크고 높고 빛나는 것에서 찾지 마라. 그곳에서의 행복을 찾기보다는 작고 낮고 소
> 소한 것에서 찾으라. 행복은 늘 우리 가까이에 있다.

　나는 늘 천 원짜리 지폐를 소지하고 다닌다. 내가 천 원짜리 지폐를 소지하고 다니게 된 지는 어느덧 30년째이다. 길을 가다 보면 할머니나 할아버지, 노숙자들이 손을 내미는 경우가 종종 있다. 나는 그럴 때마다 천 원을 손에 쥐어 준다. 그러면 어떤 이들은 몇 번이고 감사하다고 말하지만 대개는 고개만 끄덕인다.

　원주에 사는 내가 서울을 갔다 오면 어떤 때는 천 원짜리 지폐 10장이 모자랄 때가 있다. 지인 중 어떤 이는 이런 날 보고 지극정성이라고 우스갯소리를 한다. 그러면 나는 아무렇지도 않게 말한다.

　"누가 압니까? 저들 중 예수 그리스도께서 계실지."

　내 말을 듣고 지인은 다시 한번 너털웃음을 짓는다.

　행복을 돈으로 환산할 수는 없지만 나는 이를 천 원의 행복이라고 말한다. 적은 돈으로도 행복할 수 있기에 그것은 참 감사한 일이라는 생각에서다.

행복을 멀리서 찾지 말고 높고, 빛나는 것에서 찾지 마라. 작고 소소한 것에서 행복을 찾으면 더 많은 행복을 느낄 수 있기 때문이다.

DAY 04 생각은 크게 하되 실천은 작은 것부터 하라

생각은 크게 하는 게 좋다. 그래야 좀 더 깊이 있고 가치 있는 삶을 살아가는 데 도움이 된다. 또한 자신의 꿈을 이루는 데도 큰 도움이 된다. 하지만 실천은 작은 것부터 하는 게 좋다. 작은 것부터 차근차근 해 나가다 보면 탄탄하게 꿈을 쌓을 수 있다.

원대한 포부는 아니더라도 자신의 꿈을 이루기 위해서는 생각을 크게 갖는 것이 좋다. 생각이 크면 그 생각을 따르기 위해 자신을 그에 맞게 독려하게 되기 때문이다. 또 모든 것은 자신이 생각하는 대로 된다는 말이 있듯, 생각은 모든 일의 시초가 되는 만큼 아주 중요하다. 그리고 그 생각을 현실로 이루기 위해서는 실천이 따라야 한다.

처음엔 작은 것부터 차근차근 실천에 옮기도록 해야 한다. 실천을 하다 보면 자칫 오류를 범할 수 있어 처음부터 너무 크게 벌이면 문제가 될 수도 있다. 하지만 작은 것부터 차근차근 해 나가다 보면 설령 잘못되더라도 크게 문제될 것은 없다. 툭툭 털어버리고 새롭게 다시 실천으로 옮기면 된다. 그렇게 꾸준히 해 나가다 보면 탄탄하게 꿈의 탑을 쌓아올리게 된다.

그렇다. 생각을 크게 하되 실천은 작은 것부터 시작하라.

생각하라. 생각하되 내가 무엇을 할 수 있는지에 대해 크게 생각하라. 그리고 작은 것부터 하나씩 실천에 옮겨라. 그렇게 차근차근 해 나가다 보면 꿈을 이루는 데 큰 도움이 될 것이다.

행복을 느끼면 나타나는 현상

행복을 느끼면 마음이 기쁘고 매사가 즐거워진다. 그리고 웃음이 많아지고, 상대의 실수에도 관대해지고 화내는 일이 줄어든다. 그리고 모든 것을 긍정적으로 생각하게 된다.

행복에 충만함을 느끼게 되면 첫째로는 마음이 밝고 경쾌해진다. 둘째로는 얼굴 가득 미소가 많아진다. 아무것도 아닌 일에도 잘 웃게 된다. 셋째로는 마음이 관대해진다. 그래서 웬만한 일엔 화를 내거나 상대의 실수에도 기분 나빠 하지 않는다.

행복이 충만한 사람을 보면 걱정 근심이라고는 어디에도 찾아볼 수 없다. 온화한 얼굴은 보는 것만으로도 기분을 좋게 한다. 또한 하는 말마다 사랑이 넘치고 평온한 마음으로 사람을 대하다 보니 그와 함께 있으면 마음에 평온을 느끼게 된다.

왜 그럴까. 행복이 충만하게 되면 엔도르핀Endorphin이 활발히 분비된다. 이는 중앙 신경계의 아편 유사 수용체에 작용하는 신경 전달 물질로 인간 뇌에서 고통을 완화하는 작용을 함으로써 기분을 상승시킨다. 따라서 행복이 충만하면 할수록 마음이 즐거워지고 모든 일을 낙관적이고 긍정적으로 생각하게 됨으로써 행복한 삶을 영위하게 되는 것이다.

행복하면 할수록 더욱 행복해지게 된다. 행복하면 마음이 즐거워지고, 관대해지며 모든 것을 긍정적으로 생각하게 됨으로써 매사를 행복으로 느끼게 되는 것이다.

DAY 06 자신의 얼굴에 책임지기

어른이란 자신의 얼굴에 책임을 져야 한다. 그전까지는 부모로부터, 사회로부터 보호를 받아 왔지만, 이제는 자신 스스로가 책임을 져야 한다. 또 나아가 국가와 사회에 대한 책임도 져야 한다.

어른이 된다는 것은 생물학적으로만이 아니라 정신적으로의 성숙을 의미한다. 그러니까 나이만 먹어서 어른이 된다는 것은 아니라는 말이다. 나이에 맞게 정신적으로 성숙해야 비로소 어른이 된다는 의미이다.

그런데 지금 우리 사회는 몸은 어른인데 정신적으로는 미성숙한 젊은이들이 그 어느 때보다도 많은 것 같다. 여기에는 본인들의 책임도 있지만 사회적으로도 책임이 있다고 하겠다.

대학을 졸업하고 취업이 되지 않아 백수 상태로 있는 젊은이들이 백만이나 된다. 그러다 보니 부모에게 의존하여 살아가는 캥거루족이 점점 더 늘어나는 추세이고 부모나 자식이 다 같이 힘든 삶을 살고 있다.

그런데 문제는 부모에게 의존하는 기간이 점점 늘어가는데도, 입에 맞는 일만 찾으려는 젊은이들이 많다는 데 있다. 비록 힘들고 마음에 차지 않는 일이라도 해야 한다. 그것이 자신에 대해 조금이라도 책임지는 일이며 앞일을 위해서도 바람직한 일이다.

어른이 된다는 것은 자신의 얼굴에 책임을 지는 일이며 자신의 인생을 사는 일이다. 힘들고 어려워도 자신에게 책임을 다하라.

인생은 공을 들인 만큼 딱 그만큼만 살게 된다

인생을 섣불리 살려고 하지 마라. 인생은 공을 들여야 한다. 그래야 자신이 원하는 삶을 살아가게 된다. 자신이 원하는 인생을 사는 이가 가장 행복한 사람이다.

'공든 탑이 무너지랴'라는 말이 있듯 공들인 인생은 어느 때에라도 절대 넘어지지 않는다.

왜 그럴까. 정성을 들인 인생은 뿌리 깊은 나무와 같아 그 어떤 고난과 시련의 바람에도 끄떡하지 않는다. 그러기에 공을 들인 인생은 공들인 만큼 살게 되는 것이다. 그리고 나아가 자신의 인생을 업그레이드 하고 싶다면 그만큼의 공을 더 들이면 된다.

물론 공을 들인다는 것은 쉽지 않다. 자신의 모든 것을 걸고 맹렬하게 도전하는 자세로 공을 들여야 한다. 때론 너무 힘들어 그대로 멈추고 싶을 때도 있을 것이다. 그러나 그래도 멈추어서는 안 된다. 멈추는 순간 자신의 인생은 딱 그만큼 살게 되기 때문이다.

그렇다. 인생에는 공짜가 없다. 자기 인생은 자신이 들인 땀과 노력의 무게에 비례하는 것이다.

인생은 정성이다. 정성을 들인 만큼 살게 되는 것이 인생의 법칙이다. 자신이 원하는 인생을 살고 싶다면 공을 들여라. 공을 들인 인생은 절대로 쓰러지는 법이 없다.

DAY 08 | 인생의 변화에 대비하라

쾌청한 날이 있으면 흐린 날도 있고, 비가 오는 날도 있고, 태풍이 휘몰아치는 날도 있다. 이처럼 반복되는 게 날씨이듯 인생 또한 마찬가지다. 잘되는 날도 있고, 잘 안 되는 날도 있다. 상황에 맞게 인생의 변화에 대비하라.

삶은 날씨와 같아 많은 변화가 따른다. 맑은 날이 있으면 흐린 날도 있고, 비가 오는 날도 있고, 눈이 오는 날도 있고, 더운 날도 있고, 추운 날도 있고, 폭풍이 몰아치는 날도 있다. 그래서 그때그때마다 날씨에 대비하여 우산을 준비하고, 양산을 준비하고, 두꺼운 옷을 입기도 하고, 얇은 옷을 입기도 한다.

인생 또한 마찬가지다. 오늘은 즐겁고 신나지만 내일은 우울하고 슬픈 날이 될 수도 있다. 또 오늘은 하는 일이 술술 잘 풀리지만 내일은 꽉 막힌 것처럼 안 풀릴 수도 있다.

모든 것이 마음먹은 대로 잘되면 신나고 감사하지만, 잘 안 풀리면 우울하고 숨이 막힌 듯이 답답하다. 이럴 때를 대비해서 상황에 맞게 대처 능력을 기른다면 슬기롭게 변화를 쫓음으로 해서 잘 풀어 나갈 수 있다.

한 가지 명심할 것은 인생이 잔잔한 호수이길 바라지 말라는 것이다. 인생은 바다와 같아 언제 어떻게 변할지 모르므로 늘 그때를 대비해야 한다.

인생은 날씨와 같아 늘 변화가 따르기 마련이다. 상황에 맞게 변화에 대처하는 능력을 기른다면 그 어떤 변화에도 잘 적응함으로써 지혜롭게 인생을 살아가게 될 것이다.

DAY 09 마음공부를 하라

삶을 잘 살아가려면 살아 있는 공부를 해야 한다. 인의예지仁義禮智를 기르면 어떤 상황에서도 삶을 허투루 살지 않는다. 인간답게 살아가는 공부, 마음공부를 하라.

학력 인플레이션이라는 말이 유행처럼 떠돈 지도 오래전이다. 학문의 성취를 위해 공부하는 것이 아니라 좋은 직장에 들어가기 위해서 대학을 가다 보니 나타난 사회적 현상이다. 그러다 보니 배움의 기쁨과 가치는 어디로 가고 오직 남과 경쟁에서 이기기 위한 점수 따기 공부, 스펙을 쌓는 수단으로 전락하고 말았다. 그런데도 취업은 점점 더 힘들어지고 비정규직마저도 자리가 없다.

학자금 대출을 갚지 못해 대학을 졸업하고 신용 불량자가 된 젊은이들이 있는가 하면, 대출을 갚기 위해 아르바이트를 전전하지만 끝이 보이질 않는다. 참으로 안타까운 일이 아닐 수 없다.

힘들고 어려울 때일수록 마음공부를 해야 한다. 마음공부를 통해 그 어떤 상황에서도 흔들리지 않는 강인한 정신을 기르고, 현실을 직시하는 눈을 길러야 한다. 그래야 어려운 일을 만나도 무너지지 않고 꿋꿋하게 버팀으로써 어려움을 이겨낼 수 있다.

그렇다. 마음공부를 하라. 마음공부만이 자신을 어려움으로부터 지켜낼 수 있다.

마음공부는 인간답게 사는 방법을 배우는 것이다. 마음공부를 한 사람은 어떤 상황에서도 흔들리지 않고, 자신에게 주어진 일을 잘해 나간다.

DAY 10 두 번 다시는 행복할 수 없을 것처럼 살아라

> 인간의 평균 수명은 나날이 늘어나지만 평균 수명이 길어지는 것이 중요한 것이 아니라, 어떻게 하면 인생을 행복하게 살 수 있느냐 하는 것이다. 두 번 다시는 행복할 수 없을 것처럼 살아라.

인간의 평균 수명은 영양가 있는 음식과 수준 높은 의료 기술의 발달로 점점 늘어나고 있어 100세 시대를 대비해야 한다고 전문가들은 말한다. 오래 살 수 있다면 대단한 축복이 아닐 수 없다.

하지만 아무리 평균 수명이 늘어난다고 한들 건강하지 않고 행복하지 않으면 별 의미가 없다.

나이가 들다 보니 지난날 세상을 다 가진 듯 사랑하고 행복하게 살지 못한 것이 얼마나 아쉬운지 모른다. 한 번 지나가면 그만인데 왜 좀 더 사랑하는 사람들을 사랑하지 못했을까, 왜 좀 더 즐기지 못했을까, 왜 좀 더 행복하게 보내지 못했을까 하는 아쉬움이 수시로 밀물처럼 밀려온다.

너무 부자가 되려고 아등바등하지 마라. 부자가 아니더라도 자신을 맘껏 즐기며 살 수 있다면 원 없이 사랑하고, 좋아하고, 먹고, 여행하고, 문화생활도 즐기고, 즐겁게 일하며 두 번 다시는 행복할 수 없을 것처럼 신나게 살아라.

인생의 최고 순간은 지금부터라고 생각하라. 그리고 지금을 죽을 듯이 미칠 듯이 살아라. 한 번 지나간 지금이란 순간은 두 번 다시 오지 않는다.

DAY 11 | 인간을 겁쟁이로 만드는 우리의 적

사서 하는 걱정은 자신을 겁쟁이로 만든다. 실패해도 다시 하면 된다는 생각을 갖고 적극적으로 도전하면 걱정도 저 멀리 도망가고 만다.

자기계발 전문가이자 동기 부여가인 노만 V. 필Norman Vincent Peale 박사는 이렇게 말했다.

"우리는 잔걱정에 시달리지 말아야 한다. 잔걱정이란 건강하지 못한 마음에서 오는 파괴적인 습관에 불과할 뿐이다. 누구나 태어나면서 잔걱정하는 습관을 갖고 있지 않다. 잔걱정이란 후천적으로 얻어지는 것이다. 때문에 모든 습관이나 후천적인 태도는 언제든지 바꿀 수 있다. 그러므로 잔걱정도 우리 마음에서 얼마든지 털어 버릴 수 있는 것이다."

필 박사의 말에서 보듯 걱정은 파괴적인 습관일 만큼 좋지 않다. 그러기 때문에 나쁜 습관을 바꾸듯이 걱정을 마음속에서 몰아내야 한다. 걱정이 지나치면 삶 자체가 위협받게 되기 때문이다. 이의 심각성에 대해 미국의 저명한 외과의사인 조지 W. 크라일 박사는 이렇게 말했다.

"우리는 마음으로만이 아니라 심장과 폐와 내장으로도 걱정을 한다. 그러므로 걱정이나 근심의 원인이 무엇이든지 간에 그 영향은 세포와 조직과 신체의 각 기관에 나타나는 것이다."

이렇듯 자신을 부정적으로 만드는 걱정으로부터 벗어나야 한다.

걱정은 쓸데없는 기우이다. 걱정에 매이지 않기 위해서는 걱정이란 몹쓸 짐승으로부터 자신을 꿋꿋이 지켜내야 한다.

DAY 12

무엇이든 그냥 즐겁게 하라

무엇이든 잘하려고 하다 보면 집착이 될 수도 있다. 잘하려는 생각보다는 연습하듯 그냥 즐겁게 하라.

사람은 누구나 자신이 하는 일을 잘하려고 한다. 그러다 보니 공을 들이게 되고, 열심히 하려고 전전긍긍한다. 그러는 과정에서 집착하다 보니 과도한 스트레스를 받게 된다. 사실은 잘하려고 하는 것보다는 즐겁게 하는 것이 더 좋은 결과를 낳을 수 있다. 이에 대해 파스칼Pascal은 이렇게 말했다.

"천재는 노력하는 사람을 이길 수 없고 노력하는 사람은 즐기는 사람을 이길 수 없다."

그리고 공자孔子는 다음과 같이 말했다.

"알기만 하는 사람은 좋아하는 사람만 못하고, 좋아하는 사람은 즐기는 사람만 못하다."

파스칼과 공자의 말에서 보듯 즐겁게 한다는 것이 얼마나 중요한지를 잘 알 수 있다.

"이기려는 생각보다 연습할 때처럼만 하자고 생각했습니다. 그런데 이처럼 좋은 결과를 얻게 되어 기쁩니다."

대개의 선수들이 승리한 후 인터뷰할 때 흔히 하는 말이다.

옳은 말이다. 일을 즐겨라. 그냥 즐겁게 하다 보면 좋은 결과를 얻게 된다.

무엇이든 잘하려고 하다 보면 집착이 될 수도 있다. 잘하려고 하지 말고 그냥 즐겁게 하라. 즐기다 보면 좋은 결과를 낳게 된다.

DAY 13 그릇이 큰 사람

그릇이 큰 사람이 되고 싶다면 됨됨이가 반듯하고 남에게 호의를 베푸는 일에 힘써라. 그러면 넉넉한 사람으로 인정받게 됨으로써 스스로에게 만족하고 행복한 사람으로 살아가게 된다.

우리는 흔히 속이 넉넉하고 행동 반경이 큰 사람을 그릇에 빗대어 그릇이 큰 사람이라고 말하곤 한다. 그릇이 큰 사람은 포용력도 있고, 마음이 너그러워 사람들로부터 좋은 평가를 받는다. 그런데 대개의 사람들은 그릇이 큰 사람을 많이 배우고, 지위가 높고, 명예가 있고, 돈이 많은 사람으로 착각하는 경향이 있는 듯하다.

하지만 분명한 것은 사람 그릇의 크기는 학력에 있는 것도 아니고, 지위에 있는 것도 아니고, 권력에 있는 것도 아니고, 부에 있는 것도 아니고, 명예에 있는 것도 아니다. 그 사람의 마음 씀씀이와 행동거지에 있다.

그렇다면 문제는 간단하다. 자신이 그릇이 큰 사람이 되고 싶다면 남에게 호의를 베푸는 일에 힘써라. 그러면 그릇이 큰, 속이 넉넉한 사람으로 인정받게 됨으로써 스스로에게 만족하고 행복한 사람으로 살아가게 될 것이다.

그릇이 큰 사람은 속이 넉넉하고, 행동거지가 반듯하다. 그래서 무슨 일에서든 사람들로부터 좋은 평가를 받는다.

DAY 14 돈이 주인이 아니라 사람이 주인이어야 한다

돈이 주인이 아니라 사람이 주인이어야 한다. 사람이 돈을 지배해야 삶의 가치가 높아진다. 사람이 주인이 되기 위해서는 돈을 잘 쓰면 된다.

물질 만능 주의인 현대 사회에서는 돈이 모든 것 위에 군림하려든다. 사랑도, 명예도, 권력도, 지위도, 삶의 가치도 돈이면 다 해결되는 세상이라고 말들 한다.

그러나 이는 대단히 잘못된 생각이다. 아무리 물질의 시대라고 하지만 돈보다 중요한 건 사람이다. 사람이 돈 위에 군림하면 돈의 가치는 빛을 발한다. 하지만 돈이 사람 위에 군림하면 사람의 가치는 떨어지게 된다. 그러므로 돈이 주인이 되어서는 안 된다. 돈이 인간에게 필요한 것이지 인간이 돈에게 필요한 것은 아니니까 말이다.

돈이 가치 있게 쓰이기 위해서는 가난한 이웃에게 베풀고, 어려운 처지에 있는 사람을 위해 베풀고, 돈이 필요한 곳에 베풀면 된다. 돈은 베풀수록 더한 가치를 지니게 되고, 돈을 쓰는 사람 또한 가치 있는 사람으로 주변 사람들로부터 칭송받게 된다.

돈을 필요로 하되 돈의 노예가 되어서는 안 되며, 사람이 돈의 주인이 되어야 한다.

돈은 반드시 필요한 삶의 수단이다. 그러나 사람은 돈보다 더 중요하고 가치가 있다. 돈이 주인이 되게 해서는 안 된다. 사람이 주인이어야 한다.

DAY 15 좋은 인간관계를 맺기 위한 참지혜

> 좋은 인간관계를 맺기 위해서는 기대를 크게 갖기 보다는 작게 갖는 것이 좋다. 기대를 작게 가졌는데 좋은 점이 보일 땐 좋은 인간관계를 맺음으로써 자신에게 큰 도움이 된다.

　사람들과 만남을 가질 때 기대치를 한껏 갖고 만나는 사람이 있는가 하면, 그 사람 그 자체만 보고 만나는 사람이 있다. 기대치를 갖고 만나는 사람은 그 사람과의 관계를 통해 자신에게 도움이 되기를 바라는 마음에서다. 그런데 문제는 자기가 생각하는 것과 다르면 실망함으로써 그 사람과의 좋은 관계를 갖지 못한다.

　그러나 그 사람이 가진 그대로의 모습을 보거나 기대치를 작게 갖고 만나는 사람은 의외로 좋은 관계를 맺음으로써 자신이 살아가는 데 도움이 되는 경우가 많다.

　왜 그럴까. 생각지 않았는데 의외로 좋은 매력을 갖고 있거나 능력이 뛰어나거나 배울 점이 있으면 그 사람과 좋은 관계를 맺게 됨으로써 인생을 살아가는 데 큰 도움이 되기 때문이다.

　그렇다. 사람들과 좋은 관계를 맺기 위해서는 만나는 사람들마다 기대를 크게 갖기보다는 작게 갖는 것이 좋다. 기대가 크면 실망이 크다는 말이 있듯, 사람 또한 그러하다.

사람들과 좋은 관계를 갖기 위해서는 기대를 크게 갖기보다는 작게 하는 것이 좋다. 크게 보았다 실망하면 좋은 관계를 맺지 못하지만, 작게 봤다 좋은 점을 보게 되면 좋은 인간관계를 맺게 되기 때문이다.

덕을 보려 하지 말고 먼저 덕을 베풀어라

> 상대에게 덕을 보려고 하지 말고 덕을 베풀어라. 그렇게 되면 상대는 진심으로 고마움을 느끼고, 자신도 상대에게 좋은 것으로 갚아 주려고 할 것이다.

덕이 있는 사람은 표정이 온화하고 사람을 대할 때도 예의 있고 부드럽다. 덕이 있는 사람은 마음이 어질기 때문인데 그래서 덕이 있는 사람은 누구에게나 좋은 이미지를 심어 준다. 덕을 갖춘 사람에 대해 도가의 창시자인 노자는 다음과 같이 말했다.

"덕이 있는 자가 사람을 대할 줄 안다."

노자(老子)의 말은 덕이 있는 사람은 사람을 대하는 데 있어 전혀 무리함이 없고 자연스럽다는 것이다.

진정한 인간관계를 원한다면 상대에게 덕을 보려고 하지 말고 먼저 덕을 베풀어야 한다. 그렇게 되면 상대는 진심으로 고마움을 느끼고, 자신도 상대에게 좋은 것으로 갚아 주려고 할 것이다.

인간관계의 모든 것은 자신이 어떻게 하느냐에 따라 결정된다. 사람들과 좋은 인간관계를 맺고 싶다면 먼저 좋은 모습을 보여 주어라. 자신이 하는 그대로 받는 것이 인간관계의 법칙이다.

모든 것은 자신의 탓이라는 말이 있듯 사람들과 좋은 관계를 맺고 싶다면 자신이 먼저 덕을 베풀어라. 자신이 한 그대로 받게 되는 게 인간관계의 법칙이다.

DAY 17   논쟁의 기술

> 논쟁을 하다 보면 이길 수도 있고 질 수도 있다. 그런데 꼭 이기려고 하니까 문제가 생기는 것이다. 상대방의 생각이 옳으면 인정할 줄도 알아야 한다. 상대방을 인정하는 것은 논쟁에서 이기는 것만큼 의미가 있고 아름다운 일이다.

현대는 '논쟁의 사회'라고 할 수 있을 만큼 논쟁이 보편화가 되었다. 인터넷의 발달로 블로그와 카페, 페이스북, 트위터, 인스타 그램 등의 SNS를 통해 자신의 의사를 적극 표현하는 사람들이 늘면서 생긴 현상이다.

그런데 문제는 논쟁의 방법을 제대로 알지 못하다 보니 자신의 감정에 치우쳐 물의를 빚는 일이 비일비재하다. 이는 건전한 논쟁 문화에 반하는 것으로써 매우 염려스러운 일이 아닐 수 없다.

이런 문제점을 개선하기 위해서는 상대를 존중하는 자세를 기르고, 상대가 옳다면 상대의 생각을 인정해야 한다. 그러면 상대 또한 자신을 존중하고 옳은 일에 대에서는 인정하게 됨으로써 건전한 논쟁 문화를 정착시키게 되고 논쟁의 기술을 끌어올리게 되는 것이다.

논쟁은 꼭 이기려고 하기 때문에 문제가 야기되는 것이다. 상대를 존중하고 상대의 옳은 말은 인정할 때 수준 높은 논쟁 문화로 논쟁의 기술을 높이게 된다.

DAY 18 · 어떻게 살 것인가를 진지하게 생각하라

무엇을 위해 살다 보면 욕심을 부리게 된다. 그 욕심이 자신을 추락시킬 수도 있지만 자신의 목적을 위해서라면 욕심을 멈추지 않는다.이렇게 사는 것은 잘사는 것이 아니다. 정말 잘사는 것은 어떻게 사느냐이다.

사람들은 대개 무엇을 위해 살 것인가에 대해 생각한다. 자신이 '무엇을 해야 잘살 수 있을까' 하는 생각으로 머릿속이 꽉 차 있기 때문이다. 물론 무엇을 위해 살 것인가는 매우 중요하다. 잘 살고 싶은 것은 인간의 본능인 까닭이다.

그러나 그보다 더 중요한 것은 어떻게 살 것인가이다. 무엇을 위해 살 것인가가 욕망을 위한 거라면 어떻게 살 것인가는 삶의 해답이기 때문이다. 봉사 활동을 하는 일도 있고, 자신이 가진 물질로 후원할 수도 있고, 가난한 이들의 친구가 되어 주는 일도 있고, 생각하기에 따라 얼마든지 할 수 있는 일이 있다.

어떻게 살 것인가는 자신만이 아닌 함께 사는 삶을 실천하는 것이다. 이런 삶을 추구하다 보면 산다는 것의 즐거움이 무엇인지 기쁨이 무엇인지를 뼛속 깊이 느끼게 됨으로써 가슴 뿌듯한 '행복'을 선물 받게 된다.

그렇다. 어떻게 사느냐에 대해 고민한다는 것은 결국 자신의 참행복을 위한 삶이라 할 수 있다.

무엇을 위해 사는 것은 욕망을 위한 것이지만, 어떻게 사느냐는 것은 행복을 찾는 일이다. 자신의 행복을 위해서라면 어떻게 살 것인가를 진지하게 고민하고 실천하라.

DAY 19

모든 분쟁은 서로 간의 갈등에서 비롯된다

모든 분쟁은 서로 간의 갈등에서 비롯된다. 갈등을 막기 위해서는 상대방의 의견을 존중하고, 칭찬하고, 상대방에 맞춰 주도록 노력해야 한다. 이런 노력이 갈등을 막고 좋은 관계를 유지시키는 것이다.

민주 사회에서의 분쟁은 당연한 것이지만 자칫 분쟁이 심화되면 갈등으로 인해 사회적 혼란을 초래하게 된다. 분쟁을 벌이더라도 갈등으로 번지는 문제를 막을 수 있다면 좋은 결과를 도출해 낼 수 있다.

분쟁으로 인한 갈등을 막기 위해서는 첫째, 분쟁을 불러일으킨 문제에 대해 심사숙고하여 상대의 의견을 존중함으로써 이해타산에서 오는 갈등을 막아야 한다. 둘째, 상대방의 의견에 귀 기울여 맞춰 주도록 노력해야 한다. 셋째, 상대방의 좋은 생각에 대해서는 칭찬함으로써 상대의 환심을 사게 되면 갈등으로 인한 문제를 막는 데 큰 도움이 된다.

모든 분쟁은 서로 간의 갈등에서 빚어진다. 그러므로 갈등을 피할 수 있는 지혜를 발휘한다면 얼마든지 분쟁을 막을 수 있고 문제점도 해결할 수 있게 된다.

모든 분쟁은 갈등에서 온다. 갈등을 막으려면 상대의 의견을 존중하고, 좋은 점은 칭찬하고, 상대의 의견에 맞춰 주는 노력이 필요하다. 이런 노력이 갈등을 막고 좋은 결과를 도출시키는 것이다.

불행을 낳는 씨앗, 후회하는 일

> 후회를 많이 하는 사람일수록 자신을 불행하다고 느낀다. 화가 나는 일도 참으면 사람들과
> 의 불화를 막을 수 있고, 바쁠수록 돌아가라는 자세를 견지하면 실수를 막을 수 있다. 매사
> 를 이런 자세로 일관할 수 있어야 한다. 후회는 불행을 낳는 씨앗일 뿐이다.

사람은 누구나 후회를 하며 산다. 사람은 완벽한 존재가 아니라 불완전한 존재인 까닭이다. 다만 사람에 따라서 후회를 안 하려고 노력하는 사람과 그것을 알면서도 후회를 밥 먹듯이 하는 사람이 있을 뿐이다.

후회를 안 하려고 노력하는 사람은 그만큼 인생을 잘 살고 싶어 한다. 그래서 되도록이면 후회하는 일을 만들지 않는다. 이런 자세야말로 온전한 마음을 가진 사람의 자세이다.

그러나 후회를 밥 먹듯이 하는 사람은 자신의 욕망을 채우기 위해서는 후회하는 일쯤은 아무렇지도 않게 여긴다. 후회하는 일을 마치 씹다 버리는 껌처럼 가볍게 안다. 이런 생각을 버리지 않는 한 후회하는 삶으로부터 벗어날 수 없다.

자신을 행복하다고 여기는 사람과 불행하다고 여기는 사람의 가장 큰 차이는 후회를 적게 하느냐 많이 하느냐에 따라 결정된다고 해도 과언이 아니다. 행복하고 싶은가. 그렇다면 후회하는 일을 만들지 마라.

자신을 행복하다고 생각하는 사람은 후회하는 일이 적다. 그러나 불행하다고 여기는 사람은 후회하는 일이 많다. 후회는 불행을 낳는 씨앗이다. 행복하고 싶다면 후회를 줄여라.

DAY 21 좋은 생각만 하기에도 인생은 짧다

> 좋은 생각, 창의적인 생각, 긍정적인 생각을 많이 하라. 이런 생각은 자신에게도 남에게도 좋은 에너지를 불어 넣어 행복한 결과를 낳게 한다.

인생을 행복하고 유쾌하게 살고 싶다면 매사를 긍정적으로 생각하고, 창의적으로 생각하고, 좋은 생각만 하도록 해야 한다. 긍정적인 생각은 불가능을 가능하게 하는 열정적인 에너지를 주고, 창의적인 생각은 진취적이고 새로운 아이디어를 제공해 주고, 좋은 생각은 기분 좋은 에너지를 줌으로써 인생을 즐겁고 유쾌하게 사는 데 큰 도움을 준다.

그러나 나쁜 에너지를 주는 부정적인 생각, 머리를 아프게 하는 복잡한 생각, 쓸데없고 불필요한 생각은 절대 하지 마라. 부정적인 생각은 부정적인 생각에 갇히게 하고, 머리를 아프게 하는 생각은 짜증과 불쾌한 감정에 휩싸이게 하고, 쓸데없고 불필요한 생각은 사는 데 전혀 도움이 되지 않는다. 이런 생각들을 하다 보면 자신도 주변 사람도 꽁꽁 옭아매 불행하게 한다.

좋은 일은 긍정적이고 창의적이고 좋은 생각에서 오고, 나쁜 일은 부정적이고 복잡하고 쓸데없고 불필요한 생각에서 온다.

좋은 생각만 하기에도 인생은 짧다. 좋은 생각만 하라.

좋은 생각은 기분을 좋게 하고 긍정적인 에너지를 준다. 나쁜 생각은 기분을 나쁘게 하고 부정적인 에너지를 준다. 좋은 생각만 하라. 좋은 생각만 하기에도 인생은 짧다.

DAY 22 누구에게나 좋은 인연이 돼라

좋은 인연은 두고두고 마음에서 떠나지 않는다. 밤하늘에 반짝이는 별처럼 가끔씩 기억의 저편 너머에서 반짝이며 떠오르곤 한다. 누군가의 기억 속에서 오래오래 남는 사람일수록 좋은 인연이다.

평생을 살아가는 동안 많은 사람들을 만나게 된다. 만나는 사람들 중에는 자신과 생각이 잘 맞는 사람도 있고, 취미가 같은 사람도 있고, 하는 일이 같은 사람도 있고, 성격이 비슷한 사람도 있다. 또한 이와는 정반대인 사람들도 있다.

자신과 잘 맞는 사람은 더 친근감이 가고 쉽게 마음을 열고 다가가게 된다. 하지만 자신과 잘 맞지 않은 사람과는 거리감이 느껴지고 그로 인해 쉽게 마음을 열지 못한다. 이는 극히 자연스러운 현상이다.

좀 더 폭넓게 살고 싶다면 만나는 사람 누구에게나 소중한 인연이 되어야 한다. 그러기 위해서는 누구에게나 먼저 마음을 열고 다가가 친근감 있게 대하면 상대 또한 거부감을 드러내지 않고 마음을 열어 준다. 누구에게나 소중한 인연이 된다는 것은 누구를 위해서가 아니라 자신을 위해서이다. 결국은 모두의 인생에 빛과 소금과 같은 일이 되는 것이다.

그렇다. 만나는 누구에게도 소중한 인연이 되어라.

만남을 소중히 하는 사람은 누구에게나 소중한 인연이 됨으로써 긍정적인 삶을 살아가게 된다. 만남을 소중히 하되 누구에게나 소중한 인연이 돼라.

진정으로 충만함을 느끼고 싶다면

진정으로 충만함을 느끼고 싶다면 비어서 행복한 체험을 해 보라. 그런 체험을 겪게 되면 모든 탐욕으로부터 자유로워질 수 있다.

대개의 사람들은 물질이든 물건이든 필요로 하는 것을 채우고 쌓아야만 충만한 줄로 안다. 이런 물욕적인 채움도 충만함을 주지만, 오래가지 않는다. 진정으로 충만함을 느끼길 바란다면 마음으로부터 모든 욕망을 내려놓아야 한다. 그러니까 마음을 텅 비워야 한다는 말이다.

그렇다면 비움의 진정한 의미는 무엇인가?

비움이란 물욕으로부터 자유로울 때, 명예로부터 욕심을 내려놓을 때, 남과 경쟁에서 이기려는 마음을 벗어 놓을 때, 지위의 욕망으로부터 자유로울 때를 말한다. 한마디로 말해 모든 탐욕으로부터 멀어질 때 비어서 충만함을 느끼고 행복을 느끼게 된다.

하지만 사람에 따라서는 비어서 충만함을 느낀다는 말이 공감이 안 될 수 있다. 마음을 비운다는 것은 쉽지 않기 때문이다. 그럼에도 진정으로 충만함을 느끼고 싶다면 비어서 행복한 체험을 해 보라. 그런 체험을 겪게 되면 모든 탐욕으로부터 마음을 비움으로써 모든 것들로부터 자유로워질 수 있음을 느끼게 될 것이다.

채우고 쌓아서 충만함을 느끼는 것은 일시적이다. 오래가는 충만함을 느끼기 위해서는 탐욕으로부터 마음을 비울 수 있어야 한다. 비움은 곧 충만함이다.

깊이 보고 멀리 보라

> 작은 것을 탐하는 사람은 멀리 내다보는 눈이 밝지 못하다. 자신이 남과 다른 삶을 살고 싶
> 다면 작은 것을 탐하지 말고, 깊이 보고 멀리 보는 안목을 키워야 한다.

사자가 백수의 왕이 된 여러 이유 중 하나를 보자. 사자는 걸을 때 절대 땅을 보지 않는다. 머리를 들고 전방을 주시하며 당당하게 걸어간다. 머리부터 가슴을 지나 배까지 긴 갈기로 뒤덮인 수사자가 전방을 주시하며 걷는 모습은 압권이다. 어떤 동물을 만나도 두려워하지 않는 까닭이다. 또한 사자는 배가 부르면 자신 주변에 있는 동물을 해치지 않고 사회성이 뛰어나다.

호랑이가 사자에 눌려 늘 2인자의 자리에 머무는 것은 길을 걸을 때 땅을 보고 걷기 때문이다. 땅을 보고 걷는다는 것은 제왕으로서의 자세가 아니다. 그리고 호랑이는 배가 불러도 동물들을 해치는 등 잔혹하고 사회성이 없다.

멀리 내다보고 깊이 생각하라는 것은 사자와 같이 멀리 봄으로써 그 무엇도 다 품을 수 있어야 한다는 것이다. 사물을 깊이 보고 멀리 보면 남이 볼 수 없는 삶의 깊이를 깨닫게 됨으로써 폭넓은 인생을 살아가게 될 것이다.

깊이 보고 멀리 보면 폭넓은 인생을 살아가게 된다. 남이 보지 못하는 것을 봄으로써 성취욕을 느끼고 인생을 깊이 있게 살게 되기 때문이다.

DAY 25 · 4차 산업혁명과 입체적 사고

입체적 사고란 무엇을 말하는가. 어떤 문제에 대해 생각할 때 한쪽으로만 생각하는 것이 아니라 다양하게 생각하는 것을 말한다. 입체적인 사고를 기르기 위해서는 다양한 지식을 축적하여 다각적인 관점에서 생각하라.

현대사회는 4차 산업혁명의 시대이다. 4차 산업혁명이란 정보통신기술의 융합으로 이뤄낸 혁명의 시대를 의미한다. 4차 산업혁명의 핵심은 인공지능, 로봇 공학, 사물 인터넷, 무인 운송 수단, 3차원 인쇄, 나노 기술 등 6개 분야의 새로운 기술혁신을 말한다.

4차 산업혁명 시대에는 평면적 사고로 접근이 불가능하다. 입체적인 사고를 갖지 않으면 안 된다. 이에 대한 예를 파블로 루이즈 피카소Pablo Ruiz Picasso에게서 찾을 수 있다. 그는 기존의 평면적 그림의 구도에서 벗어나 다양한 방법을 시도했다. 초현실주의적인 화법과 사실주의적인 화법을 비롯한 여러 화풍을 접목시키며 탐구한 끝에 그만의 입체적인 화풍을 완성시켰다. 또 그는 판화와 조각 등 다양한 장르에서도 두각을 보임으로써 20세기 최고의 화가로 평가받고 있다.

피카소의 경우에서처럼 입체적인 사고를 기르기 위해서는 다양한 지식을 축적하여 다각적인 관점에서 생각해야 한다. 그렇게 꾸준히 실행함으로써 입체적인 사고력을 키우면, 4차 산업혁명의 시대를 주도적으로 살아가게 된다.

현대 사회는 입체적 사고를 필요로 한다. 입체적 사고력을 기르기 위해서는 다양한 지식과 정보를 지녀야 한다. 4차 산업혁명 시대에 맞게 입체적 사고로 무장하라.

DAY 26 멋지게 나이 든다는 것의 의미

나이가 들어간다는 것은 몸과 마음이 늙어 가는 것이 아니라 지금과 다르게 새로워진다는 것을 의미한다. 나이가 들수록 더 멋지고, 더 멋진 말로 자신을 사랑하고 자신의 삶을 존중하라.

세월의 흐름에 따라 나이를 먹어 간다는 것은 순리를 따르는 일이나, 그럴수록 자신을 더 멋지게 가꾸고 더 멋지게 살아야 한다. 나이를 먹어 간다는 것은 늙어 가는 것이 아니라 지금과 다른 새로운 세상을 향해 나아가는 것이다. 그래서 나이가 들수록 이상을 꿈꾸고 자신을 더 새롭게 관리해야 한다. 더 젊고 멋지게 자신을 코디하고, 더 많은 책을 읽고 마음의 근육을 키우고, 하고 싶은 일을 하고, 자신의 재능을 적극 활용하여 자신의 존재감을 부각시켜야 한다. 그런데 나이를 먹는다는 슬픔에 이상을 잃고 자신을 그대로 방치한다면 그것은 자신의 몸과 마음을 늙게 하는 일이다. 이에 대해 미국의 시인 사무엘 울만Samuel Ullman이 자신의 시 〈청춘〉에서 '사람은 나이를 먹어서 늙는 것이 아니라 이상을 잃어서 늙는 것'이라고 말했다.

그렇다. 이상을 잃지 않는다는 것은 자신을 진정으로 사랑하는 일이며, 자신의 삶을 존중하는 일이다. 이런 사람은 멋지게 나이 드는 것을 즐거움으로 알며, 최선의 행복으로 안다.

멋지게 나이 든다는 것은 이상을 잃지 않고 자신을 사랑하고 존중하는 일이다. 이런 사람은 멋지게 자신을 가꾸고 새로운 나로 사는 것을 최선의 행복으로 안다.

DAY 27

성공하고 싶다면 위대한 실천가가 돼라

행동만이 자신이 바라는 것을 얻게 한다. 행동하지 않으면 그 어떤 것도 이룰 수 없다. 자신의 목표를 이루고 싶다면 위대한 실천가가 돼라.

목표를 이루기 위해서는 생각만 해서는 안 된다. 또한 말만 앞세워도 안 된다. 생각으로만 끝나면 그것은 이상주의자들이나 하는 것이다. 자기 분야에서 성공한 사람들은 하나같이 위대한 실천가였다. 실천만이 목표를 이루는 가장 확실한 방법이기 때문이다. 이에 대해 미국의 저술가이자 강연가인 토머스 J. 빌로드^{Thomas J. Vilord}는 이렇게 말했다.

"목표가 있어도 머뭇거리면 아무것도 얻을 수 없다. 목표가 주어지면 실천해야 그 어떤 것이든 취할 수 있는 것이다."

토머스 J. 빌로드의 말을 보더라도 목표를 이루는 데 실천력이 얼마나 중요한지를 잘 알 수 있을 것이다.

그렇다. 행동하는 것만이 자신이 바라는 것을 얻게 한다. 실천하지 않으면 그 어떤 것도 이룰 수 없다. 자신의 목표를 이루고 싶은가. 그래서 성공적인 인생이 되고 싶은가. 그렇다면 위대한 실천가가 돼라.

원하는 것을 얻고 싶다면 생각하고 행동하라. 아무리 생각이 좋아도 실천하지 않으면 아무 소용이 없다. 실천만이 원하는 것을 이룰 수 있다.

DAY 28 · 힘들거나 막히면 잠시 멈췄다 가라

인생도 일도 자동차와 같다. 막히면 멈췄다 가고, 문제가 있으면 새롭게 한 다음 가면 되는 것이다. 이것을 잊을 때 문제가 발생한다는 것을 잊지 마라.

살아가다 보면 체증에 걸린 것처럼 일이 꼬일 때가 있다. 이럴 땐 잠시 템포를 늦춰 숨을 고르거나 아니면 문제점 점검에 나서야 한다. 그런데 무리하게 끌고 갈려고 하니까 문제가 발생하는 것이다.

언젠가 장거리 여행을 한 적이 있다. 그런데 출발하기 전 자동차에 약간의 문제가 있었다. 시동을 거는데 매끄럽게 걸리지 않았다. 하지만 일시적인 문제라고만 생각하고 무조건 떠났다. 그런데 한동안 잘 가던 차가 갑자기 멈추어 서고 말았다. 그것도 시골 국도에서였다. 그러다 보니 지나다니는 차들도 별로 없었다. 보닛을 열고 이리저리 살펴보았지만 알 수가 없었다. 인근 자동차 정비소에 전화를 했더니 2시간 이상을 기다려야 한다고 했다. 할 수 없이 앉아 쉬고 있는데 갑자기 웬 승용차가 멈추더니 차를 살펴보았다. 그리고는 점화 플러그에 문제가 있다고 했다. 사정 얘기를 했더니 잠시만 기다리라 하고는 어디론가 달려갔다. 그리고 20여 분 후 그가 와서는 새 점화 플러그를 교체해 주었다.

어쩌면 인생도 일도 자동차와 같다. 문제가 있으면 무리하지 말고 잠시 쉬었다 가면 된다.

살다 보면 힘들거나 어려운 일을 만나기도 한다. 그럴 때 아무 생각하지 말고 잠시 쉬었다 가면 된다. 조금 늦는다고 인생에 문제 될 건 없다.

DAY 29

가장 좋은 대화법

남의 말을 잘 들어 주는 것은 때론 말을 유창하게 잘하는 것보다도 더 말을 잘하는 효과를 낼 수 있다. 경청은 상대를 배려하는 참 좋은 대화법이다.

사람들은 대개 말을 많이 하고, 주도하는 사람이 말을 잘하는 것으로 안다. 그러나 그것은 틀린 말이다. 정말로 말을 잘하는 사람은 경청을 잘하는 사람이다.

프랭클린 루스벨트Franklin Roosevelt가 대통령 재직 시 해군 제독이 찾아와 해군에 대한 문제점을 건의하려고 했다. 그런데 루스벨트가 주로 말을 했고, 해군 제독은 묵묵히 듣기만 했다. 루스벨트는 해군 출신으로 해군에 대한 상식이 풍부했다. 이야기를 끝낸 해군 제독이 "대통령님, 잘 부탁드립니다" 하고 돌아가자 루스벨트가 웃으며 말했다.

"그 사람 말을 참 잘하는구먼."

그러자 참모가 "그 사람은 주로 듣기만 하던데요"라고 말하자 루스벨트는 빙그레 웃었다.

해군 제독은 루스벨트 대통령의 말을 잘 경청함으로써 좋은 이미지를 심어 주었고, 자신이 원하는 것을 얻을 수 있었다.

경청하라. 경청은 가장 좋은 대화법이다.

남의 말을 잘 들어 주면 좋은 이미지를 심어 준다. 경청은 상대를 배려하는 좋은 대화법이기 때문이다. 경청을 습관화하라. 경청은 참 좋은 대화법이다.

DAY 30 — 성장을 방해하는 것은 모두 다 버려라

만일 자신에게 변화에 대한 두려움이 있다면 그 두려움을 버려라. 게으르다고 생각하면 게으름을 버리고, 미루는 습관이 있다면 과감하게 버려라. 그래야 자신을 원하는 대로 성장시킬 수 있다.

자신의 성장을 바란다면 성장을 방해하는 것은 모두 몸과 마음으로부터 떼어내야 한다. 변화에 대한 두려움은 누구나 갖고 있지만, 두려움이 심하면 제대로 변화를 따를 수 없다. 게으르다고 생각하면 한시라도 게으름을 날려 버려야 한다. 게으름은 성장을 저해하는 지독한 방해꾼이다. 미루는 습관 또한 성장을 방해하는 훼방꾼이다. 과감하게 미루는 습관을 버리고 즉시 시도하는 습관을 길러야 한다.

그런데 문제는 성장을 방해하는 변화에 대한 두려움, 게으름, 미루는 습관을 고치기란 쉽지 않다는 것이다. 이는 마치 찰거머리와 같아 몸과 마음에 착 달라붙어 떨어질 줄을 모른다.

하지만 그래도 떨쳐내야 한다. 그러지 못하면 자신을 성장시키는 것은 불가능하다. 사람이 해서 안 되는 일은 없다. 다만 그 일을 포기하지 않는다면 말이다.

사람은 모든 것에 가능성을 지닌 지구상의 유일한 동물이다.

자신의 인생을 업그레이드 시키고 싶다면 성장을 방해하는 변화에 대한 두려움, 게으름, 미루는 습관을 버려야 한다. 이를 버리는 자만이 성장을 통해 자신의 인생을 업그레이드 시킬 수 있다.

좋은 인간관계를 맺기 위해서는 기대를 크게 갖기보다는
작게 갖는 것이 좋다. 기대를 작게 가졌는데 좋은 점이 보일 땐
좋은 인간관계를 맺음으로써 자신에게 큰 도움이 된다.

CHAPTER 10

영원히 살 것처럼
생각을 언제나 역동적으로 하라

October

좋은 생각만 하기에도 인생은 짧다

Birth flower
스위트 바즐 Sweet Basil _좋은 희망

좋은 생각만 하기에도 인생은 짧다.

DAY 01 | 항상 자신을 기쁘게 사랑하기

> 항상 기분 좋은 생각을 하고, 항상 기분 좋은 말을 하고, 항상 남을 위해 도움을 주고, 항상
> 남을 배려해 보라. 기쁨이 가슴 저 아래에서부터 샘물처럼 펑펑 솟아날 것이다.

하루하루가 치열한 삶의 전쟁터다. 경쟁을 하기 싫어도 해야 하고, 때로는 갑질에 시달리기도 하고, 원하지 않는 일로 몸과 마음은 지칠 대로 지치고, 마음먹은 일은 번번이 어긋나고, 되는 일보다 안 되는 일로 마음을 끓이기도 한다. 이럴 때 가장 필요한 것은 위로와 격려다.

그런데 언제까지나 남의 위로와 격려를 바랄 수는 없다. 스스로 자신의 마음을 위로할 수 있어야 한다. 자신의 마음을 스스로 위로하기 좋은 방법은 자신을 늘 기쁘게 사랑하는 것이다. 자신을 늘 기쁘게 하기 위해서는 항상 기분 좋은 생각만 하고, 항상 기분 좋은 말을 하고, 항상 남을 위해 도움을 주고 배려하고, 항상 자신을 칭찬하고 격려하는 것이다.

이처럼 자신에게 기쁨의 에너지를 불어넣어 주게 되면 몸과 마음은 이에 반응하게 되고, 지치고 힘든 마음은 얼음 녹듯이 사르르 풀리게 된다. 자신을 기쁘게 한다는 것은 자신에게 힘을 불어 넣어주고 사랑하는 일이다. 그리하면 힘들고 어려운 일도 능히 이겨낼 수 있다. 항상 자신을 기쁘게 사랑하라.

자신에게 용기를 주고 힘을 주기 위해서는 자신을 기쁘게 하라. 항상 기분 좋은 생각을 하고, 스스로를 칭찬하고 격려하면 기분 좋은 에너지가 생겨 스스로를 기쁘게 하는 데 큰 도움이 된다.

DAY 02 세 가지 인간형

사람은 크게 세 가지 인간형으로 나눌 수 있다. 긍정적인 인간형, 부정적인 인간형, 어정쩡한 인간형이 그것이다.

사람들은 크게 세 가지 타입으로 나뉜다. 첫째는 긍정적인 타입인데, 이 타입은 매사를 긍정적으로 보고 적극적으로 나아간다. 이 타입은 어려움도 대수롭지 않게 받아들여 결국 자신이 원하는 것은 얻는다. 둘째는 부정적인 타입인데, 이 타입은 해보지도 않고 무조건 안 되는 것만 생각한다. 그러다 보니 충분히 할 수 있는 것도 놓치고 만다. 셋째는 이것도 저것도 아닌 어정쩡한 타입인데, 이 타입은 상황에 따라 달라진다. 그래서 상황에 따라 일의 성과가 달라진다. 그렇다면 문제는 간단하다. 긍정적인 말과 행동을 하도록 마인드를 습관화하라.

프랑스 소설가인 마담 드 스탈은 이렇게 말했다.

"할 수 있는 게 없다고 말하는 사람일수록 아무것도 실행하지 않는 사람일 가능성이 높다."

할 수 있다고 말하는 사람이 긍정적으로 실행에 옮길 수 있다. 즉 긍정적이고 적극적으로 말하고 행동할 때 좋은 결과를 얻게 된다.

그렇다. 항상 긍정적으로 생각하고 능동적으로 행동하라.

인간은 긍정적인 형, 부정적인 형, 어정쩡한 형 등 크게 세 가지로 나눈다. 긍정적인 인간형은 매사를 긍정적으로 행함으로써 긍정적인 삶을 산다. 인생을 긍정적으로 살고 싶다면 긍정적인 인간이 되어라.

DAY 03 마음을 풍요롭게 하기

> 마음이 넉넉하고 온유한 사람은 마치 유유히 흐르는 강물처럼 평화롭다. 그래서 마음이 넉넉하고 온유한 사람은 보는 것만으로도 사람들을 평안하게 하고 마음 부자라서 늘 행복하고 유유하다.

마음이 풍요로운 사람은 사랑이 많고, 배려심이 많고, 거짓이 없고, 시기하지 않고, 너그럽다. 그래서 마음이 풍요로운 사람은 자신을 사랑하듯 남을 사랑하고, 자신을 돕듯 남을 돕는 것을 즐겨 한다.

또한 마음이 풍요로운 사람은 남의 이목에 따라 행동하지 않으며, 스스로 자신을 행복하게 하는 일에 익숙하다. 그리고 언제나 온유하고 평온한 모습을 하고 있어 보는 것만으로도 사람들을 평안하게 한다. 그러면 어떻게 해야 마음을 넉넉하고 풍요롭게 할 수 있을까? 이에 대해《채근담菜根譚》에는 다음과 같은 말이 나온다.

"마음이 어둡고 심란할 때엔 가다듬을 줄 알아야 하고, 마음이 긴장하고 딱딱할 때는 풀어 버릴 줄 알아야 한다. 그렇지 못하면 어두운 마음을 고칠지라도 흔들리는 마음에 다시 병들기 쉽다."

복잡하고 다변화된 현대 사회에서 살아가다 보면 몸과 마음은 힘든 일상으로 인해 늘 지치고 불안정하다. 이럴 때일수록 마음을 가다듬고, 마음의 긴장감을 풀어내야 한다.

마음이 풍요로워야 삶이 평안함으로써 행복하게 살아가게 된다. 지친 마음과 몸을 평안히 하도록 풀어 버려야 한다. 늘 마음을 넉넉하고 풍요롭게 하라.

노력의 원리는 샘물과 같다

> 샘물은 한 사람이 먹든, 두 사람이 먹든, 열 사람이 먹든, 언제나 일정한 양을 유지한다. 이는 계속해서 물이 솟아나기 때문인데 노력의 원리도 이와 같다. 노력은 하면 할수록 더 좋은 성과를 내고, 자신의 능력을 배가시키게 된다.

샘물은 한 사람이 먹든, 열 사람이 먹든 상관없이 언제나 일정한 양을 유지한다. 샘물은 늘 비워진 만큼 채워진다.

노력은 하면 할수록 더 많은 성취감을 느끼게 되고, 노력의 노하우에 대해 깊이 있고 넓게 익히게 된다. 다시 말해 노력은 하면 할수록 더 많은 노력을 하게 된다는 것이다. 음식도 이것저것 먹어본 사람이 음식 맛을 알듯 노력도 꾸준히 해본 사람만이 노력의 가치를 알게 된다. 노력이 지닌 가치에 대해 인도 독립의 아버지인 마하트마 간디Mahatma Gandhi는 이렇게 말했다.

"할 수 있다는 믿음을 가지면 처음에는 그런 능력이 없을지라도 결국에는 할 수 있는 능력을 확실하게 갖게 된다."

그리고 고대 그리스 철학자 아리스토텔레스Aristoteles는 다음과 같이 말했다.

"당신의 진정한 모습은 당신이 반복적으로 행하는 행위의 축적물이다. 탁월함은 하나의 사건이 아니라 습성인 것이다."

간디와 아리스토텔레스의 말에서 보듯 노력이란 하면 할수록 노력의 참다운 가치를 알게 된다. 그렇다. 노력하라. 당신의 노력을 아끼지 마라.

노력하라. 그러면 알게 된다. 노력이 당신의 삶에 미치는 진실한 가치에 대해. 또한 당신의 인생은 당신이 노력해 주길 기다리고 있을지도 모른다는 것을 언제나 기억하라.

DAY 05 | 잭 웰치의 솔선수범 리더십

성공하고 싶은가. 그렇다면 잭 웰치의 솔선수범의 리더십을 배워라. 누구나 진실한 열정을 가진 사람을 믿고 신뢰한다. 물론 그렇게 한다는 것은 쉽지 않지만 당신이 그런 사람이 된다면 반드시 성공할 것이다.

약관의 45세에 미국 제너럴 일렉트릭의 최고 경영자가 된 잭 웰치Jack Welch는 세기의 경영인이라는 칭호를 받았다. 그는 어떻게 해서 그런 평가를 받는 인물이 되었을까. 그는 인재들을 매우 중요하게 여기고, 그들이 각 분야에서 자신의 능력을 발휘할 수 있도록 끊임없이 격려하고 뒷받침해 주었다. 그의 진정성을 알게 된 직원들은 그의 믿음에 부응하기 위해 최선을 다했다.

그리고 잭 웰치는 자신이 직접 경영진에게 교육을 시도했던 것으로도 유명하다. 그는 지시가 아닌 솔선수범의 리더십을 발휘했던 것이다. 열정적인 그의 모습에 감동을 받은 경영진 역시 그와 같이 실천했다. 그러니 어떻게 잘되지 않을 수 있을까.

잭 웰치는 창의력의 독보적인 존재이기도 했다. 그가 생각하고 시도하는 것은 늘 새로운 것이었다. 그 결과 제너럴 일렉트릭사는 일취월장하며 세계 경제의 중심이 되었다.

그렇다. 당신이 성공하고 싶다면 잭 웰치의 솔선수범 리더십을 배워라. 누구나 솔선수범하는 사람을 믿고 신뢰하는 법이다.

성공하고 싶다면 솔선수범하라. 물론 쉽지 않다. 하지만 그렇게 해야 한다. 누구나 그런 사람을 믿고 신뢰하고 함께 하기를 바라기 때문이다.

DAY 06 영원히 살 것처럼 생각을 언제나 역동적으로 하라

생각의 나이를 언제나 역동적으로 하라. 역동적인 생각에는 인간의 상식으로는 상상할 수 없는 것까지도 해내게 하는 마그마보다도 더 뜨거운 에너지가 있다. 역동적인 인생이 되고 싶다면 생각이 늙지 않게 하라.

생물학적 나이는 꿈과 어떤 상관관계에 있을까를 생각해보는 것도 참 의미가 깊다고 생각한다. 생물학적 나이는 꿈이 있는 사람에게는 별 의미가 없다. 이처럼 생각하는 데에는 생물학적 나이가 팔십이 되고, 구십이 되고, 백 세가 되어도 꿈을 가진 사람에게는 한낱 바람에 날리는 잎과도 같기 때문이다.

미국의 국민 화가로 불리며 한때를 풍미했던 안나 메리 로버트슨 Anna Mary Robertson 은 72세 때부터 그림을 그리기 시작했다. 그림을 배운 적도 없고 학교도 다니지 못했지만 그림을 그리고 싶은 꿈을 안고 열심히 그렸다. 그러던 어느 날 그림 수집가의 눈에 띄어 널리 알려지기 시작했다. 미국은 물론 유럽에서 열다섯 차례나 개인전을 열고 세계적인 화가로 명성을 얻었다.

100세에 낸 시집《약해지지 마》가 백만 부나 팔리면서 전 국민을 감동시켰던 일본의 시바타 도요 할머니는 92세에 처음 시를 쓰기 시작했다. 대개의 할머니들은 생각지도 못할 일이다.

안나 메리 로버트슨과 시바타 도요 할머니는 100세를 넘겨 작고했지만 세상을 떠나는 순간까지 영원히 살 것처럼 역동적으로 살았다. 참으로 숭고한 삶의 의미를 남겨준 빛과 소금 같은 인생이었다.

영원히 살 것처럼 역동적으로 살아야 한다. 그러기 위해서는 생각이 녹슬지 않도록 꿈을 품고 생각을 역동적으로 가동시켜라. 그래서 역동적인 인생을 자신을 위한 선물이 되게 하라.

DAY 07 | 화를 부르는 과욕을 금하라

무슨 일에서든 절대 지나침을 삼가야 한다. 아무리 몸에 좋은 보약도 넘치면 독이 되고, 아무리 빛나는 다이아몬드도 목숨을 위태롭게 할 수 있다. 자신에게나 타인에게 있어 과욕을 금하라. 과욕은 언제나 화를 부른다.

춘추 시대 위나라의 유학자 중에 자공子貢이라는 이가 있었다. 그의 본명은 단목사이지만 그는 자공으로 불렸다. 그는 정치적 능력이 뛰어나 노나라, 위나라의 재상을 지냈다. 그는 공자孔子의 제자로 공자가 무척이나 아끼는 제자였다.

어느 날 자공이 공자에게 물었다.

"선생님, 동문의 자장子長과 자하子夏 중에 어느 쪽이 어집니까?"

이에 공자가 말했다.

"자장은 지나치고, 자하는 미치지 못한다."

이에 자공이 또다시 물었다.

"선생님, 그럼 자장이 낫다는 말씀입니까?"

이에 공자가 말했다.

"지나친 것은 미치지 못한 것과 다를 바가 없다."

그렇다. 지나침은 오히려 아니함만 못하다. 지나침으로 해서 오는 화를 막기 위해서는 '이쯤에서 그만'이라는 자기 제어가 반드시 필요하다.

자기를 제어할 수 있는 힘을 길러야 한다. 그렇지 않으면 넘침으로 해서 자신을 곤경에 처하게 할 수 있다. 자기 제어는 반드시 필요한 마인드이다.

DAY 08 | 스승은 빛과 같고 물과 같다

빛이 없으면 어둠으로 해서 거동에 제약을 받는다. 물이 없으면 한시도 살 수 없다. 스승 또한 이와 같나니 인생에 빛이며 물인 스승을 내 몸처럼 여겨야 할 까닭이 여기에 있는 것이다.

제아무리 천부적인 재능을 타고났다 하더라도 그 재능을 살려줄 스승이 없다면 그것은 잡석에 불과하다. 스승이 가르침을 줄 때 잡석은 불순물을 걸러내고 보석이 되듯 한 사람의 인재로 거듭나는 것이다.

인간에게 있어 스승은 빛과 같고 물과 같다. 인생의 어두운 골목에서 헤맬 때 스승은 한 줄기 빛이 되어 준다. 또한 무더운 날 갈증 날 때 마시는 시원한 한 잔의 물처럼 인생에 목이 마를 때 시원한 물이 되어 준다.

인생의 빛이며 한 잔의 물과 같은 스승을 곁에 모시되 자신의 몸을 대하듯 예와 정성을 다하라. 인생이란 바다에서 표류할 때, 시련이란 함정에 빠져 슬피 울 때 스승이 곁에 있다면 얼마든지 제 길로 찾아들고 함정에서 빠져나올 수 있다.

스승은 인생의 내비게이션이다.

스승 없이 그 어떤 인물도 성공적인 인물이 될 수 없다. 스승은 인생의 빛이며 물이며 소금과 같다. 스승 모시기를 내 몸 살피듯 하라.

DAY 09 자신의 몸은 최고의 보석이다

> 자신의 몸은 그 무엇보다 소중한 보석이다. 보석에 먼지가 묻고 때가 끼면 깨끗이 닦아 주듯이 몸인 보석이 아프지 않도록 건강하게 살펴야 한다. 몸은 최고의 보석이자 최고의 자산이다.

사람들 중엔 다이아몬드나 금과 같은 보석은 애지중지 감싸지만, 진짜 소중한 보석인 건강엔 무심히 대하는 이들이 있다. 보석은 재물로 생각하여 잃어버릴까 조심조심하지만 진짜 보석인 몸은 아프지 않는 한 잊고 지낸다. 그러다 이상이 왔을 때에야 후회를 한다.

건강한 육체에 건전한 정신이 깃든다는 말이 있듯 몸이 건강하지 않으면 정신 또한 건강하지 못하다. 또한 자신이 좋아하는 것을 하는 데도 지장을 받고, 좋아하는 취미 활동도 못하고, 가고 싶은 여행도 못한다. 한마디로 말해 건강하지 못하면 자신이 원하는 삶을 살아가는 데 많은 문제가 따른다.

건강의 소중함에 대해 고대 그리스 시인 호머Homer는 다음과 같이 말했다.

"황금을 쌓아도 건강을 살 수 없다."

그렇다. 건강은 가장 소중한 최상의 가치를 지닌 자산이다.

건강하면 무엇을 해도 자신 있게 할 수 있지만, 건강하지 못하면 충분히 할 수 있는 것조차도 할 수 없다. 건강은 최고의 보석이며 최대의 자산이다.

DAY 10 | 최고의 인생 교과서

자신이 닮고 싶은 롤모델은 최고의 인생 교과서다. 그가 살았던 대로 성실하게 따라만 해도 자신을 가치 있는 인생이 되게 하는 데 큰 도움이 된다.

성공한 사람들은 인생 교과서이다. 그들이 성공하기까지의 과정과 성공할 수 있었던 요인은 그들처럼 되고 싶은 사람들에겐 희망의 메시지와 다름없다. 그런데 이런 보편적인 상식을 따르지 않는 사람들이 많다. 그렇기 때문에 그와 같이 될 수 없는 것이다. 물론 개개인의 능력에 차이가 문제가 될 수 있지만 그들을 따라서 열심히 한다면 보통 사람과는 다른 인생을 살아갈 수 있다.

에디슨을 흠모하며 그처럼 되고 싶었던 헨리 포드는 에디슨의 삶을 따라서 노력한 끝에 세계 최고의 자동차 회사인 포드사를 창립할 수 있었다. 뉴턴을 인생 교과서로 삼았던 아인슈타인은 20세기 최고의 물리학자가 되었다.

그런데 사람들 중엔 성공한 사람의 삶을 동경하면서도 좋은 배경을 가졌기 때문이라며 애써 폄훼하기도 한다. 이런 마인드로는 그 어떤 것도 해낼 수 없다. 자신이 원하는 삶을 살고 싶다면 성공한 사람들의 삶을 배워라. 그것이야말로 가장 확실한 성공의 발판이 되어 줄 것이다.

성공한 사람은 훌륭한 인생 교과서이다. 성공하고 싶다면 자신이 이루고 싶은 분야에서 성공한 사람을 롤모델로 삼아 그가 했던 대로 따라서 하라. 성실하게 따라 하다 보면 좋은 결과를 얻게 될 것이다.

DAY 11

멋지게 살고 싶다면 스타일리스트가 돼라

생동감 있고 멋지게 살기 위해서는 좀 더 환하게 좀 더 화사하게 그리고 생기 넘치게 살아라. 자기만의 개성을 살려 날마다 자신을 코디하고 멋진 스타일리스트가 돼라.

한국 최고의 디자이너로 명성을 날리던 앙드레 김은 살아생전 항상 흰색만을 고집하며 평생 흰옷만 입었다. 그는 젊었을 때나 나이 들어서나 한결같이 변함없는 모습을 보여주었다. 말씨, 몸가짐, 생활 패턴 등은 누구에게나 귀감이 되었다. 그가 개성이 뚜렷한 의상 디자이너이기 때문이 아니라 삶 자체가 그랬다. 절대 흐트러진 모습을 보이지 않았다. 그만큼 자신에게 철저했다. 그랬기에 세계적인 디자이너로 이름을 떨칠 수 있었다. 이에 대해 혹자는 이렇게 말할지도 모른다.

"그는 특수한 직업을 가졌으니까 그런 거 아닌가요?"

물론 그럴 수 있다고 생각할 수도 있다. 하지만 생각해 보라. 어떻게 평생을 그렇게 할 수 있는지를. 그건 삶 자체가 몸에 배지 않으면 할 수 없다. 자신의 개성을 살려 멋지고 생동감 있게 살고 싶다면 좀 더 화사하게, 좀 더 활력 넘치게 자신을 코디하는 멋진 스타일리스트가 돼라.

멋지고 생동감 있게 살고 싶다면 자신만의 개성을 살려라. 그리고 날마다 자신을 코디하고 멋진 스타일리스트가 되어라.

DAY 12

가끔은 자신을 점검할 필요가 있다

가끔은 자신이 원하는 길을 잘 가고 있는지를 살펴보라. 그래서 자신이 잘못된 길을 가고 있다면 바르게 잡고, 잘 가고 있다면 더욱 자신을 격려하고 분발하라. 철저한 자기 점검은 자신의 거울과도 같다.

누구든 자신의 인생을 잘 살기를 바란다. 그런데 자신이 바라는 대로 살아지면 좋겠지만 그렇지 않은 경우가 많다. 그 원인은 외부적인 것에도 있을 수 있지만 그보다는 자신에게 있는 경우가 많다. 게으름을 피운다거나, 바르지 않은 마음을 갖는다거나, 부정적인 생각으로 말하고 행동한다거나, 책임을 다하지 않는다거나, 쓸데없는 것에 마음을 빼앗긴다거나 하는 등 원인의 대부분은 자기 자신에게 있다.

그런데도 그 원인을 남에게 돌리고, 환경을 탓하는 경우가 많다. 이런 마음으로는 자신이 하고자 하는 일을 제대로 할 수 없다. 부정적이고 이해타산적인 마음은 점점 더 자신을 나태하게 만들고 부정적으로 만들 뿐이다.

자신이 바라는 것을 얻기 위해서는 수시로 자신이 잘하고 있는지를 점검할 필요가 있다. 그래서 잘하는 것은 더 잘하도록 하고, 잘못하는 일이 있다면 즉시 고쳐야 한다.

삶을 살아가면서 자기 점검은 반드시 필요하다. 자신이 원하는 길을 제대로 가고 있는지, 잘못 가고 있는지를 살펴 그 상황에 맞게 자신을 맞춰야 한다. 특히 잘못하는 일은 반드시 고쳐 제대로 할 수 있도록 해야 한다.

DAY 13

사랑하는 사람들은 나의 힘이며 빛이다

내가 사랑하는 사람들은 나의 힘이며 빛과 같다. 그들이 있기에 힘들고 어려울 땐 용기를 얻고, 기쁘고 즐거울 땐 더욱 기뻐하고 즐겁게 살아간다. 서로가 사랑하고, 힘이 되고, 빛이 되어 값진 인생이 돼라.

가족과 친지, 스승, 친구, 직장동료들은 자신과 늘 만나고 함께 하는 소중한 존재들이다. 그들이 없다면 혼자서 살아가는 데 많은 힘이 든다. 그런데 사랑하는 사람들이 있으므로 힘들고 어려울 때 도움을 받기도 하고, 용기와 격려를 받음으로써 씩씩하게 자신의 길을 가게 된다.

사랑하는 사람들과 좋은 관계를 갖기 위해서는 막힘없는 소통을 이어가야 한다. 소통을 잘 이어가기 위해서는 첫째, 그 사람에게 필요한 것이 무엇인지를 파악하고 그에 맞게 대처하라. 둘째, 자신과 함께하면 손해 볼 게 없다고 믿게 하라. 셋째, 자신과 그 사람의 공통분모가 무엇인지를 찾아내 '공감대'를 형성하라. 넷째, 그 사람과 같은 취미 생활을 통해 즐거움을 공유하라. 다섯째, 따뜻한 배려로 '인간성'이 괜찮다는 이미지를 깊게 심어 주어라. 여섯째, 부정적인 말과 행동은 절대 금물, 긍정적으로 생각하고 긍정적으로 행동하라. 일곱째, 창의적이고 혁신적인 마인드로 발전 지향적인 사람이라는 것을 인식시킴으로써 라이프 모티브Life Motive를 유발시켜라.

내게 힘이 되고 빛이 되는 사람들과 좋은 관계를 유지한다는 것은 자신에게는 선물과 같고 축복과 같음을 잊지 말아야겠다.

자신이 사랑하는 사람들은 자신에게는 힘과 빛과 같은 존재이다. 그들과 좋은 관계를 갖는다는 것은 스스로를 축복하는 일과 같다.

DAY 14 효과적으로 말하는 5가지

현대 사회에서 말은 곧 그 사람의 능력과도 같다. 말을 어떻게 하느냐에 따라 자신이 원하는 것을 손에 쥘 수도 있고, 놓칠 수도 있다. 말 잘하는 것 또한 성공을 위한 경쟁력이기 때문이다.

현대사회에서 말은 그 사람의 자산과 같다. 말을 하기에 따라 성공할 수 있고, 패가망신할 수도 있다. 말을 잘하기 위해서는 상황에 맞게 효과적으로 하는 것이 중요하다.

말을 효과적으로 하기 위해서는 첫째, 자신이 전달하려고 하는 생각의 핵심을 간결하고 명확하게 해야 한다. 둘째, 같은 말을 반복함으로써 상대방에게 지루함을 주어서는 안 된다. 이런 타입의 사람은 상대방에게 비호감으로 비춰지기 십상이다. 셋째, 상대방이 원하는 것이 무엇인지에 대해 집어내는 센스가 필요하다. 사람들은 자신의 생각을 정확하게 집어내는 사람에게 호감을 갖는다. 자신과 잘 통한다고 생각하기 때문이다. 넷째, 정중하고 예의 있게 말을 해야 한다. 이런 타입의 사람은 거부감을 주지 않고, 정확하고 반듯한 사람으로 여겨 신뢰할 수 있는 사람으로 생각한다. 다섯째, 상대방의 말에 적극 호응하는 태도를 보이는 것이 좋다.

이 다섯 가지를 꾸준히 실천한다면 좋은 결과를 얻게 될 것이다.

말을 잘한다는 것은 말을 효과적으로 하는 것을 의미한다. 효과적인 말은 자신의 목적을 이루는 데 큰 도움이 되는 인생의 자산이다.

DAY 15 | 사랑에도 절제가 필요하다

사랑에도 절제가 필요하다. 지속적인 사랑, 잔잔하고 영원한 사랑을 원한다면 사랑을 컨트롤 할 수 있는 능력을 길러야 한다. 사랑의 절제는 행복한 사랑에 있어 꼭 필요한 요소이다.

사랑은 깊으면 깊을수록 더욱 아름답다. 서로를 깊이 이해하고 무엇을 필요로 하고 원하는지를 챙겨줌으로써 사랑하는 이에게 기쁨의 만족감을 주기 때문이다.

그런데 여기서 분명히 할 것은 사랑에도 절제가 필요하다는 것이다. 그러니까, 아무 때나 사랑을 남발해서는 안 된다는 말이다. 아무리 좋은 것도 넘치면 아니함만 못한 것과 같다.

생각해 보라. 아무리 천하 일미라고 해도 절제하지 않고 먹으면 탈이나 병이 날 수 있는 것처럼 사랑도 지나치면 병이 될 수 있다.

무엇이든 적당히 잘 맞춰서 하는 것 이상으로 좋은 것은 없다. 다만 사람에 따라 사랑의 가치관과 정도의 차이가 있으니, 이를 잘 조율만 할 수 있다면 누구보다도 아름답고 행복한 사랑을 할 수 있다.

무엇이든 지나침은 모자람만 못하다. 사랑 또한 절제가 필요하다. 사랑하는 이의 상황에 맞게 사랑을 펼치는 센스를 잘 발휘한다면 아름답고 행복한 사랑의 주인공이 될 수 있다.

DAY 16 │ 일을 즐겁게 하는 방법 4가지

힘들고 고달파도 즐거운 마음으로 일하면 즐겁게 일하게 된다. 같은 일도 마음가짐을 어떻게 하느냐는 것은 매우 중요하다. 항상 즐거운 마음으로 일하는 자세를 길러라.

힘든 일도 즐겁게 하면 힘든 줄 모르게 할 수 있고, 쉬운 일도 마지못해 하면 어려운 일이 된다. 같은 일도 마음먹기에 따라 즐겁게 할 수 있고, 어렵게 할 수 있다. 일을 즐겁게 하기 위해서는 첫째, 긍정적이고 능동적으로 하라. 긍정적이고 능동적으로 하는 일은 싫증이 나지 않아 즐겁게 할 수 있다. 둘째, 언제나 즐거운 마음으로 하라. 즐거운 마음으로 하는 일은 일단 재밌다. 재밌는 일은 날밤을 새워서라도 한다. 그만큼 즐겁기 때문이다. 이와 마찬가지로 자신이 하는 일을 즐겁게 하면 좋은 결과를 얻게 된다. 셋째, 안 되면 다시 하면 된다는 생각으로 하라. 사람이란 언제나 실수할 수 있고 실패할 수 있다. 실수나 실패가 없다면 사람이 아니다. 그러므로 실망하지 말고 다시 시도하라. 끝까지 다시 시도하는 자가 결국 성공을 하는 법이다. 넷째, 보물찾기 게임을 하듯 설레는 마음으로 하라. 이 말은 자신의 일에 대해 늘 새로운 자세를 갖고 하라는 말이다. 생각해 보라. 처음 하는 일이 언제나 새로워 보이는 것은 처음 대하기 때문이다.

힘든 일도 즐겁게 하면 쉽게 할 수 있고, 쉬운 일도 마지못해 하면 어려운 일이 된다. 같은 일도 어떤 자세로 하느냐에 따라 즐거운 일이 되기도 하고, 어려운 일이 되기도 한다.

자기만의 것, 자기만의 눈을 길러라

남들과 다르게 살고 싶다면 자기만의 것 자기만의 눈을 길러야 한다. 자기다운 색깔은 자신을 새롭게 하고 사람들로부터 주목받는 인생이 되게 한다.

네덜란드의 판화가이자 화가인 모리츠 코르넬리스 에셔Maurits Cornelis Escher는 보는 각도에 따라 그림이 달라 보이게 하는 것으로 정평이 났다. 그가 이와 같은 새로운 화풍을 시도한 것은 남들과 다른 자기만의 영역을 구축하고 싶었기 때문이다. 문학이든, 음악이든, 조각이든, 예술을 추구하는 이들, 즉 예술가들은 누구나 이런 마인드를 갖고 있다. 하지만 아이러니하게도 그것을 시도하는 이들은 그렇게 많지 않다. 그냥 하기 쉬운 소재의 사용과 기법대로 한다.

그런데 어려운 일인 줄 뻔히 알면서도 그 길을 가는 이들이 있다. 모리츠 코르넬리스 에셔가 바로 그런 사람이다. 그가 자기만의 그림을 남길 수 있었던 것은 서두르지 않고, 쉽게 하려고 하지 않고, 충분한 시간을 가지고 철저하게 응시하고 사색하고 그러는 가운데 번쩍이는 새로운 것을 발견했기 때문이다. 무엇을 응시한다는 것, 사물을 깊이 있게 통찰한다는 것은 서둘러서는 절대 안 되는 것이다. 깊이 보면 안 보이는 것이 보이는 법이다.

남들과 다르게 산다는 것은 자기만의 삶을 사는 일이다. 자기만의 것, 자기만의 삶을 살고 싶다면 깊이 응시하라. 안 보이던 것이 보일 것이다.

DAY 18 마음을 정화하기

> 기도는 바라는 것을 소망하는 경건한 행위이지만 잘한 점 잘못한 점을 되돌아보며 마음을
> 정화하는 세심 행위이기도 하다. 마음의 때가 끼면 판단력을 흐리게 함으로써 잘못된 길로
> 갈 수 있기에 기도로 마음을 정화시켜야 한다.

기도는 종교인만이 하는 특별한 행위가 아니다. 종교인이든 비종교인이든 누구나 할 수 있는 자신의 내면과의 대화이다. 기도를 하면서 자신의 내면과 대화를 하면 새로운 에너지를 얻게 되고 생생한 용기를 얻을 수 있다. 기도를 통해 얻은 새로운 에너지와 생생한 용기는 일상에 있어 큰 위안을 주고 특히, 어려운 때일수록 더욱 큰 위로와 힘을 주게 되므로 밝고 맑은 삶으로 이끌어 주는 데 큰 도움이 된다.

또한 기도는 마음을 깨끗이 정화시키는 세심洗心 행위이기도 하다. 창문에 먼지가 끼면 밖을 내다볼 수 없듯이 마음에 때가 끼면 옳고 그름의 판단을 흐리게 하고, 나쁜 생각을 함으로써 잘못된 길로 갈 수도 있다. 그래서 날마다 기도를 통해 잘한 점과 잘못한 점을 살핌으로써 마음을 깨끗하게 정화시켜야 한다.

기도는 마음을 수양하는 일이자 소망하는 것을 간절히 바라는 꿈의 행위이다. 날마다 기도하라. 기도를 통해 자신의 내면의 세계를 맑게 하라.

기도는 마음을 씻는 일이자 바라는 것을 소망하는 행위이다. 날마다 기도를 통해 마음을 맑게 정화하라.

DAY 19 아름다운 삶은 어디에서 오는가

아름다운 삶을 산다는 것은 행복한 축복이다. 사랑하는 사람과 좋아하는 사람들과 즐겁고 행복하게 살기 위해서는 매사에 진실하게 말하고 행동함으로써 깊은 신뢰와 믿음을 주어야 한다. 아름답고 행복한 삶은 진실함에서 온다.

아름답고 행복한 삶을 산다는 것은 자신에게는 축복과 같은 일이다. 또한 자신이 사랑하는 사람이나 좋아하는 사람들에게도 행복을 주는 아름다운 일이다. 여기에 아름답고 행복한 삶을 살아야 하는 이유가 있다.

아름다운 삶은 자기 스스로에게 진실할 때 이루어지는 것이다. 그러므로 '무엇을 먹을까, 무엇을 입을까, 무엇이 될까, 무엇을 할까'를 생각하기 이전에 스스로에게 먼저 진실해져야 한다.

그렇다. 자신에게 진실한 만큼 자신을 복되게 하고 행복한 삶으로 이끌어 가는 것이다. 자신의 삶에 진실하다 보면 만족한 생활을 하게 되고, 사랑하는 이에게도 좋아하는 사람들과 만나게 되는 사람들에게도 기쁨을 주고 신뢰를 주게 된다.

진실하게 살기 위해서는 정직하고, 부끄러움이 없어야 하고, 매사를 열정적으로 행하고, 사랑과 배려를 실천해야 한다. 자신에게 진실하고 모두에게 진실할 때 아름답고 행복한 삶은 축복처럼 온다.

인생은 단 한 번뿐이다. 이 소중한 삶을 아름답고 행복하게 살아야 한다. 자신에게 진실하고 모두에게 진실하라. 아름다운 삶은 진실에서 온다.

DAY 20 배움에 대해 한 번쯤 생각해야 할 것들

> 배움은 일정한 기간에 한정된 것이 아니라 평생을 해도 모자란 것이 배움이다. 또한 배움의 가치는 아는 데 있고 아는 것을 행하는 데 있다. 배움에는 나이도 없고, 신분도 없고, 지위도 없다. 배우고자 하는 열정만 있으면 된다.

배움에는 기간이 없다. 죽을 때까지 배워도 모자라는 것이 배움이다. 배움의 가치는 아는 데 있고, 아는 것을 행하는 데 있다.

배움을 소중히 하는 자세를 기르기 위해서는 첫째, 배움은 절대 사람을 기다려 주지 않는다. 자신이 알아서 배우는 것이지 누가 대신 배워 주는 것은 더더욱 아니니 배움에 열심을 다해야 한다. 둘째, 배울 때 배우지 않음은 자신의 인생을 후퇴시키는 일이다. 자신이 앞으로 나아가길 원한다면, 그래서 자신이 원하는 인생을 살고 싶다면 배움을 소중히 하라. 셋째, 배움은 실존적인 행위이다. 사람은 배움을 통해 현실을 자각하고, 지금보다 나은 자신을 위해 살아간다. 넷째, 모르는 것은 부끄러운 일이 아니다. 모르니까 배우는 것이다. 배우고 싶은 것이 있다면 망설이지 말고 배워라. 다섯째, 무엇을 배울 땐 알 때까지 배워라. 배우는 도중에 그만두는 사람들이 많은데 그것은 차라리 배우지 않는 것만 못하다. 여섯째, 배움은 끝이 없고 언제나 현재 진행형이다. 죽을 때까지 배워도 못 배우는 게 배움의 본질이다.

힘이 다할 때까지 배우고, 배운 것을 목숨처럼 행하라.

알기 위해서는 배워야 하고, 배운 것은 행해야 한다. 아는 것을 행하는 것은 자신의 가치를 높이는 일이다. 힘이 다할 때까지 배워라. 그리고 행하라.

DAY 21 사색의 숲길을 걷다

사색의 숲길을 걸으면 안 보이던 길이 보이고, 새로운 생각들이 꽃처럼 피어난다. 사색은 마음을 맑게 하고 생각을 키운다. 사색하라, 사색은 또 다른 자기와의 만남이다.

아침 일찍 또는 저녁에 산책을 하며 이런저런 생각을 하다 보면 산책하기가 지루하지 않고 마주치는 나무와 풀, 강아지와 고양이, 이웃 주민들, 자동차 불빛 등 모두가 생각의 대상이 된다. 날마다 같은 길을 걸어도 그때마다 느낌이 다 다르다. 그날의 생각에 따라 느낌의 빛이 다르기 때문이다. 그래서 사색의 숲길을 걷다 보면 우울했던 마음은 저 멀리로 사라지고, 기분 좋았던 생각은 자신도 모르게 입가에 웃음꽃을 피우고, 이런저런 잡다한 생각은 가지런히 정리가 된다.

이러한 생각의 달콤함은 사색의 숲길을 더욱 정겹게 하고, 발걸음을 가볍게 한다. 사색이 필요한 것은 사색은 사람들의 마음을 살찌게 하고 깨끗하게 하기 때문이다.

사색하는 사람은 지혜가 번뜩인다. 사색에서 오는 지혜야말로 사람들을 인간 본연의 마음으로 돌아가게 하고, 올바른 길을 걸어가게 한다. 또한 깊은 사색에 잠긴 사람을 보면 그 어떤 그림보다도 멋지다.

사색하라. 사색은 또 다른 자신과의 만남이다.

사색은 단순히 생각하는 것이 아니라, 사색을 통해 새로운 생각을 발견하고 마음을 깨끗이 하는 일이다. 사색하라. 사색은 나를 만나는 소중한 시간이다.

DAY 22 좋은 사람을 많이 둔 사람이 진정한 부자다

사람은 큰 자산이라는 말이 있다. 다방면에서 좋은 사람들을 많이 알고 있다면 금덩어리를 갖고 있는 것보다도 더 부자다.

사람을 가려 사귀는 사람이 있는가 하면, 이 사람도 좋다 저 사람도 좋다며 사귀는 사람도 있고, 사람 사귀는 것을 편치 않게 여기는 사람도 있다. 이 중 가장 바람직한 타입은 사람을 가려 사귀는 사람이다. 사람은 생각을 하는 동물이므로 자신과 생각이 잘 맞아야 하고, 취미나 특성이 비슷하면 좋은 관계가 되어 서로에게 큰 힘이 되어 준다.

그러나 이 사람 저 사람 가리지 않고 막 사귀다 보면 자신에게 문제가 생길 수도 있다. 자신과 성격이나 취미가 잘 맞으면 그보다 좋을 순 없지만, 다르다면 문제는 달라진다. 왜냐하면 다툼이 일 수도 있어 서로가 마음의 상처를 입을 수도 있기 때문이다. 그래서 이 사람 저 사람 막 사귀는 것은 바람직하지 않다.

그리고 사람 사귀는 것을 편치 않게 생각하는 것은 더 큰 문제가 될 수 있다. 세상은 혼자서는 살 수 없기 때문이다.

사람이 큰 자산이라는 것은 좋은 사람을 많이 두었을 때를 이르는 것이다. 좋은 사람을 두기 위해서는 자신이 먼저 좋은 사람이 되면 된다.

좋은 사람은 황금보다도 귀하고, 자신에게 있어서는 큰 자산과도 같다. 좋은 사람을 곁에 두기 위해서는 자신이 먼저 좋은 모습을 보여야 한다. 누구나 그런 사람을 원하기 때문이다.

DAY 23 심은 대로 거두는 삶의 법칙

> 인생의 모든 것은 자신이 심은 대로 거두는 법이다. 친절을 심으면 친절을 받고, 칭찬을 심으면 칭찬을 받게 된다. 무엇이든 자신이 거두고 싶은 대로 심어라.

종두득두種豆得豆라는 말이 있다. 이는 '콩을 심은 데 콩 난다'는 말로, 모든 것은 자신이 하는 대로 받게 됨을 의미한다.

그렇다. 콩을 심으면 당연히 콩이 나지 팥이 나는 법은 없다. 그런데도 사람들 중엔 이 법칙을 잊고 무리한 편법을 쓴다거나 무리수를 두기도 한다. 삶이란 자신이 노력한 만큼 받게 된다.

칭찬을 받고 싶으면 자신이 먼저 칭찬을 하고, 배려와 양보를 받고 싶으면 자신이 먼저 배려하고 양보하고, 존경을 받고 싶으면 자신이 먼저 존경을 하고, 사랑을 받고 싶으면 자신이 먼저 사랑을 주고, 선물을 받고 싶으면 자신이 먼저 선물을 하면 된다.

인생의 모든 것은 자신이 하고 싶은 대로 자신이 먼저 노력을 들이면 된다. 이치가 이러한데도 그런 노력도 없이 받기를 바란다면 그것은 도둑의 심보와 같다. 정당한 대가를 지불하고 받는 것이야말로 떳떳하듯이 자신의 인생을 떳떳하게 하고 싶다면 거두고 싶은 대로 심어라.

그 어떤 인생도 저절로 되는 것은 없다. 자신이 받고 싶은 대로 심어라. 많이 받고 싶으면 많이 심으면 된다. 심은 대로 거두는 것이 삶의 법칙이다.

DAY 24 상대가 자신을 기억하게 하라

상대가 자신을 기억하게 하기 위해서는 상대가 자신을 기억하게 만들면 된다. 그것은 상대에게 자신을 확실하게 심어 주는 것이다.

미국 민주당 당수와 우정 장관을 지낸 짐 파레이. 그는 가난한 집안의 장남으로 태어나 10살 때부터 벽돌 공장에서 일을 해야만 했다. 그는 교육도 제대로 받지 못했다. 하지만 그에게는 한 가지 비상한 재주가 있었다. 그것은 사람들이 자신에게 반하도록 하는 능력이었다. 그는 성장해서 정치계에서 활약하게 되었고 많은 사람들이 그를 기억했다. 그는 고등학교 문턱에도 가보지 못했지만 46살이 되기 전에 4개의 대학으로부터 명예 학위를 받았다. 그가 이렇게 성공적인 삶을 살 수 있었던 것은 많은 사람들의 이름을 잘 기억한 데 있었다. 그는 한 번이라도 만난 적 있는 사람의 이름은 절대로 잊지 않고 기억했던 것이다.

"나는 당신이 1만 명이나 되는 사람들의 이름을 기억하고 있다고 봅니다"라는 데일 카네기의 말에 "아닙니다. 나는 5만 명에 달하는 사람들의 이름을 기억하고 있습니다"라고 말했다는 일화는 너무도 유명하다. 그의 이런 능력은 프랭클린 루스벨트를 백악관 주인이 되게 하는 데 결정적 기여를 했다. 그는 선거 유세 동안 만난 사람들의 이름을 기억하고 편지를 보내서 지지를 부탁했다. 이렇듯 상대가 자신을 기억하게 하는 것이야말로 참 좋은 성공 비결이다.

상대가 자신을 기억하게 하기 위해서는 자신을 생생하게 기억하게 하라.

DAY 25 상대의 입장에서 생각하기

상대의 입장에서 생각하면 그 어떤 경우에도 척을 지지 않고 좋은 친분을 유지하게 된다.
누구나 자신을 생각해 주는 사람을 좋아하는 까닭이다.

J. C. 우톤이란 사람이 어느 날 뉴욕에 있는 백화점에서 옷을 샀는데 그 옷이 맘에 들지 않았다. 그래서 그는 백화점으로 옷을 가져가 자신에게 옷을 팔았던 판매원에게 옷을 도로 가져온 이유를 말했다. 그러나 판매원은 '지금까지 이런 옷을 수천 벌 팔았지만 이런 불평은 처음'이라며 우톤을 더 분노하게 만들었다. 그래서 백화점이 떠나갈 듯 소리를 치고 있는데 바로 그때 책임자인 지배인이 달려와서 그에게 연유를 말해 달라며 아주 정중하게 말했다. 지배인은 그의 얘기를 차근차근 다 들어 주었다. 그리고 지배인은 일주일만 입어 보고 그래도 마음에 들지 않으면 언제든지 가져오라고 말했다. 지배인의 친절한 마음에 기분이 좋아진 우톤은 기분 좋게 백화점을 나왔고 나중엔 그 백화점을 신뢰하게 되어 단골 고객이 되었다.

사람은 누구나 자신의 입장에서 생각해 주는 사람을 믿고 신뢰하는 법이다. 상대의 마음을 사기 위해서는 상대의 입장에서 생각하라.

상대의 입장에서 생각하는 것은 그를 내 사람으로 만드는 최선의 방법이다.

가을에 읽는 시 한 편

가을은 독서의 계절이라고 할만큼 서정이 그 어느 때보다도 무르익는 계절이다. 이 좋은 계절에 읽는 시는 시가 아니라 영혼의 노래다.

누구의 그리움이 저리도 깊어져
가을이 되었나.

가을이 가을을 부르고
그 가을이 또 그 가을을 부르니
가을이 머무는 곳곳마다
그리움은 저문 산처럼 깊다.

누구의 사랑이 그리도 그리워
가을이 되었나.

가을이 가을에게 손짓하자
그 가을이 붉은 울음으로 오나니
눈길 머물고 발길 닿는 곳마다
사랑은 서럽도록 서러워 아련히 아련히도 깊어만 간다.

이 시는 나의 〈추일서정(秋日抒情)〉이란 시이다. 사랑과 그리움이란 인간의 본성을 '가을'에 대비해 노래한 시이다. 가을은 사랑하고 그리움에 젖기에 참 좋은 계절이다.

DAY 27 희망의 엔진을 늘 가동시켜라

희망은 나이에 제한이 없다. 희망을 품는 한 언제나 미래를 살 수 있다. 희망을 품고 희망을 노래하며 희망을 이루라.

희망은 자동차의 엔진과 같다.

자동차에 키를 꽂고 시동을 걸었을 때 힘찬 소리와 함께 엔진이 돌아가듯 희망이란 엔진을 가동시키기 위해서는 희망의 키를 꽂고 힘차게 시동을 걸어야 한다.

희망의 키를 손에 쥐기 위해서는 부단한 노력이 필요하다. 가만히 앉아 있는데 저절로 오는 희망은 어디에도 없다.

"최후의 승리는 출발점의 비약이 아니다. 결승점에 이르기까지 성실과 끈기 있는 노력을 기울어야 한다."

이는 미국의 백화점 왕으로 불리는 존 워너메이커John Wanamaker의 말이다.

그렇다. 희망의 키를 손에 넣기 위해서는 존 워너메이커가 말한 것처럼 자신의 목표를 향해 끝까지 전심전력을 다해야 함을 잊지 마라.

희망의 키를 손에 넣기 위해서는 끊임없이 희망의 엔진을 가동시켜야 한다. 희망의 엔진을 가동시키는 한 희망의 키는 언제나 자신의 손에 들려져 있을 것이다.

DAY 28 전력투구의 법칙

인생을 가치 있게 살고 싶다면 한 번뿐인 인생을 던져 전력투구하라. 전력투구야말로 자신을 인생의 주연이 되게 한다.

백수의 왕 사자가 멋진 갈기를 휘날리며 사냥감을 향해 달려가는 모습은 마치 전광석화 같이 빠르다. 특히, 늠름한 수사자를 보면 그 용맹스러움에 감탄이 절로 난다. 이렇게 멋지고 당당한 사자도 작은 임팔라를 잡기 위해 시속 70~80Km로 전력투구를 다 하지만 사냥 성공률은 20%밖에 안 된다. 살기 위해 사자로부터 달아나는 동물의 필사적인 노력이 백수의 왕인 사자를 형편없는 사냥꾼으로 만들어 버리기 때문이다. 사자는 이를 잘 알기에 작은 먹잇감을 사냥할 때도 전력투구를 다하는 것이다. 사냥에 성공하지 못하면 기다리는 것은 배고픔과 죽음뿐이기 때문이다.

누구나 꿈꾸는 삶을 가슴에 품고 있다고 해서 그냥 오는 것이라면 얼마나 좋을까. 그러면 힘 안 들이고 편안하게 살아가게 될 것이다. 그런데 그런 삶은 저절로 오는 법이 없다. 뜻을 세우고 전력투구해야 한다.

자신이 원하는 삶을 살기 위해서는 뜻을 세우고 전력투구해야 한다. 전력투구는 삶을 가치 있고 빛나게 하는 최선의 방책이다.

DAY 29 | 자기 혁신은 반드시 필요하다

> 혁신은 멋지고 창의적인 것이지만, 그것을 시도하는 것은 때로는 저항에 부딪치는 일이며 고통이 따르는 일이다. 그러나 그것을 참고 이겨 내면 반드시 혁신의 중심에 서게 된다.

혁신革新이란 '낡은 것을 바꾸거나 고쳐서 새롭게 하는 것'을 뜻하는 것으로 지금과 다르게 살고 싶다면 지금의 자신을 완전히 바꾸어야 한다. 그러니까 지금의 자신을 새롭고 희망적이고 유쾌하게 살고 싶다면 자기 혁신은 반드시 필요하다는 말이다.

지금의 자신을 새롭게 바꾸기 위해서는 지금 해 오던 대로는 죽었다 깨어나도 할 수 없다. 자신이 되고 싶은 목표를 정하고 그에 맞는 구체적인 사항을 정하고 뼛속까지 바꾼다는 생각으로 하나씩 하나씩 철저하고 확실하게 실천해 옮겨야 한다. 그렇게 해도 자신을 완전히 바꾸기란 쉽지 않다.

왜 그럴까. 혁신은 새롭고 미래적이고 창의적이지만 그것을 실행한다는 것은 저항에 부딪치는 일이며 고통이 따르는 일이기 때문이다.

인내는 쓰나 열매는 달다는 말처럼 새롭게 하기 위해 겪는 고통을 참고 견뎌낼 수 있다면, 자기를 혁신함으로써 자신이 바라는 꿀처럼 달콤한 삶을 선물로 받게 될 것이다.

그렇다. 21세기를 살면서 20세기의 방식으로는 살 수 없다. 자기 혁신은 늘 자신을 업그레이드 시킬 때 빛을 발하는 법이다.

자기 혁신은 정신과 생활방식을 새롭게 완전히 뜯어고치는 고통이 따르는 일이다. 자기 혁신을 위해서는 그 어떤 고통도 참고 견뎌 내야 한다. 혁신이란 참아냄으로써 바꾸는 일이다.

미치도록 빠진다는 것의 의미에 대하여

무언가에 미치도록 빠진다는 것은 멋진 일이다. 그것이 일이든, 사랑이든, 공부든, 미치도록 즐긴다는 것은 행복한 일이며 미련을 남기지 않는 일이다.

'미치도록 빠지다'에서 '빠지다'라는 말은 '마음을 빼앗기다'라는 의미로 '미치도록 빠지다'라는 것은 그것이 무엇이든 간에 그것과 하나가 된다는 것을 뜻한다. 그러니까 한 마디로 무아지경, 물아일체의 경지에 이를 만큼 푹 젖어드는 것을 말한다.

미치도록 사랑에 빠지다, 미치도록 행복에 빠지다, 미치도록 독서에 빠지다, 미치도록 배움에 빠지다 등 '미치도록 빠지다'라는 것은 그것과 하나가 되어 신나게 즐긴다는 상황론적인 것으로 무엇엔가 푹 빠짐으로써 자신이 원하는 것을 성취하는 경향이 높다.

무언가에 미치도록 빠진다는 것은 좋은 것이다. 미치도록 무엇엔가 빠져 보지 못한 사람은 이 말의 참뜻을 뼛속까지는 공감하지 못한다. 이 말의 의미를 뼛속까지 공감하고 싶다면 자신이 좋아하는 일에 미치도록 빠져 보라. 그러면 이 말의 참뜻을 알게 된다.

그렇다. 무언가에 미치도록 빠진다는 것은 멋진 일이다. 그것이 일이든, 사랑이든, 공부든, 그 무엇이든 미치도록 즐긴다는 것은 행복한 일이며 미련을 남기지 않는 일이다.

인생을 살면서 무엇엔가 미치도록 빠져 본 적이 없다면 부끄러운 일이다. 그만큼 열정적으로 살지 못했다는 방증이니까 말이다. 자신의 인생에게 부끄럽지 않으려면 자신이 좋아하는 일에 미치도록 빠져 보라.

DAY 31 | 가을 저녁 강가에서

가을날 가끔은 저녁 강가로 가보라. 특히 해가 저물 무렵 노을 지는 저녁 강가로 가보라. 그곳에서 자연이 쓴 한 편의 시를 읽어보라. 갈대들이 벌이는 춤사위에 젖어 보라. 살아 있는 지금 이 순간이 큰 축복이라는 것에 감사하게 될 것이다.

날 저물 무렵 노을 지는 가을 강가에 서니

바람과 갈대들이 어우러져 춤판을 벌이고 있다.

춤에 무심한 나도 어깨춤이 절로 난다.

저물녘 가을 강변은 바람과 갈대들의 무도회장이다.

갈대의 춤사위에 빠져 흥얼흥얼 노닐다 보니

하루 진종일 하늘을 날며 속살대던 새들은,

강 건너 숲 속으로 차례로 날아들고 기다렸다는 듯이

강물 위론 싸리꽃 같은 별들이 총총총 피어난다.

방금 상영을 시작한 영화의 명장면 같은 풍광에

나도 바람도 갈대들도 넋을 잃고 쳐다본다.

지금 이 순간을 함께한다는 것이 기적처럼 감사하다.

매 순간을 착하게 살고 싶은 가을 저녁이다.

어느 해 가을 저녁 무렵 원주 섬강에 간 적이 있다. 그때 마침 붉은 노을이 지고 있었다. 강물에 비친 노을은 한 폭의 그림이었다. 바람에 흔들리는 강가의 갈대들의 모습은 마치 군무를 보는 듯했다. 이윽고 어둠에 묻힌 강물 위로 하늘에 뜬 별들이 총총총 피어났다. 탄성이 날만큼 아름다웠다. 이토록 아름다운 세상에서 산다는 것이 기적처럼 느껴졌다. 눈물이 날 만큼 아름답던 그날이 가끔은 첫사랑처럼 가슴에 포근히 젖어든다.

CHAPTER 11

품격 있는 인생으로
산다는 것은

November

세상은 정직한 에고이스트이다

Birth flower
레몬 버베나 Lemon Verbena _인내

세상은 정직한 에고이스트이다.

DAY 01 자기 확신의 힘

자기 확신은 자신을 믿고 신뢰하여 자신의 존재를 강하게 인식시킴으로써 자존감을 높이고 자신감을 갖게 하는 성공의 원천이다.

세계적인 자기계발 저술가이자 강연자인 노만 빈센트 필^{Norman Vincent Peale} 박사는 자신의 저서 《적극적인 사고방식》에서 "자기 자신을 믿자. 자기의 재능을 신뢰하자. 자기 힘에 대해 겸손하고 확고한 자신이 없으면 성공할 수도 없고 행복할 수도 없다. 건전한 자신감이야말로 성공의 원천이다"라고 말했다.

이는 자기 확신을 말하는 것으로 여기서 자신감이란 긍정적인 생각에서 오는 충만한 마음을 말한다. 긍정적인 마음을 가진 사람에게서는 열등감이란 찾아볼 수 없다. 강한 자기 확신에 오는 자신감이 부정적인 생각을 마음으로부터 떨쳐 버리기 때문이다.

자기 확신을 갖고 늘 긍정적으로 생각해야 하는 이유가 여기에 있는 것이다. 나는 할 수 있다고 내면의 또 다른 자신에게 속삭여라. 부정적인 생각이 마음속에 들어오지 못하게 조금도 틈을 주지 말아야 한다. 늘 행복한 꿈을 꾸고 성공한 미래의 내 모습을 상상해야 꿈을 이룰 수 있다.

성공은 자기 확신을 갖고 꿈을 사랑하며 이루기 위해 노력하는 사람에게 찾아오는 값진 인생의 선물이다.

꿈을 이루고 싶다면 자기 확신을 가져라. 자신을 믿고 신뢰하는 자기 확신은 자존감을 키우고 자신감을 갖게 함으로써 강력한 힘을 발휘한다. 자기 확신은 자기 사랑이다.

DAY 02

자신을 즐겁게 하고 가치 있게 하는 일

무슨 일을 하느냐에 목숨을 걸지 말고, 자신을 즐겁게 하고 가치 있게 하는 일을 하라.

일은 경제를 창출시키는 동시에 그 사람의 가치를 가늠하는 척도이기도 하다. 여기서 그 사람의 가치를 가늠하는 척도라는 말은 그 사람이 어떤 일을 하느냐가 중요한 게 아니라 자신에게 주어진 일을 어떻게 하느냐가 더 중요하다는 것을 의미한다.

왜 그럴까. 아무리 멋지고 좋아 보이는 일도 자신과 맞지 않으면 보람과 즐거움을 느끼지 못한다. 반면에 보잘것없어 보이는 일도 자신과 잘 맞으면 보람을 느끼고 즐겁게 일하게 되기 때문이다. 그러니까 무슨 일을 하느냐에 목숨을 걸지 말고, 자신이 즐겁고 가치를 느끼는 일을 하라는 것이다.

그런데 어떤 사람들은 일을 자신의 능력을 은근히 사람들에게 과시하는 수단으로, 사회적인 신분 상승의 수단으로 생각하기도 한다. 이는 일이 지닌 가치를 제대로 알지 못해서 일어나는 현상이다.

일은 자신이 보람을 느끼고 즐겁게 할 수 있어야 한다. 그래야 일을 통해 만족을 얻게 되고, 자신의 가치를 끌어올림으로써 행복을 영위하게 되는 것이다.

무슨 일을 하느냐보다는 어떻게 일을 하느냐가 더 중요하다. 그래야 즐겁게 일함으로써 만족하게 되고, 자신의 가치를 높임으로써 행복을 영위할 수 있기 때문이다.

DAY 03 삶은 선택이며 처음이 중요하다

삶은 선택이다. 어떤 선택을 할 것이냐는 오직 당신의 몫이다.

어떤 삶을 선택하느냐에 따라 그 사람의 인생은 결정된다. 물론 선택은 한 번의 기회만 있는 것이 아니다. 몇 번이고 선택은 할 수 있다. 하지만 처음 선택을 어떻게 하느냐에 따라 자신의 인생에 미치는 영향은 실로 크다.

자신이 무엇을 할 것인가를 결정하고 그 일에 대해 세부적으로 계획을 세우고, 그 계획을 적극 뒷받침할 수 있는 콘텐츠와 그에 따른 준비를 철저히 함으로써 시행착오에서 오는 시간과 비용을 최대한 줄임으로 해서 능률적이고 짜임새 있게 추진할 수 있기 때문에 첫 선택이 중요하다.

그런데 선택을 잘못하면 그 과정에서 발생하는 오류로 인해 시간과 비용을 낭비하게 되고, 들였던 노력과 열정의 시간을 탕진함으로써 비능률적인 결과를 낳게 된다. 이런 우를 범하지 않기 위해서는 다소 시간이 걸리더라도 꼼꼼하게 준비함으로써 선택의 효율성을 극대화해야 한다. 이런 관점에서 볼 때 처음부터 잘된 선택이 삶에 미치는 영향은 절대적이라고 할 수 있다.

모든 삶은 선택에서 온다. 처음 선택을 어떻게 하느냐에 따라 그 사람의 삶에 미치는 영향은 실로 크다. 시행착오로 인한 오류를 최대한 줄이게 됨으로써 일의 효율성을 극대화시킬 수 있기 때문이다.

열정과 감성으로 설득하는 3가지

상대를 설득할 때 열정적인 마인드에 감성이 더해지면 좋은 결과를 얻게 된다. 열정은 상대에게 믿음과 신뢰를 심어 주고, 감성은 상대의 마음을 움직이는 데 최적이기 때문이다.

상대를 설득하는 방법은 다양하다. 그중에서도 열정과 감성으로 상대를 설득하면 매우 효과적이다. 열정은 상대에게 믿음과 신뢰를 심어 주고, 감성은 상대의 마음을 움직이는 데 최적이기 때문이다. 열정과 감성으로 설득하기 위해서는 첫째, 사람은 감정을 가진 주체로 기쁘고, 슬프고, 재미있고, 우울한 감정의 리듬을 탄다. 상대를 대할 때 감정 상태를 파악하고, 그에 맞게 대하면 상대의 마음을 사게 됨으로써 좋은 결과를 얻을 수 있다. 둘째, 열정이 가득한 사람은 무엇을 해도 잘 해낼 거라는 믿음을 준다. 열정이 많은 사람은 에너지가 많다. 이런 이유로 대개의 사람들은 열정이 많은 사람을 좋아한다. 열정은 상대의 마음을 사는 참 좋은 설득의 수단이다. 셋째, 상대를 내 말에 귀 기울이게 하기 위해서는 부드럽고 따뜻한 목소리로 말하는 것이 좋다. 남자든 여자든 정감이 담긴 목소리에 평안을 느끼고 관심을 기울인다. 부드럽고 따뜻한 목소리는 상대를 내 쪽으로 끌어당기는 참 좋은 감성의 설득 수단이다.

열정과 감성으로 상대를 설득하면 설득력을 높이게 된다. 열정은 상대에게 믿음과 신뢰를 주고, 감성은 상대의 마음을 움직이는 데 최선의 수단이기 때문이다.

DAY 05 감사할 일이 많은 사람이 돼라

살아가면서 감사할 일이 많은 사람이 진정 행복한 사람이다. 감사할 일과 행복은 정비례하기 때문이다. 더 많이 감사하고 더 많이 행복하라.

살아가면서 감사할 일이 많은 사람과 그렇지 않은 사람의 차이는 확연하게 나타난다. 감사할 일이 많은 사람은 그만큼 삶을 즐겁고 행복하고 긍정적으로 잘살고 있다는 방증이다. 감사할 일이 많다는 것은 일에서도 그렇고 다른 사람들과의 관계에 있어서도 원만하고 스스로에게 모남이 없어 만족해하기 때문이다.

그러나 감사할 일이 적은 사람은 덜 즐겁고 덜 행복하고 삶을 잘 살지 못하고 있다는 방증이다. 감사할 일이 적은 사람은 일에서도 그렇고 사람들과의 관계에서도 원만하지 못하고, 스스로에게도 모가 남으로써 불만족해하기 때문이다.

감사할 일이 많은 사람이 삶을 행복하게 여기는 것은 '감사'와 '행복'은 정비례하기 때문이다. 무슨 일에서든 감사하면 기분이 좋고 마음이 즐겁다. 감사한 일이 많으면 그만큼 기분이 더 좋고 즐거움을 더 많이 느끼게 됨으로써 행복을 강하게 느끼게 된다.

자신의 삶에 만족하고 행복해지기 위해서는 감사한 일이 많도록 하라.

감사할 일이 많으면 마음이 즐겁고 행복하다. 감사와 행복은 정비례하기 때문이다. 그래서 자신이 더 많이 행복하고 싶다면 감사한 일을 많이 만들면 된다.

DAY 06 | 마음의 무게를 가볍게 하라

> 탐욕, 미움, 이기심, 질투, 걱정 등으로 마음이 무거우면 삶이 즐겁고 행복하지 못하게 된다. 이런 마음들이 즐겁고 행복한 마음을 약화시키기 때문이다. 마음의 무게를 가벼이 하면 할수록 행복은 커진다.

쓸데없이 걱정하는 것, 지나친 욕망에 사로잡히는 것, 극단적인 이기심에 빠지는 것, 남을 이기기 위해 무모하게 행동하는 것, 자기 중심에 빠져 상대를 무시하는 것, 이기심에 사로잡히는 것, 쓸데없는 걱정에 빠지는 것 등은 마음의 무게를 무겁게 한다. 이런 마음에 사로잡히면 마음의 눈이 어두워져 판단력을 무디게 하고, 아무리 현명한 사람일지라도 사소한 일에 흔들리게 된다.

마음의 무게를 가볍게 하기 위해서는 불필요한 걱정으로부터 자유로워지고, 욕망을 반 뼘은 내려놓아야 하고, 극단적인 이기심에 빠지지 말고, 남을 이기기 위해 무모하게 행동하지 말고, 자기중심에 빠져 상대를 무시하지 말고, 이기심에 사로잡히지 말아야 한다.

또한 상대를 이기려고만 하는 마음의 족쇄로부터 벗어나야 한다. 이런 마음을 갖게 되면 마음이 한없이 맑아지고 가벼워진다. 마음을 가볍게 하는 일은 결코 쉽지 않다. 하지만 자신의 행복을 위해서라면 반드시 그렇게 해야만 한다.

마음의 무게를 가볍게 하기 위해서는 탐욕, 미움, 시기, 이기심, 걱정 근심, 남을 이기려는 무모한 행동을 마음으로부터 내려놓아야 한다. 마음을 비우는 만큼 행복해지기 때문이다.

DAY 07 삶을 즐기는 사람들의 최대의 강점

> 진정으로 삶을 즐기는 사람은 움켜쥐고 놓지 않는 사람들이 아니라, 자신의 것을 풀어놓을 줄 아는 사람이다.

스코틀랜드 미국 이민자로 억만장자가 된 앤드류 카네기[Andrew Carnegie]는 소년 시절 방직 공장의 직원을 거쳐, 전신 회사의 전보 배달원으로, 철도 전신 기사로 그리고 철강 회사를 설립해 세계 최고의 부자가 되었다.

석유 왕 존 데이비슨 록펠러[John Davison Rockefeller]는 고등학교를 마치고 휴이트 앤 터틀이란 곡물 회사의 경리로, 20살 때 동료인 모리스 클라크와 함께 '클리크 앤 록펠러'라는 회사를 설립했고, 석유를 판매하다 유전을 발견하여 석유 회사를 차려 최고의 부자가 되었다.

21세기 세계 최고의 부자인 빌 게이츠[Bill Gates]는 하버드 대학을 중퇴하고 마이크로소프트사를 설립해 막대한 부를 쌓았다.

앤드류 카네기, 록펠러, 빌 게이츠는 세계 최고의 부자라는 공통점과 자선 사업가라는 공통점을 지녔다. 또한 이들은 자선을 함으로써 삶을 행복하고 즐기며 살았고 살고 있다는 공통점을 지녔다.

삶을 즐기는 사람들의 최대의 강점은 자신의 것을 풀어놓을 줄 안다는 것이다. 자신의 것을 풀어놓음으로써 매임으로부터 진정 자유로울 수 있었던 것이다.

삶을 즐기는 사람들의 최대의 강점은 자신이 가진 것을 내려놓을 줄 아는 미덕을 가졌다는 것이다. 그들은 내려놓음으로써 마음의 압박으로부터 벗어날 수 있었다.

DAY 08 성취감이 주는 기쁨

무언가를 성취한다는 것은 가슴을 뿌듯하게 한다. 그것은 '무'에서 '유'를 창조하는 생산적인 작용이기 때문이다. 성취감의 기쁨을 누리기 위해서는 온몸과 마음을 다하여 그 일에 올인하라.

산악인들이 위험을 무릅쓰고, 죽음을 불사하고 에베레스트산에 오르는 것은 성취감이 주는 기쁨 때문이다. 정상에 올랐을 때 기분을 느껴보지 못한 사람들은 그 황홀한 성취감을 알 수 없다고 한다. 죽을 고비를 수없이 넘기고도 또다시 산을 오르는 것은 바로 이 때문이다.

산악인들이 산을 정복함으로써 성취감을 느끼듯 자신이 좋아하는 일을 통해 성취감을 느낄 수 있다면 그보다 좋은 것은 없다. 성취감을 느낌으로써 크게 행복할 수 있고, 행복한 만큼 그 일에 대한 성과가 뛰어나기 때문이다. 이에 대해 미국 최초의 4선 대통령인 프랭클린 루스벨트 Flanklin Roosevelt 는 이렇게 말했다.

"행복은 뭔가를 이뤄내는 기쁨이 있고, 창조적인 노력을 하는 황홀감이 있다."

그렇다. 성취감은 '무'에서 '유'를 창조하는 생산적인 작용이기 때문이다. 이를 잘 알았던 프랭클린 루스벨트는 자신의 일에 최선을 다함으로써 국민의 열렬한 지지를 얻어 4선 대통령이 될 수 있었다.

성취감의 기쁨을 누리고 싶다면 온몸과 마음을 다하여 그 일에 올인하라.

성취감은 창조적이고 생산적인 작용이다. 성취감을 느끼고 싶다면 자신이 하는 일에 온 열정을 다 바쳐라. 열정을 바치는 자만이 성취감을 느낄 수 있다.

DAY 09 | 도전의 달콤함을 즐기는 묘미

무언가에 도전한다는 것은 두려움을 갖게 하고 몸과 마음을 위축되게 하지만 용기와 자신감만 있으면 게임하듯 즐기면서 해 나갈 수 있다. 도전의 달콤함을 즐기고 싶다면 지금 당장 도전하라.

이 세상엔 크든 작든 도전 아닌 것은 없다. 모두가 도전이고, 모든 결과물은 도전에서 왔다. 도전하지 않으면 그 어떤 것도 얻을 수 없다. 하지만 도전을 하는 데는 많은 용기와 결단이 필요하다. 특히 지금과 다른 분야에 도전할 땐 두려움이 밤안개처럼 엄습한다. 이 두려움의 안개를 걷어 내지 못한다면 도전의 달콤함을 즐길 수 없다.

이에 대해《허클베리 핀의 모험》,《왕자와 거지》의 작가로 유명한 마크 트웨인Mark Twain은 이렇게 말했다.

"남들보다 앞서가는 방법의 비밀은 일단 시작하는 것이다. 그리고 시작하는 방법의 비밀은 복잡하고 과중한 작업을, 다룰 수 있는 작은 업무로 나누어 그 첫 번째 것부터 하는 것이다. 20년 후 당신은 했던 일보다 하지 않았던 일들로 인해 더 실망하게 될 것이다. 그러므로 닻줄을 던져라. 안전한 항구를 떠나 항해하라. 당신의 돛에 무역풍을 가득 담아라. 탐험하라. 꿈꾸라. 발견하라."

마크 트웨인의 말에는 도전에 대한 열정으로 가득하다. 도전은 이처럼 뜨거운 용기와 자신감으로 묘미를 즐김으로써 좋은 결과를 얻게 된다.

도전은 두려움을 갖게 하지만 용기와 자신감만 있으면 얼마든지 도전할 수 있다. 또한 즐거운 마음으로 도전하면 도전의 묘미도 느낄 수 있다. 도전하라. 도전의 묘미를 즐겨라.

DAY 10 자신에게 엄정한 사람

자신에게 엄정한 사람은 자신의 잘못을 그냥 넘기는 법이 없다. 반드시 잘못에 대해 반성하고 돌이켜 그런 실수를 두 번 다시는 하지 않으려고 노력한다.

사람들 중엔 자신에겐 너그럽고 타인에게는 엄정한 사람이 많다. 자신의 잘못이나 부족함에 대해서는 아무렇지 않게 생각하면서도 타인의 잘못에 대해서는 그냥 넘어가는 법이 없다.

그러나 자신에게 엄정한 사람은 자신의 잘못이나 실수를 그냥 넘기지 않는다. 반드시 자신의 잘못과 실수에 대해 그 원인을 살펴 스스로 반성하고 두 번 다시는 같은 실수를 반복하지 않으려고 노력한다. 그러다 보니 잘못과 실수를 줄여 타인에게 좋은 이미지를 심어줌으로써 믿음과 신뢰를 받는다.

이에 대해 공자孔子는 다음과 같이 말했다.

"자신에게 엄정하고 타인에게 관대하라."

공자의 말을 실천한다는 것은 쉽지 않지만, 자신의 삶을 바르게 하고 타인들과 좋은 유대 관계를 갖기 위해서는 그렇게 해야 한다. 왜냐하면 그것이 자신에게 주는 아름다운 인생의 선물이기 때문이다.

자신에게 엄정한 사람은 잘못과 실수를 잘 하지 않는다. 또한 타인에게 관대하므로 사람들과 좋은 관계를 맺음으로써 행복하고 만족하며 살아간다.

DAY 11 품격 있는 인생으로 산다는 것은

품격 있는 멋진 인생이 되고 싶다면 자신의 빛깔과 향기를 갖춰야 한다. 그러기 위해서는 오랫동안 꾸준히 몸과 마음을 닦아야 하는데, 참고 견디어 끝까지 하는 뒷심이 절대적으로 필요하다.

품격 있는 인생으로 산다는 것은 멋지고 은혜로운 일이다. 또 품격 있는 인생은 그 자체만으로 충분한 가치를 보장받는다. 품격 있는 인생은 삶의 향기를 품고 있어 많은 사람들에게 진한 삶의 향기를 전해줌으로써 인생의 빛이 되어 주기 때문이다.

품격 있는 인생이 되기 위해서는 첫째, 덕德을 갖춰야 한다. 덕은 어질고 너그러워 사람들을 온화하게 품어 준다. 덕을 갖춘다는 것은 타고난 성품에도 있지만 수양을 쌓아야만 갖출 수 있다. 둘째, 지知를 갖춰야 한다. 지는 정신세계를 기름지게 하고, 아는 것을 통해 자신은 물론 타인의 인생에 빛이 되어 준다. 셋째, 예禮를 갖춰야 한다. 예는 삶의 향기와 같아 사람들과의 관계를 아름답게 이어 준다. 그래서 예를 잘 갖춘 사람은 어디를 가나 사람들로부터 칭송을 받는다.

품격 있는 인생이 되기 위해서는 덕과 지, 예를 반드시 갖춰야 한다. 이를 갖춘다는 것은 수양을 쌓는 것과 같아 오랫동안 꾸준히 몸과 마음을 닦아야 한다.

품격 있는 인생은 아무나 될 수 없다. 그만한 노력과 열정의 가치를 지녀야 한다. 품격 있는 인생이 된다는 것은 자신에겐 최고의 삶의 선물이다.

DAY 12

우리가 선택해야 할 최선

그 무슨 일을 하더라도 선택은 오직 하나다. 사실을 사실대로 말하고 사실대로 행하는 것이다. 그것이야말로 성공적인 삶을 위해 우리가 선택해야 할 최선이다.

우리는 살아가면서 많은 일을 겪는다. 성공과 실패, 기쁨과 슬픔, 영광과 좌절, 다툼과 갈등, 오해와 진실 등은 누구라 할지라도 한번쯤은 반드시 겪게 된다. 특히, '옳음'과 '그릇됨' 사이에서 늘 갈등하고 부딪친다. 누구나 그런 경우를 수없이 만나게 된다. 그만큼 인간은 부족한 존재이기 때문이다.

하지만 너무 심각하게 생각할 필요는 없다. 그 무슨 일을 하더라도 선택은 오직 하나다. 사실을 사실대로 말하고 사실대로 행하라는 것이다. 그러면 문제 될 것이 없다. 그런데 그렇게 하지 않기 때문에 늘 갈등하고 부딪치고 체념하고 분노하는 것이다. 이 모두는 사실을 왜곡해서 생기는 일이다. 어떤 경우에도 그 무슨 일을 할지라도 사실을 사실대로 인정하고 행하면 문제 될 게 없다. 이런 사람에게 잘못을 제기할 사람은 어디에도 없기 때문이다.

그렇다. 한마디로 말해 자신에게 진실한 것이야말로 성공적인 삶을 위해 선택해야 할 최선인 것이다.

어떤 경우에도, 그 무슨 일을 할지라도 사실을 왜곡해서는 안 된다. 그것은 최악으로 가는 선택이기 때문이다. 사실을 그대로 인정하고 행할 때 그것이야말로 우리가 선택해야 할 최선이다.

DAY 13 | 가장 아름다운 성공

자신의 노력으로 세상이 조금이라도 달라질 수 있다면, 그것이야말로 아름다운 성공이라고 할 수 있다. 왜냐하면 가장 멋지고 가장 아름다운 일이기 때문이다.

어느 나그네가 길을 지나다 쥐엄나무를 열심히 심고 있는 노인을 보았다. 나그네는 노인에게 물었다.

"어르신, 이 나무가 언제 열매를 맺을 수 있겠습니까?"

"글쎄, 한 70년 후쯤 되겠지요."

쥐엄나무가 열매를 맺을 때까지 노인이 살 수 없다는 것을 잘 알고 있는 나그네는 다시 물었다.

"어르신이 이 나무 열매를 따서 드실 때까지 살 수 있겠습니까?"

"못 살지요. 그러나 내가 처음 이 세상에 태어났을 때도 세상은 나무들로 가득했다오. 우리 아버지와 어머니께서 내가 태어나기 전에도 나무를 심으셨으니까. 그래서 나도 내 자손들을 위해 나무를 심는 거라오."

이는 《탈무드》에 나오는 이야기로 다음 세대를 위해 나무를 심는 노인의 사회적 책임에 대해 잘 알려 준다. 이렇듯 지금의 세상을 조금이라도 더 낫게 할 수 있다면 그것은 가치 있는 일이며 아름다운 성공이라고 할 수 있다.

누군가를 위해 또는 이 사회를 위해 자신을 헌신할 수 있다면 그것은 아름다운 일이자 성공적인 삶이라고 할 수 있다. 함께하는 삶은 그 어떤 것보다도 가치 있는 일이기 때문이다.

정당한 대가는 반드시 지불하기

그 사람의 수고를 정당한 대가 없이 요구하지 말아야 한다. 그것은 그 사람의 수고에 대한 예의가 아니다. 수고에 대한 정당한 대가는 당연한 일이기 때문이다.

어느 날 모 잡지사에서 원고 청탁을 해왔다. 그런데 원고료 없이 써 줄 수 있느냐고 물었다. 나는 원고료 없이 원고 쓰기가 곤란하다고 말했다. 그랬더니 홍보가 되는 것만으로도 원고료 가치는 충분하지 않느냐고 반문했다. 나는 미안하다며 정중하게 거절했다.

이런 일이 가끔씩 있다. 예전에는 천성적으로 거절을 잘하지 못하는 탓에 원고를 써준 적도 더러 있었다. 그런데 그렇게 하다 보니 이건 아닌데 싶었다. 정당한 대가를 지불하는 것은 그 사람의 노력에 대한 도리이자 예의이다. 더구나 글을 써서 생활하는 전업 작가에겐 더더욱 그러하다.

또한 정당한 예의를 갖추고 원고를 청탁하고 그에 대한 대가를 지불하는 사람들에 대한 형평성에도 어긋나는 일이다. 이런 일이 있을 땐 불쾌함을 넘어 씁쓸하다.

누군가에게 수고가 따르는 일을 청탁할 땐 그에 대한 대가를 지불해야 한다. 그것이 정당한 일이자 당연한 일이기 때문이다.

누군가에게 수고를 요청하면 그에 대한 대가를 반드시 지불해야 한다. 그것이 수고에 대한 도리이자 예의이기 때문이다.

DAY 15

현재의 틀 안에 생각을 갇히게 하지 않기

지금과 다른 무엇을 하기 위해서는 자신의 생각을 틀 안에 갇히게 해서는 안 된다. 틀 안에 갇히게 됨으로써 그 틀을 벗어나는 데 한계가 있으므로 반드시 틀을 벗어나야만 한다.

무엇을 하든 좋은 결과를 얻기 위해서는 자신의 생각을 현재라는 틀 안에 갇히게 해서는 안 된다. 그것은 '안전 모드'로써 지금의 삶을 안정적으로 유지하는 데 도움이 될지는 몰라도 더 좋은 결과를 이끌어 내기에는 구태의연한 방법에 불과할 뿐이다.

세계 스마트폰 시장의 쌍두마차인 삼성과 애플을 보자.

처음 얼마 동안은 애플이 삼성을 앞섰지만 삼성 제품이 애플 제품보다 경쟁력에서 앞서자 애플은 디자인을 침해당했다는 구실로 사사건건 시비를 걸고 늘어졌다. 하지만 삼성은 물러서지 않고 조목조목 반박하며 애플의 억지 주장을 무력화시켰다. 2012년 삼성은 애플을 누르고 스마트폰 시장 세계 점유율 1위가 되었다.

삼성이 애플을 이길 수 있었던 힘은 무엇일까.

새로운 생각, 즉 창의력의 승리라고 할 수 있다. 창의력은 지금과 다른 새로움을 추구하는 혁신적인 생각이다. 지금과 다른 인생을 살고 싶다면 창의력을 길러라. 창의력에서 이기는 자가 승리하는 시대이다.

현재라는 틀 안에 갇혀있는 한 지금보다 나은 자신이 될 수 없다. 현재의 틀을 벗어날 때 지금보다 나은 자신이 될 수 있는데, 그것은 창의적인 생각을 갖는 것이다.

DAY 16 부러워하지만 말고 배워서 실천하라

> 남을 부러워하지만 말고 그 사람의 좋은 점을 배워서 실천하라. 그렇게 하는 것만으로도 좋은 결과를 내는 데 큰 도움이 된다.

가령 사람들은 돈 많은 이들에 대해 말할 때 두 가지 측면에서 말한다. 첫째는 그 사람의 능력과 재산을 부러워한다. 둘째는 그 사람을 공연히 비판하고 못마땅하게 생각한다. 이 두 가지 중 어느 쪽을 따르는 것이 좋을까. 그것은 당연히 첫 번째이다. 부러움 속엔 자신 또한 그렇게 되고 싶다는 욕망이 들어 있기 때문이다.

그런데 문제는 부러워만 한다는 데 있다. 분명한 것은 부러워해서는 그들처럼 될 수 없다는 것이다. 그들처럼 부자가 되려면 그들을 배우고, 배운 것을 부지런히 실천해야 한다. 그렇게 해도 부자가 되기란 쉽지 않지만 부자가 될 수 있는 기회는 충분하다.

이는 다른 일에 있어서도 마찬가지다. 그것이 음악이든, 미술이든, 글쓰기든, 축구든, 연기든, 운동이든, 공부든, 노래든, 요리든 성공의 법칙은 같다. 다만 그 법칙을 누가 더 철저하게 배우고 실천하느냐에 따라 결과는 달라질 뿐이다.

잘되고 싶은가. 그렇다면 부러워하지만 말고 그들을 배우고 실천하라.

부러워해서 잘되는 것은 어디에도 없다. 부러워만 하지 말고 배우고 실천하라. 이것이야말로 당연한 얘기 같지만 참진리이다.

DAY 17 인생을 새롭게 바꾸는 확실한 비결

인생을 새롭게 바꾸는 비결은 간단하다. 그것은 힘 있을 때 부지런히 힘쓰는 것이다. 오늘을 생의 마지막처럼 살며 게으름과 나태함을 멀리하고 오직 정진하는 것이다.

하버드 대학 교수를 지낸 탁월한 심리학자 윌리엄 제임스^{Williams James}는 이렇게 말했다.

"인생을 바꾸려면 지금 당장 시작하여 눈부시게 실행하라. 결코 예외는 없다."

이 말은 지금과 다른 자신으로 거듭나고 싶다면 지금이라도 당장 부지런히 힘쓰라는 것이다.

중국 남송시대의 시인 도연명^{陶淵明}은 그의 시에서 말하기를 '급시당면려^{及時當勉勵}' 즉 '좋을 때 부지런히 힘써서 하라'고 했다.

윌리엄 제임스나 도연명은 살았던 시기가 다르고 나라도 환경도 다르지만, 그들이 남긴 말은 일맥상통한다는 걸 알 수 있다. 왜 그럴까. 진리는 동서고금을 막론하고 다 통용되기 때문이다.

게으른 거지는 있어도 부지런한 거지는 없는 법이다. 또한 부지런한 벌은 슬퍼할 겨를이 없다. 그리고 일찍 일어나는 새가 먼저 먹이를 먹는 법이다.

그렇다. 인생을 새롭게 바꾸고 싶다면 지금 당장 실행하여 부지런히 힘쓰라. 이것만이 인생을 새롭게 바꾸는 확실한 비결이다.

인생을 만족하며 살았던 이들은 하나같이 부지런했고, 게으름을 경계했다. 그랬기에 방해하는 나쁜 장애물들을 극복할 수 있었고, 그 대가로 반짝반짝 빛나는 '성공의 트로피'를 손에 쥘 수 있었다.

DAY 18 받은 만큼 돌려주기

사람들 중엔 받기만 좋아하고, 자신의 것을 주는 것에는 인색한 사람들이 있다. 이는 속물근성을 가진 사람들이나 하는 짓이다. 자신이 받은 만큼 돌려주는 미덕을 지닐 때 아름다운 인간관계는 활짝 꽃을 피우게 된다.

선물을 받으면 기분이 좋다. 선물이라는 그 자체가 좋고, 선물을 한 사람의 마음이 담겨 있기 때문이다. 선물은 마음을 담은 그 사람의 마음이라고 할 수 있다. 그런데 사람들 중엔 선물 받는 걸 좋아하면서도 자신은 선물하는 데 인색한 사람들이 있다. 그런데도 그것이 잘못이라는 생각은 하지 못한다. 마치 자신이 받을 만큼 잘나거나 자격이 있다고 생각하는 것 같다. 이는 스스로를 치졸하게 만드는 일이며 심히 부끄러운 일이다.

물론 선물을 받을 만한 일이 있으면 그것은 고마움의 표시로 주는 것이니 기분 좋게 받으면 된다. 그리고 이런 경우에는 그에 대한 답으로 선물을 하지 않아도 된다. 그러나 그런 것이 아니라면 무언가를 받으면 받은 만큼 되돌려 주는 것이 좋다. 선물을 받으면 선물로써 되돌려 주고, 밥을 사면 자신도 밥을 사면 된다.

그렇다. 무엇이든 일방적인 것은 옳지 않다. 서로가 주고받음으로써 더욱 인간관계를 아름답게 꽃피울 수 있는 것이다.

무언가를 받으면 자신도 받은 만큼 주어라. 서로 주고 받는 가운데 인간관계는 더욱 아름답게 꽃피는 것이다.

DAY 19 진실은 힘이 세다

진실을 이길 비법은 없다. 진실, 그 자체가 가장 확실한 비법이니까.

진실에 관계된 사자성어로 사필귀정事必歸正이 있다. 이는 '모든 일은 반드시 바른길로 돌아간다'는 뜻으로 한때 진실이 거짓에 밀려, 거짓이 진실처럼 굴지만 끝내는 진실에게 굴복하고 만다는 의미이다.

진실은 언제 어느 때나 변하지 않는다. 진실은 아주 오래전에 옳았고, 지금도 옳고, 미래에도 옳다. 이는 세계사적으로도, 국내사적으로도 여실히 증명된 사실이다. 진실이 언제나 옳은 것은 진실은 힘이 세기 때문이다. 이에 대해 주자학의 창시자인 주자朱子는 이렇게 말했다.

"밝은 빛은 금과 돌을 뚫는다. 진실은 무엇이든 뚫고 나가지 못함이 없다."

여기서 '밝은 빛'은 '진실'을 의미한다. 진실은 밝다. 그래서 어둠인 거짓은 밝은 진실을 이기지 못하는 것이다.

지금 이 순간은 거짓으로 위장할 수 있다. 그러나 시간이 지날수록 진실은 힘을 발휘한다.

그 어느 때에라도 그 어떤 상황에서도 진실을 외면해서는 안 된다. 진실은 언제나 옳기 때문이다.

DAY
20

반대를 위한 반대

반대를 하는 사람은 늘 반대를 위한 반대를 한다. 그것은 그 사람의 본성이 부정적 자아로 둘러싸여 치관 또한 부정적으로 작용하는 까닭이다. 반대를 위한 반대는 스스로를 마이너스 인생이 되게 하는 암적인 불행의 요소이다.

어떤 일을 결정하는 데 있어 반대만 하는 사람이 있다. 부정적인 자아에 사로잡혀 있어 모든 것을 안 되는 쪽으로만 생각하기 때문이다. 그러다 보니 누구나 할 수 있다고 믿는 것까지도 하지 못한다고 생각한다.

왜 그럴까. 그 사람의 의식 속에는 온갖 부정적인 생각으로 가득 차 있어, 무언가를 하려고 할 때 '잘될 거야. 그럼 잘되고 말고'라고 생각하는 대신 '과연 잘될 수 있을까, 잘 안 되면 어떡하지'라는 생각을 먼저 한다. 이런 생각으로 일을 하니 잘될 리가 없다.

"인생은 우리가 하루 종일 생각하는 것으로 이루어져 있다."

미국의 시인이자 사상가인 랄프 왈도 에머슨Ralph Waldo Emerson이 한 말로 생각을 어떻게 하느냐에 따라 그 생각대로 인생을 살게 된다는 것을 의미한다. 에머슨의 관점에서 볼 때 부정적인 생각의 지배를 받게 되면 반대를 위한 반대를 할 수밖에 없고 부정적으로 살아갈 수밖에 없다.

반대를 위한 반대는 부정적 자아에서 온다. 이런 마인드는 자신을 부정적이게 한다. 인생을 낙관적으로 살고 싶다면 매사를 긍정적으로 생각하고 행동하라.

DAY 21 디즈레일리의 인생 사용법

모든 영광 뒤엔 고통이 따른다. 영광이 향기로운 것은 고통 끝에 이뤄 냈기 때문이다. 고통 없는 영광은 어디에도 없다. 영광을 누리고 싶다면 그 어떤 고통도 극복하고 인내하라.

유대인으로서 유럽에서 가장 보수적인 영국 의회에 진출해 두 차례나 수상을 지낸 벤저민 디즈레일리Benjamin Disraeli. 그는 젊은 시절 호기를 부려 사람들로부터 허세를 부린다는 비난을 받기도 했다. 주식에 투자하고, 사업에도 손을 댔으나 실패했다. 좌절과 방황으로 4년 넘게 허송세월을 보내기도 했다. 정계에 입문해서는 수차례에 걸쳐 낙선했다. 그의 인생은 실패의 연속이었다. 그럼에도 그는 좌절하지 않았다. 좌절은 곧 인생의 실패라는 것을 경험을 통해 깨달았기 때문이다. 그는 실패를 거듭할수록 강해지기 위해 더욱 노력했다. 독서광이었던 그에게 책은 인생의 이정표와도 같았다. 그는 많은 책을 읽으며 지식을 쌓고 지혜를 터득했다. 그는 자신의 경험을 통해 다음과 같은 말을 남겼다.

"한 달에 네 권 이상의 책을 꼭 읽어야 한다."

디즈레일리는 독서를 통해 자신을 훈련시켰고 자신감을 심어 주었다. 그에게 실패는 일종의 연습 게임이었다. 그는 실패를 통해 단련되었고 마침내 단단한 진주를 품게 되었다.

고통을 참고 이겨 내면 영광을 맛보게 될 것이다. 고통은 영광을 맞이하기 위한 인생의 숨결이다.

DAY 22 사랑은 표현이다

표현하지 않는 사랑은 사랑이 아니다. 사랑은 표현함으로써 더욱 단단한 사랑이 된다. 사랑은 표현이다. 사랑을 쟁취하고 싶다면 적극 사랑을 표현하라.

아무리 사랑한다고 해도 표현하지 않으면 자신의 사랑을 사랑하는 이에게 제대로 전달할 수 없다. 사랑은 표현함으로써 자신의 사랑을 사랑하는 이에게 강하게 심어 준다. 그런데 사람들 중엔 사랑하면서도 자신의 사랑을 제대로 표현하지 못하고 이렇게 말하곤 한다.

"마음으로는 너무 사랑하는데 쑥스러워서 표현이 잘 안 돼요."

물론 성격적으로 그럴 수 있다. 하지만 사랑하는 사람 입장에서는 자신에게 관심이 없거나 사랑하지 않는 것으로 곡해할 수 있다. 이런 오해로 인해 헤어지는 사람들이 많다. 그래 놓고 아무리 후회해 본들 아무 소용이 없다. 한 번 떠나간 사랑은 흘러가 버린 강물과 같아 다시 돌아오지 않는다.

자신이 누군가를 진정으로 사랑한다면 적극적으로 사랑을 표현하라. 표현하지 않는 것은 사랑이 아니다.

사랑은 표현이다.

마음으로 아무리 사랑한다고 해도 겉으로 표현하지 않으면 사랑을 잃을 수 있다. 상대방은 자신을 사랑하지 않는다고 오해할 수 있기 때문이다. 사랑한다면 적극 표현하라.

DAY 23
한 걸음의 중요성

십 리를 가든 백 리를 가든 천 리를 가든 한 걸음부터 시작된다. 한 걸음 한 걸음 걷다 보면 어느새 목적지에 도달한다. 한 걸음은 보잘것없지만 한 걸음이 쌓여 십 리가 되고, 백 리가 되고, 천 리가 되는 것이다.

중국 도가道家의 창시자인 노자老子는 말했다.

"천 리 길도 한 걸음부터 시작된다."

그렇다. 천 리나 되는 길도 한 걸음을 떼어놓음으로써 도달한다.

십 리를 가든 백 리를 가든 천 리를 가든 한 걸음부터 시작되기 때문인데, 한 걸음은 보잘것없지만 한 걸음이 쌓여 십 리가 되고, 백 리가 되고, 천 리가 되는 것이다.

그런데 사람들 중엔 이런 평범한 진리를 무시하고 한 번에 두 걸음, 세 걸음, 열 걸음을 옮기려고 한다. 이는 욕심이 앞서다 보니 원칙을 벗어나 무리하게 시도하기 때문에 일어나는 현상이다. 하지만 무슨 일이든 무리하다 보면 탈이 나기 마련이다. 과욕은 언제나 화를 부르는 까닭이다.

자신이 하는 일을 성공적으로 해내고 싶다면 한 걸음 한 걸음 걸음으로써 천 리를 가듯, 치밀하게 계획을 세우고 차근차근 해 나가야 실수를 줄이고 목적을 달성하게 되는 것이다.

무슨 일이든 욕심을 앞세워 무리하게 시도하지 말아야 한다. 한 걸음 한 걸음 걷다 보면 어느새 목적지에 도달하듯, 차근차근 열심히 해 나가다 보면 목적을 이룰 수 있다.

DAY 24 하나는 결코 작은 것이 아니다

백에 하나가 부족하면 절대 백이 될 수 없다. 하지만 하나가 함께하면 완전한 하나가 된다. 모든 것은 작고 하찮은 것들이 채워짐으로써 완전해지는 것이다. 그러므로 하나는 결코 작은 것이 아니다.

예전에 운전 중 갑자기 시동이 꺼져 멈추어 선 적이 있다. 아무리 시동을 걸어도 시동이 걸리지 않았다. 원인은 점화플러그에 이상이 있었다. 점화플러그를 새것으로 교체하자 힘찬 엔진 소리와 함께 시동이 걸렸다.

한 대의 승용차는 2만 개가 넘는 부품으로 이뤄져 있다. 이 중 하나의 부품이 없어도 자동차에 문제가 생기게 된다.

그런데 대개의 사람들은 수많은 것들 중 하나는 없어도 아무렇지도 않게 생각하는 경향이 있다. 왜 그럴까. 많은 것 중 하나는 없어져도 티가 나지 않기 때문이다.

그러나 이것은 매우 잘못된 생각이다. 백에 하나가 부족하면 구십구일 뿐 절대로 백이 될 수 없다. 하나가 있어야만 완전한 백이 될 수 있다.

그렇다. 하나는 결코 작은 것이 아니다. 비어 있는 하나가 채워질 때 비로소 완전한 하나가 될 수 있는 것이다. '하나'라는 숫자처럼 작고 하찮은 것들을 함부로 여기거나 소홀히 하지 마라. 모든 것은 작고 하찮은 것들이 채워짐으로써 완전해지는 것이다.

사소하고 하찮은 것들을 무시하거나 소홀히 여기는 경향이 많다. 이 세상의 모든 것은 작고 하찮은 것이 있음으로 해서 비로소 완전해진다.

DAY 25 | 마음에서 지면 지고, 마음에서 이기면 이긴다

어떤 일을 하든 강하게 마음을 다잡아야 한다. 모든 것은 마음먹기에 달려있다는 말이 있듯 마음에서 지면 지게 되고, 마음에서 이기면 이기게 된다.

권투 경기를 보면 시합 전에 심판이 양 선수를 불러 주의 사항을 이야기한다. 이때 양 선수는 눈을 부릅뜨고 서로를 노려보며 기선을 잡으려고 기 싸움을 한다. 이때 기 싸움에서 밀리면 대개 경기에서 진다고 한다. 그래서 이를 잘 아는 선수는 기 싸움에서 이기려고 자신을 과장하기도 한다.

이는 무엇을 말하는가. 마음에서부터 이기고 경기를 하겠다는 말이다. 마음에서 이기면 자신감이 그만큼 상승하기 때문에 이길 승산이 높아지는 것이다. 이에 대해 손자孫子는 이렇게 말했다.

"이기는 군대는 우선 이겨놓고 싸운다. 패하는 군대는 우선 싸움을 시작하고서 이기려고 한다."

이기는 군대는 우선 이겨놓고 싸운다는 것은 마음으로부터 이기고 싸운다는 것을 의미한다. 우선 이겨놓고 싸우는 군대는 승리할 확률이 높다. 이는 무슨 일에서든 통용이 되는 '승리의 법칙'이라고 할 수 있다. 무엇을 하든 마음으로부터 이기고 시작한다면 좋은 결과를 얻게 될 것이다.

마음의 자세는 매우 중요하다. 마음의 자세를 어떻게 하느냐에 따라 일의 결과가 영향을 받기 때문이다. 어떤 일을 하든 마음으로부터 이기고 시작하라.

DAY 26 | 삶을 리드하는 인생, 삶에 끌려가는 인생

삶을 리드하는 인생이 있는가 하면, 삶에 끌려가는 인생이 있다. 삶에 끌려가는 것처럼 무의미한 것은 없다. 행복한 인생이 되고 싶다면 삶을 원하는 대로 리드하라.

사람은 크게 두 가지 형으로 나눌 수 있다. 첫째는 삶을 자신이 원하는 대로 리드하는 사람이고, 둘째는 삶에 끌려가는 사람이다.

삶을 자신이 원하는 대로 리드하는 사람은 진취적이고, 창의적이고, 생산적인 마인드를 가졌다. 이런 마인드는 사람을 긍정적이고 적극적이게 함으로써 매사에 성취욕이 강하다. 그래서 어떤 일을 하든 열정을 갖고 최선을 다한다. 그리고 자신이 원하는 인생을 즐기며 산다.

삶에 끌려가는 사람은 비진취적이고, 비창의적이고, 비생산적인 마인드를 지녔다. 이런 마인드는 부정적이고 소극적이어서 성취욕이 약하다. 그러다 보니 어떤 일을 하든 대충대충 한다. 그래서 원하는 삶을 살지 못하고 삶이 이끄는 대로 끌려간다. 그래 놓고 세상을 탓하고, 사회를 탓하고, 가족을 탓하고, 친구를 탓하고, 이웃을 탓한다.

자신의 인생을 만족하고 행복하게 살고 싶다면, 삶에 끌려가지 말고 삶을 리드하는 인생이 돼라.

삶은 적극적이고 능동적이고 성취적인 사람을 좋아한다. 그래서 그가 원하는 것을 베풀어 준다. 원하는 삶을 살고 싶다면 삶을 리드하는 인생이 돼라.

DAY 27 | 큰돈 들이지 않는 나를 위한 공부법

다변화되고 다양화된 사회에서 도태되지 않으려면 늘 배우고 익히고 생각하는 일에 열중해야 한다. 공부는 자신의 인생을 맑고 푸르게 하는 덕의德義이다.

현대를 평생학습시대라고 한다. 시시각각 변화하는 사회의 흐름에 대비함은 물론 개인적 성취감을 통해 자아를 실현하고, 삶의 만족도를 높임으로써 보다 행복한 인생을 영위하는 데 평생학습의 목적이 있다.

문제는 돈이다. 학습을 하는 데는 돈이 든다. 하지만 큰돈 들이지 않고 얼마든지 배울 수 있다. 큰돈 들이지 않는 나를 위한 공부법으로는 첫째, 도서관을 적극 활용하여 인문, 문학, 경제, 예술, 철학 등 다양한 독서를 통해 지식을 습득할 수 있다. 둘째, 평생교육원, 도서관, 평생학습관, 주민잔치센터 등 사회기관 곳곳마다 무료로 하는 강좌들이 즐비하다. 이곳을 이용하면 비용 없이도 배움을 즐길 수 있다. 셋째, 독서 모임에 참여하여 사람들과 교류하는 것도 좋은 공부법이다. 다양한 사람들과 교류하다 보면 얻는 게 많다. 넷째, 신문을 읽고 스크랩을 하는 것도 좋은 공부법이다. 신문에는 문화, 정치, 경제, 사회, 예술, 체육 등에 대한 다양한 정보가 많다. 다섯째, 인터넷을 이용하는 것도 좋은 공부법이다. 인터넷엔 수많은 정보로 가득 차 있다. 인터넷을 잘 활용하면 폭넓은 지식을 습득할 수 있다.

그렇다. 공부는 자신의 인생을 맑고 푸르게 하는 덕의德義이다.

시시각각 변화하는 사회에서 도태되지 않으려면 나만을 위한 공부법을 통해 배워야 한다. 배우지 않으면 도태될 수밖에 없다. 평생을 걸쳐서 하는 것이 공부다.

DAY 28 세상은 정직한 에고이스트이다

> 세상은 그가 하는 만큼만 그에게 준다. 그 이상은 그 사람의 운일 뿐, 노력의 결과는 아니라는 것을 알아야 한다.

누구나 보기에 부럽고 우뚝한 결과물은 그냥 이루어지는 법이 없다. 거기엔 그만한 실천의 노력이 따라야 한다. 실행하지 않고는 그 어떤 것도 결코 변화시킬 수 없고, 좋은 결과를 이끌어 낼 수 없는 것이다. 세상은 그가 하는 만큼만 그에게 준다. 그 이상은 그 사람의 운일 뿐 노력의 결과는 아니라는 것을 알아야 한다.

그런데 사람들 중엔 자신이 하는 일이 잘 안 되는 것에 대해 세상을 탓하고, 환경을 탓하고, 주변 사람들을 탓한다. 세상이 정직한 에고이스트라는 걸 잘 모르는 것 같다.

그렇다. 세상은 정직한 에고이스트이다. 세상은 한 치의 거짓도 없고, 공짜도 없다. 그런 세상에서 원하는 길을 가기 위해서는 자신 또한 자기 인생에 정직한 에고이스트가 되어야 한다. 그러니까 공짜를 바라지 말고, 요행 또한 바라지 말고, 정직한 땀방울을 흘려야 된다는 말이다. 그랬을 때 땀방울의 대가를 받게 되는 것이다.

자신에게 정직한 사람은 자신의 일에도, 자신의 꿈에도, 세상에게도 정직하다. 정직해야 자신이 원하는 것을 받게 된다는 것을 알기 때문이다. 자신에게, 세상에게 정직하라.

DAY 29

불가피한 일은 그냥 받아들여라

살다 보면 받아들일 수밖에 없는 일이 있다. 그런 일은 피한다고 해서 피할 수 있는 일이 아니다. 그것은 도리어 해악을 몰고 올 수도 있다. 받아들일 수밖에 없는 일은 그냥 받아들여라.

삶을 살아가다 보면 받아들이기 싫어도 받아들여야 할 일이 있고, 받아들이고 싶지만 받아들일 수 없는 현실이 있다. 받아들여야 할 현실은 피한다고 해서 피해지지 않는다.

왜 그럴까. 피하려고 하다 보면 오히려 그 일로 인해 손해를 보거나 부정적인 결과에 봉착할 수 있기 때문이다. 그런 까닭에 받아들이기 싫은 현실도 받아들여야 할 때가 있다.

"불가피한 일은 조용히 받아들여라."

이는 '악법도 법이다'라는 말로 유명한 고대 그리스 대철학자인 소크라테스Socrates가 한 말이다. 소크라테스는 자신이 독배를 마셔야 할 이유가 하등 없었지만, 자신에게 처한 현실을 '악법도 법'이라는 말과 함께 그대로 받아들여 독배를 마셨다.

만일 그가 독배를 거부했다면 어떻게 되었을까. 지금의 그는 위대한 철학자로 남지 못했을 것이다. 그는 사람들을 선동이나 하는 그저 그렇고 그런 철학자로 남았을 것이다. 그러나 그는 아무런 잘못도 없이 독배를 마심으로써 삶을 달관한 대철학자다운 모습을 보여 주었고, 그를 따르는 제자들과 사람들에 의해 위대한 철학자로 남게 되었다.

그렇다. 받아들일 수밖에 없는 일은 그냥 받아들여라.

살아가다 보면 받아들일 수밖에 없는 일을 만나게 된다. 그럴 땐 피하지 말고 조용히 받아들여라. 그럼으로써 전화위복이 될 수 있다.

DAY 30 | 행복하고 싶다면 마음의 온도를 높여라

마음이 따뜻한 사람은 누구에게나 친절하고, 다정다감하여 좋은 이미지를 심어 준다. 그래서 마음이 따뜻한 사람은 평온하고 행복해 보인다. 행복하고 싶다면 마음의 온도를 높여라.

마음이 따뜻한 사람은 보기에 참 평온해 보인다. 그 사람과 같이 있는 것만으로도 마음이 푸근해지고 기분이 좋다. 또 마음이 따뜻한 사람은 사랑이 많고 정이 많아 배려심이 좋다.

그래서일까, 마음이 따뜻한 사람은 사람들에게 온정을 쏟는 일을 즐거움으로 알고, 사람들이 행복해하는 것을 큰 보람으로 여긴다. 그래서 힘들고 어려워도 자신의 수고를 아끼지 않는다.

"매사에 인정을 베풀면 훗날 기쁘게 다시 만난다."

이는《명심보감明心寶鑑》에 나오는 말로 정을 베푼다는 것이 인간관계에서 얼마나 중요한 일인지를 잘 알려 준다. 정이 많은 사람은 마음이 따뜻하다. 마음이 따뜻한 사람은 사랑이 많다. '정'과 '사랑'이 많은 사람은 마음이 따뜻해서 어려움에 처한 사람들을 보면 그냥 지나치지 못한다. 작은 도움이라도 주려고 한다. 또한 남을 위해 봉사하고 헌신하는 것을 큰 즐거움으로 알고 기쁘게 행한다. 그리고 지금의 행복을 느낌으로써 자신의 삶에 만족해한다.

자신의 삶에 만족하고 행복하고 싶다면 마음의 온도를 높여라.

마음이 따뜻한 사람은 누구나 좋아한다. 정과 사랑이 많아 그와 함께하는 것만으로도 기분이 좋기 때문이다. 마음의 온도를 높여 언제나 마음이 따뜻한 사람이 돼라.

인생을 새롭게 바꾸는 비결은 간단하다. 그것은 힘 있을 때
부지런히 힘쓰는 것이다. 오늘을 생의 마지막이듯이 살며
게으름과 나태함을 멀리하고 오직 정진하는 것이다.

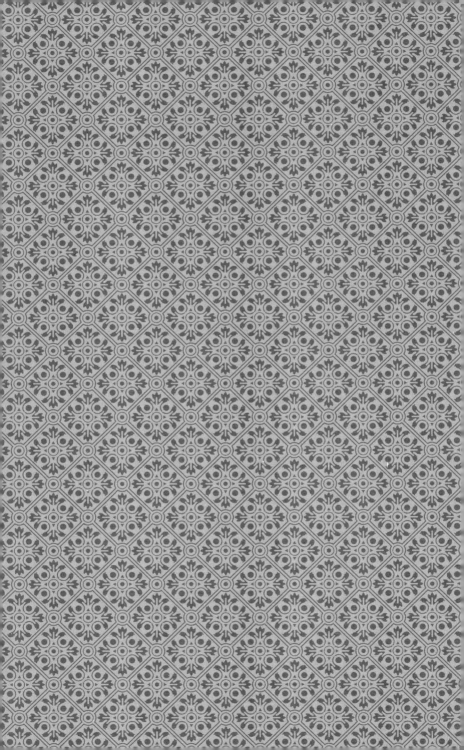

CHAPTER 12

산다는 것은 흔들림을
헤쳐 나가는 것이다

December

매 순간 온기를 품은 사람이 되자

Birth flower
국화 Chrysanthemum _고결

매 순간 온기를 품은 사람이 되자.

DAY 01 　인생의 무게가 느껴질 때

인생의 무게가 느껴질 때가 되었다는 것은 비로소 자신의 얼굴에 책임져야 할 때가 되었다는 것을 의미한다.

인생의 무게가 느껴진다는 것은 비로소

내 안의 나를 만나는 시간이 시작되었다는 것.

그리하여 만남엔 부끄러움이 없어야 한다는 생각이 들 때

'나는 누구인가, 나는 지금 어디로 가고 있는가'라는 생각이 들 때

내게 남은 이 길이 무엇을 위해 존재해야 하는지를

거듭거듭 생각하게 될 때

사랑하는 이들이 문득 내 목숨처럼 소중하게 느껴질 때

마음 아프게 했던 이들에 대한 미안함에 용서를 구하고 싶을 때

지금의 내가 좀 더 나다운 나로 살아가고 싶을 때

오늘의 하늘이 어제와 달리 더욱 푸르게 느껴질 때

살기 위해 먹는 것이 아니라 먹음으로써

가치 있는 길을 가야 한다고 느껴질 땐

지금의 자신을 곰곰이 돌아보라.

내가 이 길을 잘 가고 있는지를

인생의 무게가 느껴진다는 것은

자신의 얼굴에 책임지는 나이가 되었음을 의미하는 것이다.

인생의 무게에 걸맞은 내가 되어야 한다. 그것은 스스로에게 부끄럽지 않는 떳떳하고 당당한 일이다. 자신의 인생의 무게 앞에 당당하라.

DAY 02 학문의 본질

학문의 본질은 모르는 것을 아는 데 있다. 그런데 학문을 출세의 수단으로 삼거나 자랑거리로 삼아 자신을 과시하려는 사람들이 있다. 학문은 출세의 수단도 아니고 자랑거리도 아니다. 학문은 모르는 것을 깨달아 깊이 아는 데 그 본질이 있다.

사람들 중엔 학문의 본질을 왜곡하는 이들이 있다. 마치 학문을 출세의 수단으로 삼거나 자랑거리로 여겨 자신을 과시하려고 한다. 이는 매우 잘못된 생각이다. 학문의 본질을 망각하고 자신의 출세와 영달을 위해 학문을 이용한다면 그것은 학문이 아니라, 학문을 가장한 가학假學, 즉 '거짓 학문'에 불과하다.

조선 초기의 문신으로 사림파의 거두이자 영남학파의 종조인 김종직은 관직에 있으면서도 후학의 가르침을 기쁨으로 알았으니 김굉필, 정여창, 김일손, 이목, 김안국 등은 그의 제자로 문재를 널리 떨쳤으며 조광조를 비롯한 조선 중기 이황, 이이는 물론 그 후대의 학자들은 대개가 그의 학문의 뿌리에 바탕을 두었다. 김종직은 학행일치를 주창함으로써 학문과 삶은 하나가 되어야 한다고 가르쳤다. 한마디로 말해 학문의 본질을 충실에 실행한 조선의 스승이자 대학자였다.

학문을 왜곡하지 않는 것, 아는 즐거움을 통해 삶을 밝게 하는 것, 이것이 진정한 학문의 본질인 것이다.

학문을 자랑하거나 출세의 수단으로 삼지 마라. 학문은 모르는 것을 깨달아 깊이 알고 그것을 실행하는 데 그 본질이 있다.

DAY 03 | 사람을 아끼고 소중히 하라

사람은 만물의 으뜸이며 인격을 가진 동물이다. 이처럼 소중한 사람이 같은 사람으로부터 학대를 받고, 인격을 유린당하고, 무시당하는 일로 세상이 어지럽다. 사람을 아끼고 소중히 할 때 세상은 아름다워지고, 자신의 삶 또한 소중히 여김을 받고 존중받게 된다.

사람을 소중히 하는 사람은 천성이 어질다. 천성이 어질지 못하면 절대로 남을 먼저 생각할 수 없다. 어질다는 것은 사랑이 많다는 것이고, 그렇기 때문에 사랑이 많은 사람이 어진 법이다.

어진 사람 주변에는 그를 따르는 사람이 많아 외롭지 않다.

《논어論語》〈이인편里仁篇〉에 '덕불고 필유린德不孤 必有隣'이라는 말이 있는데, 이는 '덕이 있는 사람은 외롭지 않고 반드시 이웃이 있다'는 말로 덕이 있는 사람은 누구에게나 존경을 받고 따름을 받는다는 것을 알 수 있다.

동서고금을 막론하고 훌륭한 업적을 남긴 성현들은 존중하고 따르는 사람들이 많았다. 그것은 그들이 천성이 어질고, 거짓이 없고, 높은 학문을 갖추고, 성품이 고결하기 때문이었다.

사람을 아끼고 소중히 생각하기 위해서는 어진 성품을 길러야 한다. 그리고 서로가 서로를 존중하고, 배려하고, 아껴주는 마음을 가져야 한다. 그렇게 될 때 존중하는 마음과 예로써 사람을 아끼고 소중히 대하게 된다.

사람을 아끼고 소중히 하라. 그리하면 사람들로부터 어질고 덕망을 갖춘 사람으로 존경받게 될 것이다.

DAY 04
텅 빈 듯하여 충만한 겨울밤 하늘처럼

겨울밤 하늘은 텅 빈 듯하여 충만하고, 빈 듯하여 더 높고 맑아 보인다. 겨울밤 하늘을 바라보면 마음이 맑아지고 사랑하는 이를 바라보는 것 같아, 마음을 텅 비운 채 오래도록 바라보고 싶다.

겨울밤 하늘은

쓸쓸해서 아름답다.

겨울밤 하늘은

적막해서 고혹적이다.

겨울밤 하늘은

텅 빈 듯하여 더욱 충만하다.

이는 〈겨울밤 하늘〉이란 나의 시이다. 어느 해 겨울밤 하늘을 바라보는데, 너무도 쓸쓸해 보였다. 그런데 이상하게 내 가슴은 충만함으로 가득 차올랐다. 겨울밤 하늘이 쓸쓸해서 아름다웠고, 적막해서 아주 고혹적이었고, 텅 빈 듯하여 충만해 보였던 것이다. 나는 내가 아끼고 사랑하는 사람들을 바라보듯 한참을 그 자리에 서서 바라보았다. 좋았다. 가슴이 충만할 만큼 좋아서 눈물이 났다. 지금도 어느 해 겨울밤 하늘을 잊을 수 없다. 이 시는 그런 내 마음을 최대한 간결하게 담아 쓴 시이다. 맑고 쓸쓸해서 아름다운 겨울밤, 이 시를 읽어 보라. 충만해지는 행복으로 가슴이 따뜻해져 오는 것을 느끼게 될 것이다.

DAY 05 | 신비롭고 미묘한 인생의 길

인생의 길은 여러 가지다. 이것이 아니면 다른 것으로 방향을 틀면 된다. 그런데 그것도 아 니면 또 방향을 틀면 된다. 그렇게 하다 보면 자신에게 잘 맞는 길이 열린다. 그러면 그 길 에 죽을 듯이 매진하라.

인생을 살아간다는 것은 모험과도 같다는 말이 있다. 그만큼 인생 을 산다는 것은 순탄하지 않다는 말이다.

그렇다. 인생은 미리 정해진 길을 가는 것은 아니다. 길을 가다 보 면 '이 길이 아닌데' 하고 방향을 틀어 다른 길로 가기를 반복하게 된다. 이렇듯 인생의 길은 다양하게 펼쳐져 있다.

그런데 자신이 가던 길이 '이게 아닌데' 하여 절망하고 방황하는 이들이 있다. 물론 자신이 가고 싶은 길을 더는 갈 수 없다는 상실감 에서 오는 현상이라 충분히 공감하지만, 그렇다고 해서 더는 갈 길 이 없다고 생각한다는 것은 잘못된 일이다.

인생의 길이 그처럼 단순하다면 인생은 별로 재미없을 것이다. 이 런 인생 저런 인생의 길이 함께하기에 인생은 변화무쌍하고 흥미롭 고 때론 신비롭기까지 한 것이다.

인생을 잘 살았다고 생각하는 사람들은 하나같이 말한다. 인생은 살아볼 만한 가치가 충분한 멋진 게임이라고 말이다.

인생은 복잡하고 미묘한 미로와 같다. 그러나 그 길은 일정한 룰로 정해져 있어 이 길이 아니다 싶으면 다른 길로 가면 된다. 다만 그 길을 가고 안 가고는 의지의 문제일 뿐이다.

DAY 06 함부로 평가하지 마라

남을 함부로 평가한다는 것은 그 사람을 곤경에 빠트리는 일과 같다. 또한 그 사람에 대한 예의가 아니다. 함부로 남에 대한 평가는 절대 금하라.

20세기 최고의 테너 가수로 평가받는 엔리코 카루소Enrico Caruso. 그는 이탈리아의 가난한 집에서 태어났다. 노래하기를 좋아했던 카루소는 장래 희망이 가수였다. 그러나 그의 아버지는 아들의 꿈과는 달리 그에게 공장에서 일하게 했다. 카루소는 공장에서 일하면서 독학으로 노래를 연습했다.

어느 날 카루소는 자신의 노래에 대해 평가받고 싶어 어떤 선생을 찾아갔다. 카루소가 노래를 부르고 나자 선생은 테너가 되기엔 목소리가 나쁘다고 혹평했다. 카루소가 의기소침해 하자 카루소의 어머니는 아들을 격려해 주었다.

카루소는 어머니의 격려에 힘입어 열심히 노래 연습을 했다. 카루소는 17세 때 카페에서 노래를 부를 정도로 실력이 좋아졌다. 그 바람에 정식으로 성악 레슨을 받게 되었다. 그리고 사람들로부터 훌륭한 목소리를 가졌으니, 앞으로 대성할 거라는 칭찬을 받았다. 훗날 사람들의 말처럼 카루소는 최고의 테너가 되었다.

남을 칭찬하는 것은 얼마든지 해도 좋다. 그러나 함부로 남을 평가하는 것은 옳지 못하다. 그것은 그 사람에 대한 예의가 아니다.

새와 진실

새는 울 때 울어야 새인 것이다. 진실은 그것을 진실이라고 말할 수 있어야 한다. 울 때 울지 않으면 새가 아니다. 말해야 할 때 말하지 않는 것은 진실이 아니다.

울지 않는 새는 새가 아니듯

말하지 않는 진실은 진실이 아니다.

새는 울어야 새인 것이다.

새는 큰 소리로 포르릉 포르릉 울어야

새인 새로 살아가는 것이다.

침묵이 때론 진실이 될 때도 있다지만

그것은 진실을 감추기 위한 또 다른

위선과 허위로 작용할 뿐

진실은 말함으로써 비로소 진실이 되는 것이다.

울지 않는 새는 새가 아니다.

말하지 않는 진실은

허위로 무장한 침묵일 뿐이다.

진실이 공중에 떠도는 먼지처럼 공중을 떠돈다. 진실에 죽은 입이 되지 말아야 한다. 진실을 말하지 않는 입, 그것은 죽은 입이다.

DAY 08 겨울나무

잎이 지고 앙상한 가지가 쓸쓸해 보이는 겨울나무. 그러나 겨울나무는 겨울 산이 품어 주어 춥지 않다. 겨울나무는 겨울 산의 사랑으로 봄날 맑게 피어나 산과 들과 사람이 사는 마을을 아름답게 가꾸어 준다.

겨울나무는 순박하고 겸손하다.

겨울나무는 서로를 품어 주므로

한겨울을 이겨낸다.

어리석고 탐욕스러운

구석이라고는 그 어디에도 없다.

겨울나무를 바라보는 피곤에 지친 내 눈빛 사이로

파란 겨울 하늘이 웃고 있다.

겨울 산은 겨울나무로 둘러싸여 행복하고

겨울나무는 겨울 산이 품어 주어 따뜻하다.

창백한 시간 속에서도 끊임없이 꿈을 엮어

빈 들판을 따뜻하게 하는 겨울나무처럼

우리는 사랑하는 이에게 그 무엇이 되어야 한다.

추운 겨울을 이겨 내고 봄을 맞으며 당당하게 잎을 피우고 꽃을 피우는 나무, 나무처럼 우리는 사랑하는 이에게 꿈이 되고, 사랑이어야 한다. 누군가에게 의미가 되는 일은 자신을 존중하고 사랑하는 일이다.

DAY 09 마이클 조던의 인생 사용법

모든 일은 하루아침에 이루어지지 않는다. 차근차근 한 걸음 한 걸음 시간을 들이고 품을 들이고 땀방울을 흘림으로써 비로소 이루어지는 법이다.

세계에서 농구를 가장 잘하는 사나이 마이클 조던Michael Jordan.

농구 황제, 농구계의 신사 등 그에 대한 수식어는 실로 그를 더 위대한 선수로 높여 준다.

그는 최고의 선수가 되기 위해 천부적으로 뛰어난 재능에도 불구하고 피나는 노력을 다했다. 그의 장기 중 점프력은 타의 추종을 불허한다. 그가 덩크 슛의 귀재가 된 것은 작은 키에서 오는 핸디캡을 극복하기 위한, 피나는 점프 연습의 결과에 있었다는 것을 알아야 한다.

마이클 조던은 자신의 성공 비결을 다음과 같이 말했다.

"한 걸음 한 걸음 단계를 밟아 나아가라. 그것이 무언가를 성취하려는 내가 아는 유일한 방법이다."

마이클 조던의 성공은 한 걸음씩 앞서 나간 끝에 성공한 것이다.

그렇다. 모든 것은 단번에 이루어지지 않는다. 오랫동안 정성을 들이고 열정을 바쳐야 비로소 환한 햇살처럼 이뤄진다.

단숨에 이루어지는 성공은 없다. 공을 들이고, 품을 들이고, 열정을 바쳐야 비로소 '성공'이란 타이틀을 거머쥐는 것이다.

DAY 10 | 온기를 품고 살자

온기의 이미지는 따뜻함, 포근함, 온화함이다. 그래서 온기가 있는 곳은 그곳이 어디든 따뜻하게 느껴진다. 사랑의 온기가 있는 사람은 부드럽고 따뜻하다. 온기는 모두를 자유롭게 하고 호흡하게 한다. 온기는 사랑이며, 사랑하는 이들을 하나로 잇는 숨결이다.

사람들의 온기를 잃은 집은 주검처럼 쓸쓸하다.

사람들의 온기가 떠나버린 텅 빈 마을은

전쟁이 휩쓸고 간 상흔처럼 폐허가 된 허무의 그늘이다.

사람이 온기가 식어 버린 사람의 얼굴은 석화처럼 뻣뻣하다.

사람의 온기가 하늘도 땅도 집도 사람도

따스하게 품어 안아야 화평케 된다는 것을,

사람의 온기가 떠나는 순간 이 땅 위에 존재하는 것들은

더 이상 의미 없는 것들에 불과하다는 것을

알지 못한 죄가 실로 크다.

사람의 온기는 모두를 자유케 하고 호흡하게 한다는 걸

알기까지에는 너무나 먼 길을 돌아 왔음을 고백한다.

무지無智의 허망함과 속절없음이 가슴을 시리게 하느니,

떠나간 온기를 다시 불러들이고 다시는 온기가

떠나지 않도록 너와 나, 우리는 하나의 숨결이어야 한다.

온기가 있는 사람은 따뜻하고 온화하다. 그를 보는 것만으로도 마음이 따뜻해진다. 온기를 가득 품은 사람이 돼라.

DAY 11 불후의 명작, 고전이 된 《파우스트》

> 명작은 작가의 피와 땀으로 쓰인다. 한 권의 명작이 열정과 인내로 쓰이듯 한 사람의 위대한 인생 또한 뜨거운 열정과 모든 인내가 결집되어짐으로써 탄생한다.

독일 문학의 대표적 작가이며 정치가, 사상가, 과학자이자 자연 연구가로서 막대한 영향을 끼친 요한 볼프강 폰 괴테 $^{Johann\ Wolfgang\ Von\ Goethe}$.

그는 명작 《파우스트》를 장장 59년에 걸쳐 완성했다. 그의 나이 23세에 쓰기 시작해서 82세에 탈고했던 것이다. 한 작품을 쓰기 위해 그는 날마다 꾸준히 글을 썼다. 그러했기에 그는 영원한 세계의 고전이라고 불리는 불후의 명작 《파우스트》를 쓸 수 있었다. 괴테는 한 작품을 쓰는 데만 자신의 인생의 70%를 바쳤던 것이다. 그가 만약 중도에 포기했다면 《파우스트》는 결코 빛을 보지 못했을 것이다.

무엇을 이루어 내겠다는 굳은 의지가 없다면 그 어떤 것도 결코 이루어 낼 수 없다. 괴테가 강한 인내와 의지로써 꾸준히 글쓰기를 했듯이, 강한 의지가 마음속에서 강하게 작용할 때만이 꾸준히 실천함으로써 성공리에 일을 해 나갈 수 있는 것이다.

> 자신을 강하게 단련시키면 강한 의지를 갖게 된다. 강한 의지만 있다면 무엇이든 다 해내게 된다. 강한 의지는 인생의 소중한 자산과 같다.

DAY 12 | VIP가 되고 싶은 욕망

인간은 누구나 위대한 사람이 되고 싶은 욕망을 품고 있다. 그러나 아무리 욕망을 품고 있다고 해도, 위대한 사람이 되기란 요원하다. 위대한 사람은 위대한 용기를 가진 자만이 될 수 있다.

사람은 누구나 자신이 남보다 잘되고 튀는 삶을 살고 싶어 한다. 이는 사람 마음속에는 남보다 잘 되고 싶은 욕망이 살아 숨쉬기 때문이다. 중요한 사람이 되고 싶은 욕망은 누구에게나 잠재되어 있다.

VIP very important person 가 되고 싶은 욕망, 그 욕망을 탓할 수는 없다. 한 번뿐인 인생을 나만의 주인공으로 살고 싶은 건 어쩌면 당연한 일이다. 그런데 문제는 이런 삶은 아무에게나 찾아오지 않는다는 것이다. 중요한 인생이 되고 싶으면 그렇게 되기 위해서 값진 땀방울의 노력이 있어야 한다. 하지만 많은 사람들은 이런 욕망을 갖고 있음에도 창의적인 노력을 하지 않는 것 같다. 다만 이상만 있을 뿐 목표에 대한 확실한 실천 의식이 없다는 말이다. 이상만 갖고 꿈이 이루어진다면 얼마나 좋을까.

그러나 삶의 법칙은 아주 냉혹하고 빈틈이 없다. 삶은 노력하지 않는 자에게는 결코 화려한 성공의 면류관을 씌워주지 않는다.

노력하고, 노력하고 거듭 노력을 해도 이루어지는 꿈보다 그렇지 않은 것이 인생이다. 그러므로 자신이 진정 삶의 주인공이 되고 싶다면 창의적인 사람이 되어야 한다. 그리고 늘 창의적으로 생각하고 도전하라.

위대한 인생이 되어 주목받고 싶은 것은 누구나의 바람이다. 그러나 위대한 용기를 가진 자만이 누릴 수 있는 영광이다. 위대한 사람이 되고 싶다면 위대한 용기를 품고 도전하라.

DAY 13 인생을 바꾼 한 문장의 위대한 위력

한 문장의 힘은 실로 대단하다. 그것은 한 사람의 인생을 완전히 변화시키는 마력을 갖고 있다. 또한 세계를 뒤흔들 만큼 강력하다. 좋은 문장을 메모하라. 그리고 문장대로 빈틈없 이 강인하게 실천하라.

어떤 청년이 있었다. 그는 책을 읽던 중 매우 흥미로운 한 문장에 주목하게 되었다. 그 문장은 그의 앞날에 큰 영향을 끼쳤다. 그는 '캐나다 몬트리올 제너럴 병원 의학도로 졸업 시험에 통과할 수 있을까, 만약 통과를 하면 무엇을 해야 할까, 어디로 가야 할까, 어떻게 하면 개업을 할 수 있을까' 하고 고민하고 있었던 것이다.

이 젊은 의학도가 읽은 그 한 문장은 그를 최고의 의사가 되게 했다. 그는 세계적으로 유명한 존스 홉킨스 의과 대학을 설립하고 캐나다 의사로서 최대의 영예인 옥스퍼드 대학의 명예 교수가 되었다. 그는 영국 왕으로부터 훈공사로 임명되었고, 그가 세상을 떠났을 때에는 1,500쪽에 이르는 두 권의 전기가 발간되었다. 그의 이름은 윌리엄 오슬러William Osler이다.

1871년에 그가 읽은 한 문장이란 토머스 칼라일의 "우리들의 중요한 임무는 멀리 있는 희미한 것이 아니라, 가까이 있는 분명한 것을 실천하는 것이다"라는 말이었다.

가슴을 뜨겁게 하는 한 문장의 힘은 실로 대단하다. 자신의 온몸과 마음을 전율하게 하는 문장 이 있다면, 그 문장을 인생의 깃발로 삼아 힘껏 도전하라. 꿈을 이루게 될 것이다.

DAY
14

발로 뛰는 꿈, 그리고 꿈을 이루다

꿈은 머리로 하는 것이 아니다. 꿈은 머리로 세우고 손과 발로 이루는 것이다. 꿈을 이루고 싶다면 꿈을 이룰 때까지 뛰고 또 뛰어라.

캐나다 도보 여행가인 장 벨리보. 그는 10년 동안 전 세계를 누비며 여행을 했다. 그것도 지구 둘레의 두 배 반이 넘는 거리를 도보로 여행한 것이다. 그는 여행을 하는 중에 거리에서도 자고, 남의 집에서도 자고, 창고나 헛간에서도 잤다. 밥은 빵이나 계란 그리고 여행한 나라의 음식을 얻어먹으며 해결했다. 그가 10년에 걸친 세계 여행을 시도한 것은 자신의 삶에 새로운 변화를 주기 위해서였다. 이러한 그의 시도는 아내를 비롯한 자식들의 열렬한 응원에 힘입은 것이다. 그의 얘기는 세계적으로 널리 알려졌고 그는 가는 곳곳마다 뜨거운 환영을 받았다. 세계 곳곳을 도보로 여행하는 그의 용기 있는 행동이 전 세계인들의 마음에 잔잔한 감동의 물결을 일으킨 것이다.

그는 자신의 계획을 실천하기 위해 45세라는 적지 않은 나이에도 불구하고, 10년 동안이나 줄기차게 걸었고 마침내 자신의 꿈을 이뤘다.

꿈을 이루고 싶다면 꿈만 꾸지 말고 꿈을 이룰 때까지 발로 뛰어라.

꿈을 이루고 싶다면 가슴으로 꿈꾸고 부지런히 움직여라. 많이 움직이는 자가 꿈을 이루는 법이다.

DAY 15 · 눈 오는 날 읽는 마음의 시 한 편

눈 오는 날 한 편의 시를 읽어보라. 마음에 흰 눈처럼 맑은 시를 품어보라. 온몸과 마음이 한없이 맑아오게 될 것이다. 시는 마음을 울리는 영혼의 노래다.

함박눈 내린 날 이른 아침
온 사방이 백해(白海)다.

저 맑은
적막한 백해를 마주하는 순간
찬란하게 솟아나는 산뜻한 감흥은
새벽기도처럼 경건하다.

대자연의 경건한 기도에
고요히 눈을 감자
충만한 풍요가
가난한 마음에 뜨겁게 차오른다.

이 시는 나의 〈백해(白海)〉라는 시이다. 그러니까 '흰 바다'라는 뜻이다. 눈 오는 날 마음의 시 한 편을 읽어보라. 몸과 마음을 맑고 풍요롭게 할 것이다.

<table>
<tr><td>DAY
16</td><td># 아름다운 약속</td></tr>
</table>

약속은 상대와의 믿음을 지키는 행위이다. 약속을 잘 지킨다는 것은 자신의 믿음을 심어 주는 일이며 상대에 대한 예의이다.

몇 해 전 잔잔한 감동을 준 아름다운 이야기가 매스컴을 통해 보도된 적이 있다. 홍천에 사는 어떤 할머니가 연체되었던 과태료를 관공서에 납부한 일이었다. 그게 뭐 그리 대수로운 일이냐고 말할 수도 있을 것이다. 하지만 그 내용을 알고 나면 저절로 고개가 끄덕여진다.

할아버지가 생전에 실수로 산불을 낸 적이 있었다. 그런데 사는 게 너무 힘들다 보니 과태료를 납부할 수가 없었다. 그래서 늘 마음에 두고 살았는데 할아버지가 세상을 뜨면서 과태료를 갚아 달라고 할머니에게 당부했다고 한다. 할아버지가 당부를 남긴 채 세상을 뜨자 할머니는 할아버지와의 약속을 지키기 위해 한 푼 두 푼 모은 돈으로 과태료를 납부한 것이다.

참으로 아름답고 따뜻한 얘기가 아닐 수 없다.

할아버지와의 약속을 지키고 나니 천근만근 같던 마음이 새털처럼 가벼워져서 살 것 같다는 할머니의 말은 소중한 의미를 부여해 준다.

약속을 지킨다는 것은 자신의 책임을 완수하는 일이며, 상대에게는 믿음을 주는 아름다운 행위이다. 한 번 한 약속은 반드시 지켜야 한다.

DAY 17 나에게 묻는다, 나는 누구인가?

자신의 내면과의 대화는 참자아를 찾는 성찰 행위이다. 자신과의 대화를 통해 지금의 자신을 돌아보고, 자신을 진정성 있고 가치 있게 가꾸어라. 늘 자신의 내면에 묻고 귀 기울여라.

내가 태어나서
지금껏 나에게 가진 의문은
'나는 누구인가'라는 물음이다.

나는 누구인가.
그래서 나는 또 누구인가.

저녁 달이 참 밝다.

사색과 통찰을 통해 자신의 내면을 맑고 푸르게 가꾸는 일은 참 아름다운 일이다. 그것은 자신을 지금보다 나은 삶으로 이끌어주는 일이기 때문이다. '나는 누구인가?' 늘 스스로에게 묻고 대답하라.

DAY 18 | 아픔도 지나면 희망이다

인생의 아픔을 겪지 않고 자신의 꿈을 이루며 살 수 있다면 얼마나 좋을까, 하는 것은 누구나의 바람일 것이다. 그러나 아픔은 두려워 마라. 아픔은 희망으로 가는 통과 과정이다.

아픔을 두려워 마라.

주어진 길을 걸어가는 동안

아픔 없이 이루어지는 것이

어디 하나라도 있는가 보라.

새봄 푸르른 날

나무들이 꽃을 피울 수 있는 건

혹독한 겨울의 아픔을

온몸으로 견뎌 냈기 때문인 것을.

아픔도 지나고 나면 희망이다.

삶을 살면서 인생의 아픔을 겪지 않는 사람은 없다. 아픔은 희망으로 가는 인생의 통과 과정이기 때문이다. 그렇다. 아픔을 통해 자신을 단단하게 강화시킴으로써 그 어떤 고난도 능히 이겨 내라. 이기는 자만이 자신이 원하는 것을 얻게 된다.

DAY 19 ― 마음의 금을 지워 버리기

마음에 장벽을 둔다는 것은 스스로를 자기 안에 가두는 것이다. 그 금을 지워 버려야 한다. 금이 지워지는 순간부터 자기 안을 벗어나 맑은 마음의 눈으로 타인을 바라보게 된다.

사람들 가슴엔

저마다의 금이 쳐 있다.

그 금으로 인해

서로가 서로를 경계한다는 것은

눈물보다 슬픈 일이다.

그 금을 지워 버려야 한다.

지금 우리 사회는 진보와 보수로 나뉘어 서로를 질책하고 경계하는 데 혈안이 되어 있다. 이는 사회적인 현상을 떠나 개인 간에도 심화되고 있다. 이는 마음에 금이 쳐져 있기 때문이다. 마음의 금을 지워 버려야 한다. 그랬을 때 서로를 이해하고 배려하는 아름다운 사회가 될 수 있다.

강물은 거꾸로 흐르지 않는다

강물은 물길을 따라 흐른다. 거꾸로 흐르거나 물길을 이탈하지 않는다. 사람 또한 이와 같나니 순리를 따라 제 길을 갈 때 그 삶은 진정 아름답다.

강물은 거꾸로 흐르는 법이 없다.

강물이 거꾸로 흐르는 것은

사람들이 인위적으로

물길을 막아 놓았을 때이다.

강물은 늘 일정한 방향으로 흐른다.

강물이 강물인 까닭은 순리를

거스르지 않는 질서에 있다.

그러나 사람들은 자신의 뜻에 맞게

순리를 거슬러 자기를 이롭게 하려고 한다.

자신이 불행하다고 느낄 땐

순리를 거부하고 질서를 무너뜨렸기 때문이다.

강물의 질서를 배워야 한다.

자연에 순응하는 그 의연함이

강물을 아름답게 만드는 것이다.

인생을 물 흐르듯이 살고 싶다면 순리를 거스르지 않아야 한다. 순리를 거스르는 순간 어둠처럼 불행이 올 수 있나니, 순리를 따르라. 순리는 삶의 이치를 따르는 일이며 자신의 인생에 대한 도리이다.

DAY 21 때때로 자신을 점검하라

인생을 풍요롭고 멋지게 살고 싶다면 때때로 자신을 점검하는 시간을 가져야 한다. 자신이 지금 잘하고 있는지, 마음이 느슨해져 있는지, 변화를 따르지 못하고 고정 관념에 빠져 있는지를 살핌으로써 흐트러지지 않고 바르게 하라.

사람은 때때로 자신의 현재 삶을 점검하고
되짚어 보는 지혜가 필요하다.
왜냐하면 매너리즘에 빠지지 않기 위해서다.
매너리즘에 빠지면 변화하는 삶을 따르지 못한다.
변화하지 못하는 삶은 더 나은 내일을
기대할 수 없는 죽은 삶과 같다.
그래서 변화에 따르지 못하는 삶은 만족이라는
기쁨의 망루에 오를 수 없다.
삶은 끊임없는 변화 속에서 생기를 얻는 것이다.
그러기 위해선 늘 자신의 내면의 세계를
점검하고 보살피는 열정을 가져야 한다.
열정 있는 삶이 밝은 내일을 주도하는 것이다.

만족한 삶을 살고 싶다면 스스로에게 만족할 수 있어야 한다. 자신이 삶의 변화에 잘 따르고 있는지, 나태하고 게으르지 않는지, 매너리즘에 빠지지 않았는지를 때때로 점검함으로써 자신에게 빈틈을 주지 마라.

DAY
22
진실로 강한 것은 유연하고 부드럽다

대나무나 물푸레나무 등 강한 것은 힘을 가하면 부러진다. 그러나 물이나 풀은 부러지는 법이 없다. 물과 풀은 유연하고 부드러운 까닭이다.

부드러운 것이 강한 것을 이긴다는 말이 있다.

한없이 부드러운 물을 보라.

그 물이 차고 넘쳐 분노를 일으키면

산천초목은 아비규환이 된다.

그러나 그 물이 일정한 양을 유지할 땐

한없이 유유하고

인간들에게나 동물들에게나 식물들에게

달콤한 생명수가 되어 준다.

풀은 또 어떠한가.

아무리 광풍이 휘몰아쳐도 풀은 뽑히는 법이 없다.

그러나 아름드리나무는 뿌리 채 뽑히거나

하얀 속살을 드러낸 채 부러지고 만다.

이는 사람에게 있어서도 마찬가지이다.

덕德은 부드러움이며, 역力은 강함이니

덕을 쌓아 자신을 진정 강하게 하라.

부드러움이 강함을 이기는 것은 유연하여 부러지지 않은 까닭이다. 그렇다. 부드러운 것이 진정 강한 것이다.

성자와 범인凡人의 차이

성자는 자신을 극복하고 이기는 자이며 범인은 자신을 극복하지 못하는 자이다. 성자와 범인은
자신을 극복하느냐, 극복하지 못하느냐에 달려 있다.

성자와 평범한 사람의 기준은

자신을 넘어서는

사람이 되느냐 그렇지 못하느냐에 달려 있다.

자기를 넘어선다는 것은 쉬운 일 같으나

지극히 고행이 따르는 길이다.

그래서 성자는

모든 인류에게 존경의 대상이 되는 것이다.

성자가 되고 싶다면 자신을 극복하고 넘어서야 한다. 그러나 그렇지 못하면 성자가 되기란 낙
타가 바늘구멍을 빠져나가는 것보다 어렵다.

DAY 24 **마음의 자양분, 참 좋은 습관**

참 좋은 습관은 무형의 자산이다. 성공적인 삶을 살았던 사람들은 하나같이 참 좋은 습관이라는 자산을 가진 사람들이다. 인생을 잘 살고 싶다면 자신만의 참 좋은 습관을 길러라.

좋은 습관은

마음의 자양분이다.

성공적인 삶을 살다 간 사람들이나

살고 있는 사람들의

공통점이 있다면

자신의 인생을 밝게 이끌어 주는

좋은 습관을 갖고 있다는 것이다.

좋은 습관은

성공의 나침반이며 삶의 비타민이다.

참 좋은 습관을 지닌다는 것은 자기 스스로를 자산이 되게 하는 것이다. 성공하고 싶다면 참 좋은 습관을 길러라. 참 좋은 습관은 인생의 비타민이다.

DAY 25 가장 낮은 자리에서 가장 높게 빛나다

높은 곳에서만 가장 높게 빛나는 것은 아니다. 가장 낮은 곳에서도 가장 높게 빛날 수 있다. 자신을 불태움으로써 자신을 불이 되게 하는 것이다.

우리나라 최고의 동화작가인 권정생은 지독한 가난과 외로움 그리고 언제 죽을지 모르는 전신 결핵을 앓으면서도 희망을 잃지 않고 이 땅에 사는 어린이들을 위해 평생 동화를 썼다.

그가 쓴 동화는 하나같이 가난하고 작고 보잘것없는 것들을 소재로 했는데, 이는 초라한 것들에 대한 관심과 애정을 가질 때에만 진정으로 행복을 느낄 수 있다는 믿음에서다. 그의 최고의 명작인 《강아지 똥》이나 《몽실 언니》 같은 작품은 그의 작품관을 잘 엿보게 해 준다.

권정생이 자신의 콤플렉스인 외로움과 병마를 이겨 내며 명작을 남길 수 있었던 것은, 이 땅에 사는 어린이들에게 밝은 희망을 심어 주기 위한 꿈이 있었기에 가능했다.

그는 자신이 남긴 유산과 앞으로 발생되는 모든 인세는 이 땅에 사는 어린이들을 위해 써 달라는 유언을 남겼다. 그만큼 그는 어린이들을 사랑했고 그들에게 꿈을 심어 주기 위해 자신을 불태움으로써 한평생을 바쳤다.

가장 낮은 자리에서도 가장 높게 빛날 수 있다. 그것은 자신이 스스로 불이 되는 것이다. 자신이 불이 되기 위해서는 온몸과 마음을 다하여 열정을 불태워라.

12월, 감사하고 기도하라

한 해의 마지막 달인 12월이 되면, 한 해 동안의 일들이 파노라마 되어 지나간다. 잘한 일, 잘못한 일, 아쉬웠던 일, 기뻤던 일, 후회되는 일도 다 나를 위한 삶이었다는 것에 감사하라.

한 해를 지내 오는 동안 함께 웃고 울고

공감하고 행복했던 사람들이 있어 참 감사하다.

날마다 눈 뜨면 바라볼 수 있는 맑은 하늘과

하고 싶은 일을 할 수 있어서 마음은 풍요로웠다.

내 발걸음이 가끔씩 휘청거릴 때마다

어쩌지 못하는 일로 마음 졸일 때마다

삶은 늘 일정한 거리에서 나를 지켜주었다.

산다는 것은, 살아간다는 것은 고맙고 감사한 일임을

12월 거리를 걸어가며 다시금 깨닫는다.

옷을 벗은 나무들이 성자처럼 거룩하다.

그 아래에 서서 고요히 머리 숙여 기원한다.

살아 있는 모든 것들이여, 존재하는 것들의 이름이여,

모두 다 행복하기를 그리고 무궁하기를.

한 해를 마무리하는 12월이 오면 감사했던 이들에 대해 기도하라. 감사한 일에 대해 기도하라. 잘못한 것에 대해 기도하라. 새해의 꿈을 위해 기도하라.

DAY 27 | 우리는 저마다 한 마리의 비목^{比目}이다

눈이 하나밖에 없어 암수 두 마리가 함께 의지하여 사랑하며 살아가는 비목^{比目}처럼, 우리는 저마다 인간 비목이다. 우리 또한 하나인 둘이 만나 하나가 되어 함께 의지하여 사랑하며 살아가야 하는 것이다.

어느 날 거리를 지나다 우연히 불편한 몸으로 장사하는 남자를 보게 되었다. 그는 뇌성 마비 장애인이었는데 불편한 몸이었지만 열심히 장사를 하고 있었다. 그런데 그 옆엔 역시 뇌성 마비 장애인인 여자가 있었다. 그녀는 그의 아내였다. 그녀 역시 불편한 몸이었지만 그의 곁에서 아주 행복한 미소를 지으며, 그에게 뻥튀기 과자를 떼어 먹여 주었다. 아내를 쳐다보는 그의 눈엔 눈부신 오월 봄빛보다도 해맑은 사랑이 가득 담겨 있었다. 그 모습을 바라보는 내 가슴에도 따스한 그 무엇으로 가득 차올랐다. 그들 부부의 사랑이 매우 남달랐기 때문이다.

아기자기한 그들의 사랑을 보며 나는 비목^{比目}을 떠올렸다. 그들은 눈이 하나밖에 없는 물고기 비목처럼, 불편한 몸을 서로 의지하며 사는 인간 비목이었다. 나는 둘이 함께 하나가 된다는 것이, 얼마나 아름답고 행복한 것인가를 그들을 통해 다시 한 번 깨달았다.

세상은 나와 너와 우리가 함께 만들어 가는 아름다운 삶의 공간이다. 아무리 잘나고 똑똑한 사람도 혼자만의 삶을 살 수는 없다.

사랑하라, 한 번도 사랑하지 않은 적이 없는 것처럼. 행복하라, 한 번도 불행하지 않은 것처럼. 그래서 하나인 둘이 만나 하나가 되어야 하는 것이다.

DAY 28 | 산다는 것은 흔들림을 헤쳐 나가는 것이다

풀이든 꽃이든 나무든 그 무엇이든 바람으로부터의 흔들림을 피할 수 없다. 사람 또한 삶이란 바람을 피할 수 없다. 피하지 마라, 살아 있는 것들은 흔들리면서 피어난다.

흔들리지 않는 건 꽃이 아니야

꽃은 흔들리면서 피고

향기를 뿜어내지

가만히 피는 꽃은 없어

작은 바람 큰 바람 앞에

흔들리면서 피는 게 꽃이지

흔들리지 않는 건

바위든 벽이든 돌이든

숨 쉬지 못하는 것뿐이지

생명이 있는 것들은

흔들리면서 크고 흔들리면서

제 길을 가고 오지

흔들리는 것은 살아 있다는 것

살아 있는 건 모두 흔들리며

온기를 뿜어 내지

이는 나의 〈흔들려야 하는 까닭〉이란 시이다. 이 시에서 보듯 살아 있는 모든 것들은 흔들리면서 살아간다. 그렇다. 산다는 것은 흔들림을 헤쳐 나가는 것이다.

DAY 29 아름다운 미덕美德

누군가에게 의미가 되는 것은 그것이 무엇이라 할지라도 아름다운 미덕이다. 서로가 서로에게 의미가 되어야 한다. 아름다운 미덕이 되어야 한다.

누군가의 가슴에 지워지지 않는
이름으로 남는다는 것은
참으로 싱그러운 축복이다.

누군가의 기억 속에 향기 짙은
추억으로 기억된다는 것은
너무도 아름다운 은총이다.

누군가의 눈동자에 맑은 이슬 같은
그리움으로 남는다는 것은
가슴 저미도록 깊고 아련한 사랑이다.

누군가의 생애에
의미 있는 인생이 된다는 것은
참 아름다운 미덕이다.

자신만을 위해 산다는 것은 인생의 낭비일 수도 있다. 자신은 물론 남을 위해 살 수 있다면 그것은 참 가치 있는 일이며 아름다운 미덕이다.

그대 길 가다가

삶은 억지로 무리를 가해서는 안 된다. 무리를 가하는 삶은 반드시 문제가 발생하게 된다.
삶은 순응하는 자에게 그가 원하는 것을 베풀어 준다.

그대 길 가다가 향기로운 꽃을 보면

향기로운 꽃이 돼라.

돌을 만나면 주춧돌이 되고

나무를 만나면 사시사철 푸른 소나무가 돼라.

그대 길 가다가 우연히 시내를 만나면

속살 훤히 내비치는 시내가 돼라.

강을 만나면 고요한 강이 되고

바다를 만나면 용솟음치며 사철 넘실거리는 바다가 돼라.

그대 길 가다가 어쩌다 새를 만나면

기쁨으로 노래하는 새가 돼라.

달을 만나면 풍성한 달이 되고

별을 만나면 늘 꿈꾸는 하늘이 돼라.

그대 길 가다 보면 그대도 길이 되나니.

모든 삶은 다 제 길이 있다. 결코 그 길을 벗어나지 마라. 그 길을 따르되 최선을 다하라. 삶은
그런 자를 기쁨으로 맞아 준다.

그래도 봄은 온다

봄은 반드시 겨울을 지나서 온다. 겨울을 지나지 못하면 봄은 올 수 없다. 봄이 겨울을 지나서 오듯 인생의 봄을 맞고 싶다면 반드시 인생의 겨울을 이겨 내야 한다.

지난겨울이 아무리 춥고 참혹해도

슬픔이 눈물 꽃으로 피어나도

달꽃 같은 봄은 열일곱 갈래머리

맑은 눈망울로 온다.

돌돌돌 개울물 소리는

잠자는 대지를 흔들어 깨우고

실눈을 뜨고 봄 하늘을 바라보는

가녀린 풀꽃 눈 속엔 강한 의지가 번뜩인다.

지난겨울이 그 아무리 혹독하고 쓸쓸해도

그래도 봄은 온다.

봄은 생명의 부활로

창조의 근원으로

어둡고 칙칙했던 지난날을

따스하게 끌어안으며

가장 행복한 모습으로 우리 곁으로 온다.

봄이 겨울을 지나서 오는 것처럼 아무리 힘들고 어려워도 희망은 온다. 힘들고 어려워도 반드시 이겨 내라. 이기는 자에게 희망은 손을 잡아준다.

1일 1페이지
짧고 깊은 지식수업
365
마음 편

초판 1쇄 인쇄 2024년 1월 15일
초판 1쇄 발행 2024년 1월 22일

지은이 | 김옥림
펴낸이 | 임종관
펴낸곳 | 미래북
편   집 | 정윤아
본문 디자인 | 디자인 [연:우]
등록 | 제 302-2003-000026호
주소 | 경기도 고양시 덕양구 삼원로73 고양원흥 한일 윈스타 1405호
전화 031)964-1227 (대) | 팩스 031)964-1228
이메일 miraebook@hotmail.com

ISBN 979-11-92073-45-3   03800